①与福建作家在三明。前排左起：曾阅、范方、吴挺；后排左起：
　袁和平、刘登翰、蔡其矫、孙新凯、周美文、钱相袁（1979）
②与傅天琳（左二）、白桦（左三）、孙静轩（左四）（1979）

①与谢冕（右）在晋江园坂后山公众花园（1980）

②在霞浦作诗歌讲座（1992）

①与安琪（左一）、柯云翰（左三）、庄晏红（左四）（1994）
②在亚青游艇别墅（20世纪90年代）

①与陈侣白（左）在长汀瞿秋白纪念碑前（2000）

②与诗人汤养宗（右）

③与谢宜兴（右一）、陈仲义（右二）、刘伟雄（右四）

①接受王炳根（右）采访（2001）

②与福建省参加中国作协第六次全国代表大会的作家们合影。左起：黄
　文山、季仲、郭风、孙绍振、叶玉琳、朱谷忠、陈慧瑛、南帆、林丹娅、
　蔡其矫、施晓宇、舒婷、陈章武、王炳根、张冬青、林春荣（2001）

蔡其矫、郭风与孩子们（2003）

①与邱景华（右）

②与刘志峰（左一）、张惠阳（左二）（2006）

③在首届晋江诗歌节期间，在园坂别墅接待北京的诗人。左起：张清华、
　蓝野、吉狄马加、蔡其矫（2006）

①随笔《九鲤湖瀑布》手稿
②诗歌《寒流》手稿

王炳根 编

蔡其矫全集

第七册

序跋与诗论
随笔及其他
讲稿与讲义

海峡出版发行集团
海峡文艺出版社

目　　录

序跋与诗论

1

随笔及其他

讲稿与讲义

◉ 序跋与诗论

《回声集》后记

　　这本诗集所收的诗，是在不同的时间和环境中写下来的。第一辑"海上"，是我献给保卫海疆的士兵、水手和渔夫的歌，写于 1953 年冬和 1954 年春我在闽浙海军部队各驻地旅行途中。第二辑"短笛"和第三辑"纪念"，写于 1953 年以后，在我回到文艺队伍以来的两年中。我试图抒发那不仅存在我心中，而且也存在千百万人心中的对于新生祖国的感情，以及对于为人民事业与和平事业而牺牲的战士的悼念。第四辑"鼓声"，写于人民解放战争的 1946 年和 1947 年，那时我在张家口和河北中部平原。第五辑"风雪"，大都写于民族抗日战争的 1941 年和 1942 年，在当时的敌后抗日根据地晋察冀边区。

　　这本诗集的出版，仿佛是给我学习写诗的最初阶段做一次总结，以此来作为我今后用更清醒的头脑来写作为人民所需要的诗歌的开始。

　　以前，我的写诗工作是时断时续的：第一次在 1941 年和 1942 年，第二次在 1946 年和 1947 年，第三次在 1953 年和 1954

年。在这 6 年的 3 段时间内，我的主要工作是教学工作，我的诗不过是教学工作之余的产品，因此它们虽然大体上还是在企图反映人民的生活与斗争，但因为我自己大部分是在书斋中写作，所写出来的东西究竟和工农兵的实际生活还有一段距离，这是我和我的诗歌的最大缺点。我完全相信诗歌是时代的回声这一真理，如果没有坚实的生活基础，那么诗人的声音必将是微弱的——微弱到只有他自己和他周围的少数人才能听到。只有作者确实是站在时代生活的中心，他才有可能把那强有力的感人心肺的时代声音传布出来，而这才是真正的诗。

其次，我的诗还没有形成自己的风格，我这里所指的是民族风格和个人风格的统一物。由于种种原因，我很迟才注意研究与学习中国古典诗歌，它那光辉灿烂的遗产我是近两年才深深被感召，它对我诗歌的影响也不过仅在开始。在中国古典诗歌中，我最爱的是李白的诗，我多么想望我能借用他的嗓音来歌唱祖国今天的万千新气象。在中国现代诗歌中，我最敬爱的诗人是郭沫若和艾青，我一向把他们看作我的先生，一直到现在我还是从阅读研究他们的作品来学习怎样写诗。在外国诗人中，我最喜欢的是惠特曼，他在我这本诗集中留下了较多较明显的影响的痕迹。近两年来，已有较好的马雅可夫斯基诗歌的个别译本，它们也给了我很大的教育与鼓舞。我相信每个诗人不但应该写作适合于这个时代的诗歌，而且应该写作有着自己民族特色的诗歌，不是形式的模仿，而是从精神上从表现方法上吸收至今依然活着的民间诗歌和古典诗歌的精华。在这本诗集中我已在少数诗中这样试做过，今后我将以更大的努力来寻找这条通往健康发展的道路。

亲爱的读者，当我把这本不成熟的诗集贡献给你们，我是多么惶恐。它的出版不过是对我自己一种鞭策。但愿我以后能唱出你们心中的歌，为你们所需要的歌。

1955 年 6 月 22 日，北京文学讲习所

（收入《蔡其矫诗歌回廊·诗的双轨》时，题目为《断续起步——〈回声集〉后记》）

读严阵的诗

严阵是一个新人，他的第一首为人注意的诗《老张的手》发表在 1954 年 1 月号的《人民文学》，以后又陆续在各报刊上发表了若干治淮斗争和其他题材的诗，这些诗已汇集起来由中国青年出版社在去年出版，书名叫《淮河上的姑娘》。在这本诗集中，大部分诗篇是反映今日农村的巨大变化的。这是当前重大的题材，值得引起我们的重视。

《老张的手》这首诗，已表现了作者艺术特点的一个重要方面，那就是：注意从细微的部分来反映全面的生活，而又以统一的构思，把全部材料结合成为一体。在这首大约 150 行的诗中，作者通过描写一双手所做的事情，来描述一个农民从受压迫、觉醒，到成为英雄人物的三十几年的斗争生活。老张讨饭讨了 11 年，当长工当了 22 年，解放了，他和党"取得了联系"，领导农民向地主斗争；在"水荒年成"帮助农民和灾荒"搏斗"；政府号召修淮河，他又走在最前头；党号召增产，他又领导农民走"集体的路"；他得了 13 面奖旗，被选到北京，光荣地会见了毛主席。这样众多而又一般性的事要把它们组织成为整体并避免概念化是十分不容易的，然而作者是大体上做到了。作者找到了结合全部语言材料的诗的动力，选择最有意义的人物的动作，集中在一双手的劳动这一焦点上，用富有力量的文字，把千百万农民的代表——老张的半生写出来，歌颂了新人的成长，赞美了劳动的光荣。

作者在一些短诗中，仍然表现了自己的创作特点。在《金色的凤凰》一诗中，作者借用民间传说来比喻今天农村的变化，也表明构思所起的作用。诗中开始说，传说某地有金色的凤凰，只要它叫唤三声，田野就能丰收，但凤凰并没有出现，人们也把这传说忘记了。到了现在，人们又谈论起来，因为这里合作社年轻的女社长恰巧名叫金凤，又恰巧她在山上挂了一口钟，于是：

　　　　从此每天姑娘总起早把钟来敲，
　　　　震人心肺的钟声就像凤凰在叫，
　　　　人们望着巨岩上她那美丽的衣裳，
　　　　就像真有一只彩凤在伸展羽毛。

在年轻女社长的领导下，秋天果然丰收，人们都说姑娘就是那只金色的彩凤，甚至有些年轻人拿这问她，她怎样回答呢？

　　　　我是一个普通的青年团员，
　　　　真正的金凤凰还是大家！

诗人已经在原有传说和新生活现象相比拟的基础上，注入了完全崭新的思想内容，写出了一首构思完整、形象鲜明、有着教育意义的好诗。

诗人也写爱情的题材。如《在清泉边》和《樱桃树后的眼睛》这两首优美的短诗里，作者也表现出属于自己的处理题材的手法。爱人在泉边相遇，这是古典诗人常常描绘的场景，作者却把它放在今天农村的新的生活里，给予新的思想内容。仅仅在昨天，少女因为青年不是合作社社员而推延婚期，今天青年告诉她，他们的互助组已被批准并入合作社，他们马上就要成为一个社里的人了。一天的变化就这么大！作者用富有风趣的诗句作结束，把洗衣少女写得活灵活现：

> 姑娘想极力装出一副平静的样子，
> 可她的棒槌下下都捶在青石板上。

《樱桃树后的眼睛》却又是另一种写法。在这里，少女对青年的爱情是在看到他"捍卫集体幸福的英雄行为"后才产生的。把为集体的观念和爱情联系起来，这也是作者自己的诗的构思，而这构思也是建筑在现实生活的基础上，因之特别能感动人。

作者有许多诗是表现治淮战线上的先进人物的事迹的。在这些诗中，作者已注意到人物和情节，使这些诗带有叙事的性质。如在《淮河上的姑娘》，写一个不显眼的少女，怎样在风浪中挺身而出，带动了一群平时看不起她的老艄公，完成运土抢险的任务。又如在《暴风雨中的夜行船》写一个刚从部队转业回乡的青年，怎样与风浪搏斗，最后终于把防汛指挥部的紧急通知送到目的地。在《杨湖青年》和《红土岗上金色的夕阳里》

两诗中，也都是通过忘我的行动来表现普通人的英雄事迹。写人，写人的行动，也就给诗带来了情节，使诗避免概念化和公式化，以现实生活中发生的具体的故事来感动读者教育读者。

如果在这些带有叙事性质的诗中，更进一步刻画人物的个性，赋予这人物以个性化的语言，以更多的能够表现人物个性的细节和动作来丰富他，并在适合的背景中展开对人物个性的描写，无疑地将由此产生出叙事诗来。目前，我们还缺乏反映时代生活的叙事诗。人民对于概括性的作品，对有分量的叙事诗是极其需要的，我们应该满足这种需要。而目前许多诗人的作品都已经注意到人物和情节，注意到诗中写具体的人具体的故事，我们相信在这个基础上是能够产生出叙事诗来的。

小说要写典型，诗也要写典型。而典型，是需要有个性的典型。严阵诗中虽然已经注意到人物和情节，但还未着重注意表现人物的内心感情，以及表达这种内心感情的个性化的语言。在《老张的手》这诗中，解放前的老张，作者只写他的手"拖秃了多少财主的锄头，磨钝了多少财主的刀镰"，并且"剁断过财主的皮鞭，摔碎过财主的算盘"，因而"多少次，多少次，被绑吊在黑油漆门前"。作者竟吝惜哪怕只用一两行来表现人物应有的愤怒的感情。解放后的老张，无论在与地主的斗争中，在渡荒中，在修淮河中，或在耕作中，都没有任何感情的流露。也许因为这个缘故吧，人物就使人感到不亲切。诗，需要找到那通往读者心灵的道路。文学，尤其是诗，不仅要从外部动作而且还要从内部去揭示人们复杂的精神生活和丰富的内心世界，这后者是更能拨动人的心弦，并使诗增加魅力的。

严阵的诗大都取材于农村变化中各个方面的面貌，反映现实重要的方面。在这些诗中，作者也努力寻找农村常见的事物来创造意境和譬喻。如在《界碑》这诗中，写到"土地改革好比宝剑一把，把财主剥削的根子全都斩断"之后，农民在自己的土地上劳作，早出晚归，但还不能摆脱穷困。作者以"想把满田碎土炼成金条银片，却只有几束木柴摆在年久的炉边""想渡过汪洋大海到达美好的彼岸，却只有赶鸭牧鹅的小船""想一天走出长途万里，黄牛的脚步却显得格外缓慢"的比喻来表现农民对社会主义的向往心情。最后，作者写道：

> 在我们伟大的党看来并不奇怪，
> 她早就把这一切看得明明白白！
> 她有冶金炼银的火，也有幸福门上的钥匙，
> 那就是教育农民组织起来！

这样，那一连串的比喻的意义都笑然放光起来。而这些比喻的富有农村生活气息，也就更动人了。在《啊！我久别的家乡》中，作者选择了家乡独特的事物"踏脚石"，来表现今昔的变化，也令人感到异常亲切。踏脚石，据传说"村人远行时，只要在这块石头上踏一踏，走千里万里脚也不会酸痛"。在过去，"人们为了到远处寻求幸福从这儿踏脚走了，却和渺茫的幸福一样永无信息"。但从荒坡上出现果树园、旱地上出现人造河之后，家乡变化了，情景就不同了：

踏脚石上再也没人去踏脚了，

年轻的一代几乎连这事也不知道，

人们已勿须远走千里去寻求幸福，

幸福已降临到劳动人民的家屋！

　　但是，令人感到还不很满足的是，上面引的这些片断，还只能在诗中起烘托或陪衬的作用，它本身还不能代替对现实生活和人们感情的深刻表现。

　　作者诗集中一共有 51 首，它们所达到的成就很不平衡。像《老张的手》《金色的凤凰》《在清泉边》以及带有叙事性质的如《淮河上的姑娘》等诗，有着完整的构思、饱满的感情、浓厚的生活气息。但其余的诗，有的是部分可取，而全诗尚不够深刻完整；有的只是一点感触，一种印象只是反映生活的表面，缺乏感人的力量。

　　今天的农村，生活是丰富多彩而又令人激动的，但只有当诗人走进生活的深处，看到本质的典型的东西，在生活中充满抒情的感受，并付出巨大的劳动，这样才能保证青年诗人继续前进，而达到更大的成绩。

　　读完严阵的诗，可以分明地感觉到，作者从民歌中吸收了营养，运用不少来自民歌的简洁朴素的诗句。譬如：

老张生在穷人家，

苦水里面腌苦瓜，

……

老张端起财主的豌，

苦水里面拌苦胆。

　　　　　　——《老张的手》

又如：

啊，风追风，浪赶浪，群群水鸟落四方

我怎能知道他在什么地方

　　　　　　——《农庄行》第一首

还有一些是运用人民日常的口语，很活泼生动。如：

以往打眼看去全是地界，

千亩良田割成千万块，

各人有各人的心思在。

如今抬头一望绿艾艾，

千亩良田成一块，

一人招手万人来。

　　　　　　——《农庄行》最后一首

运用农民习惯的能接受的语言，来写农村的题材，反映农民的生活，这是一条比较适宜的道路。严阵同志在这方面有过努力，但是还没有贯彻到底。他的诗中有些诗句是纯朴的、明朗的；但也有些诗句给人的感觉是堆砌名词和形容词，如"闪电划出这庄严的路途的遥远"，这是不合文法的。此外，为了押韵，把"讲解"一词颠倒为"解讲"；为了句与句长短相应，把"深夜"拉长为"深深的夜晚里"，以及不恰当地运用文言词句，如"岩石之上"。作者还不止一次地用"波弧"两字，大约是为表现波纹的弧线而创造出来的名词，但是它读起来多么别扭。从全诗来看，只用平常的波纹一词就可以了，如果在其他情况下，必须表现出那波纹是弧线形的，那就要用其他方法来传达诗人的感觉。为什么也要指出诗中这样细小的缺点呢？因为语言问题在诗中是一个重要的问题，不可不引起诗人的注意。舍弃对于文字表面的美的追求，努力使语言达到单纯朴素，将使诗篇更加光辉。我相信严阵是有这方面的修养的。当作者在某些诗中有意识地表达农民的感情，立刻就克服了语言堆砌的毛病，而写出了单纯有力的诗句。如《红日起山霞万道》中的诗句"家家户户春风起，笋子出土节节高""如今俺庄几十户，走的一条道，好比龙摆尾，凤出巢，红日起山霞万道"等等，都朴素地刻画了农民在新的时代的幸福感情。

严阵同志写作是努力的，态度是严肃的，写出来的作品无论在思想上艺术上都达到相当的水平，至于青年诗作者在成长过程中所必然有的一些缺点，在更进一步深入生活与提高艺术技巧之后，是能够克服的。我们相信我们的青年诗人，将沿着党所指示的道路继续前进，给我们写出更多更优秀的作品。

（原载于《人民文学》1956 年第 3 期）

《回声续集》后记

　　1955 年，我怀着惶恐的心情整理《回声集》。那时，我对自己有克制，并且踌躇了整整一年。在那第一本诗集的后记中，也坦白地向读者指出我的诗歌的主要缺点，希望在以后的写作中有所弥补。可是，在这第二本诗集付印时，我又不得不请求亲爱的读者原谅，因为我的努力并没能使我完全克服过去的缺点。我觉得它基本上还是《回声集》的继续，因此没有理由给它以新的集名。

　　在这一诗集中，除了第五辑是作于民族抗日战争时期外（我以为在这些诗歌中保存了当时的心理和事迹），其余四辑大都写于近二年。第一辑是我北自塘沽新港南至西沙群岛的海上旅行的点滴记录和片段歌声（我把大部分有关描写东海、南海的人和生活的诗另编一本《涛声集》同时出版）。第二辑是从几个不很重要的侧面反映故乡的历史和她的性格（福建南部贫瘠的海岸过去的苦难和今日的斗争）。第三辑是我感染南方美丽山川的气质，把它化成为诗歌的呼吸和声音，唱给热爱祖国山河的读者的心；这些诗又同时是我作为继承古典山水诗中某些优良传统的一种尝试。第四辑是企图记录并解释过去一年中——20 世纪 50 年代最紧张的一年中所发生的几件震撼人心的政治事件，在这里，我又重新回到现代革命诗歌——自由诗的传统主题和歌唱方法的路上来。

文学，包括诗歌在内，它的至终目的是要在读者心中得到回应，它要从书本上走入生活。为达到这一崇高目的，诗人和诗歌要与读者一同前进。从这一要求出发，来检查这一本诗集，我觉得，它所未曾达到的比已经达到的多得多。

在我写这些诗歌的两年中，祖国发生了多少令人振奋的政治的和经济的重大变革，这些变革又将在人们心理上产生多么深远的影响，这是无论谁都能看到和体会到的。同时，祖国的建设也是以最快的速度在展着着。然而我的心和我的眼睛，总追不上这一现实变化。虽也企图捕捉它、表现它，但也总感到我的歌声配不上这时代的宏大气魄。面对这丰富多彩的现实，为什么歌声喑哑了？这只有从我的生活方式取得真正的解答。我依然在从事教学工作，有机会短期接触下面的生活，由于希望早些收效，也由于习惯和惰性的缘故，只继续去接近自己所偏爱并为自己所比较熟悉的环境和生活，而没有能自觉地走向今日生活最活跃的地方，没有投身于当前最严重的斗争中和最沸腾的建设中。我还不能唱出最为读者所需要的心中的歌。我希望在以后的实践中能再作更多的努力去克服这个最大的缺点。

近一年来，中国诗坛上有不少最有才气的年轻和年老的诗人，都在继承古典诗歌优秀传统的道路上做着各种方式的探索。我也追随在他们后面，按照自己的理解，去创造一种既是作为古典诗歌和民间诗歌的继承者，又同时是用新时代诞生的孩子的语调来写作的诗歌。我学习古典诗歌中绝句的构造（如《福州》和一些四行诗），也学习律诗的结构（如《中流》），也用词上下阕字数相等的方法写短诗（如《莺哥海月夜》），这些形式上的模仿也仅是一种偶然的尝试，但已感到它对思想情感过甚的束缚。我感到有信心的是从精神上、从表现意境上学习古典诗歌（如《桂林》等三首山水诗，在意境上得到旧诗词不少启发，但又自觉地把古典山水诗中的出世思想，变为现代人心理上所必然具有的欣赏山水和热爱生活的天然联系）。我也不忘记民间诗歌的财富。我认为在情歌中应推民歌为最优秀，正如歌咏自然的诗歌中应推中国古典诗歌为最优秀一样，都是其他国土其他类型的诗歌所望尘莫及。但我也不忘记，诗就是创造，无论是古典的山水诗和民间的情歌，都不可能在现代诗人的个人创作中原样再现，需要用现代的思想和语言去改造它，写出完全属于自己的诗（《武夷山歌》就是这样的一种尝试）。

　　在这社会主义阳光普照的春天里，一切生命都以不平常的速度在生长着。我也分沾了时代的温暖和雨露，感到读者的鞭策和鼓励，我也要和时代一同生长，和读者一同前进。

　　　　　　　　　　1957 年 7 月 29 日，北京文学讲习所

　　（收入《蔡其矫诗歌回廊·诗的双轨》时，题目为《艰难探索——〈回声续集〉后记》）

《涛声集》后记

每个人都爱海，到过的思念它，未到过的幻想它。

我也爱海，我曾经在绿色的和蓝色的、平静的和险恶的海上航行过。但我应该承认，那时我所喜爱的是它的日出，它的黄昏、早霞和夜月，它的像丝绸般闪亮的波浪、亲昵如女友的海鸟等等。那时我完全不注意人，也不懂得海和人的关系。那时我是一个海的欣赏者、一个生活的旁观者。

一直到 1953 年冬，我对海的态度才开始有改变。

当时，我已经历了一段长长的战争的岁月。我已清楚海对于祖国安全的重要。我接受人民交托给我的战斗任务，要用热情的诗句歌颂海上卫士和海上建设者。

我来到故乡的海面。起初，光是用眼睛看，所看到的只是一些表面的东西。这怎么能成为诗？

有一天，夜里，我在一艘炮艇的中舱，和水兵一起开座谈会。这会是艇长提议的，而会的开法是我建议的。我建议先由水兵问，我答；然后我问，水兵答。水兵把他们最关心的问题都提出来了，那就是祖国各地特别是北京的建设情形，再就是一致询问领袖的健康。我就我所知的一一答复。轮到我发问，我只提一个："你们爱海吗？你们觉得它美丽吗？"

沉默了一会，显然都在回忆和思索。

一个水兵起立了。他是我来艇后最先对我表示亲热的，曾陪我上岸散步，是个高中学生，志愿参军，现在担任无线电联络工作。

他的发言完全出乎我的意料，他说：

"所谓海是美丽的，那是作家在说谎。那是因为他并未亲身经历过海上艰险的生活。让他来和我们一同生活，一同经受风浪，那时再看看他会不会说：海是美丽的！"

又是沉默。接着就爆发了一场长久的争论。

同情电讯员的只有两三个，反对他的却占大多数。我发现，反对最烈的是出身于农民的老战士。在他们未当水兵前从未见过海，他们不像大多数知识分子那样，在见到海以前已经看过不少描写海上美景的文学作品了；他们得知调他当水兵时曾担心过，因为他们不知道海是怎样的。来到海上，他们又晕又吐。但现在，他们怎样说呢？

"我是老粗，没文化，不会形容。我只觉得，当我完成任务、站在甲板上看海，心里感到一种说不出的舒坦。要是上岸几天不回到海来，心里老像失掉什么似的，你说这是为什么……"

当时，我非常激动，我也和电讯员及他的支持者争得脸红耳赤。过后我想，这是我执行诗歌职责的时候了。于是我用士兵的感情，写下了《风和士兵》与《浪的自白》（均收在《回声集》）。

我希望，水兵在读我的诗后，能把那些形象记在脑里，当他们在艰苦的航行中，回想起这些形象来，能多少减轻风浪所给予人的肉体上的苦痛，那我的诗歌目的就算达到了。

以后，我看到马雅可夫斯基在《怎样写诗》一文中谈到诗歌工作不可缺少的依据时说：有一存在于社会中的问题，这问题的解决方法只能通过一篇诗歌来想象，这就是《社会的订货》。我突然有所领悟，我坚信，正应该这样来从事写作。

我又看到马雅可夫斯基在一次会议上发言的记录。他认为在解决写什么和怎样写以前，先要解决为什么写。他说：目的先于内容和形式。这说法真是一句话道破了秘密。这正是现代革命诗歌创作的准则和目标。

我继续在实践中坚持他的理论。

1956 年秋，我又来到福建沿海。有一次，在台风之后，我随一炮艇中队护航，经过浪涛最大的北碇，天空黑暗而恐怖，海水直泼上指挥台，所有甲板上的人浑身湿透，但战士们在极大的颠簸中依然目光炯炯地站牢在自己的战位，因为前面就是敌人占据的马祖岛。我老在想，这时候战士的心理应该是怎样的？我和战士交谈，我思考。这样，我写了《夜航》。

又有一天，我到距马祖岛最近的海岸炮台。那一天正好是党的八大开幕，敌人打了一天炮。晚上，又有商船队经过，炮台要护航，战士彻夜不眠站在炮位上。我和战士一起站哨、观察、谈话，以心贴心。这样，我又写下《炮台》。

现在，我有了进一步的认识。什么叫"体验生活"？我理解到，它不是别的，它就是调查研究；只是它调查研究的对象不是数目字，而是人的心灵。

我到榆林港。我要歌唱它。但歌唱些什么呢？我在寻找。

有一次，和我同行的对一个哨兵（老战士）说："你们是站在祖国的最南端了！"你想，战士怎样回答？战士答道："还差得很远呢！祖国的最南端是曾母暗沙。"这就是祖国忠勇战士的气概！我后来即根据这战士的思想写下了《榆林港之歌》。

我不仅向战士学习，也向一切人学习。我到厦门——集美海堤，只住了24小时，但我和记者谈话，提问题，又看了不少当地作者所写的文章，我综合他们的经验再加上自己的经验，写了《海峡长堤》。

在《厦门之歌》写作当中，我看地方志，研究它的历史，并且吸收战士、军官、记者、大学教授、市委书记和文艺工作者的意见。当然，其中也有一部分是我个人的经历。

在这一切的上面，我又不断阅读优秀诗人的诗歌，从其中吸取营养。

因此，我认为，一首诗的产生，绝不只是由于几小时的经验，而是用作者一生的经验，用周围人的经验，用今人也用古人的经验（从书本上），这一切汇集起来，然后成为一首诗。

亲爱的读者，展开在你们面前的这本书，就是我用这方法，从1956年9月到1957年3月，生活在福建和广东的海上和陆上时，所写的26首抒情诗。

当然这不是7个月实践的全部结果，还有一半我把它收入《回声续集》；此外一些未经组织的诗句，片段的思想和印象，有的还要搜集材料，有的还要增加个人的经验，然后才赋予成形。

我揭示这些写作实况，是想告诉读者，这些诗歌，既不是在卖弄文学修辞，也不是出于虚假的臆测，而是直接取自现实生活中无数人的经验。读者可以通过它，摸到海上人们的心。

如果我在这条道路上，得到些微成绩，这也只是履行我应尽的义务和使命。而许多我现在尚未达到的，我也将努力在以后的时日中去一一完成。

1957 年 8 月 4 日，北京竹竿巷

（收入《蔡其矫诗歌回廊·诗的双轨》时，题目为《打开心扉——〈涛声集〉后记》）

我写《红豆》的经过

今年 2 月初，我在广州中山大学给广州市 8 个院校寒假留校同学所组织的一个诗歌朗诵会做报告，接着进行座谈。会上有若干同学对《人民日报》刊文批评四川《星星》诗刊第一期登的爱情诗《吻》表示不同看法，问我有什么意见。我当时也很慷慨激昂地发表一段关于爱情诗要有时代精神、要有崇高理想的议论。会后有人反映：我的说法不能服人。

冷静下来后，我开始觉得这类问题不应该大而化之，而应该仔细分析。研究它产生的原因以及看清已经达到和尚未达到的。

我意识到青年渴望读到爱情诗。

《吻》是有缺陷的作品，但不能干脆否定或驳倒就了事。

我觉得，最积极的方法，是以新的爱情诗来代替它。

2 月中旬，我到了万山群岛的外伶仃，一个即将复员的水兵送我大把的红豆，这是他在修工事时在山上采来的，现在当作最珍贵的礼物送给我。在这之前，我在雷州半岛的海安县第一次看到这种有黑点的红豆，人们说这黑点是眼珠，而红色的部分是哭出的血泪。在榆林港的山，我又看到结这红豆的藤，在张开的豆荚上托着两排灿烂的红粒。我以为亚热带的树叶、花瓣、果实都有最美的光泽，而红豆是其中最特出的。我又以为它的血珠般晶莹的红色，最能代表"南国"人们的热情。我又屡次听战士告诉我，他们用信封装红豆寄给自己的爱人（战士也知道我们民族的传统："红豆寄相思"）。红豆也是战士所心爱的。

我立志要用我的诗句来歌唱存在士兵心中一切美好的事物。当我决定用"红豆"做题目来写一首诗时，很自然地想起唐代诗人王维的绝句：

> 红豆生南国，春来发几枝。
>
> 愿君多采撷，此物最相思。

不能单只理解诗人在"吟物"，而应当理解到诗人是在歌颂爱情。在这里，红豆是作为爱情的象征或爱人的比拟（当我们想到爱情时，心中产生的形象就必定的是人）。

王维的诗启发了我，我用现代的语言、现代的形象把它发挥了。我用宇宙中最永恒最美丽的太阳、月亮、星辰，来衬托爱情的美丽和永恒，而以我的感情作基础（我在写作时记起我过去的不久的爱情）。过去的爱情是永不消逝的。它是我心中永驻的春天，我永远不会背弃它，因此我才喊出："太阳万岁！月亮万岁！星辰万岁！少女万岁！爱情和青春万岁！"

我再回到我最初写作的动机。青年人需要健康的爱情诗。我现在已不是青年，但我过去曾经是青年，也有爱情的体验，我可以写，也应该写。今天我回忆到它，用的是今天的感情，充满信心，也充满欢乐，这就是时代色彩。诗中的时代色彩，应产自感情本身（感情是思想的孪生姐妹），不需上漆，也不需镀金！

我是在接受外伶仃水兵的馈赠之后写这首诗的，同时也写了《南海上一棵相思树》《莺哥海月夜》这样另外两首爱情诗，发表在《厦门日报》却只有一首。孤零零的一首诗是会引起读者的误解的，因此才逼得我要把写这首诗的前后经过公开出来。

1957 年

（收入《蔡其矫诗歌回廊·诗的双轨》）

《司空图〈诗品〉今译》前言

　　1967 年，我被限制在"牛棚"里，那是堆放废旧报纸杂志的潮湿的房间。在雨季过后，四壁发出霉味，就得提醒那掌权者，该晒一晒了。在翻晒杂志时，偶然翻到一本英文版的《中国文学》，载有杨宪益和他的英籍妻子合译的《诗品》，产生了用现代的诗句来译古文的《诗品》的想法。后来又参考两本国内大学编的《诗品》注释，在不自由的日子里，秘密地写下了初稿。

　　要出版这样的书，最理想的办法，是前面应该写一篇关于司空图和他的《诗品》的学术研究性的文章，后面再附录《全唐诗》收入的他的诗作和前人关于《诗品》的评介。可惜目前还没具备这样的条件，只好先把这不成熟的译作拿出，希望能得到读者的批评指正，以后有机会再作修改。

1979 年 3 月 26 日

（收入《司空图〈诗品〉今译》，河北人民出版社 1979 年版）

自由诗向何处去

　　20 世纪 50 年代，中国人民的生活，充满了光明和信心。在争取祖国富强的共同目标下，允许诗人根据个人的经验、爱好、气质，选择最称心的题材和形式。而所写的任何题材和形式，也无不反映人民（包括战士）的昂扬的精神面貌。后来民歌被大力鼓吹，谁都无法抗拒，豪言壮语开始盛行，稍为涉及生活的矛盾和困难都站不住。晴朗的天，也不是没有乌云了。这还不是丰盛的年头，生活中还缺乏许多东西。是要花费相当的代价以后，才能逐渐明白这个真实。

　　60 年代，诗逐渐深入，由单纯走向新的阶梯，希望诗能上高处，对过去，对未来，都看得更远一些。但在一面倒的劲风中，发表独立的见解的诗是很困难的。看似沉默，其实感情汹涌，再也不能满足以前所有的一切。

　　70 年代，是沉思的年代，也是诗歌再生的年代。首先要求对 60 年来中国新诗的历史有一个正确的估计。先头，如胡适等人，虽以白话写诗，但其意境和语言仍未脱旧诗窠臼。当时在国外的郭沫若，受到惠特曼和泰戈尔的启示，发出宏大的新声，建立了新诗的基础。随后的新月派和现代派，借鉴于外国，企图用更精致的语言，表现更细腻的感情，但他们严重脱离现实，与当时的革命发展相违背。30年代的艾青，从凡尔哈仑和法国诗中借到新的表现方法和新的语言结构，喊出了这土地的儿子的不平，表达出这民族的气质。战争起来了，革命在深入，为了动员群众，快板诗在新区应运而生。新中国成立以来，以贺敬之、郭小川为代表，把民歌、说唱，与马雅可夫斯基的风格相结合，熔激情和沉思于一炉，尽量发挥，极力铺张，影响所及，诗坛披靡。与之相平行的，是民歌体的风行，旧体诗词的泛滥，新诗受到空前的考验。何其芳曾经提出建立新格律的主张，响应者寥寥。自由诗如果仍以不讲形式为形式，必将导致失败。自由诗的民族化，已有燃眉之急。

　　文学艺术在形式上的各种特性，也会因为社会生活的演化而有所不同。诗的用韵，就是一个很好的证明。诗是文学各种样式中最早产生的，几乎可以说是人类幼年期文学的王者，记录性的文字，只能用刀刻在竹简上，用笔写在帛上和羊皮上，那种东西只有王室和贵族才有。于是在民间，只能依靠口头来传播。那时候诗歌押韵，就是便于背诵，便于记忆。不只诗歌用韵，医学（汤头歌诀）、法律（四六言告示）的文字，也有采用便于记忆的脚韵。纸张发明之后，开始也只在王室和贵族中应用，在印刷发明之前，靠手抄本来传播，情况的改善有限。只有活字版印刷传播到西方，木刻改用铅字，文学的大革命终于来到了。由铅字印刷产生了近代的小说，诗歌的王冠改戴在散文的头上。诗的地位也日渐衰微，它再不改革是不行的了。自由诗产生在100多年前近代文明的基础上。那时，剧烈的阶

25

级斗争产生了近代的政党，产生了报纸。诗从讲坛的演说和报纸的社论吸取养料，出现了与前大不相同的内容和形式。它不再是靠口头传播，不再是靠手抄本流行，而是有了报刊和大量出版物为它服务。便于记忆的脚韵，也不再是绝对不可缺少的条件了。读物那么多，谁还有可能去背诵？诗已从听觉艺术进到视觉和想象的艺术了。诗尚须保存它的音乐美，也不是只用脚韵，而要讲究内在的和谐，讲究音节音响，并且和交响乐似的，讲究对比、和谐、变化、统一。如果单用押不押韵，作为辨别是不是诗的标准，那已经是非常落后的观念了！人类早期的诗歌，句子是短的，并且大体整齐。近代社会生活的丰富反映在语言上的复杂和完善，这在政论和学术应用的语言最为清楚，诗歌的语言不可能不起相应的变化。近100多年来的自由诗，最初是一行中包括意思独立的长句，后来启发到一句跨两三行到数行，句法也复杂了。用韵不再那样刻板，可以互换，可以遥相呼应，可以变化多端甚至故意避韵，可以只强调内在的韵律，而不求表面形式上的音律。即使中国将来产生格律诗，那种从前靠方块字、单音字而建立的平仄规律，也不可能原封不动，它必须在文字改革为拼音字和多音词的基础上产生全新的前所未有的格律。所以，中国现代格律诗，至今尚未有产生的条件。中国古代格律诗也是历史的产物，它是从六朝才开始的，到唐代才正式分为近体诗和古体诗，近体诗便是格律诗，包括绝句、律诗和后来的长短句（词曲）。格律诗以外的诗，从国风（秦以前的民歌）、楚辞、汉赋、古风，虽也押韵，但不讲平仄，在某种意义上说来，是自由体的前辈，特别是赋，更是早有先例的自由诗。也可以说格律诗以外的都是自由诗，它的范围很广。所以现代的自由诗，不应当专指那种以不讲形式为形式的一种，也应有很讲究形式的，押韵或大体押韵的。除了政治抒情诗（它从演说和政论衍生出来）以外，其他都应该是比较短的，讲究形式的大体押韵的诗。今天有些自由诗所以不得人心，就是它太不注意艺术形式，随意行笔，这绝不是自由诗天生的特点。今天的自由诗，应该是一切传统诗歌（包括格律诗）的继承者，而不是先辈的叛子逆孙，不过它不是复旧，而要创新。

过去一切有成就的诗人，都是既写近体，也写古风，也写民歌，也写长短句，各种体裁应有尽有。这是因为他们能根据不同的题材应用各种与之相适应的形式。诗歌形式应该多元化，不应单打一。譬如说用民歌体写政治抒情诗，就难以充分表达，受很大限制，甚至把感情架空丑化。从形式到表现手法，都以多样化为好，越多样，就越丰富，越生动，越能深刻反映生活。形式主义者与此相反，他用某一种形式来套各种生活、各种感情，其结果必然是题材狭窄，手法单调，内容千篇一律、互相雷同、不断重复。现在流行的长篇抒情诗，就有这种毛病，任何题材都写得铺张冗长，好像一大盆白开水，无色无味，灌得你肚子快要胀破，而仍有饥饿之感！现在应该回过头来，向古典诗歌学习形式的多样化，把大部分的诗写得简短，这也是人民对诗歌的迫切要求。

诗是语言的艺术，这对于自由诗尤其重要。因为自由诗不以音韵取胜，就必须以语言的新鲜见长。即使构思怎样巧妙，如果没有独创性的个性化的新鲜语言，自由诗就会失色。而语言的新鲜不是凭空而来，不是外加，不是后贴。从概念出发的诗，堆积着大量漂亮的词汇。常常是互相抵消。从生活提炼的诗，发光的语言不必多，它与形象思维一起来，却永远耐久不淡。所谓诗意，也就是这种新鲜的感觉，它是与生活的真实和语言的个性化相随而来的。诗人的语言贮藏，应当是古今中外，无不包含，广纳博采，无一拒绝的。诗人的向生活、向社会、向中外遗产的学习过程，也就是掌握语言的过程。这种学习与掌握的过程。尤必须以现代人的生活、现代人的感情、现代人的思想为依据，才可以达到融洽无间的效果。无论是外来语言、古代语言，都要根据题材（来自现实生活）加以改造，使之融化，如果生搬硬植，不是触目碍眼，便是陈词滥调。从书本中得来的语言，必须和生活中得来的语言互相补充，互相丰富，才会有血有肉。如果单取一项，不是过于简单，就是过于空洞。不明白语言对于自由诗的决定性作用，就永远不能接近自由诗。

1979 年 5 月

（收入《蔡其矫诗歌回廊·诗的双轨》）

《生活的歌》自序

1953 年和 1956 年，我两次到海军部队，写了一些关于海的诗。朋友曾劝我沿着这方向发展下去，我也这样想。1957 年"反右"运动，有人说我的诗最多只有爱国主义思想，而没有社会主义思想。我决定投入社会主义建设最活跃的战线。"作家下放"一声号召，我自动走到长江水利建设的工地。反正江和海都是水，我要向水讨生活。

1957 年最后一星期，我是在汉水上一只小火轮上度过的（1958 年元旦才到襄阳）。中国唯一的一条从北向南的大江汉水，两岸相当荒凉。小火轮逆水而上，每一小码头都有客货上下，蜗牛般爬行，使我有机会观察体验。在船上，我写了这样一首诗：

雾中汉水

两岸的丛林成空中的草地；

堤上的牛车在天半运行；

向上游去的货船

只从浓雾中传来沉重的橹声，

看得见的

是千年来征服汉江的纤夫

赤裸着双腿倾身向前

在冬天的寒水冷滩上喘息……

艰难上升的早晨的红日，

不忍心看这痛苦的跋涉，

用雾巾遮住颜脸，

向江上洒下斑斑红泪。

1957 年 12 月 26 日　汉江

这诗一发表，《人民日报》副刊主编袁水拍说，他接到读者来信反映：为什么诗人在一片欢欣鼓舞的全国"大跃进"中唱这种低调？就著文在《文艺报》上予以批评。更不幸的是，当时我写这样的诗不只一首。从襄阳经当阳、江陵到宜昌南津关，我又写了这样一首《川江号子》：

我看见巨大的木船上有四支桨，

一支桨四个人

我看见眼中的闪电，额上的雨点，

我看见川江舟子千年的血泪，

我看见终身搏斗在急流上的英雄，

宁做呕血歌唱的鸟，

不做沉默无声的鱼；

但是几千年来

有谁来倾听你的呼声

除了那悬挂在绝壁上的

一片云，一棵树，一座野庙？

······歌声远去了

我从沉痛中苏醒，

那新时代诞生的巨鸟

我心爱的钻探机，正在山上和江上

用深沉的歌声

回答你的呼吁。

即使诗的末尾有条"光明的尾巴"，也不能挽救我免受批评。袁水拍开了头，还怕没有后来者吗？批评家们说我的诗是"一面灰旗"，是"反现实主义"，是"唯美主义"等等。说实在话，为了现实主义，我肯牺牲艺术。当时我在管九个省的水利建设的长江流域规划办公室挂了个名义上的宣传部部长，一心要歌颂那将改变我国落后面貌的伟大工程哩！

当时，浪漫主义的"大跃进"民歌正在兴起，我也深受感染，在《人民文学》上发表了《农村水利建设山歌十首》，写道：

改了洋腔唱土调

明天再写新诗歌

批评家又调笑我不彻底，仿佛除了民歌，并没有什么新诗歌。他们不但是形式主义者，而且是反艺术的。假话大话空话受鼓吹，真话实话人话不允许。现实生活在文学中消失了！

　　"大跃进"之后随之而来的是三年困难。形势逼得又搞出个"文艺十条",重提"双百"方针。我在民歌颂歌坎坷道路上跋涉三年之后,也重新写起自由诗。有一天,我从福建角美渡九龙江到石码,见到雨后一个奇景,回来写了这样一首诗:

双　虹

这样的景色真是罕见,

两支七彩的巨柱并立在水上;

背后尚有昏黄的阵雨,

前面正当夕阳含山。

于是,绛色的榕树闪照在暗绿的高岸,

绛色的渡船起落在晶亮的波间,

绛色的水草摇动晚潮,

绛色的鹭鸶横飞暮天……

直到远山化作朦胧的蓝烟,

直到夜的帘幕垂落江面。

1961 年 8 月

　　编辑一眼就看出《双虹》是写"双百"方针,所以乐于刊登。其实,我是在写 1956 年第一次"双百"方针,而非 1961 年的第二次"双百"方针。很显然,诗中有不少学古典诗的痕迹。只要能反映现实,民歌、中国古典诗词、外国优秀诗歌遗产,我一概接收。生活是源,古人今人的作品是流,没有流,诗难成形状。

　　重来的春天都是短暂的。"千万不要忘记阶级斗争"的号召，又使文艺陷入团团转。人们并没有全部变得聪明起来。不免要思考人民的命运。中国有句古话："水可以载舟，也可以覆舟。"我还读过一个外国故事：罗马一个皇帝，到海边迎接凯旋的舰队，侍卫把椅子放在沙滩，这时正值涨潮，皇帝喊："波浪，我命令你停!"潮水当然不听，甚至泼到龙袍上，皇帝只得仓皇退走。后来西方文学，习惯把波浪当作争自由人民的象征。我经过三次改稿，写出这样一首：

波　浪

永无止息地运动

应是大自然有形的呼吸，

一切都因你而生动，

波浪啊！

没有你，天空和大海多么单调，

没有你，海上的道路就可怕得寂寞；

你是航海者最亲密的伙伴，

波浪啊！

你抚爱船只，照耀白帆，

飞溅的水花是你露出雪白的牙齿

微笑着，伴随船上的水手，

走遍海角天涯。

今天，我以欢乐的心回忆，

当你镜子般发着柔光，

让天空的彩霞舞衣飘动，

那时你的呼吸比玫瑰还要温柔迷人。

可是，为什么，当风暴来到，

你的心是多么不平静，

你掀起严峻的山峰，

却比暴风还要凶猛？

是因为你厌恶灾难吗？

是因为你憎恨强权吗？

我英勇的、自由的心啊

谁敢在你上面建立它的统治？

我也不能忍受强暴的呼喝，

更不能服从邪道的压制；

我多么羡慕你的性子

波浪啊！

对水藻是细语，

对巨风是抗争，

生活正应像你这样充满音响，

波──浪──啊！

1962 年

　　初稿写成三段，读起来不行。二稿改成每段六行，犹不解气。最后是想起"大跃进"时我编《福建民歌》（还是精装本，只藏在图书馆的角落里），见到漳州艺人邵江海同志唱的一首：

只菜歌

只菜啊，梳个圆圆头，

圆头梳来扑姑心，

哎哟，共哥好一心。

只菜啊，梳个燕仔尾，

燕尾梳来老人派

哎哟，二人真相爱。

只菜啊，抹水粉，

水粉抹来点胭脂，

哎哟，共哥结连理。

只菜啊，弹琵琶，

琵琶弹来当当哮，

哎哟，共哥好到老。

　　我的确是从中找到了《波浪》的旋律，三稿一写就成功了！这首诗放了 17 年，三中全会后思想解放才得以发表。任何一种力量，都不能使诗屈服，牢狱和死刑也不能，更何况是毁谤！

　　"文化大革命"中，我被流放在永安农村 8 年。在公社的果林场，大部分是知识青年，我亲眼看见，在封建的包围中，年轻人连最起码的权利：谈情说爱，都受到嘲笑和攻击。我一再想起美国诗人惠特曼的那句话："无论谁如心无同情地走过咫尺道路，便是穿着尸衣在走向自己的坟墓。"

　　在那个年代，一切都不正常，因此我写：

祈 求

我祈求炎夏有风，冬日少雨；

我祈求花开有红有紫；

我祈求爱情不受讥笑，

跌倒有人扶持，

我祈求同情心——

当人悲伤

至少给予安慰

而不是冷眼竖眉；

我祈求知识有如泉源，

每一天都涌流不息，

而不是这也禁止，那也禁止；

我祈求歌声发自各人胸中

没有谁要制造模式

为所有的音调规定高低；

我祈求

总有一天，再没有人

像我作这样的祈求。

1975 年

夏风、冬雨、花的颜色，都是自然现象，有什么可祈求的？爱情、悲伤、知识、歌声，都是极普通的人事，无须他人干涉，有什么可祈求的？这一切都是"反语"，最后一句就把前面所有的"祈求"都推翻了！这种方法，我是有心向莱蒙托夫学习的。请看他的：

感　谢

为了一切，为了一切我感谢你：

为了热情的隐秘的痛苦，

为了辛酸的泪，为了毒恨的吻，

为了敌人的报复和友人的毁谤，

为了那在荒漠中所浪费了的心的热忱，

为了一切，为了在生活中我所被欺骗的一切——

我只愿望这样，从现在起

我不再长久地感谢你。

（戈宝权译）

如果可以给诗下个定义，我想这样：个人一段人生经验或一时感触，加上全人类的文化成果，等于诗。

从思想到形象，都是来自生活，从经验中产生；而艺术形式和表现技巧，则是全部人类文化成果的继承。

因为我不是写别的，而是要写诗。而诗，几千年来，它已是一种客观的存在，我必须使所写的符合诗的条件，它才有存在的可能性。只有虚心一点向所有的人（古人今人）学习，向所有的诗学习，写一辈子，学一辈子，而每写一首诗，都像第一次创作那样艰难。

1981 年 4 月 1 日，园坂村

（收入《蔡其矫诗歌回廊·诗的双轨》一书时，略有改动，题目为《经验与借鉴——〈生活的歌〉自序》）

《福建集》自序

每首诗都要有一个空间，或叫地域，或叫场所，或叫立脚点。没有空间的诗是不存在的。

每个作者，也都有他最称心的空间：这可能是他生长的地方，童年在这里消磨，一草一木，云影波光，都留下深深的记忆；也可能是他成熟的地方，在这里他经历了挫折和苦难，懂得了人生和社会的艰难；或者就是目前他生息的地方，欢欣和苦痛纠缠一起，辛酸和快乐都奔向笔端。

也有诗的王者，如李白，他诗的空间不在地面；而杜甫，恰恰相反，永远在旅途。当然，也有一向阿谀逢迎在宫廷里，修身养性在书斋中，叱咤风云在讲坛上。

这自然是由于际遇，由于时代决定的，不可能由个人自由选择。

50 年代，我开始迷恋智利作家聂鲁达的诗。他的主要著作《常人之歌》（过去有译为《诗歌总集》，也有译为《平凡的歌》的）开启我的眼帘：原来写诗也可以系统化！在这本气象宏伟的诗集中，他有计划地写出了南美洲的历史、现状和它的人情世事。我有心学习他，却也自知没有他那样广阔的视野，不免把空间缩小些。我终于回到福建老家来了，就暗下决心，要写故乡的近代历史以及它的人文地理甚至它的风景、它的花木、它的习俗和艺术。这就是这本《福建集》的成因和本源；还有部分这类诗，归入《祈求》《双虹》和《迎风》等各集中。

人对故乡的感情总是深切而且持久的。当我回忆少年时代生活在这块土地上，就清楚地看见了那棵长在岩石上的榕树，那到处都有的带着忧伤气氛的红砖楼，那经常泛滥的河流和有光荣的过去而现在十分古老沉寂的城市。在"大跃进"之后的三年困难时期，我有机会深入到某些地域的历史斗争和英勇牺牲的往事中，对证着我所目触的景物，我仿佛看到了先人的血泪。"文化大革命"中，我流放在永安 8 年，更多地接近了山区的人和自然，不免时或写点新的印象；有时也短期到海滨去会朋友，记录了些偶发的感触。在那些年代里，多变多难的生活，写这种不为人注意的题材，也许是必行的。

终于，"四人帮"被粉碎了，祖国又经历更为惊心动魄的变化，更新的题材涌到面前，再写历史地理、风土人情的机会可能就不多了。所以，这本《福建集》，也是过去了的痕迹。出版它，对于许多热爱故土的人们，也许会有一点帮助回味乡情的作用吧？

对故乡的浓烈感情（感觉和情绪），人人都是有的，不过把这种感情注入诗中，却也要提防一切抽象的概念，提防一切仅仅属于头脑的思索。诗必须使我们看到、听到、嗅到、尝到、触到这个生活的世界，必须是从我们整个心灵、希望、记忆和感触的喷泉里喷射出来。如果不充分发挥我们各种感觉的潜在能力，只在表面现象的平滑上行走，则所有的感想和意念都将全是转借他人的，全是第二手的。

人的感觉是转瞬即逝的，诗便是供给各种因时因地而表现出不同的感觉的进口和出口，它是过去经验的唤醒者，又是未来经验的催生人。它能更新人的心灵，培养和形成对美、真诚、善良的感觉能力，增进和改善人的心智，这就是诗的主要用途。诗，贮藏了人类体验的一切：美、感动、欢乐、顿悟、希望以及惊恐、厌恶、困惑、焦虑、失望。在一切艺术领域里，包括诗在内，没有情感便无法达成自然。

大概，读者是不需要从诗里寻找新哲理的，虽然诗有权利写思想，但在理智上开辟荒地，不见得是诗的职责。探索普通人的内心，表现普通人的希望和情感，像陷入爱情一样，苦心发展这种追求和探索，永远是诗的意向，所有的诗人都在执行这个职责，不过各人有各人的方式，正如树都要开花，但枝叶绝不相同。以故乡为题材，更容易显出各自不同的感受，因为自然、气候和历史传统，使我们生活的地方都有不曾雷同的特点，这也许是历来的诗的故乡题材永远是不可重复的原因。以故乡作为诗的空间，自有一种便宜和取巧的可能性。只是我个人修养有限，能力不足，所知又大都零碎片面，也许不能完全达到预期的目的！

1981 年 4 月 30 日，园坂村

（收入《蔡其矫诗歌回廊·诗的双轨》一书时，题目为《诗的空间——〈福建集〉自序》）

陶然的《香港内外》序

　　涂陶然,原名涂乃贤,祖籍广东蕉领,生长在印尼万隆,16 岁回国读书;那时正是 60 年代初困难时期,随后稍有恢复,又进入"十年动乱"。他就在这动乱中毕业于北京师范大学中国语言文学系,1973 年秋到香港,1974 年春开始发表作品,是香港新进的作家,几年来以写作认真、文字严谨为人称道。

　　这本小说散文集,相当程度地反映了香港的社会现实面貌。在宽度上,作者的笔触涉及电影电视的明星、竞选获胜的美女、银行职员、富家小姐、强盗、劫贼、偷渡者、赌徒、渔民,以及各式各样的任人宰割的可怜虫——众多的弱小者。在深度上,作者从人道主义立场出发,为普通人的悲惨命运鸣不平,人情味很浓,有精细的观察和入微的刻画,饱满的思想内容与艺术感染力相结合,能吸引读者一看到底。

　　在任何社会的现实生活中,并无枯燥无味的人和事,却有枯燥无味的作家。陶然不是这样的作家。他充分明白作品的艺术力量是与技巧水平相平行的。他十分重视艺术形式和艺术技巧。他不是简单地照抄现实,而是通过认真的思索,加以概括,

41

发挥创作的想象力，进行艺术加工，洗刷和摆脱一切次要的成分，力求在新颖的形式中把生活再现出来。他能够在该浓缩的地方就浓缩，在应展开的地方就展开。作品的构思，乃是一种浓缩——展开——节制的艺术。不懂浓缩，必是肤浅平庸；不会展开，难免干巴单调；而不善节制，又会拉杂、臃肿。他总是在最接近高潮的地方开始，把人物和事件一下子就放在矛盾的尖端上展开。这种开端（系结）的技巧，具有吸引人的力量，能鼓起读者很大的兴趣。接着又很快地就把人物放在情节高潮和情绪高潮中进行内心的刻画。

《一万元》的主人公是个银行女职员，春节前夕接纳一笔存款，由顾客的笑容联想到爱人，联想到结婚费用还差 1 万元，而顾客存 15 万，点钞却是 16 万，这多出 1 万元的巧合，并不损害作品的真实性，在于作者能够恰当地刻画出人物的内心活动，展开了悲剧的情节：事情被洋经理发觉，乘机要她贡献肉体，被拒绝，立即锒铛入狱了。作者也无须在这多出 1 万元上面花费笔墨：是预先做好的圈套，或者按事实的可能发展，并不重要；重要的是表现这样社会生活的本质：弱者任人宰割，强者为所欲为！

《一夜成名》的主人公是竞美获胜的"香港美人"，作者写她在强光灯下回答记者的提问，一步步地展开她的内心状态，也一步步地刻画她走向狼狈不堪的境地。几乎完全靠心理描写来造成这个性格：虚荣，好胜，相当老练却也有应付不了的时候。气氛的描写和从问答中来展开社会风尚等方面也都相当成功。

《巨星》写一个武打明星由兴到衰的过程：毛遂自荐代替受

伤演员，又立意违反导演的安排，从楼梯上踢下比自己强得多的对手，因之又抢当主角，一举成名；在电影圈里你争我夺的混战中，他落入另一导演手里，开始尝到失败的苦果；正失意时，早先的导演拉他拍新片，却恰恰和从前被他踢伤的那个比他强的武打演员合作，这一回他要从地面升到屋顶，才吊上去，吊带断裂，坠下来，腿骨碎了！作者没有点破这结局的原因，让读者自己想象：是不是原导演和原演员串通的报复？

　　受一些评论家注意的小说《夜海》，主人公是正面人物，是一个具有强大的生存斗争意志的渔民，在台风的袭击下，在深夜弥天的浪涛里，失去了妻子和长女，他咬紧牙关，不屈不挠，与大自然的暴力搏斗，毫不示弱！作品一开始就着力描绘主人公粗犷的性格，几个动作就给读者留下深刻印象。接着写出他的壮健体态，使人有个真实感觉。当妻女相继被风浪夺去后，作者用大段文字展开对妻女的温情回忆，写出了主人公的内心面貌。他拒绝长女要求带她去看戏，如今深自懊悔，10 年来从未在女儿面前流露过一点父爱，而他内心却是充满着爱的。当狂涛卷去爱女时，妻子狂乱，无人把舵的渔船被冲走好远，他一巴掌打在妻子脸上。这一巴掌在作品中提到 3 次："我不该打她一巴掌"，"我真不应该打她一巴掌啊"，"我实在不应该打她一巴掌啊"！第三句又是放在小说结束时，更使读者留下难忘的激动。作为这些人物的对立面，那盲目的大自然，作者给以拟人化，让风暴"嘿嘿怪笑"，"嘻嘻哈哈"地追逐，把场景写得有声有色，更烘托主人公的坚韧不拔，"咬破嘴唇"，"虎眼圆睁"。待风暴过去，劫后余生面对一轮红日上升，作者又用抒情诗的笔调，以眼前壮丽景色，象征主人公在与残酷命运搏斗胜利之后之光辉，达到情景融合的境界。

一般地说，陶然的小说最擅长于讲述故事、安排情节，但也有几篇写人物写得很不错的，如《在街边摆棋的少年人》《夹缝中》《法庭上》等。前一篇，通过"我"在春、夏、秋、冬所见，然后才摊出硬纸板的告示，沉默的少年人已十分引人注目。待反衬人物（摩登男女）一出现，几个动作，几句话，就把始终不说一句话的少年人照亮了，接着来了一大段"我"的抒情独白，再加开头的问句和结尾的慨叹，完成了一篇结构严谨人物鲜明的短小说。《夹缝中》也很短小精悍：初出茅庐的小职员，受尽接待小姐的冷落，反复写他的耐心等待，直到阔佬出现，小姐的另一种表情，主人公的可怜可悲就太触目了！《法庭上》对法官的简要几笔，就活灵活现地说出了法律的可笑。以上这3篇短小说，都是1976年的作品，作者才到香港两三年，对一切感觉新鲜，也未曾追求惊人情节和玄妙的艺术效果，但却有强烈的正义感。这是直接取自生活中的第一手材料，比从报章上或朋友口中得来的第二手材料要动人得多。而且在艺术上，这些都是人物完整、结构严谨的小说。为什么这些是小说而不是散文？散文和小说有时的确很难分清楚。常常有作者认为是散文，编辑却把它放在小说栏中；或相反，作者以为是小说，编辑却偏偏把它归入散文。这是因为现代有不少散文作家，常用小说的手法写散文，十分强调剪裁，并允许适当的虚构，更使散文和小说难以区别了！但大体说来，这样的说法是可信的：小说是人物性格的典型化，散文是生活感受的典型化（诗歌是感情的典型化，剧本是戏剧冲突的典型化）。凡是人物（同时连着为人物服务的结构）比较完整，就可以归入小说了。

上引几篇短小说中，我们已经看到作者善于巧妙地把事件事实作对照比较，以此达到强烈的艺术效果。对比，是艺术技巧的基本手法，也是情节组织的重要手段。一对比，意义就特别突出鲜明。陶然的散文也是这样：善于运用对比的手法，从而发挥了意外的动人力量。

《回声》这篇散文，前面写朋友来信中所述北戴河的风浪，后面写"我"在香港台风中亲目所见，用自然界的现象的对衬，来影射友谊的呼应，有如一首歌颂友情的诗。这篇散文的开头和结尾也很别致，是一篇精致漂亮的抒情散文。

《夜归》又是另一种主题另一种写法：在郊野孤独等车的恐惧，几个细节之后出现另一陌生青年，把不安全感推上高峰，以心理描写到不能坦诚相见的感叹，到结尾有含义的问句，作品的每一方面每一部分，用对衬的结果，都有助于深刻而鲜明地表达了这一生活内容。

《离别的故事》写 3 种离别：少年离开父母，青年离开爱者，最后南下离开朋友。用"离别"这条线，来串连生活的各不相同的几个片段，都以沉默中的动作为核心，精心铺陈渲染，追求诗一样的意境，以"我"来直抒胸臆，以事寓情，把人和事，化作写意的片段材料，运用精细的白描手法，在关键地方适当点染，使无言的分别都有极其鲜明的动作和深沉的内心描述。

陶然的所有这些细腻的观察和深刻的描绘，都是用意趣盎然的文笔来表达的。他掌握语言的功底甚深，能相当熟练地运用生动而又鲜明的语言，这是他作品的极为显明的特色。他还经常使用抒情的笔调，诗味很浓，并自有一种气韵，能引人入胜。

1981 年 8 月 9 日，北京

（陶然散文小说集《香港内外》由福建人民出版社于 1981 年 6 月出版）

您真的看不懂？

　　年轻人的兴趣一般不在于理解一首诗，而在于感觉一首诗。他们对那些千篇一律的捏造品感到厌倦。他们热烈希望多产生一些出自真情实感的创作。当诗人不能完全满足这一需求时，他们就自己来写这种偏重感觉的诗。于是即有评论家出来指责，说这种诗看不懂，有悖于民族化和群众化。

　　这叫人纳闷：艺术多种多样，诗也各自不同，有的一目了然，有的深藏不露，为什么要祭起这两把尺子，来打杀新种呢？

　　原来有人使用这两把尺子是个烟幕。

　　李商隐的无题诗，造境深沉，意象新颖，历来为许多诗歌爱好者所称赞。但是那些评论家，抱着封建的宗旨，定要解释它为宗派斗争中的申述、辩解，或士人对主子家的偷香窃玉，而不懂幸强附会，虽誉实毁。我们如能按照艺术创作的规律探索，恢复它的本来面目，不相信那些落后的评论家，也不难欣赏它的美妙。现在的评论家，总不敢说这些诗不是民族的，没有群众看吧。

　　李贺的诗也是偏重于感觉的诗。幸而有了一些比较切实的注释，我们已不难了解诗人的深意。如果没有这些注释的版本，现在评论家看不真切，也敢说这是有悖于民族化，并无群众看吗？事实明显摆着，历经数百年，李贺的诗，至今仍为许多中国人所欣赏，甚至还译成外文，介绍给世界！

再说李白。他的诗歌在群众中的影响，可以说是最广泛的了。有多少关于他的民间传记呀！收集起来简直可以编成巨著。可是，他的《蜀道难》千年来都是众说纷纭、莫衷一是，那些狭窄短视的批评家，一定要朝着"忠君急难"的方向去猜测，把诗人的情怀支离破碎，造成人为的难解。即使这样，也还没有人敢否定这篇诗是他全部诗作中最宏伟的！由于轻率和懒惰，有不少自认为诗歌的指导者，在解释李白的诗歌上，翻了不小的跟斗。解放以来，老师动不动就要讲作品的主题思想，强不知以为知。譬如这一首七绝：

朝辞白帝彩云间，千里江陵一日还。

两岸猿声啼不住，轻舟已过万重山。

有老师说：这是歌颂祖国伟大河山；并把他的判断写成文章，作为教材。他就懒得去翻看李白的历史：以六十高龄，被流放夜郎，沿长江逆水而上，走了大半年才到白帝城，忽然新皇帝登基，宣布大赦，就像我们遇到"四人帮"倒台，解放了，自由了，顺流如飞返中原，怎不高兴万分而留此绝句！

再看刘禹锡的两首关于桃花的诗，因为曾经在《千家诗》上，流传颇广：

其一

紫陌红尘拂面来，无人不道着花回。

玄都观里桃千树，尽是刘郎去后栽。

其二

百亩庭中半是苔，桃花净尽菜花开。

种桃道士何处去，前度刘郎今又来。

要不是后来有专家研究作者的编年史，判定一首写于被贬离长安时，一首写于奉召回长安时，难保某些评论家不说它难懂而且空洞无物。

《唐诗三百首》中七绝部分，是以张继的这首诗作冠首的：

月落乌啼霜满天，江枫渔火对愁眠。

姑苏城外寒山寺，夜半钟声到客船。

这首诗在音韵、意境、色彩、音响等方面，具有绘画和音乐的高度表现力，千年来受群众喜爱。张继因为这首诗而被人知，寒山寺也因为这首诗而成千年古迹留到今天。但这首诗只传达一种情绪，而不涉及理念，如果按现在的某些评论家的条条框框，不也是有缺点的吗？这首又是民族化又是群众化的最佳作，批评家难道会没有话说吗？我不信！

为了不卷入政治的漩涡，为了保护一己身名，为嫌恶赤裸裸的表露，诗人有权利把诗写得含蓄些、朦胧些，更多地动用借喻，控制感情，少用陈述，探求某种瘦硬的口语，用若干有关心境的并列意象，诉之于读者的感觉。这是诗人的权利。要保护这正当的权利不受侵犯，对任何哄骗，都不接受。

大部分评论家，都是备受恩宠而生活平静的学究，历来都从事维持现状。他们强行推销的美学，往往是那种不费心血就可以获得的东西。他们有话要说，不过是为了表示自己还存在，不惜把昨日的经念道又吟道。年轻一代的诗自然就难以进入他们的内心。真正的诗，从根本上说，是属于那些身负荆棘，双手流血，心里有理想、有追求、有痛苦的人的写照，必定涉及他们的欢乐和悲哀、信仰和怀疑。也许是这些新的感触，或多或少地刺到某些处于平静生活中的评论家的皮肉，因而假装不懂，指东道西，祭起这两把尺子，好不吓人！

这正好证明现在的诗大有进步。有反对即是有反响。反对越大就越好，可以让人民看到权欲、野心、欺骗和顽固不化，是怎样长期侵蚀我们的肌体，造成当前这个不愉快的现实。

奉劝这些同志，也来努力提高与锻炼自己的想象力，不要那么轻易地就拒绝与鄙视一切新生的事物，包括诗歌的现代化。

1981 年

（收入曾阅编的《诗人蔡其矫》，作家出版社 2002 年版）

创作的性格

现代理想的极境是什么？应该是时新型的人。文学和诗的任务就是要创造这种形象或品质：充满爱国主义思想和精神，充满真诚和美好的友爱，一直到心灵深处都是坦白而纯洁，对一切人都富有同情心，时常洗练自己的感情，不断扩大自己的胸襟。

可是历史和传统，在我们身上留下许多沉重的遗产，迷信和愚昧，自私和虚伪，保守和封建，形成精神上的枷锁和桎梏，只有突破一点，以求解脱，从文学和诗来说，就是要从人的性格开始建设，以生除死。

诗和文学所以能够存在，并为广大人民所需要，是因为它即使在邪道统治下仍保有人性的光辉，在大量丑恶中仍保留美色，在无情和仇恨泛滥的时刻还能宽宏大量，在作假盛行之中依旧诚实，如果这些没有文学和诗自会灭亡。

任何写作者，都从他所描写的世界得到滋养。谁创造谁，是诗人创造诗，还是诗创造诗人？

是人在劳作中解放了力量。

我们的生活需要艺术，而艺术也需要生活。把生活看成为枯燥无味的人，就是以为他冷漠无情和麻木不仁，这是不可救药者。

只有那些对生活充满热情的人，才专心致意去读书，真正关心大自然和人们的命运，才如饥似渴地追求知识。

写作者的性格，和他的作品有密切的关系。

创作是被社会所决定的，也被作者的经历、生活经验和个人性格所决定。

倾向性就是对某种事物的爱好。倾向性就是作品中的热烈的感情。没有热烈的感情便没有真正的文学。

作者的洞察力来自同感。在每件小事中发现有意思的东西，在周围现象的令人讨厌的掩盖下能看出深刻的内涵。

写作者要在自己极短暂的一生中体验许许多多的生活。

1981 年

诗 的 诞 生

——为陈幼京诗集《春花秋叶》写序

创作心境始于现实生活的体验。作家心灵从现实生活接受的影响，产生美的快感，这必是他心灵最善良的时刻。这种美感，是无私快感和赞美的特殊感情；也可以说是美的享受，并无任何私人打算。

诗的创作，虽扎根于现实，却绽花于想象，而想象起源于同情：对人类和大自然，甚至是对抽象事物的同情心，才使诗人能够深入事物的核心，并与事物合一。没有想象便没有诗，想象使诗更生动地再现现实；而想象，其实就是形象化了的思想，如果心中没有对具体事物的深刻同情，何来想象？

作家的洞察力，也是来自同情，有了它，作家才能深入对象的精神世界和感情世界，而说出事物的本质。有些感受是不可解释的，只有诗能够表达。

诗的构思，也永远是由诗人的内心状态孕育出来的，它产生在他洋溢着思想、感情和记忆的意识里，虽不能预见，但可以捕捉。也许它是很久以来即已暗中酝酿，可又如风中烛火时明时灭，文字只能追索它的毫末甚至只留有影子，写出来以后

53

也永远不能满足，整个过程有如永远不能达到的追求。这种创作心境是与卑鄙的欲望决不相容的。艺术需要无私；正直与诚实，绝不可少！

诗人要把他心中的领会和体验传达给读者，大都并不由于他独具慧眼，而是因为他保有童心。他要时常洗练自己的感情，不断扩大自己的胸襟，日益加深对一切生命的同情。他要把诗当作道德的武器，是为了人类更聪明、更善良、更成熟和更完美，为了生活更崇高而服务的。历代伟大的诗人们，都对人类的感情生活作了优秀的贡献，我们应该有自己时代的德行，以每首诗来尽自己的责任。

善的中心就是爱，它在诗中是通过美和真实表现出来的。不管什么样的爱情：对祖国，对大地，对亲友，对异性，都能使人心胸开阔，摆脱一切低级趣味，赋予人心以特殊色彩，以至于在人身上透出宽容恬静的宏大气度。所以爱情诗一直在诗中占有重要地位。雪莱说过：精神奴役的废除，妇女的真正自由解放，是爱情诗的基础。这是人类崇高信念和追求，也是诗的主要信念和追求的目标，是不能够用浮夸与浅薄的笔调来触动的！

1983 年 11 月 1 日

（陈幼京诗集《春花秋叶》由宁夏人民出版社于 1992 年 11 月出版）

诗歌的传统和现代化

一

诗歌的发展，必须从过去的经验中吸取教训。成功的经验要总结，失败的教训尤其要重视，因为人只有经过失败后，才可以有彻底的觉悟。

1981年从北京回福建，路经汉口，拜访了徐迟。他有一席很诚恳的谈话。他说平生犯了两大错误：一是《诗刊》创刊号用了旧诗作首篇，一是随声附和了"大跃进"民歌。在关键性的1957年，开始了旧诗的大回潮，使五四以来的新诗运动进入了危机。随后又是"大跃进"的民歌一哄而起，几乎淹没一切诗的声音，这是政治经济的浮夸之风反映在诗歌上。旧诗和民歌这两股旋风，把人吹得晕头转向，诗走向贫乏。旧诗在一部分青年中产生影响。民歌，也大都是假的。

20世纪60年代初，"在古典诗歌和民歌的基础上发展新诗"的口号提出来，体现在贺敬之和郭小川的作品中，大量采用汉赋的对仗和排比，吸取了说唱的鼓词的三、三、四的节奏，幸而还加上了马雅可夫斯基的高调政治抒情，使这新诗体有了时代的音色。但是汉赋的铺张松散和华丽形容，引出了"文化大革命"的掩盖一切的假大空颂歌，从此丢掉了大量的诗歌读者，诗又进一步地不景气。

任何传统，都是糟粕与精华并存，而且是糟粕多于精华。没有扬弃，不能继承。糟粕是负担，甚至是很沉重的负担，一定要扬弃。精华虽是营养，但不是照搬，而是要利用它创造出别人所没有的新物。传统是不容否认的，但传统的消极性很大。旧传统日日都在走向消亡，又部分走向新生，生与死同时并行。古典诗歌，具体地说就是诗、词、歌、赋。赋是不押韵的，可以说是中国古代的自由诗。但它是对帝王歌功颂德的士大夫玩意儿，是形式主义骈体文的祖宗，除了少数如杨雄、司马相如的个别作品具有个性外，其他都千篇一律，都是糟粕，能够流传下来的也不多。60 年代新中国的颂歌，偏偏选中它来继承，是缺乏眼光。"文化大革命"又把这颂歌引入死胡同，所谓青出于蓝又胜于蓝了！

赋以外的歌、诗、词之中，也存在着大量的雷同和重复，大量的互相抄袭，大量的无病呻吟，大量的不真实。即使是唐诗吧，也是对自然的体现多，对人生的观照少，它所特长的是静态美，是和谐、均衡、宁静，与我们现代的动荡生活和激烈斗争距离很大。创作要超越过去，也要超越自己。可以向旧诗吸收有机的不死的东西，但并非除此就别无他路。

二

诗歌，也如同一切文化一样，是一条源远流长的大河。它从来的地方来，又向将要去的地方去。

60多年前的五四运动，高举民主和科学的大旗，开始了中国思想革命的新时期，也由此产生了新诗。

新诗的开始，胡适、俞平伯等人的作品，仍保存旧诗淡淡的情调和韵味；刘大白、刘半农等人的，也有旧歌谣若干痕迹。唯有郭沫若的《女神》，这个诗歌现代化的第一个里程碑，才真正奠定了新诗的基础。这里有很奇怪的现象，作者远离运动，身在日本，用外来的惠特曼的嗓音，却唱出祖国所需要的时代的声音，也由此开始了中国自由诗的局面。新诗就是白话诗，白话诗就是以自由诗为主的新诗。这个功劳要归郭沫若的创造性。

自由诗以语言的自然节奏，来突破刻板押韵的格律，注意诗的内在感情旋律。但也有作者，把自由诗误解为没有限制的自由，导向散漫和平淡。绝对的自由是消极的。创造新形式比利用旧形式要困难得多，但必须有。所以5年之后，闻一多等人出来提倡格律诗。中国古典的格律诗，是到了唐代才建立起来的，它以平仄的相对配合为必要条件。中国现代格律诗，企图以音节来代替平仄，这是不可能的。因此新的格律进展非常缓慢，没有多大建树。其实自由和格律并不是绝对的。写自由诗的可以写格律诗，写格律诗的也可以写自由体，就像李白和杜甫，既写古体，也写近体（即格律）。

在五四新诗第一个高峰过后的 15 年间，还有不少人在诗的现代化上做过试验，如新月派徐志摩等的学英美诗体，现代派的戴望舒的学法国诗体并介绍西班牙的洛尔加，产生一定影响，但并未与时代和现实结合起来，所以建树不大。直到抗日运动起来，刚从法国学画回来立即被投入牢狱的艾青，以《大偃河》和一本小小诗集《北方》，接受了比惠特曼更接近现代的比利时诗人凡尔哈仑的影响，喊出了民族的心声。奇怪现象再次出现仍是外来形式，这是中国诗歌现代化的第二个里程碑。30 年代新起的诗人，都在这个影响下进行战斗，形成抗日时期新诗运动的另一个高峰。与艾青同时的何其芳的诗集《预言》，有浓厚的唐宋诗词的影响，在诗歌艺术上的探索很值得我们今后作进一步的研究。

抗日战争中国分为两个地区：解放区和蒋管区。新诗运动向两个方向发展：在解放区提倡民歌和快板，在蒋管区则有 40 年代的现代派活动。这个现代派的次要人物，50 年代继续在台湾活动，建立组织，出版诗刊，明确提出"横的移植"口号，一味学习西方语言格式，脱离自己民族语言的根。

中国"文化大革命"的最后一年，爆发了天安门"四五"事件，这是以诗歌为武器的斗争。它的意义是非常重大的，但艺术上尚不成熟。半年以后，粉碎了"四人帮"天安门"四五"精神再现在西单民主墙上，产生了现在所谓的"朦胧诗"。它可能是三中全会后形成的新诗运动的第三个高潮中的重要派别。

朦胧诗最初的几个成员，所接受的外来影响是多方面的，但主要的还是来自斯大林逝世以后苏联文学和诗歌的熏陶。它和当时的"伤痕文学"一样，都是批判性的，表现了青年新一代的心声。诗和小说有分别。小说通过人物和事件来刻画，诗却要直抒感情，不得不"朦胧"，既是事实的需要，又是艺术的需要。

举《回答》为例，写于 1976 年 4 月（讲解略）。

有些人看了很明朗，有些人看了认为是晦涩。真正晦涩的原因，是由于信仰动摇甚至虚无，处在探索中的人在所难免。经过"十年浩劫"，40 岁以上还能坚持，因为他有信仰；三十岁以下的人，正在形成世界观的紧要关头，他的迷惘和痛苦更深，失望也更大。

举《一切》为例（讲解略）。

一切事物都有真假，朦胧诗也有真的和假的。它们之间的区别，我以为在于有没有激情。没有激情的伪朦胧诗，故弄玄虚，文字游戏，徒有形式，并无真情感人。这是一些求名求利的诗骗子。真正的诗人无我，他总极力避开自己的问题。诗中有自己的个性，但没有个人的利益。他的诗是要让人们认清自己的处境，恢复人们的感受力，容许感伤和愤怒。古典诗人也一样。普希金有一首《回声》，认为自然一切都有回声，唯有诗人对自己没有回声。我把这意思向一个中文系出来在中学教二十几年书的教员讲述，他竟大感不解，因为他写作出发点是为名为利。

三

诗歌也和我们现在的工业、农业、政治、军事等等一样，都在面临一个现代化的问题。中国的现代化，已经进行了 100

多年。从戊戌维新、辛亥革命到五四运动、国内战争、抗日战争、解放战争，都是为着这个伟大目标斗争。建国后几个五年计划，也为着这个。打倒"四人帮"，三中全会解放思想，才正式提出这口号。这口号是中国人民 100 多年来梦寐以求的。

当我们听到"四个现代化"，也曾产生许多不切实际的幻想。经过这几年的折磨，我们逐渐清楚了：这个现代化，是要在自己的基础上进行的。历史证明，离开这个原有基础，一切改革或革命都归于失败。新诗，同样要在原来的基础上，在古典传统和五四以来的传统上，吸收西方诗歌的经验和方法，来反映中国现实生活和体现这个时代的精神。

传统、个人创造性的才能、时代精神、社会生活，这四者在诗歌创作中一个也不可缺少，而现代化正是表现这时代精神和现实社会生活所必需的。

现代和传统的争论，也是由来已久。有人认为，反传统即是继承传统，因为传统精神即不断求新，不断否定已有的，重新创造一种过去所没有的。维持传统一成不变，是抄袭传统，这才真正反传统。我认为这是片面之词。我以为，纵的继承第一，横的移植总是在其次。任何一个真正的诗人，都有他的历史感。个人的创造性固然要突破传统的束缚，但真正的诗人敢于把自己的成就看成是源远流长的传统的一环，是承上启下的，不是悬空无根的。西方现代派也不是不要传统，艾略特、洛尔加、聂鲁达、艾利蒂斯，都从古典诗歌、民歌、近代诗歌传统上得到启发和吸收养料而成熟。现代文明已使东西两方的文化互相渗透，英美的意象派（庞德等）译过中国的古典诗，他们被称为"国际派"。在他们的写作中立意向东方的诗、向中国和日本诗学习。他们主张意象即感觉经验通过语言的表现，接近中国诗词所说的意境。

台湾的现代派，在摸索十几年之后，发觉横的移植严重地失掉读者群众，已纷纷回过头来研究古典诗歌了。他们发现古典诗中有许多与现代表现手法共通的地方。譬如在句法上，无人称代名词，无连接媒介。举例："浮云游子意""国破山河在"。他们在诗作中，经常把文言和白话互相交叉使用，还有人在诗中大量运用词的三联句。

我们也可以研究旧诗的结构方法，有许多值得我们学习的地方。以绝句为例："月落乌啼霜满天……""葡萄美酒夜光杯……"都是意象和情绪的相互融化，并无分析性的文字。甚至在韵法上，我们可以看到宋词有两韵交叉甚至有四韵交叉的。由此可以发现疏韵、遥韵的好处，结合西洋的头韵、中韵的运用，可以使我们的韵法复杂化。我们原有的双声叠韵就已有头韵和中韵的作用。

现代中国的自由诗，经过西方浪漫派散文化的影响，又逐渐发展到现代派的表现方法，减少连接词，物我合一，不用直接陈述，恢复音乐性，这都是与旧诗的优良传统不谋而合。天下的事，好像是合久必分、分久必合，但都不是回到原状。顽固守旧的人注定要失败。

1983 年

（收入《蔡其矫诗歌回廊·诗的双轨》）

《飞花集》序

　　如果把中国诗歌比喻为夏夜的星空，那么晋江县业余作者的诗创作，就是其中一个尚未命名的星座。这个星座不同于其他星座，有它独自的地域和历史的特点。星座中的若干或隐或显的星光，也各有互相不可代替的个性和文字风格的差别：有的本身就带有旧的素质和新的影响相混合，有的是全新一代的欢快的声音，有的是 50 年代颂歌的继续，有的经常采用白描的手法，有的是民歌体中带有旧诗词的韵味，有的是童谣式的简短清新，有的如新月般秀丽，有的轻巧，有的深沉……这证明：现实中一定要产生并存在各种诗人和各种诗歌。

　　在各种不同的个性和不同的文字风格中，有否共同的需要和共同的任务呢？有的！

　　这就是都要观察社会和想象大自然；都要与最新的文化相结合，并能逐渐做到融会贯通；都要具有必不可少的正直和诚实；都要能够传达并无任何个人打算的美的感受；都要接近到处存在并亘古如此的作为艺术基础的人心，写人和自然，写生活和内心世界……

　　而最重要的是，都要追求诗的最高理想，造就新型的人的性格。诗人自己和诗所歌颂的人，必定是热爱祖国、热爱家乡、热爱人民；必定是在生活中充满真诚美好的友爱，直到心灵的深处都充满坦白和纯洁，对一切人都富有同情心；必定是不断在自然和社会生活中洗练自己的感情，不断扩大自己的胸襟。诗的任务，就是要从人的性格开始建设，并通过诗，使自己和读者都变得更聪明、更善良、更成熟和更美好。这本《飞花集》就是这种努力过程的客观记录。

1984 年 7 月 14 日

　　（《飞花集》为晋江的第二部诗歌结集，由晋江县文学工作者协会于 1984 年 10 月编辑出版）

追寻深海

——《福建诗报》^① 发刊词

　　没有梦，生命不完整。没有诗，现代化不生动。生在什么样的时代，写什么样的诗。诗是时代借诗人的口说人生，没有忧患意识的人与诗无缘。胸中燃烧着混合血肉和灵魂的感情，才产生诗。真情是诗的最大支柱。要写切身的经验。如果感情不真，诗不能得到回响。诗既表现感情的燃烧，而一切燃烧都是运动，把痛苦和欢乐转变为精神财富，诗人的命运就是创造！

　　不断探索内心的各种层次；认识心灵，理解心灵的复杂性，不满足海面上的波浪，而追寻深海。也探索诗的语言之谜，但决不牺牲可读性。

　　诗永远在探索新事物、新思想。现代诗的光辉在于超越前人，不断开拓自己的地平线，追求新的艺术高峰。

　　诗通向永恒、通向无限。

1986 年 7 月 1 日

（收入《蔡其矫诗歌回廊·诗的双轨》）

_____

　　① 《福建诗报》未出刊。

读李剪藕的诗断想

一

一个 19 岁的姑娘，第一次在杂志上发表组诗《桑干河的歌》，立即受到丁玲的注意，写信给她，并送她一册新版《太阳照在桑干河上》。这并不是偶然的。

李剪藕从一开始就紧紧抓住自己的真切感受，而不步别人后尘。那些人的作品，意象、比喻、开头、结尾……千百次地重复，终有根本的缺憾：没有心！

诗产生在心灵最快乐最善良的瞬间。这心境与卑鄙的欲念不相容。为发表而写作，永远是非诗的。

一篇作品若没有心，便没有生命。

有些感受是不可解释的，只有诗能予以表达。李剪藕的近作《思念》："我把山望凹，你将月盼圆。"是因为山把人阻隔吗？是因为圆月象征团聚吗？不容易解释清楚，可是它对分离后的思念表达得很新鲜。结句："你的心是船，我的心是岸。"

船是浮动的，时来时去；岸是坚定的，永远等待船；也许还可以想得更多。

只有那种能向人叙述新的、有意义的、有趣味的事情，只有那能够看见许多别人觉察不到的东西的人，才能够做一个真诚的作者。

一篇作品只要听得到心跳，即使缺胳膊少腿，也是活的。

她的另一首近作《别马尾》中两行："两双热乎乎的手，握着船，握着岸。"《昭忠祠》中四行："历史写下一串感叹，地球因此有了伤疤……七百多枚勋章，缀满绿水青山。"分别时的握手，却写你握着船，我握着岸，表达依依难舍之情，确有独到之处，七百多名烈士，是历史的感叹和大地的创伤，所以为现在的绿水青山记忆，也另辟新径。

诗的构思的出现，永远是由作者的内心状态孕育出来，它产生在作者洋溢着思想感情和记忆的意识里，因人的气质各有不同，产生的构思也绝不重复。

所谓诗意，就是从这种作者对生活的新鲜发现和独特感受而来的。缺少新意何来诗意？

李剪藕找到了这条通向读者的心灵之路。这是现实生活给她的诗的想象以养料，而她又以感受中产生的意象和细节来更生动地再现生活。她从家书中"读出了星星满天"，从女友红扑扑的脸上发现自己"稚嫩的童年"，都是这种平凡而又亲切新鲜的意象和细节。

能够把这种来自生活经验中产生的意象和细节精确地表现出来，需要作者的诚实和才华。她的艺术想象是起于同情，是她投入到人事和自然的核心，与事物合一的结果。

当然，作者对语言的特别敏感也是她才能的另一种表现。她的语言感觉良好，因此能避免一切陈词滥调。

1985 年 7 月 5 日

二

从第一次在杂志上发表诗作以来，7 年中李剪藕的作品产量不多，却越来越凝练，越来越趋于约束。

不停地做同一件事，总不免陈腐与重复。诗贵在创造，既不能重复别人，也不能重复自己。所以写作需要经常调整自己的眼光，有时还要经过一段沉静，才会想到改变。对于诗，量无济于事，诗重质。

诗是语言的艺术，又是无言的艺术。沉默在诗中应当处处出现。现代派绘画有种理论，认为艺术是有意味的形式，而达到有意味形式的手段，是简化。我以为：沉默和简化，目标在于凝练，这在诗中，尤其重要。诗无论长短，都要凝练，不能像散文那样松散。

凝练，就是一种约束。

近几年来李剪藕的诗，每首只写 10 行至 12 行，分成 3 段。而几乎每一段中，都有对比、映衬、烘托；由相对立的两极，来表现动作和情绪。有声和无声，是一种对立。狗吠出宁静，诗行用脚步读出声，是从有声到无声，又从无声到有声。一颗心在走，一颗心在送。这是流水对，一种发展中的对比，引出下面的心情："愿小巷多几弯曲，愿今夜没有黎明"，表现月夜送别的难分难舍。晚炊钓新月，乡思的锚抛江心，这是一种意对、暗对，描绘夜泊的景色，引出下面与夕阳一起酩酊的心情。她总是用一种简约的手法，表现多层次的生活场景。或用非常节省的文字，表现复杂深沉的情感。

每个人的步态都不一样。每个人的写诗方法也应该都不一样。李剪藕是在约束中捶打出自己的道路。纪德说过："艺术诞生于约束，死于自由。"也许有人要说，她这种手法，旧诗中早已屡见不鲜，它并不新。是的。新虽好，但不常见。新也常常要从旧中脱颖而出。当前许多新手，对西方现代主义招架无力，片面强调新奇，沦入暧昧晦涩，可能会把诗带进死巷。朦胧诗如果不加约束，很难不发生异化，也很难不走入形式主义的泥淖中。一味追求玄奇诡异的发明，只能是艺术的衰落。

1987 年 5 月 18 日

（收入《蔡其矫诗歌回廊·诗的双轨》）

过去和现在

开始诗歌创作是在战争时代，自然要踏历史火热的足迹，所以从最初，诗歌就配合实际。

进入建设的最初阶段，一味天真，以为光明前途在望，无须艰苦斗争，还是配合实际唱颂歌。

而社会多变，经历这土地的风云，有些诗歌随时光消逝而销迹。时间的淘汰和沉积是无情的，艺术的仲裁是无情的。

曲折和阻难，既是损害，又是磨砺。只有经过苦难之后，只有付出十分沉重的代价之后，才终于找到自己的声音。

经过"大跃进"和"文化大革命"。到处在乱砍滥伐和无政府状态地毁坏，痛苦中开始默默写生态平衡的诗，褒贬同举，正负并提，抚今思昔，心在未来。

任何一首诗都应该像夏娃一样，是由虚无缥缈的上帝创造，而上帝又是几千年来人类用心灵塑造起来的。上帝就是良心。

诗人乃是唯一心在自身之外的人，它在某人手上，在草木丛中，在群山环绕的穷乡僻巷。

诗人是创造内容而不制作形式，一切捶打凝练，都是为了内容清晰明了，而不是为形式精巧发亮。

　　诗人的路是不断接近源泉的路。背叛准确性就是背叛艺术、背叛真实。怎样通过语言的窄径，找到走向读者心灵的路？名利是诗人最要当心的窃贼。

1987—2001 年

（收入《蔡其矫诗歌回廊·诗的双轨》）

《七家诗选》自序

生在冬天——1918 年 12 月，长在农村——福建晋江园坂，启蒙在私塾——拜完孔夫子，就念《三字经》和《千家诗》。1926 年在军阀战乱中，跟全家迁居印度尼西亚，才看到现代文明。

我祖父是清末落第秀才。祖父死时，父亲才 16 岁。父亲从小练就一手好毛笔字，能作旧体格律诗。家道中落，卖出两亩地，父亲带了我和我的 14 岁的叔叔，漂洋过海到印度尼西亚，至 30 年代已挤到中产阶级行列。但我因基于民族感情，怀抱忧郁，于 1929 年冬独自回国。

先寄宿循规蹈矩的教会学校，后放浪于上海的自由天地，如风卷入学生救亡运动，并开始最初的爱情。两者都陷入悲剧。1938 年奔赴延安，含辛茹苦去接近诗，也居然能在大学教文学。迷上了何其芳，很快就发现：美国惠特曼更合我的脉息。1942 年写《肉搏》，油然萌发新英雄主义的崇拜之感。

青春就在战争的困苦中徒步走过，一晃便是 12 年。总在开口闭口、举笔落笔中求生：文学教员，随军记者，画报编辑，然后又是文学教员。不宜为人师表，因为我热爱自由。目睹众多变乱，唯有诗留小片净土，就更加沉浸在美和艺术的享受中忘却一切忧患痛苦，这才虔诚地走上了诗的创作之路。

在中国，这条道路非常艰难。传统的负担极为沉重，从上面来的压力又常使人误入迷途。我曾经有整整 3 年在编民歌和写民歌（是模仿抄袭而不是创作）中浪费掉。虽然我也曾靠自己一点很可怜的英文水平，翻译惠特曼、聂鲁达、埃利蒂斯的主要诗篇，并从中获得很大教益；但是环境和条件的限制，总不能让我得到充分的发挥。

对于生活也做不得主。50 年代我怀着一贯的爱国热情和出于天真的浪漫思想，曾两度到海军舰艇和东南沿海，一直走到西沙群岛，妄想当个海洋诗人。但是现实的发展与我相违，我不得不转向长江。

一旦接触到真实，写了《雾中汉水》和《川江号子》，立刻遭到信奉教条的大小人物的纷纷指责。在那场令人伤心的政治迫害中，我主动要求离开北京，回到自己的故乡福建。

60 年代，我为自己树立了一个目标，要写福建的历史、人文地理、风俗和艺术。这个目标一直坚持下来，出了一本《福建集》，还有不少散见于我的其他诗集中的抒情诗。

"十年浩劫"降临头上，70 年代一开始便把我流放到永安山城。真是"塞翁失马，安知非福"！在底层生活中使我写福建的诗思得以深入。《玉华洞》是我在这一时期的代表作之一，它写出了我的全部痛苦和悲伤，其作于 1975 年。

在多灾多难的 1976 年，用两个月的时间写了《丙辰清明》山居 7 年中我的诗产量颇为可观，成为以后若干诗集的部分来源。

打倒了"四人帮"以后，在"解放思想"的口号之下，诗的新时期到来了。80 年代我为自己找到另一条道路：走遍全中国，追寻历史文化的足迹，反照现实。第一年走河南、陕西、甘肃、青海，直到新疆的伊犁和喀什。第二年走中线，由南向北：湖南、湖北、山西、内蒙古。第三年走战争岁月华北旧地，从河北西部穿过山西到延安，凭吊青春和战友，写了《过延川》和《山的呼唤》。第四年走贵州、云南。第五年横穿皖南，去踏李白晚年的足迹，写了《秋浦歌》《横江词》等。第六年到西藏，从前藏、东藏、藏南、藏北、后藏一直走到尼泊尔边境。在这几年中，写了三大石窟：龙门、敦煌、云冈；写了《伊犁河》《珠穆朗玛峰》和《在西藏》。

走过许多荒原秃岭，逐渐萌发保护自然以求生态平衡的愿望，写《神农架问答》这样不令人愉快的诗篇，一再被退稿、删节，出诗集时才恢复原状。写了《漠风》《十里浪荡路》；又回到海的历史，写了《海神》，通过海上人民对妈祖的崇拜，浸染民族哀伤。

中国新诗初步复苏，爱情诗是一个突破口。它在历史的发展中常有起伏，在层层围困中不绝如缕；进入 80 年代，虽然有文化积淀和民族深层意识的限制，它还是显得生机蓬勃。这是年轻人最爱读的，任何诗人都不能漠然视之，垂老者也不能例外。回顾自身而感怀，我写了《距离》，又写了《控诉》。

再说，我的父亲和叔父曾跃居当地华侨首富。新中国成立之初，他们出于爱国热情，双双举家迁居北京，倾其所有要创办淮河轮船公司，正逢对资产阶级进行"改造"，也就吹了。重返无路，郁郁寡欢，但因与陈嘉庚私交而得举荐挂名政协委员和人民代表。也许是因为我有这样的家庭成分，才能够"无官一身轻"，并得以独立于狂潮中，也算"因祸得福"了！

50 年代我出版 3 本诗集：《回声集》《回声续集》和《涛声集》。随后是众所周知的原因，中空 20 年，80 年代出版了《祈求》《双虹》《福建集》《生活的歌》《迎风》《醉石》。香港文学研究社的"中国现代文选丛书"印了一本《蔡其矫选集》。

1988 年 4 月 14 日于福州

（《七家诗选》由中国友谊出版公司 1993 年 1 月出版）

赏析舒婷《祖国呵，我亲爱的祖国》

我是你河边上破旧的老水车，

数百年来纺着疲惫的歌；

我是你额上熏黑的矿灯，

照在你历史的隧洞里蜗行摸索；

我是干瘪的稻穗；是失修的路基；

是淤滩上的驳船

把纤绳深深

勒进你的肩膊；

——祖国呵！

我是贫困，

我是悲哀。

我是你祖祖辈辈

痛苦的希望呵，

是"飞天"袖间

千百年来未落在地面的花朵；

——祖国呵！

我是你簇新的理想，

刚从神话的蛛网里挣脱；

我是你雪被下古莲的胚芽；

我是你挂着眼泪的笑窝；

我是你新刷出的雪白的起跑线；

是绯红的黎明

正在喷薄；

——祖国呵！

我是你的十亿分之一，

是你九百六十万平方的总和；

你以伤痕累累的乳房

喂养了

迷惘的我、深思的我、沸腾的我；

那就从我的血肉之躯上

去取得

你的富饶、你的荣光、你的自由；

——祖国呵，

我亲爱的祖国！

　　舒婷的这首诗，在句法上借鉴了苏联诗人沃兹涅先斯基《戈雅》的圆周句式："我是戈雅！……我是痛苦。我是战争的声音……我是饥饿！……我是……被吊死的女人的喉咙……我是戈雅。"沃兹涅先斯基写的是我和战争的关系，用圆周句式强化对战争的悲伤和愤怒。舒婷写的是我和祖国的关系，也用了这种句式，增加痛苦和挚爱的深度，但又有创造性的发展。圆周句式大都出现在抒发强烈情绪的作品中，悲伤痛苦的情调最宜用它来渲染。

重复是诗歌创作常用的一种艺术手法，而圆周句式则是重复同类型的句子或词语的一种修辞手法，即把十分完整的语言单位的几个部分，按圆周进行连续排列，组成在意义和音调两方面和谐统一的整体。它可分成双成分、三成分、四成分和多成分。这首诗用的便是多成分。

诗一开始就进入高潮，这是舒婷的一贯手法。第一节头两个副句是平衡句，寓有音响和色彩的描绘。三四句则缩短，不描绘；五句却伸长，行短意紧，强度超过前面 4 个副句，于是主词（祖国）出现。

第二节开始一反前节方式，直叙，连形容词都不用；三四句是总结前面，然后主词出现。

第三节又是一个变化。5 个副句分列 7 行，节奏松紧交错。如果一二节是写过去（"'飞天'袖间千百年来未落地面的花朵"），用现在式；这第三节则是写未来（"新刷出的雪白的起跑线"）也用现在式，这就是富具体性和现实性，承上启下，痛苦上升为希望，于是主词又再次出现。

第四节头两行，十亿分之一是小，九百六十万平方是大，大和小统一在一起，是对比中强化，意即"我"是祖国的一分子，但"我"的胸中又包容着整个祖国。接下去，伤痕累累的乳房喂养了我，和从我的血肉之躯取去，又是一种对照，从中突出我同祖国不可分割的联系；甚至迷惘、深思、沸腾，与富饶、荣光、自由，也是性质相反的对衬，以见出痛苦和欢欣的无限。如果前三节在句法上是写我与祖国的关系，第四节便是反过来写祖国和我的关系，这才是主题所在。句法参差正是心情激动至极的表现，在主词的双重呼句中结束全篇（前三段末的主词都是单一呼句），达到最高潮。

诗只有 34 行，却有了 14 个分号。这些分号内的副句，时长时短，体现着节奏旋律的变化。这首诗带有政治色彩，但它不议论，只描绘，也是一个特色。诗中所有的象征和比喻，既质朴，又漂亮，每一个词都与被描绘的景物、形象紧密契合。她既用含有自己民族要素的眼睛观察，又以人民能理解的民族语言手段和表达方式，写出人民内心生活和外部生活的精神实质和典型色调。她感到和说出的也正是同胞所感到和所要说的。

1988 年

（收入《蔡其矫诗歌回廊·诗的双轨》）

《大地美神——陶家明诗选》序

　　世界的人口日渐增加，对自然环境的破坏也日渐加剧。保护生态平衡已成为世界诗歌重要的主题之一。各国诗人中最敏感的一部分，已在他们作品中有所反映。

　　我们福建，青年作家袁和平，首先在他的小说中注意到这个问题，并在他关于武夷山的系列作品中有生动的描绘。生活工作在闽北山区的中青年诗人，不可能不接触这个严酷现实，陶家明的《大地美神》，即是半自觉地写了部分诗篇，接触了这个问题。

　　《乡路印象》既写现在的破坏，又写回忆中的人情，正面侧面配合，使山乡之路的画面亲切可信。

　　《土岗》的现实细节，有助于要求生态平衡的诗句发光。《高山窝棚》《林中一夜》也写得很有风趣。作者从部队转业后曾在林业系统工作8年，这诗中的感情不是虚构，也不可能虚构。

　　还有《采笋小调》《那时我只有十九岁》《砍柴郎歌》《大山》，诗中对劳动的描绘也很动人；写自己的切身经验，这是诗的生命线！

大地的美和劳动的美，被有些人看作微不足道，这是一种悲哀！接近天使比接近恶魔困难得多。年代贫瘠，诗却不可疏忽使命。只有美能够引导我们走向未知的境界。

当代的生活变迁频繁，使诗在同一个人的不同时期的风格大不一样。这本诗集既是选集，也就不免包罗万象了。

也有很惊心动魄的诗句：

> 那便是你对某种目光的一种屈服
> 那便是你对某种要求的无声顺从
> 那便是你低头默默
> 那便是你从纷繁的人间夹缝中溜走
> 那便是你在不想笑的时候笑了
> 那便是你在不同意的时候点头
>
> ……
>
> ——《奴隶》

也有很深刻的人生哲理（如《风动石》）。当然，还有不少爱情诗，这是当前流行风气。也有超前意识和民族沉重感的诗篇，如反对乱砍滥伐的《松筒》《老河》等。但是，写得最有特色的，还是《山道》《哭山的女人》《铁匠》《边风吹过的夜晚》这些很浓的民情风俗的诗，以及《红狐狸》《山妖》《豺狗与猎人》《山熊》等很有风趣的传说、山民心态和自然景观的诗。因为这些是作者从小就很熟悉的生活场景，写来就特别生动。

诗，是通过语言说出个人特有的体验。诗是精确的语言，具有个人信息的语言。为确切表达个人的感情，晦涩和神秘也随之产生，并常被世人指责为无法卒读。尽力说得与众不同，早已说过的语言不被看重，这是诗人的权利。读诗当然比读散文困难些，可以保留有些诗难懂，但不可以故弄玄虚或作文字游戏。

作者当过几年的县文化局领导，现在又是县工商局领导，大小是个官，而做官是与写诗不相容的。文化修养又是表现能力的中介。这两项对作者都是限制。但 30 年的摸索，寻找一条通向人心的路，继续走下去，会从半自觉到完全自觉，最终与这土地和时代达到融合无间，这是一切诗人梦寐以求的目标，是为序。

1989 年 7 月 3 日

（陶家明诗集《大地美神》由海峡文艺出版社于 1990 年 10 月出版）

在大师足下仰望

——应《世界文学》中国诗人谈外国诗约稿

　　艺术上接受某种影响，跟生活中遇见一位好友，似乎都存在着机缘。从现象看，它纯属偶然，但深入思索，它的背后却蕴藏着必然：这是寻找已久、盼望已久，并等待了多年；这是生命和诗歌得以延续和发展的力量的源泉。人生最需要珍惜这种因人而易、千载难逢的机缘，及时发现它、把握它，将使自己的眼界开阔，如登上一层楼。

　　1942 年，敌后抗日根据地已经到了最困难的阶段，我所在的晋察冀边区华北联合大学，奉命从平山土岸迁往唐河边的洪城。行军途中，我从当时任文艺学院院长的沙可夫手里，借到一本他从苏联带回的莫斯科外国工人出版社出版的英文《草叶集》。为了自己学习诗歌，我只依靠一本商务版的字典，开始艰难地翻译。吸引我的，并不是惠特曼那些名篇，而是他在南北战争中写下的一些短诗。譬如《骑兵过河》这样开始：

> 一支长长的队伍在青葱的岛屿间蜿蜒行进，
>
> 他们采取迂回的路线，他们的武器在太阳下闪耀，
>
> ——你听那铿锵悦耳的声音
>
> ……

用白描手法把现实的画面勾勒出来，有动作、色彩、音响。我仿佛站在画廊面对一幅油画，在冥想中它变成现实，是我记忆中的一次行军，不过不是海岛间，而是重山中，也是长长的队伍从天边到天边。为什么我不从这"蓝图"中，找到我可以遵循的道路？那一年，我写《肉搏》一诗，就学习这种氛围的描绘，赋予它内在的气韵，首先开展这样的画面：

> 白色的阳光照在高高的山上，
>
> 在那里，剧烈的战斗正在进行。
>
> 近旁，那青铜的军号悲壮的响起，
>
> 冲锋的军号，以庄严的声音，鼓舞我们的士兵。

第二年，我为一台歌活报剧写的序曲《风雪之夜》："万代千秋的长城啊！/风在怒号，雪在狂飘；/树木被吹倒，道路被阻塞，/受难的中国在风雪里困苦地呼吸……"和同年得奖歌曲《子弟兵战歌》："向前挺进！年轻的子弟兵，勇敢的子弟兵，快乐的子弟兵！"都是在大师足下学习的结果。

历史是发展的，现实也是发展的。任何一种影响都不可能一成不变，都有它新陈代谢的过程。新的机缘会带来新的发现。

相隔 20 年以后的 1962 年，我的一个朋友，从新华社资料

室给我借到一本美国群众与主流出版社出版的英译《聂鲁达诗选》，其中一首《马丘·比丘高处》极大地吸引了我。诗人在1943年游历安第斯山脉秘鲁境内美洲原住民族印加的废墟，两年后写出这首 500 行的长诗，感叹古文化的辉煌，展开无穷的想象：

> 今天空旷的大气不再恸哭，
>
> 也不再认识你粘土的脚，
>
> 忘记了你过滤天空的瓢泼大雨，
>
> 当闪电的剑劈开长空，
>
> 雄伟的树，
>
> 被雾吞噬又被风吹断。

当时我就把它连同聂鲁达另外两首长诗《让那劈木做栅栏的醒来》和《流亡者》译成中文，收集在四川人民出版社出版的《聂鲁达诗选》中，通过亲手翻译，影响更深刻，它在我 13 年后 1975 年写的《玉华洞》中留下痕迹：

> 被捆缚的猛虎，
>
> 被踩蹦的花朵，
>
> 颠覆的锅
>
> 无烟的灶，一切都表示：
>
> 不动便是死亡
>
> 停止便是毁灭。

聂鲁达在《让那劈木做栅栏的醒来》长诗中，曾称惠特曼是他的兄长。聂鲁达继承了惠特曼的传统，但又加进了风行 20 世纪的超现实主义的艺术手法。传统与革新，从来都是相携并行。从 50 年代开始，我就致力于把唐诗和宋词译成现代诗的尝试。怎样把这学习的结果，运用到自己的诗作中来，我也曾长期摸索，都未能走上坦途。

1980 年，我得知希腊诗人埃利蒂斯在希腊史诗传统和超现实主义艺术手法的结合上，取得了辉煌的成就，就时常注意他的诗作。1984 年，我从翻译家李野光先生那里，借到一本英译《埃利蒂斯诗选》，并浏览过李先生《英雄挽歌》翻译初稿。为了更深入地学习，我又把埃利蒂斯献给牺牲在阿尔巴尼亚战役中的陆军少尉的《英雄挽歌》翻译出来：

……他诞生那一天
色雷斯群峰弯身展露
大地肩头欢庆的麦穗，
色雷斯群峰弯身濡沫
先在他头上，后在他胸上，然后混入他的泪水。
……
然后早日的斯垂蒙河滚滚而下
直到吉卜赛人的银莲花到处响起

希腊史诗中的山川、大地魂魄和英雄气概，赋予新人物以特有的光辉和回肠荡气的旋律，都感人至深！这是当代诗人对诗歌历史的重大贡献。我专心至诚地仰望他。他为我指出一条毕尽余生薄力的奉献之路。

1986年夏天，我到西藏旅游两个月，写了二十几首诗，都不满意。在拉萨，偶遇《中国文化报》的编辑；半年后他来信约稿，我临时写了一首《在西藏》给他。因为拉开了一段时间距离，概括性比较显著，其中隐约有埃利蒂斯那种神秘莫测的潜在影响：

无数高峰撑起梦境

瀚海一亿金星中窥见女神

风餐露宿的道路

一尺尺侵入暝色

峰顶积雪是发光的忧思

高悬在命运的上空

通过使人憔悴的风尘

无人迹的空旷萌动渴望

大地的哀歌只有象征女性

已从内心苏醒

用最强烈的色彩包容万象

献给无人知晓的寂静

我永远不是单身

1989年

（收入《蔡其矫诗歌回廊·诗的双轨》）

关于几首诗的创作

一

1943 年 1 月或 2 月，是敌后抗日根据地晋察冀边区政府成立 4 周年，我所在的晋察冀军区抗敌剧社（即现在华北军区战友文工团的前身），决定写一个"歌活报"到庆祝大会上献演，领导把写歌词的任务交给我。我在严寒中日夜赶写出来，总题大约是《晋察冀的旗帜在风中飘扬》，包容了几支颂歌、战歌，由罗浪、赵尚武（已在战斗中牺牲）、张晖等同志谱曲。《风雪之夜》是它的序歌。

那时，我们的敌后抗日军民，已经历了一段艰苦卓绝的缺粮少弹的困难时期。由于日军的频繁"扫荡"和经济封锁，我们时常枵腹敝衣。把战马杀了，将马的饲料黑豆磨成豆腐当饭吃。豆腐做菜好吃，做饭却一会儿就消化没了。腹空难忍，就到老百姓已打完枣的枣林下拣剩余的虫枣破枣吃。也没有盐，白开水加几片南瓜淡得吞咽不下，久了就四肢无力。正因为这样，我原来的工作单位华北联合大学也被迫停办了，我被分配到军区。为了鼓舞干部和士兵，那时不知是谁创造了一个新名词，叫"黎明前的黑暗"。是呀，黎明前的黑暗是最黑最暗，但是希望也最热最强。当我提笔要写庆祝"歌活报"的歌词，这些场景就都涌上来了。

我们所在的战场在长城南麓，冬天的风雪是又猛又长。跋涉在雪盖冰封的道路，行军在漫山荒漠的困苦，是经常得好像家常便饭，要都写出来可以是长篇累牍。可是作为艺术，特别是作为序歌，却只能简化到不能再简化的地步才行。简化的最佳手法是对比，大对比中套小对比，章的对比、句的对比和词的对比，正比和反比，近比和远比。在写作的时候并未着意，是平常阅读前人名著特别是古典诗歌时就心领神会，提笔时就自发落到纸上。

音响、动作、惊叹、责问、祈求、呼号，都有它们的逻辑性存在着，行文才会是流淌如水。环境、情绪、气氛、意象，也是在所有的文字中都应该处处顾及。我是在写完所有的颂歌战歌之后写序歌，大约所有的作曲家写序曲也是这样的吧？

二

1956 年，在北京中南海怀仁堂，听陆定一同志传达"双百"方针，隐约得悉中国要走与苏联不同的有自己特色的路，大家都极其欢欣鼓舞，因此 1956 年和 1957 年，颁布了"文艺八条"，中国的文艺界曾出现一派繁荣多彩的景象。可是很快"反右派"运动就来了，随后"大跃进"也来了，旧体诗和民歌造成泛滥，新诗奄奄一息，"双百"也没人提了。再经过"瓜菜代"的三年困难，大约当局也有人悔悟，1961 年又订了个"文艺十条"，"双百"重新提起。可是我写《双虹》，不是写 60 年代的"双百"，因为未看到的事物写不出来。我是写 50 年代的双百，概括它的兴起和终末。

1961 年夏天，我到福建龙海县角美镇，去看在搞"四清"运动的我的老战友，在那乡村住了几日。一天，我从角美步行到紫泥，从那里搭渡船要去石码镇。当时正当阵雨过后，江上出现两支同样是半节的彩虹，重复在相当的距离，并完全平行，印象很深刻。回福州后，正值省委宣传部召开的文艺座谈会，会上宣读"文艺八条"，重提"双百"方针。群情欢欣，编辑就向我约稿，我当下就写了 3 首给他，其中一首即《双虹》。那编辑也明白我是写"双百"，正为形势所需，很快刊用了。

我写这首诗是受大量写风景诗的苏联诗人普罗珂菲耶夫的《晚霞》的影响，特别是在结构上分前后两阕，甚至前阕起首和后阕的排比句法，也近似模仿。不过普罗珂菲耶夫用的是俄罗斯的叙述和描绘典型事物的明写方法，我却用中国古典诗歌中的意象和影射的暗示手法，"昏黄阵雨""夕阳含山""摇动晚潮""横飞暮天""蓝烟""帘幕"等等，是旧诗习见的词条，带有象征性。我曾在 50 年代研读唐诗宋词，并把最喜欢的译为现代语言的诗。这首《双虹》，是有心运用古典诗歌的手法，以写实景并反照现实。

三

明代，中国的水师，是东方最强大的舰队，所以有郑和 7 次下西洋，无论造船和航海术，都使世界惊叹不已。可是，腐败的清朝，先是禁海，后是拜倒在他人的炮舰之下屈膝求和，一再割地卖国。我几次从南洋航海往回，所看见的别人海港和战舰，对比自己的，痛心疾首无已。新中国成立，我以一个归国华侨的心，热望祖国强盛，认定首先要有强大的海防力量，与之相平行的，是现代海港，让民间船队再纵横在世界的三大海洋上。所以我在 50 年代初回到文艺队伍，首先感兴趣的是去海上旅行，梦想做个海洋诗人。

1954 年，我旅行的第一站是舟山群岛。在定海的沈家门，我住在民办的小旅馆，目睹春汛盛况，先写下《沈家门渔港》，叙写内心的喜悦。接下去，有天晚上，独自去岸上逡巡，见到夜泊的壮景，就写下《夜泊》这首诗。

那时我敬仰唐诗的伟大，甚至也写现代的绝句、现代的律诗。这首诗，就是有意写成律诗。律诗，最讲究对仗。上景对下景，实景对虚景。灯光、杉树、薄雾、明月、微波、强风，都是对衬的，构成有动作的画面。在句法章法结构上，也采取上片对下片，客观对主观，小对大，薄对厚，温柔对强硬，静对动。色彩、音响、感觉、情绪，都调动在一起。在转语中"可是""却""但""也还"起一定连接作用。押韵，使通篇和谐呼应、节奏对称。短短 8 句中，包容现在与未来。

写诗首先靠一时的感觉，可是感觉背后都藏着一贯的思想感情，也正是因为有后者，那感觉才不浮光掠影，才会接触到现实的核心，才能使诗容纳丰富的内容，才可以感人。

[20 世纪] 80 年代

（收入《蔡其矫诗歌回廊·诗的双轨》）

《怀念 20 世纪最后时光》序

　　翻开诗集，读第一首诗，便能把江熙和所有的青年诗人区别开来。这个从偏僻山区走出来的校园诗人，是个很有个性、很有卓见的浪子。他的第一本诗集《最后的苹果树》一出现，便赢得南北青年的热烈反响。这第二本，既复杂，又率真，在生命的早晨的他，竟充满哀伤，在怀念 20 世纪的最后时光（也许正是前奏）！

　　这本诗集最苍劲有力的诗，都在 1989 年和以后写的。这一年，他被举荐到北京鲁迅文学院学习，并结交了摇滚歌手崔健。有如灵魂猛醒，血火洗练，浪子的精神加上摇滚的精神，他成长了、健壮了，1989 年是他光辉的一年，他的诗记录了时代，也为时代哀哭！

　　有人读书后钻进牛角尖，有人读书后开了眼界。江熙已度过了温柔说爱的阶段，开始移入新的位置，有如果实的核心含而不露，也有宗教的情绪，也有人性的探求，崇拜哲理，召唤痛苦，歌颂死。他的诗风，也由晦涩进入明朗。诗的语言也由书本气进入口语化。并且由诗向歌进展，面对更广大的读者和听众。

　　什么样的时代产生什么样的诗人，有时只需一首诗，有时一首诗还不足以见庐山，而要一本或一本以上。在《最后的苹果树》之后，江熙不免也为潮流困惑，写过可理解又不可完全理解的诗。为了争取自己的存在，诗人不需要赤裸。只要有一颗心，并且悲伤在心中唱歌，不管用什么方式，明朗或晦涩，都有它的需要甚至是不得已的苦衷，都可以有生命、有价值，不能责怪诗人不照顾读者，也不是诗人在故弄玄虚。只要是为人写诗，永不疲倦，把诗作为一种生活方式，明朗或晦涩都可能是诗。有时，要了解每首诗的内容，还要看写作的日期，就是这个道理。

　　诗的主题，常在说与不说之间。说了，就尽了。不说，又无从猜测。在两者之间，空隙也是颇宽的。《瓦罐如此沉重》的最后一段，在扑朔迷离之中寓有力量，因为有第一二段的指引，读者可以结合自己的经验得到比说尽了更广阔的感受。也有完全不说的，如在《一个唯美主义者的心情》的最后一段："你无论如何理解，都只能只能……"爱情在美好时光之外是怎样的，当然以不说为上。

　　"知道自己的过程是如此漫长而又辛酸！""人生最真实的部分总在无法预料中以痛苦方式醒来！""幽香竟无法死亡，浪子竟无处洒泪！"这是多么沉痛的诗句！而摇滚歌词《我不想改掉自己的坏习惯》又有多么勇敢坦率的诗句！《喜欢你并不需要理由》：

　　　　　有一种心情只喜欢和你一起感受
　　　　　有一段小路只喜欢和你一起走

......

感情这东西只要曾经拥有

又何必强求什么都天长地久

我多么羡慕这种豁达、这种顿悟！

1991 年 3 月 8 日

简介绿音诗

　　有这么一个女子：厦门大学新闻传播系的毕业生，曾任该校采贝诗社副主编，被同学选为本校 10 个校园诗人中的唯一女性。25 岁了，还如二八佳龄，保留很多的孩子气，永远不成熟，自诩为青青芒果，临风摇动，吟唱出一首首的爱情诗。

　　她追求一种永恒的爱，认为这"是一种谁也无法剥夺的幸福"，只有这样的爱，才让她"看到真实的自己"。但至今仍未找到！她承认，她的"每一首诗都是一座座里程碑"，即都是成功的里程碑。可是她仍然是一个"永远不愿放弃自己的梦想的旅人"，而"梦想所在即是诗之所在"。由此，"常常有一些美丽的感觉，写下来"便成她的诗。

　　谢冕说她的诗是"多梦时节的心灵私语"。诗对于她，是"梦想的情感方式"，一种纯情的想望，使她生活在充满幻想的感情世界中。她是在梦里写诗，在诗中做梦。即使"梦里的灯光一盏盏地熄灭在眼前"，落寞的她，依然祈求"在迷宫的某个转弯处"，有一个微笑的模样，点一支蜡烛，拉住她的手，引她"走出这迷离的人生"。但这微笑模样，并未出现。

　　所以，她一开始便展示出她内心的复杂性，展示出寻找的痛苦、失望的痛苦、但她把痛苦表达得异常新鲜独特。如这样一首诗：《早晨十点钟的阳光》，"泪水在脸上……绝望猛然抽出……碎成花瓣的沉默撒落一地……我脚下的土地怎么不撕开一道裂口让我跌落"。失望多么深重，但很快就抬起头"要做那个白衣女郎，淡淡地转过身，走向海洋"。这正如她自己曾说过："最美丽的故事也会成为礁石，最坚强的女孩子也会落泪"，这便产生了诗。

　　她无时不在爱情的镜子中自照，镜子又永远是光亮的，即使从热烈到失望，那失望也是光亮的。《沉默的定义》："每一页日历都只能微笑二十四小时，你也不例外……我还是将两手插在夹克口袋里，回家去。"

　　她早就陷入想象中的"情网"，却又天生不能把爱情和友谊分清楚。如《渡》：轻声的话语和深情，如雨落下，她已想象出"隔着密密的雨帘，偷你的笑容，伴我忧伤"。

　　有如花的灵魂，她活着是为了爱情，但这爱情也许未曾发生或一瞬而逝。躲在暗盒中的《贝壳》，"偶遇你，冰凉的手，不愿抬头看你，我自逆风而行……如腾空的云，轻轻跃过流水的伤口"。

　　即使在爱情之花即将开放，她也不求相濡以沫，只求"相忘于江湖"。看着《花开的时候》她怎样写："任你涂抹我以你喜欢的颜色，我无忧无虑躺在河流之上，自由在水中透明"，待到"花谢时，我们的脚印长出了青苔"。并无伤感，依然做一个自由的女性，无牵无挂，这是她的豁达。

　　她生活在少女的国度，所以无处不是情。她又生来就自矜和任性，所以总是以爱的想象的眼光看山、看海、看世界。她的诗无所不在。她的诗能帮助她到达想要到达的任何地方。她诗中虽也有断裂天空的悲剧色彩，虽也曾喊出过"比痛苦更痛苦的是爱情"，但无拘无束，清明如透明的水，有新时代人的自由心态，只在内心深处对自己倾诉，有她的天真，也有她的深刻性，所以，有不少青年倾慕她的诗。

　　清秀纤弱的少女，热情而富于幻想的诗人，即使把自己写成悲剧的主角，"为赋新词强说愁"，但它是甜的、是美的。

1991 年 10 月 30 日

（原载于《星星诗刊》1992 年 2 月号）

《泉州紫帽山》序

　　唐、宋、元、明、清以来，隔江对峙的紫帽山和清源山，并列为泉州两大名胜风景区。文人、游仙家、释子、儒生、武将，曾在紫帽山留下行踪和墨迹，遗有书室和墓地。寺院、岩塔、洞窟、溪潭，分布在数里内。也有石筑古道，也有片片松林。飞泉流翠，鸟啼风吟，山花茶果，紫气常罩。拾级绝顶，身临凌霄，可以观晋水，可以望远海。

　　四围乡里，大都世代为果农，依山傍水，广植果木。平野梯园龙眼树连绵如林，浓荫蔽空，郁郁苍苍，秋日果熟，成束成丛的金星悬垂，喜气洋洋。山坡谷地杨梅树成行成片，迤逦千百步，满眼绿光，初夏经此，红粒密集墨云中，一望能止渴。又有散布在田岸路边的番石榴树，冬日红叶，春天白花，仲夏奇味果香四溢，可以令路人醉倒。更有紫湖左岸著名的荔枝林，盛夏满树悬星，红中发紫，日啖百颗也不为多。美哉果乡，绿色的世界，负离子充盛，可作森林浴，可享水果餐。如此丰富的自然资源，有希望筹建旅游区，设康乐中心和度假村。

　　自然和人文历史，给我们造就这样秀丽的地方，是不可以不见之于文字，记载于著作。所以有泉州当今名流、学者、行家，以陈允敦、陈泗东、吴捷秋、黄梅雨、傅金星、吕文俊为首，一行十余人，结成专访队伍，于 1990 年 5 月和 6 月，两次深入紫帽山景区，满怀热忱，不辞劳苦，踏遍南麓，有许多新发现。把他们所写的文章集合成书，并摘取府志县志有关资料作附录，给家乡胜景广为宣传，让海内外热心人士可借此梦游，并为后来学子保存一份珍贵遗产。使湮没者得以重现，失传者得以延续，无闻者得以关注。寸心透亮，功在未来。是为序。

1991 年

（《泉州紫帽山》由晋江紫帽乡人民政府 1991 年编辑出版）

坤 红 的 诗

　　1991 年，香港现代出版社印行了云南年轻女诗人坤红的一本诗集，取名《她的诗》。朴素无华，简直不像书名！一点都不炫目，不引人注意，但的确很恰当，这只能是她的诗，坤红的诗，别人是写不出来的。

　　现代派诗风的诗集无数，但大部分不是流于不必要的晦涩，就是徒有现代人的衣装，却缺乏现代人的意识。坤红的诗则不然，很容易读懂，文字明快流利，又不失个性，在平凡中见出深沉，独特而又典型化，通过她的梦和许多暗喻，来抒写，在商品经济冲击中，仍保有一颗赤子之心的现代人的心态。

　　在扉页上，现代《优秀华文艺术系列》编委会写了两段介绍，后一段写道："她的一往情深是冷静的，她的享乐和痛苦是不动声色的，她创造了一个是她又不是她的梦，她的诗是被生活包围又企图远离生活的诗。"

　　在第二扉页，没有题目，作者写了一大段话（其实就是自序）。末了她这样说："我怀疑，所谓写作不是太庞大就是太软弱，我怀疑被挤在人群中的人能单独以个人的方式穿过致人死命的交通要道?! 被平庸而又异乎寻常的人群拥挤着，这便是《她的诗》。"

这两处申述，都是欣赏这本诗集的重要指引。

诗集从开始到结尾浑然一体，所以分章不分辑。其排列也非常特别：分行的诗与不分行的诗交叉运用，并以印刷字体的不同来分别，除第二章《哀歌》大部分行结尾不分行外，其他各章都是一首分行一首不分行地间隔起来。不分行的理智抒发，看似散文或散文诗，其实是诗无误。这种排列绝非形式求新而已，它是由内容和情绪引出来的一种必然。分行是热望中的真实，不分行是思索中的真实。分行，抒写自己；不分行，抒写思绪。分行，有一个具体的"你"。诗歌的典型人物"你"就是诗人自己。

第一章她在夜里向人致敬，她的心被风吹着，做梦的眼睛，爬满明年的常春藤，她的脆弱裂开，一半是雪中的皓月，一半是疯长的野草。她巧妙地运用暗喻，她描绘的意象，表明她在向读者倾诉，表明她要倾诉的内容，一想到诗，便看见两座墓穴，一座是封闭在躯体里的活着的心灵，另一座是消灭心灵所不能带走的，消灭心灵所不能埋葬的。她起初描写善良土地上不朽的痛苦，夜晚到来，她踩中故事中最深陷阱，却用黑铅笔，把故事的月光描绘得很亮很亮。"这种有益的弄虚作假只是为了热烈的黑暗与热烈的明亮。"诗集的第一章，充满智慧的语言。无异是为这本诗集作开篇明章，导引读者进入诗境。语言，是饱含情绪的语言。语言的终极目的是表现感情，传达和交流感情。她用反英雄主义的笔调来抒写诗的主人公，又用非浪漫主义的现代人的抒情方式，为这本诗集奠定了独特的风格基础。

第二章哀歌，也即爱的哀歌，贯穿着哀怨的回忆，自然是写自己，除了结尾，全部是分行的诗。"充满祭祷的回声"，"回忆的水重新回到嘴唇"。

> 一根闪亮的荆棘
>
> 一头刺穿头颅
>
> 一头伸向自由
>
> ——《为我祈祷吧》

诗歌首先处理的就是经验，肉体的经验、感情的经验、内心的经验。她从分离着的事物寻找到形象的联系，也同时找到诗的内在旋律、情绪的旋律："柔弱啊，是比暴力更凶猛更长久的淋漓……是热烈的早晨弥漫着嗖嗖凉意的树林。""骨子里生长着干燥的气候，热恋的人，已不能存活。""说同样颜色的话是多么不容易……最好还将最深的红色吸进肺腑，吐出一团淡淡的烟，粘点腥味。"深情的她，在独立审美中制造梦幻，看似平静，其实是骚动；快乐和忧伤，温柔和刚强，都在并存中互相对立，产生了她独一无二的诗。

第三章是这本诗集的核心，说是"闲情"，其实是激情。是对未来时代的满怀激情。先用冷静的分行的诗写戴望舒《雨巷》那个女孩，从世纪末就站在小巷弯处一直到现在。接着又用不分行的思辨性的诗，说生活比梦想来得更突然消灭得更猛烈，"只有那些故意无所作为的人才会去梦想世纪末下着雨的小巷"。而她却是在"梦想着下一个时代"即超前的时代。"我相信我的痴迷是我在世上度过的最美的时光"，能够享受自己身上的恋爱状态在一系列的邂逅中：车站、码头、轮船，这些"人不久留的地方"。在茶色玻璃的咖啡厅里经历绝无仅有的恋爱，对着谁？这一点并不重要，"因为最普通的生存在这里变得不能忍受，而最冷漠的玻璃却涂满恋人色彩浓重的柔情蜜意"，这就是"酒杯里的希望"。以及"自己焕发爱情"轻轻地来了轻轻地走……在轻语的边沿用泪珠缀满一体星星的羽衣，在柔情中赤身裸体站在白色衬衫之间成为永恒的神秘。在一系列的矛盾对立中，"幽闭是爱情的种种迹象，幽闭将我们自己软禁于内心的风暴之中，幽闭是位把痛苦变成欢乐的魔术师……我一边倾听爱情一去不复返的哭泣，一边为眼泪的过分纯洁而欣喜若狂"。在《被遗弃的禁地》，"我怀着爱，爱所有的……"荆棘丛中鲜红的神秘果，枪口下遇难的鸟，比枪声更响亮的呼吸，咸味的嘴，冬雪的原野，是辛酸，是快乐，"是我的初恋，在刀尖上的粉碎"！因之，初恋和灾难，成为她拒绝现实完全与世隔离的"好朋友"！

因此她听见体内急奔的水声：

> 哗哗的水声
>
> 怎么突然间变得激烈
>
> 那是乳房那是升起的月亮那是
>
> 所有的历史浓缩为光和声响
>
> ——《你该听见》

她自嘲："如今自由早已逃脱了圣史、圣经，信条远远地逃开了，我可笑得像一个冒牌货穿着它的外衣……无聊这个东西却在我做出重大决定之前，明显得令人炫目。"因此，"一切未开始时刻是我选择的激动人心的时刻"。

第四章《呼吸》，应该是尾声了。也就是在狂热过去之后的大彻大悟："我想现在如果一找到工作，就立刻给自己买一瓶法国香水，我想闻着自己身上的香水味，那人将是多么富有诗意多么美好！"出走的孩子渴望回家了。

末了"在回忆的废墟上"，可当跋看。"我在回忆的废墟上一手打着灯笼，一手却拣到了萎缩了的诗意"，"我的词话……失去巨大主题的保护……受惊吓的傻相真是毫无崇高可言"。"连合乎时空的悼词也找不到了"……

我不认识坤红，也没有谁向我谈到她是怎样的人，只能从她的诗中猜测、感受、领会。对于物质的厌恶，深沉的失落感，梦被碾碎，又去寻找家园，这是一种超前意识。她以这个独自的审美个性，来表现独自的美学情趣，在普遍的物化潮流中，维持个人精神的独立性、纯洁性。在中国诗歌传统的现代化和外国诗歌艺术经验的本土化的运动中，她为新诗的精神积累增加了宝贵的财富。《她的诗》，是一本引人入胜的书，又是一部让人思索的长诗。

1992 年 5 月 28 日

海洋诗人汤养宗

——《水上吉普赛》代序

　　福建霞浦有很长的海岸线，从东冲口进来还有个很宽的内海三都澳，内含官井洋和东吾洋，在霞浦的一边即东吾洋，被东冲半岛环抱着，有个面向内海又通向外海的渔村，汤养宗就出生在这里。从小呼吸着海腥味，在大手大脚和罗圈腿的渔民中长大，拉过板车，架过电线杆，当过 4 年水兵，又当了 6 年的剧团临时工。17 岁在《福建日报》发表诗，题材涉及青春、爱情、哲理、人生，写来写去没什么起色，彷徨中渐渐悟到自己应该从童年、从生长的渔村去讨生活。但是找到田地，进行耕耘，也并不能马到成功。第一次咏海的《海边拾贝》4 首，并未显出自己的个性。直到《浮土》出现，"桅杆旁没有抱怨的位置，所有的航程都是我自己的"。才真正感悟，必须从因袭的咏礁石、灯塔、贝壳中解脱出来，打破思维的直觉性和平面性，桅杆、风帆、锚链、渔叉，也具有广博世界，可以从事自然和艺术的双重演奏。

　　他嗜烟嗜酒，喜欢赤裸自己，与周围格格不入，唯有诗可以作他的避风港，把诗注入生命中，目不旁顾，默默做个诗的苦行僧。但是，"意志必须服从艺术本身的发展规律。天才潜伏在每一个灵魂里，内心深处的个性至关重要"（曼斯菲尔德）。诗与人类命运血水相溶，是第二自我的酣畅与光芒，但要在纷纭的诗坛站立得住，就非得找到自己独特题材和风格不可。"让别的诗人去歌颂海平面的景色吧，我必须溶入大海的水滴中，看到并尝到海平面下的甜酸苦辣。"童年生活的记忆帮他别开生面，写出一首又一首醒人耳目而又回味无穷的渔村的诗。

中国新诗在 80 年代曾达到一个高峰，它的余脉至今尚在低谷之间蜿蜒不已。激情退潮，目光变得冷峻，许多诗人在认真与放任之间，在忧郁与超脱之间，真诚感受生活又嘲弄生活，渺茫地追求永恒，追求人本，对现实不愿揭示，自我封闭，在象征和幻觉中盘旋。诗人都在承受冷落的孤独，力图摆脱物的支配，众多的诗歌阵地，已经从一片陆地分散为许多岛屿。人们不禁要问：诗歌会不会完全失落在消费社会的喧闹声中？难道不再可能产生脍炙人口家喻户晓的，如 80 年代初期的朦胧诗那样传达出众人的心声吗？汤养宗作了勇敢的回答：以渔家子弟的率真深情，以新鲜的意象，描绘出一幅幅在生存背景上的心灵图像，无论是讴歌或者诅咒，都是海与人的生命之歌，揭示了原始液体中哺乳成热的生命光辉，充满顽强的信念和乐观精神，受到各方的关注，证明只要是好诗，就不见得会受冷落。抓住时代脉搏，开垦处女地，从新的角度与读者的心灵交流，依然是新诗应该争取的宽坦大道。

中国文化，从黄土地走向蓝海洋，已经费时五千年。最初从西北高原出发，到达黄河中游，曾经取得辉煌成就，后来南下越过长江，与楚文化结合，曾经达到鼎盛阶段。宋、元、明、清，有时停顿，有时走下坡路，始终未能在海上发展。现在改革开放的重点在沿海，也许我们就要迎接蔚蓝文化的风帆了，就让诗做它的前奏吧！

选择海洋作为表现对象，就是对人的本能的亲近。文明碾碎神话，失却家园找到家园，只有大海仍保持清新，它是人类最初也是最后的心灵所在。在冷清的海洋诗开辟荒地，海洋诗将比土地诗更接近博大的精神王国。

"任何事物都不可能相同——作为艺术家，如我们的感觉与此相反，那我们就是在出卖自己，我们不能不考虑这一点，并去发现新的方法和新的模式，来表达我们各种新的思想和感情。"（曼斯菲尔德）讨海人的命运天生是一出悲剧，由此产生执着的生命信念和顽强的性格。又因为地处偏僻，那里尚存原始的风俗。他以一幅幅素描般的画面，一个个纷纭繁复的意象和色彩缭乱的幻视、幻听、幻觉，展开成一部渔人大观和渔村大全的书。并且，性意识也进入视野，一种渔家原始的古老朴实的性爱，一种既有现代意识又带有古老文明的人性，在若干诗篇中以真诚而又坦荡的笔调被描绘出来，最动人的是《船舱洞房》：虽也幻想"像鱼双双沉入永底"，"遮上船窗因为夜海的星空眼睛大多"，"对并躺身边的人却可以漠然"，"露出你礁盘般的男性，露出你波浪般的女性来"。"在这个新婚之夜。脱得像两条鱼和一家人挤在一块"，"多么神秘而生动呀，这艘船轻轻，轻轻地摇晃起来了，在这么多眼睛的星空下，是海突然起风了吗？"在连家船的独特生活环境下，生命的躁动表现得那么恬静，在一派田园诗的风光中，几乎可以闻到生命渴念的呼吸。性意识是人的感性中重要组成部分，在《船眼睛》中，又另以暗示的方式来描绘生命原始期海的儿女们的纯朴透明的性爱："她举起那双平时捏得渔汉子骨子酥麻麻的手"画船眼睛，"再野性的渔汉子被这双眼盯上，今后就该知道什么叫'女人'了"。"这是船的眼睛也是她的眼睛"，"船再也驶不出她的眷念"。既粗犷，又含蓄。崇尚自然的古老民风和人性中的真纯，豪放的精神气度，审美的目光有特殊的穿透力，证明诗人具有丰富的内心生活和细腻的艺术感受。

　　自然的海和社会的海，是互为表里、不可分割的。写自然，也就是写社会。诗人正在逐渐超越一角一隅风土人情的局限，从哲学层次上与当代人的命运联结起来，找到一条心灵回归的路。《鱼王》表面上是写虎鲨，其实是写人。"忧郁的心此刻又在海底泛滥了"，"目光如积雨云的天空"，"无路可走恰因为身下的路太多"，孤独感难以消除的自己，当代社会需要的是理解。"你真正的家园在哪里"，"伤心的异乡客"。有一颗感伤的心。"一把忧郁的刀啊，那你就用它，砍断所有的退路吧"。自我表露最后是空虚。这是当代社会意识的理性世界，表现一种广漠的宇宙精神，扩展接受的空间。到了写作《鱼荒》，诗人又升高到另一层次，充满了悲天悯人的人道主义思想，对渔人的命运作了更广阔更高度的概括："谁把深敛而葱茏的花园，摇成了空枝"，"作为海洋的伐木者，我们看到了一棵桑树，是怎样秃掉的"。今夜在渔人眼里疯狂闪耀的只有头顶满天游鳞，什么时候它们才能跃回水中？诗人为加强表现他们无助的处境，引进插入几大段真正的歌谣。"你们带血的爪命定没有对手"，因为"这个海空了，鱼荒了"！这是多么强烈的呼号呀！

　　从《海边拾贝》到《鱼王》，到《鱼荒》，一条清晰的路，预示着成熟的明天：从海岸走向真正的海洋。

诗人的气质，又天生对语言有高度的敏感，有驾驭语言的过人本领，能正确运用口语，又避开随意性，一个词，一个句子，都专心致意地进行筛选，绝不马虎，绝不潦草。字里行间充满爱心，充满对生活的热衷，有时也有冷嘲热讽、玩世不恭，幽默地描绘被大海折磨的生灵的命运，类似轻松诙谐的语气，却透露沉重的悲苦，这是他诗歌语言的动人所在。"要矗立在世界面前，讲的将是崭新的语言。"（叶甫图申科）新鲜和准确，生动和富于哲理，来自生活又高于生活，是形成崭新语言的基本条件，须是长期修养和磨炼的结果，还要有正确的方向。

《鱼纹》一诗，除了哲理思考的深刻，就是语言的生动明朗，才取得众口一辞的称赞。"白姑鱼般光洁的身体上，我是被这部密密麻麻大海亘古的密码破译出来的"，"在海的阵痛中波浪打开了我……我带着风来带着潮来带着浪声来"，"弦那样把天籁及深渊留下来的几条，我让鱼带路，沉入鱼腥香和母亲的圣地，因几条曲线，我有典籍的光芒"。在《腌鱼娘》诗中，通篇的心理描写，都用非常活泼的口语，把渔村环境和人物性格都写活了："站成一朵不敢开放的花"，"但人声一浪一浪劈头盖脑压来"，"她的声调突然柔起来亮起来哗起来响起来圆起来"，"过日子没这不行"。"她偷偷感到有罪感到幸福"。"当花俏的姑娘们也拿目光乜她时，她们不会知道，她更花哨的孤女，已是渔村的第一个大学生"。

运用语言，讲究语感绝不是枯燥的技巧问题，而是其中必有热血涌动。在《鱼腥香啊鱼腥香》诗中，他这样写："在爱我的跟着潮头走来走去渔人中间，空气就是一种精神，走入渔乡你伸向天空的手，抓到的是祖先的血气——剽悍也有香型！"在《默念一遍渔村》，他写："渔村！渔村！火焰的字眼。我一焦渴就想锯下一个半岛，炭一般红红地，烫进海洋，然后溅起玫瑰芳香。"这样富有热情的语言举不胜举，如写织网渔姑，"你坐在网前的身姿，使礁石变软"；写海边女人，"比吸满水气的初月略白，在她丰唇边，潮声比花朵开放得更有姿序"，有时候，语言的含量，比直指物有无可比拟的丰富，如在《鱼刺》中，"鱼刺倒下时，一只鱼才停止鸟鸣"。难道仅仅是指鱼刺吗？诗的本质在语言，是不是诗，语言是首要标志。诗人毕生的追求，就在于语言的提炼与创新。但是对语言所做的实验，千万不能脱离现实。也绝不可以诗到语言为止！要警惕语言的拜物教。在写什么和怎么写之前，还有一个为什么写。诗要通过语言的窄径，走向读者的心灵，怎么可以到语言为止呢？

1992 年 7 月 15 日，福州

（汤养宗《水上吉普赛》由海峡文艺出版社于 1993 年 8 月出版）

曾阅诗集《迷圈》序

认识曾阅已近 40 年。50 年代初，正当中国人民奋发自强的时候，他在晋江县文化馆很是顺心畅意、英俊潇洒。但随后的打击一次次袭来，60 年代他几乎丧失了一切，成为流浪四方的草药医生。70 年代初我被放逐在永安山城，他来看我，从此成为知交。我曾在春节到他家乡内坑住过几天，看到他与他老母亲相依为命，卖字教曲，倒也自在。

也许是因为十几年的穷困潦倒，使他找到了诗。当以"四人帮"为代表的极"左"路线倒台，他也得到平反，回到文化馆，重操风俗学、地方志和谚语搜集之外，经常写诗，并在晋江一县团结一大批青年诗歌爱好者，常到我家乡园坂聚会。又曾在一个冬天，我与他结伴徒步旅行晋江沿海，两人都写了一批诗，在私交之外又成诗友。

他是个自学成才的诗人兼民间文学研究者，对故乡山水民情有深沉的爱。一手毛笔字也颇得乡民的称道。我还看过他的小说写李贽，章回体，很有见解。在诗歌创作方面，他既有旧文学的修养，又对新潮朦胧诗相当欣赏，形成了他自己的半文言半新潮的语言风格。诗写得不俗，耐人深思，是福建省内颇有影响的中年诗人中的一个。

现在他的诗得以成集出版，是对他的劳作的应得的褒扬。愿诗长存！愿人永健！

1993 年 1 月 24 日

（曾阅诗集《迷圈》由中港文化出版公司于 1993 年 5 月出版）

蔡白萍诗集《我是你的天使》序

　　柔情和等待，蓝色的夜歌和黑暗收留的花期，圣洁和哀愁如海的寂寞，这就是绿满春天的白萍的诗：

　　如果能够/用一生的温柔/伴你歌唱炎凉　如果能够/让我在你的眼中死去/你会为我写一生的怀念。——《海》

　　等待有等待的情爱/不能释怀堆积如海的寂寥。——《空》

　　又是一个花期，我是薄薄的一朵/黑暗收留了我……——《花期》

　　远去的背影和泪水一同簌簌飘零/花祭如期/今生最美的馈赠/该留给海最蓝的季节。——《随风逝去》

　　亚当/我将留给你一朵红色郁金香/或脱下高跟鞋/赤脚与你共舞到来生。——《写在情人节》

　　人体百分之九十是水分，生活百分之九十是爱情。一切文学艺术中，爱情占九成。一切诗歌始于爱。一切艺术和诗歌的价值与境界，决定于艺术家和诗人爱的强弱。

　　诗人都是天生浪漫和纯情派，她总是在爱情中发现自己。爱情是最隐秘，又是人与世界交流最深刻的地方，是这个世界我们拥有的最接近奇迹的东西。爱帮助我们抵御忧伤。爱是自由之子。"灵魂的永远自由，存在于爱之中。"（泰戈尔）爱引向欲望又超出欲望，它使我们对未来总怀着最大的信心、最光明的憧憬。

爱情诗又是最容易为读者所接受并引起共鸣。"描写爱情的诗，任何一个有情人都可以把他们当作自己感情的表现。诗人的天才，这不仅是一种特殊的语言力量，这还是感情的一种特殊的深度和强度，它能使'自我表现'成为同时代人的表现。"（艾吕雅）诗人的爱必须强烈到毋庸置疑的程度，而且永无止境。因此，为颂扬心灵的爱而歌唱是痛苦的。困惑与焦灼，光华与寂寞，心如一片树林期待栖息的飞禽，在热情沸腾中依然永葆赤诚，正如花都是赤裸的。

爱情也是一种灵感，它是勇敢、正直和节制。它永无休止地呼唤，用无声的目光、有声的诗。

1993 年 5 月 7 日

（蔡白萍诗集《我是你的天使》由香港华星出版社于 1993 年 6 月出版）

《蔡其矫抒情诗》编后语

　　要出版一本自己中意的书，是多么不容易呀！我已梦想多年，各方试探，终于得到黄俊康先生赠款赞助，并经李建国策划、设计、奔忙，能够印出这样一本自己精选，传达心声，仿佛是一张名片，介绍给认识的和不认识的知心人。

1993 年 7 月 29 日

（收入《蔡其矫抒情诗》，香港现代出版社 1993 年版）

诗的执着追求者

——郭煌诗集《雪国红豆》序

　　郭煌把他一生的诗作，编成《雪国红豆》，寄到北京中国作家协会，转来福建向我求教。我看打好的清样有 500 多面，有些紧张，按地址给他去信，他回信说，50 年代曾到我北京住处。我已记不得了。

　　全书分 10 个系列，读后觉得有此必要。因为他写时代，也写自己，通过自己反映时代。诗风有一贯性，阶段性则不明显。不按编年，会自由些。

　　他 20 岁前后几年在基层工作，发表诗和小说。写得有长进，步入社会，是以上北京大学开始。所以用北京风情作第一系列，也很自然。选择北京来反映时代，更有其典型性。他以《醒狮》开篇，意味深长。继之以《阳光屋》《柳色》，也有巧思：一片初阳新春象征 50 年代初普遍感情；有如歌唱般的柳浪闻莺和摇漾驼铃。写他在大学的日常感触，有广场放风筝，红绸舞，未名湖，初雪，中南海，把华表看作民族的箫，颂鸽哨，唱晨歌，连夜晚也感知是向黎明航行。他跟许多人一样歌颂领袖、朝霞、炊烟，也有深情涌动的《将军合唱团》。但到《噩梦

——颐和园一瞥》，就已接近痛苦的现实。60年代的《香山红叶》《红月》，文字上摆脱一般化。70年代《卢沟桥晓月》有进一步深沉。80年代《在西郊，我追逐一朵流霞》纪念曹雪芹，避免一般化轻浅的颂歌；《写在历史的陈迹上》，天理不公，归结为封建特权，已深沉许多。而《1976年天安门"四五"之夜》，记录了一段不平常的场面，这才是真诗。《四月六日黎明所见》则更加真切：石狮沉默，纪念碑泪雨。以北京风情反映时代变迁，唯有"四五"的几首最有价值。

白雪系列以《中国雪》开篇，形式略为开放些。他生活在北国多年，对雪的体会自然深些。《雪光》有思索，不明指。《雪浴》有激情，搓洗得好，应该搓洗。《雪韵》最好，标志成熟，《雪人》意象、语言都漂亮。以雪象征人生。太阳吻融雪，涌出涓涓尘泪。《听雪》涉及回归自然，是新声。《燃烧的雪》写大兴安岭火灾，深刻，动情，真正接触现实。

红豆系列的红豆，与南国的红豆绝不相同。《红豆韵》把北国山丘的红豆写得活灵活现。《我是一粒红豆》，是一首漂亮的歌。

爱情系列首篇《写给一位月亮般的人儿》是一首哀歌，写在70年代。这是他生活的转折，开始写痛苦。此后的几首，有真情，有哲理。80年代的几首，大都情理交融。《爱的祝福》，寄托一种美好心愿。

时代剪影系列，理念多些，不含蓄。但激情与豪情是有的。《南山之麓的相思树》则是一首很好的诗；说明诗要有对应物，不直说。《乡愁》虽短，却精深。"文革"的诗，引人思索，《暮云》是"文革"中真正的诗。《桅杆与山》《太阳雨》诗意浓。

《小提琴与向日葵》《太阳与古塔》《生与死》都在纪念一个伟大的牺牲者。《三月雪后的钱塘江》似写胡耀邦，《霹雳里爆出一派林》《昨夜有风吹过树梢》《一个墨夜》都是含蓄写"历史的烛照"。这些是真正的诗。罕见的诗。

北方放歌系列，歌颂槐花、高粱、白杨树、长城、长白山以及东北的河流和东北义勇军的将领和烈士，都写在 60 年代，虽也有好歌、有哲理，但只有《饥饿的草原》，才见出写真实的胜利。诗最起码的任务是如实地写出时代真情。

田园诗系列，从 50 年代到 90 年代，可惜这不是作者所长。

人生忧患系列，《一条小小的溪河》《野马》都是作者自叙，而《一棵年轻强壮的海棠树》则有如自传。《牛棚秋夜》《蝈蝈》等"文革"的诗，反映出生活片段的真实。

悲怆系列，全部是写作者中年失儿的痛楚，个人的悲剧令人叹息、同情。

总起来看，郭煌不愧是一个诗的执着追求者。40 年来锲而不舍，每 10 年都有开拓和提高。通过个人的感受和经历，反映出时代的几个侧面。可以当诗写的历史来读，也可以当作雪和苦难的歌者旅程的记述，是一本与众不同的有分量的书。所以我非常乐意为它写序言。

1993 年 8 月 5 日

（郭煌诗集《雪国红豆》由春风文艺出版社于 1996 年 11 月出版）

《鹿节》序

小说和诗一样，永远要有别开生面的新东西，永远要发现未被开垦的处女地。艺术中的美，就是那照彻前所未言的新事物的光芒。

福建的闽东沿海，也许因为地理的原因，总是在艺术上别有新天。以小说来说，曾毓秋就曾描绘在其他地方所没有的生活场景，如海上捕鲨。他的一系列描写闽东生活的短篇小说，至今仍使人难于忘怀！来自霞浦的杨国荣，现在又继续这个传统，以这本中短篇小说《鹿节》，向我们展露那座滨海小城饶有兴趣的、独特的生活风貌。

作为小说集的首篇《鹿节》，很显然是少年时代生活的回忆。人的一生中，青春期是最有诗意的年龄，即使他当年对青春具有的力量还一无所知，但后来的回忆却能使它再次生动起来。米兰·昆德拉在《生命中不能承受之轻》中说："人脑中看样子具有一块我们可以称为诗情记忆的区域，那里记下来诱人而生动的一切，使我们的生命具有美感。"《鹿节》最初发表在《上海文学》（1989 年 2 期），并获得 1988－1989 年度"上海文学奖"。正如《上海文学》在"编者的话"中所说："《鹿节》将香山堂药铺的一段丑闻表现得如此美丽、辉煌，实在令人赞叹。"

小说家是探索者，在揭示生活中的未知数中摸索他的道路。杨国荣在 10 余年间的创作生涯中，已经可以看出他探索的阶段性来。最初在霞浦老家写的《丙城碎事》等系列性小说，着重地方性的市井叙述，用的是写实的手法。后来到了福州，很快接受新潮的影响，开始采用隐喻和象征，在比现实更高的视角上，来揣摩人性的未全显露的部分，像《过境》中揭发的日军临投降前夕的疯狂屠杀，达到惊心动魄的力量，已经与他早期的小说有了十分显著的差别，也许这就是成熟的表现。小说的基本精神，就是要说出人的复杂性，说出内心灵魂最深刻的东西，而尽力避免一般化和表面化。艺术震撼人心的力量，来自作家对现实的深层理解，来自对人的强烈感情和高度责任心。还是米兰·昆德拉说得好："小说是通过想象的人物对存在进行的沉思。""小说已不是作者的自白，而是对人类生活的调查。""小说一旦抛弃了它的主题，而满足于仅仅是讲故事，它就变得平淡乏味了。"

但是，一切艺术创作，又都是来自现实生活，离开现实生活这个根和泉源，一切构想都虚假苍白。还是米兰·昆德拉说得好："我们唯一能够做到的，就是写有关自己的事情，除此之外都是滥用创作的权力，都是一派谎言。""赏心悦目便是美。一旦思索，美便远去。"真切的生活经验，比起抽象的思考，距美最近。

杨国荣在小说形式上也有自己的特色，不拘一格，自由舒展，语言也有特点，多副笔墨并用，有的篇章普通话夹杂着当地口头语，不文也不白。生活在福建的小说家，与生活在北方的不同，这方面的探索永远是必要的。永远发现未被发现的，永远探讨小说形式的无限可能性和无限的自由，是小说家成熟的必由之路！

1994 年 1 月 7 日，北京

（杨国荣中短篇小说集《鹿节》由海峡文艺出版社于 1996 年 5 月出版）

漂泊者灵魂之歌

从山城到都城，从养路工到诗人，从小学程度到给大学生讲诗，为了追求更合适的精神生存环境，不是被逼而是自愿过朝不保夕的生活：经受贫困和极度营养缺乏，疾病，孤独，毁誉的攻击和蔑视，为维护正义被殴打得几乎失明。在漂泊中体会人生，不断在失败和挫折中积蓄内在的力量，写出一首又一首很有个性的诗，在部分青年的心目中成了一个传奇性的人物，这就是俞心樵。

漂泊的起因也许是由于家庭中父母素养的极端矛盾引起的分心而产生压力，又是时代新的因素正在酝酿发育造就的有利条件的促成，他在漂泊中虽有凄凉、有不幸，但大体上还可以说是个幸运儿，到处有赞助者和知心人，物质的支持和精神的鼓舞，使他渡过一个又一个难关，所以他又是时代的产儿，从某一方面反映今日的现实。

他从家园自我放逐自我漂泊，对象不是山川，不是森林原野和海洋，他漂泊在人间、在学府、在少女群中。他挚爱诗歌，全心全意供奉有形和无形的诗神。有形就是那些可爱的少女：

琦亚、炎娃、川瑾、初歌，而无形就是广泛阅读而取得的精神享受——文学帮助他度过艰难的岁月。对自由和爱的极端渴望，又能在诗中真诚坦白，玩味人生，追求男欢女爱的经验，梦魂中能见到少女，甘心去冒屡次破灭的危险：有爱的发生和结束，有青春的喜悦，心的灿烂，燃烧着的憧憬之心，却无远方！

寻找诗神的漂泊者，寻找爱情的漂泊者，在《请你多多做梦》一诗中，他真诚地喊出："拼命写诗拼命地爱吧！"他也因此尝到了欢乐。他的宗教就是对少女的爱。他的真正家园在少女身旁。人生如果没有欢乐，那生活就太无味了，所以这也无可厚非。但是，漂泊并非流浪，也不是流亡，却以最快速度，把人推向孤独，为少女所爱也难以幸免。孤独，是灵魂中的严肃感情，是对世界和他人的责任心，不随波逐流和坠落，持久、专一、虔诚地本着自己的情性朝着爱好和兴趣的目标走去。虔诚也是一种美德，对人的虔诚就是灵魂的飞扬与升腾，而灵魂是无边无际的，可以涵盖世界，涵盖宇宙。

我认识俞心樵已经 10 年多了，最初在福建北部的山城见面，他还是养路工中诗的爱好者，所写的诗还很平常。以后又在北京差不多逐年都能见一次面，他已经从幼稚中脱身，写诗也成为他的第一需要，但公开发表的极为少数，大部分作品打字印刷在民间流传。他的诗带有自传和自画像的性质，反映一个漂泊者内心的世界，是他经历和观察的融合物。他有爱心，又渴望表现自己；而他也确实在爱情中发现自己。

凡是走自己的路的，都可以视为英雄。虚荣心和孩童般的喜悦，在我们每人灵魂中都有存在。但也要以谦虚来约束自己：天才若被过分抬举，便容易陷入疯狂。诗人应该相信光明，但他不应该认为自己可以带给别人以光明，更不应该以为自己就是光明。文学的良心，是诗人在任何情况下都应遵守的戒律。抛弃良心便损害了自己也损害了作品。宣扬自己并非必要。评价有一个客观的标准。

他的诗生活场景还太少，也就是自然和社会的描绘还缺乏，没有背景的生活究竟失色许多，即使把自然作为意象也少，这怎么能跨越所有的时代！什么是生活的真实？人生应该以什么方式组成？这也是每个诗人都应该深刻思考的重要课题。

1994 年 1 月 17 日

许燕影诗集《轻握的温柔》序

　　人，总是在阅读中找回自己。在这本诗集里面，页页都听见青春在歌唱。青春，是对伟大惊奇的彻底信赖，是每天都有发现新事物的喜悦；是生意盎然，内心生活丰富；是易于感动，看到的一切都闪烁光辉。每个人在青春阶段，都是大地和太阳的宠儿，如早春庭院的清晨，在空中拖曳的云层，潜藏着丰沛的雨量，时时都能降落下来，灌溉年轻的心灵。生存在两个世纪的交界，那凝视幽暗的眼眸，更是如光般璀璨，因为春天在心中高喊，愿望在不知不觉中成长，灵魂的春花同时开放，伸张敏感的细须广触生活，成长着毫无缺憾的梦幻，在它光芒的瞬间辉煌中，总能发现身边的奇迹与宝藏。这种靠着固有本性感受心灵的奥妙、幸福、想望，并体会其中的美，唯有诗能述说一二，这种人生最初阶段的独特状态和光景，最易产生诗人。自我创造的冲动，是峥嵘世纪的玫瑰，它发出的芬芳，是由必然而行的诗的上乘，品尝最纯粹的青春喜悦，歌唱最欢愉的短暂时辰，有如微笑的泪眼，闪耀着永恒的光辉。

　　这本诗集的作者许燕影，16岁就参军，在海军中当话务员，服役 4 年即已在驻地海南岛的报刊上发表诗。复员回原籍福建晋江，又成为当地重要的业余作者，诗曾获奖，并因此结交了本地外省的文友。10 年之后的现在，她把整理过的花纳入这本诗集送给读者。诗，是她的梦和微笑；是对初恋的追忆，对幸福时日的默想，对某一情景、某一场合的思念，对月倾诉，对夜恳请，渴望深情能飞，怀着爱心的赞叹静观世界，做无数金色的梦。她的写作，完全是出于一种纯粹的喜悦，出于一种自然生出的快感，好像是写自己的内心对话，又好像是在写信或记日记，没有收信人，也不为将来查对，更不问效果，也好像是年轻时候亲近美的记录，甚至纯粹是空想的体验，把美作为一种真理的一个现象和形式，思想奔驰在心中的世界，感到幸福的是灵魂。当溅起的情感的飞沫如光芒落下，喷泉回归水面，诗的冲动的幸福时刻体验到的强烈的美平静下来，给予一定的文字形式，于是成为诗，赞美生命的美好，赞美短暂而辉煌的感情，唱出了所有梦中最精彩最清纯的歌。花虽然美，但青春焕发的人更美，眼眸中有林中之泉的光辉，双目只是单纯地凝注，便只看到事物的灵魂。女性的美质尤其出自天生，生活在爱之中，对爱充满期待，世界因之永远绽放明亮的笑容，生命永远奏着音乐，又永远是圆舞曲，光辉永远充满双眸，音乐永远充满双耳。比名声和恋情更能给人以尊贵和幸福的是友情，没有浪费青春，开拓自己的感情的宽度，像朝阳般生气勃勃，只有友情才能做得到，而且施比受更幸福，爱比被爱更美。能够爱美、崇拜美的人，是真正快乐的人，对美的一无所求，把短暂的美使之成诗，并因此保持永恒，这也是人生的极致！

在这本诗集里面，诗的语言编织既离奇又自然。诗的语言微妙，是最深刻最生动的心灵交流。语言不仅是工具和手段，而且是诗的实体。任何民族的语言，都是魔术性的东西，语言的秘密，只有少数人能模糊地感受，语言的才能，最富个性化。法则和方法，只适合大多数，而不适合个人。永远支持个性，是诗歌艺术的目标和理想。这本诗集的作者，善于想象又善于表达，善于铸造自己，又善于唤醒和催生读者新的经验。她的诗，意在言外，以悟性代替理性，读后总留有余韵。她的诗，内容深沉，高密度，流动而且多变，读时难以准确把握；比如，她生活的地方并没有雪，她诗中许多章节写雪，是把雪作为一种象征。诗和象征，有时简直不能分开。虽然她天生的才气没能转化为勇气和勤奋，却依然使人着迷。在人生的混沌中，即使一时迷失，也不能熄灭她心灵深处神性和创造力的光芒。诗人用艺术的眼光看世界，一向重质不重量，生活永远不是等量地进行，人也不是固定的一成不变的形成体，只要尽一切力量使心中独特的美妙的东西成熟起来，并尽量舍弃与人相同的部分，再拿起笔来，必有更辉煌的诗篇出现。

1994 年 3 月 2 日，北京

（许燕影诗集《轻握的温柔》由海南出版社于 1995 年 4 月出版）

评陆昭环《日记》

近年来，文坛寂寞，书店萧条。纯文学刊物备受冷落；出版书籍更是难上加难！

世纪末的太阳昏黄，文化面临危机。

难道这是改革开放后经济大潮的必然结果吗？难道千载难逢的大变革就要让文化经历大灾大难吗？

大多数文化馆文化站都已名存实亡，都在经商，不是陷入困境就是处于半瘫痪状态；连省级文联这样专业团体很少买书或绝不买书，它的图书馆门可罗雀。

而另一方面是黄色书刊泛滥，庸俗不堪的书画流行。歌星走穴，影视大款迭现，追星族成群如潮。物质大放，精神大减。

商品文化成为主流，作家下海成风，虚假的娱乐性正在腐蚀整一代人。

不祥的预兆已经渐明，以作家名世的人能重塑大众吗？

在这时候，福建的出版社，在几个有识之士的赞助下，印行了陆昭环的《日记》，以平常生活的资料性的记录，毫无删改地保存了 50 年代至 70 年代的真实，从一个大学生和文化基层的知识分子身上，展现一片土地的真实。

也许读者能够在这平淡的记录中，看出往日时空的短视；很窄的世界，很少的传统，教育的缺欠，闭关孤立的社会素质，文化体系和存在的方式，决定了精神境界，已经带有许多隐患了。

回顾必须从吸取教训开始，而不是颂扬，不是粉饰。

昨日的贫困照见今日的废墟。当今的文学界，一切都已抛弃得所剩无几，有心去挖掘边缘和展现私密，又能够迅速见效吗？

面临当代人文科学思潮及文化转型的过渡时代，"寻找精神家园"将是长期的、艰苦的、深入的斗争！

1994 年 12 月

有关高琴与爱情诗

——高琴诗集《红蝴蝶》序

从你如梦的眼睛

我窥见那最初的花枝

未曾盛开便作长别

把周围染成黑色

地久天长星辰的痛苦

不能在辽阔宇宙畅快呼吸

自暗空云层中纷纷飘落

那花瓣如哀伤的群鸽

　　这是我 1990 年 6 月，到福建南平宝珠村，第一次探访自国外引进的金黄和亮紫的百合花，给初识的高琴写下的素描。其后 6 年中，我又曾 4 次造访茫荡山中的百合园，每次都在南平市逗留两三天，有事也住在高琴家中，并常有书信往来，对她的了解逐渐增多。这次高琴来信要我为她的诗选写序，我很乐意，并想就这机会顺便谈点环境和诗歌的血缘联系。

　　南平古称"延平"，是江西自北入闽的军事要冲，又是沙溪、富屯溪、建溪 3 条水汇入闽江而形成的商埠，与外地交往频繁，并不闭塞；可是由于四周山势逼近，只能容许狭窄街道拥挤在水边，它既是山城，又是小城，与福建沿海几个城市相对而言，又有些封闭。因此，从文化方面来说，它又比较单纯，保有自然本色。高琴是解放福建时来自山西的地方干部的后代，"文革"时期偷读书，接受 19 世纪浪漫主义诗歌的影响，开始接近文学。在走入社会后生活和工作都不那么顺利，总是在艰难中跋涉。下乡插队当过农民，进纺织厂做过 10 来年三班倒的挡车女工，1984 年福建电大中文班毕业，得以调到工人文化宫工作。后来有一段时间，要靠教交谊舞以增加收入。她又极富上进心，总是在业余时间写小说，并发表过中短篇小说。写诗，也从未中断过。在探索艺术的广阔领域过程中，她也不断有所提高；无论舞蹈、小说和诗歌，都有她对感情生活的梦幻和追求，都有她在不安定中追求精神家园的痕迹，即使未能完全进入其境，但那种热切的渴望也足以感人。因为这个缘故，她诗中有很大一部分，是可以归入爱情诗一类的。

真正的爱情诗，大都有一位具体的对象，其中的若干细节，可能只有那个恋人能完全懂得。尤其是女诗人写的爱情诗，不是写得很晦涩，就是写得很神秘，大都不那么清楚明白。高琴的爱情诗，因为所处环境的关系，未受现代主义的影响，还保留着纯情浪漫、直抒胸臆的风格。此外，在她个人的性格上，有北方女孩的直爽，在作品中有内心诚实的反映，即使不那么成熟完好，但她对艺术的虔诚态度，足以补救若干缺点。她的诗，可以说，是山城或小城的一种心态、一缕清芳。

1996 年 12 月写于北京东堂子胡同

（高琴诗集《红蝴蝶》由海峡文艺出版社于 1997 年 7 月出版）

"在路上诗歌大系"总序

　　蓝棣之在中国友谊出版公司出版的入选《世界名人录》中国诗人、作家作品丛书之一《七家诗选》的序言中说：中国当代诗歌有一个金三角，顶端是北京，西南是四川，东南有福建。

　　北京自然是得天独厚，位居榜首。四川有一个《星星诗刊》作为全国第二位的诗阵地，新人迭出，去年出版的一本《四川新时期诗选》非常厚重，新老并列，洋洋大观。

　　福建虽然没有诗刊，但福建旅外华人资助两项奖金：黄长咸文学奖（包括诗歌）和施学概诗歌奖，另外还有一个私人设立的柔刚诗歌奖，所以差不多每年都有至少一个多至两三个以上的年轻诗人得到社会公认，这个事实不能没有适当的形式予以表现。承蒙北京作家出版社的关注，决定出版这个青年诗丛，陆续印行新一代的诗作，为新时期的中国诗坛增添九道华彩。

　　福建也有一个诗歌金三角，核心自然是福州，两翼则为闽东和闽南，都在临海之地，海洋题材自然成为一大特色，虽然为数尚少，但作为有别于北京和四川的地域特点，海洋诗会成为向前发展的重要一环。

全国新时期诗歌最大特点是多样性：主题广泛，题材丰富，语言风格各有千秋；福建也不例外：有继承五四以来新诗，特别是 80 年代开始的新时期诗歌的精华并有所发展；有接受国外现代主义影响的新生代诗歌的后续流向，甚至有颇具独创性的摇滚诗歌的探索与试验。而无论什么流派或风格，都能紧密结合现实生活的多种表现，来反映这 20 年来的丰富多彩的祖国新貌，记录时代的脉息和对未来的想望。

全国人民的目光，都在注视跨世纪的未来新生力量。这个诗丛的出版，也是为更光辉的明日诗歌，铺下一块路石或桥板，并作为千年诗歌的发展链条中虽然微薄却又不可缺少的一环。是为序。

1997 年 1 月 22 日，北京

（"在路上诗歌大系"由作家出版社于 1997 年 12 月出版）

《晋江古今诗词选》序

福建第四条水的晋江沿岸，产生的诗歌源远流长。

中国历史进入魏晋南北朝，由于北方民族的南进，有所谓晋代衣冠南渡。原在黄河中下游的士大夫阶层，纷纷越过长江来到当时还处于蛮荒的东南河山，发现有一块类似故国的山川，于是落脚定居，这就是晋江名称的由来。

至唐和五代，科举制度产生了本地文人，配合外来流寓的贤士，开始出现载入史册的诗歌。宋代更由于北方的辽、金、西夏的强盛，逼使中原汉族向沿海以至海外发展，福建的经济和文化有了长足的进步，也随之出现许多著名诗家。至元代，更加深化海外贸易，晋江岸边的城市，名噪一时。明、清两代，文风日益昌盛，甚至学者和名将，也留有诗篇。自唐以来，历代都有女诗人出现。进入现、近代，更有旅居海外的邑人诗作无数，自应广为收罗，以见全貌，是为序。

1997 年 5 月

（《晋江古今诗词选》，曾阅编，列入《晋江文化丛书》第一辑，由海峡文艺出版社于 1998 年 4 月出版）

秋筱诗集《不泯的心迹》序

70 年代中期，我常从永安回到泉州，与暂住华侨新村的堂弟做伴，有个写诗的朋友带 3 个爱诗的女青年来集会，其中一个便是刘玲卿，在工厂当会计，是相当成熟的业余歌手。她唱《山楂树》《小路》等当时在小城流行的抒情歌曲，非常出色。那时她还没有写诗。

70 年代末，也许是受朋友和当时诗歌盛行的影响，她开始拿笔来，写一种非常严谨的、有点类似格律的诗，并且取一个很古典又适合她个性的诗名：秋筱。

80 年代，她开始进入中年，诗名也逐渐传开。究其原因，也许是在当时盛行现代派的诗海中，她独自保持一种与众不同的古典派作风。之后，她从泉州调到她丈夫工作地厦门，并从工厂改到百货公司，却依然远离文艺界，独自默默地、时断时续地发表她那古典作风的诗。这种诗，虽也可归入押韵的自由体，却又有一定的节拍，基本上的三拍，或二拍与两拍半相间。她的诗常有巧思，如下面为当时普受称赞的一段四句："相亲相爱，像蛋黄和蛋清，/珍惜吧，这珍惜要分外细心，/它是一碰即破的椭圆形，/也是能长出翅膀的生命……"

她是一个典型的贤妻良母，又具有感情细腻的博爱精神。她的诗，为读者保留一份可资借鉴和研究的财富，也许时间最终会证明这条路有忽然开朗的一天。

1999 年 1 月 5 日

（秋筱《不泯的心迹》由作家出版社于 1999 年出版）

安安诗集《登上高山》序

　　未曾谋面的晋江小同乡——安安，是写诗非常投入又非常自信的年轻人。他曾到鲁迅文学院学习过，又爱与作家学者结文字交，却要我为他作序，难以推却，只好尽力。

　　浏览他的诗集原稿，总的印象：诗和散文诗还算写得自然，不过分修饰，也有若干片段被评论者目为佳作。最难得是年纪不大，却居然能涉足禅宗，并用之于诗中，尚少勉强的痕迹。道家、释家对文学的浸染，古来常见。找到这条路，可以与众不同，并由此逐渐找到自己的风格。因为：商品社会物欲泛滥，电视占据大部分休闲时间，读书的机会少了，精神生活不免有些空虚，必有一些不安分的读者要找宗教的慰藉。而禅宗这种能够修身养性的哲学，是印度佛教和中国道教的混合物，可以补足他们的部分需要，如果能深入并提高它的质量，或者能拓出一片新土，也未尝不是一个有益的尝试。

　　贺拉斯在《诗艺》中写道："唯独诗人，若只能达到平庸，无论天、人或柱石都不能容忍。"而避免平庸，除了多读一流诗歌，向世界一流诗人学习外，也许还可以向诗歌以外的哲学、宗教、地理、历史等门类取经，垦殖诗的处女地，过去曾有过先例，现在也未尝不可以试试看，总比当前千人一面、千调一声的僵局好些。是为序。

（1999 年）

（安安诗集《登上高山》由作家出版社于 1999 年 6 月出版）

诗 的 双 轨

一

如果可以为诗下个定义，我以为，人生一段经验或一时感受，加上全人类的文化成果，便是诗。

一段人生经验和一时感触，这是内在的经验；全人类的文化成果，即通过书籍接受前人的感受和思考，这是外部来的经验。

对诗不能深入，也就对散文包括小说不能深入，因为诗是整个文学的尖端部分，它不但蕴含思想与情节结构，也蕴含语言音乐性的精微感受。语言的快感，是艺术最高感受。没有天生的诗歌听觉，它是通过不断的阅读而逐渐培养起来的。

高尔基劝我们要懂得文学的历史，知道前人怎样成功，又怎样失败。

从前辈诗人获得语言的力量，又要向同辈诗人学习，并同时选择与别的诗人不同的道路，也要从后来者感受时代的气息。

二

诗的过程：从作者到读者。

读者的阅读、思索、理解，应看作是参与作者的创作。作品不是发表了就算完成，它必须经历读者的再创作，才最后完成创作的全部过程。

如果一首诗不能在读者心中存留，这首诗无异是生命夭折。

为什么不可以多多考虑读者的需求，写他们所能接受的诗？

不把读者看在眼里，是所有打括弧的现代派最致命的弱点。他们大言不惭地在作者和读者之间筑起高墙，以为这是超前不可少的壮举，其实他的前路只有自杀一途。

读者是诗人的合作者。没有读者的合作，诗人的命运是悲惨的。不能得到拥护，至少也应获得同情。

应该让那些趾高气扬而不知道羞耻的自大狂明白：是人民创造诗人，而不是诗人可以侮辱人民！

三

诗的体裁，有格律，有自由体。

自觉的自由诗体，是近代的产物。它是有了政党的论坛、报纸的社论，而发展起来的。

它又是现代的文明：铅字印刷、发达的通讯、快速的生活节奏等等原因造成的。

19世纪惠特曼的浪漫主义，以口语化的节奏，彻底改变传统。

他抛弃韵脚而应用头韵和排比，惨淡经营自由诗，寂寞近半世纪。

但是，自由诗并非无源之水。惠特曼的自由体，研究者认为它来自印度古诗或苏格兰行吟诗人。

中国古代的汉赋，不押韵，大量采用排比和对应，达到音乐的效果。中国诗歌包括诗、词、歌、赋。那么，赋，是否可以说是中国古代的自由体？

唐诗中有古体诗和近体诗之分。近体指魏晋南北朝逐渐发展起来声韵学而形成的律诗和绝句，有严格平仄对应。古体则押韵又可以换韵并无平仄对应，唐诗中许多名篇如《长恨歌》《琵琶行》《蜀道难》《春江花月夜》等都属古体范围内。

所以，格律和自由体，都是历史发展的产物，而自由，则源远流长。

四

自由体也可分两类：有韵律的自由体和无韵脚的自由体。

韵律有助于音乐性，易背诵。注意整齐，又要故意不整齐。有张，有弛。这是从唐诗发展到宋词的原因之一。

不押韵的诗对于任何一个缺乏内容的诗句都是不能容忍的。所以写不押韵的诗有时比押韵的诗更难。

不押韵的自由体，也应该有音调，它连接所有诗句，并且有思维本身的韵律。以思想代替音乐，思想也就成为音乐。

诗歌的读者从来都是少数人，就是因为诗歌的接受、欣赏、理解，并非容易。当前，严肃的文学步履艰难！影视对诗歌的冲击，文学载体和文学传统也在变化中。但诗歌，可以是简短的、迅速传播的、及时反映的、传达心声的，所以它有暮色，也有朝霞。

面对纯文学日趋衰落的文化市场，挽救诗歌的命运，并非降格以求迎合世俗的情趣。墨西哥超现实主义诗人帕斯，提倡纯粹诗歌与社会诗歌并进，来结束抛弃传统的不明智。

五

诗歌具有音乐性和绘画性。它既是听觉艺术也是视觉艺术，是语言和意象的结合。更正确地说，视觉不但指内心视觉；意象，也指外在视觉：造型。

格律，就是语言的音乐、意象、造型的高度结合。

格律的规范，要求语音的参差、对比、呼应、和谐。各国语言不一致，造成格律要求有差别：英诗是轻重，法诗是长短，俄诗是抑扬，汉诗是平仄。

唐代的平仄，以中原（陕、晋、豫）的语音作标准，宋代也大体如此。现代的中国，虽然文字统一，但语音并不一致，据说现行普通话无入声，而以阴平代替，福建就入声太多。所以现代汉诗平仄难讲究，只能在字数、顿数作文章。有困难，也不能放弃探索。从闻一多到卞之琳，都在不倦实践中。我们就不能尝试吗？

唐代诗人，都是古体近体两支笔。宋代也是诗（古体）词（近体）并举。为了继承与发展、传统与创新的结合，我们能放弃格律吗？

1999 年

（收入《蔡其矫诗歌回廊·诗的双轨》）

解读聂鲁达的情诗

我记得你去秋的神情。

你戴着灰色贝雷帽，心绪平静。

黄昏的火苗在你眼中闪烁。

树叶在你心灵的水面飘落。

你像藤枝偎依在我怀里，

叶子倾听你缓慢安详的声音。

迷惘的篝火，我的渴望在燃烧。

甜蜜的蓝色风信子在我心灵盘绕。

我感到你的眼睛在漫游、秋天已遥远：

灰色贝雷帽、呢喃的鸟语、宁静的心房，

那是我深切想望飞往的地方，

我欢乐的亲吻灼热地印上。

在船上瞭望天空。从山冈远眺田野。

对你的回忆是亮光、是烟云、是一池清水！

傍晚的红霞在你眼睛深处焚烧。

秋天的枯叶在你心灵里旋舞。

　　这是巴勃罗·聂鲁达在1924年出版的《二十首情诗和一支绝望的歌》的第六首。这是他在大学时爱上一个来自印尼的荷兰籍女同学而写的系列情诗的一首。时隔60年之后，已达80高龄的这个女同学，为文回忆当初他们的相爱和分离。所以这是一首带自传性质的真情记录。

　　艺术，包括诗，都是要看得见的。最方便的方法就是摄取自然界的具象来比拟、影射、象征、代替。因为人是生活在大自然中，不但和它有千丝万缕的关系，而且它是无所不在的，爱情要写得具体，又不能暴露无遗；要含蓄，要朦胧，用自然的物象来比拟描绘是再好不过的了。

　　我们读诗，最先接触的是语言。高尔基在谈文学三要素：主题、题材、语言时，认为语言最重要的是色彩和音响。因为客观的任何存在都具备颜色和声音。这是语言生动与否的要害所在。这首诗中的灰色、黄昏、火苗、闪烁、水面安详的声音、篝火、燃烧、蓝色、鸟语、亮光、烟云、静水、红霞、枯叶都是具备色彩和音响，都是想象中看得见的听得见的。

　　恩格斯在谈现实主义文学时说：除了细节外，就是典型环境中的典型性格。人们大都注意典型环境中典型性格，而忘记"除了细节外"几个字。没有细节就没有艺术！细节在英语中与动作是同一个字。这首诗中的戴着……平静，树叶……飘落，藤枝偎依……怀里，甜蜜……盘绕，漫游，飞往，亲吻灼热地印上，瞭望，远眺，红霞……燃烧，枯叶……旋舞都是生动的细节，把爱情的渲染气氛和烘托情调都达到高峰。

语言和细节把读者感染之余，就是要讲究结构。诗要在简化和精练的文字中表达世界、描绘人物，就必须十分重视结构，而结构的基本方法是对比。对称、映衬、对照都在这范围内。没有矛盾就没有世界。没有暗见不出光，反过来也是。没有暴君就没有顺民，反过来也是。因近见远；因小见大。因此，对比是一切艺术技巧的基础。这首诗，第一节是写"你"，第二节是写"我"，第三节是由你到我，第四节是由我到你。而在每一节中也都有对比或对称：火苗在眼中闪烁与树叶在水面飘落，迷惘的篝火燃烧与风信子在心灵盘绕，想望飞往的地方与亲吻灼热地印上（流水对），红霞在眼睛深处焚烧与枯叶在心灵里旋舞，等等。

而诗的绘画性和音乐性，也在这诗中充分表现。人物的形象，人物的心情，不但赋予画面的远近、虚实，也在音节的长短、起落，都处理得十分贴切。

2000 年 12 月 16 日

（收入《蔡其矫诗歌回廊·诗的双轨》）

断　　想

一

从劳动产生集体舞蹈。从舞蹈产生歌唱。从歌唱中产生诗。这只是口头文学的萌芽。发明文字后，最初是很艰难地刻在竹简上，只能极为简要、短少。也类似诗。后来有麻扎的笔和鹅毛削成的笔，也只能写在竹片上和羊皮上。蔡伦用帛片造纸，只用于贵族。这些仍是文学中的少数，大量的还是口头文学。口头文学，要容易记忆，因而用韵。因而戏剧用诗写，布告用诗写，医药口诀也用诗写，文学的王冠长期戴在诗歌头上。

到了木刻印刷出现，活字印刷到西方变成铅字印刷，散文和小说得以广泛流行，文学的王冠逐渐移到散文头上。诗歌也逐渐放弃叙事，而偏重抒情。

抒情诗在封建、半封建时代，主要写人生的悲欢离合，爱和死长期成为诗的两大主题。人类从农业和游牧社会走入工业社会，出现了报纸和政党，19 世纪产生诗的新品种：政治抒情诗。20 世纪是一个战争和动乱的世纪，政治过量以至被厌恶，工业对自然环境的破坏也日益严重，于是又出现新诗的另一种品种：环保诗。

环保诗，只能在这个世纪才有可能出现，它是幼嫩的，是褒贬同举、正负并提、抚今思昔、心在未来。

2000 年 11 月 23 日，北京

二

诗，最初是口头文学，靠口头传诵。因此要用韵，便于记忆；要简短，能够背诵。在中国，它记录在竹简上；在西欧，它用鹅毛写在羊皮上。那时，诗统率一切：戏剧用诗写，医学歌诀用诗写，甚至行政布告也用诗写。到了中国的木板印刷传到西欧，发明铅字印刷，文学的王冠改戴在散文头上。

长诗，产生在奴隶制度时期。奴隶主豢养行吟诗人，为他在宴会上演唱历史故事。因此，长诗都是叙事诗。它在希腊和罗马的奴隶社会盛行。待铅字印刷发明，大量印刷品出现，诗的叙事职能改由小说负担。

现代的诗，基本上专司抒情。而抒情，无论写与读，都需激情；而激情不可能持久。因此，长诗难以存在。如果，诗的内容太丰富，短诗不能容纳，它要分章分节。在几百行之内，最理想是百行左右，能完整表达就行。

三

19 世纪中叶，在政党的讲坛和报纸的社论的基础上，产生了自由诗。政治抒情诗是与自由诗共生同体的。但20世纪的战争和动乱、欺骗与镇压，政治抒情诗也逐渐衰亡，它堕落为歌功颂德的御用品，与人民毫无干系，世界不承认它是现代诗，于是有悲伤的咏叹调产生。

四

中国旅游诗源远流长，但作为一个概念，则在20世纪80年代才可能提出，它是改革开放产生的新事物之一。旅游生活的普遍化，是人类社会发展到一定阶段，物质的无限丰富和精神的相对自由，它必然成为世界性的文学一个新主题。

山水诗是中国旅游诗的前身，但它只限于帝王、士大夫。它孕育于先秦和西汉，形成在魏晋六朝，发展于唐宋。周穆王长达8年之久的旅游，到瑶池会见西王母（女性酋长）。楚王游云梦，孔子游戎山，老子游濠梁。孔子甚至说："智者乐水，仁者乐山。"秦始皇巡行至威海成山头，司马迁壮游天下。《山海经》的写作，传出先民的旅游信息。至魏晋南北朝政治黑暗，隐居山林成风，嵇康主张返乎自然，标志人性觉醒，却又陷入消极颓废。曹操的诗《观沧海》，是第一首成熟的山水诗。谢灵运和谢朓，全力写山水，开始注意声韵之美。唐宋又出现一大批优秀的山水诗：李白、王维、刘禹锡、孟浩然、苏轼、柳永、陆游、辛弃疾、杨万里。明清走向衰微，但旅游认识有所提高，袁宏道、徐霞客，是其中佼佼者。

这几年，劳动节、国庆节，普通人的旅游高潮以及余秋雨的《文化苦旅》和《千年一叹》正是新世纪的新信息。

2001 年 4 月 12 日

五

曹操有一首《观沧海》，试译为现代诗如下：

> 登上碣石山的高处，
> 向东俯视苍茫的东海。
> 看那海水是多么动荡不定，
> 看那山岛又一概高耸屹立。
> 那岛上的树木密密覆盖，
> 百草也无不欣欣向荣。
> 一阵萧瑟的秋风吹来，
> 滔天的波澜忽然涌起。
> 绕行周天的太阳和月亮，
> 好像都是在这海上吞吐；
> 星光灿烂的天上银河，
> 也好像是含孕在这海里。

这几乎可以看作中国古代海洋诗的发端。虽然后来的李白，在他诗中也有"登高山，望远海"的诗句，并且幻想骑鲸飞驰；而苏东坡被流放海南儋州，过琼州海峡也有诗。但是中国古代文明主要在中原和长江中游，能亲临海滨的诗人极少。明清两代实行海禁，沿海闭关，冷落孤寂；待西欧的甲板舰炮火一一轰开，只有挨打，无法招架。

只有到了改革开放，中国才发出"蔚蓝文化"的呼声；海洋诗必将在中国诗坛上占有一定的地位。

2001 年 4 月 1 日

六

　　新诗是相对旧诗而言。旧诗，仔细分析应包括诗、词、歌、赋。词和歌是唱的，带有曲谱；赋是骈体自由诗；诗是吟的，以唐诗论，也分古体和近体，古体虽也有比较松散的韵和比较活泼的句式，但不讲四声（平仄）。而近体即绝句和律诗，既讲平仄，又固定句式，是由魏晋六朝讲究四声而发展起来的格律诗。宋词和元曲，也讲平仄，也有格律。宋初的词，原是上下两阕，到柳永才发展为长调，三阕四阕相连。

　　以各国移民组成和以近代工业社会为主的美国，没有自己的传统，产生了惠特曼的自由诗。他不用脚韵，而用头韵和中韵保有内在韵律。郭沫若受他的《草叶集》影响，写出五四时代的代表作《女神》。20 世纪 40 年代他出版的《凤凰集》序言中自称他只有在写《女神》的 4 个月中才是诗人。艾青在法国学画，回国不久即因美术界左联被捕，在上海法租界监狱 3 年中断绘画只好写诗，他受 20 世纪初用法文写作的比利时诗人凡尔哈仑影响，40 年代曾出版他译的凡尔哈仑诗《原野》《城市》等 10 首成集。自由诗引进散文是一个进步，但郭沫若提出"裸体美人"，艾青提倡"散文美"，过于忽略形式可能引向负面。

　　在惠特曼之前，西方诗都是格律诗。因语言不同，英国是轻重，法国是长短，俄国是抑扬，中国是平仄。唐宋以后，诗大都为绝句和律诗，也都是格律诗。中国虽然文字统一，语言却各地不同。据说现在普通话中没有入声，而以阴平代替。福建却入声很多。古诗是以中原语音定平仄。闽南人大都来自河南，闽南话有中原余响，如用普通话读唐诗常遇不合韵，用闽南话读就能合韵。这个矛盾，使现代格律诗难讲平仄，只讲顿和句式，一诗一格律或以行数定格律。格律的建立难，但这条路必须去探索。

2001 年 4 月 15 日

（收入《蔡其矫诗歌回廊·诗的双轨》）

《蔡其矫诗歌回廊》总序

　　大地、海洋、生态平衡的重新认识，美丽家乡的再建，以及人生的变幻和爱情的永恒、中华民族的复兴和走向世界，都是诗歌永远取之不尽的主题和材料。

　　天上的七斗星在一年中缓慢旋转，地上的日夜和季节的循环不息，诗歌都应该一一把它们纳入篇中，让我们的诗歌和生活万古常新。

　　　　　　　　　　　　　　2001 年 7 月 7 日写于金水湖

《楚复生的诗文》序

在海外华人的业余诗歌创作中，楚复生的《北斗》堪称上品之一。作者对中国古典文学的修养，写作的严肃，选取篇章成集时又相当严格，令我钦佩。每首诗都极其精练，有如小词，感情也极为强烈，有如醇酒。在一首诗的后记，他说："力求文字浅显，韵律和谐。"确实如此。绝不浪费笔墨，几近小令和绝句。最耐咀嚼。

汉代的乐府短歌，唐朝的绝句，宋朝上下两阕的词，元代的小令，这些中国古典诗词的精美，令历代多少仕女沉吟暗诵，影响至深。这诗词宝库的佳境，在楚复生的诗中一再复现。

流连海外华人的悲苦心绪，几乎在每首诗中都宣泄淋漓。但是，这种单线继承中国古典诗词的传统，在当今生活逐渐与世界潮流合轨的形势下，缺乏向西方学习来充实自己，必然为文学主要读者青年大众所不取，从日益冷落到失落，也就难以为继。于是作者停顿诗创作而向散文发展，从杂文到特写，到小说，由于侨居地无像样杂志，只能在报纸上发表一些所谓报上文学，以短为上。记左邻右舍的生活故事，写华侨和乡亲悲惨告别，绑票案，虽短，却生动。微型小说。菲岛社会相刻画得入木三分。对居留地普通人民的深层光怀溢于言表，甚至讽刺小品，老侨客的凄凉告别居留地，侨民文学的佳作。小品，甚至是政论，业余写作的人，不大容易写书，

2001 年 12 月 3 日

《蔡其矫诗歌回廊》自序

　　我不知生命从哪里开始：盘古辟地，女娲补天，航行海上的探险家，含辛茹苦的垦荒者；也不知生命到哪里结束，百年后，千年后，文字才终于泯灭。

　　我也不知创作从哪里开始：无数天才的著作，历代伟大的前辈，远行考举的先人，崇拜英雄的童年；也不知创作的结束在何时何日何分何秒。

　　从英雄到海洋，从海洋到英雄，从热爱大自然到热爱一切人，也如回廊一样，分不出开始和结束。

　　人生不是梦，人生也并不清晰，我不知道路为什么这样崎岖，也不知它引向何方，我总是一个平常人，过普通的生活，爱和恨都不掩饰，这就是我的诗。

2002 年 4 月 28 日，福州

（收入《蔡其矫诗歌回廊》，海峡文艺出版社 2002 年版）

谈《回声》的表现技巧

　　《回声》是很讲究音韵和布局的。你看，第一段"我听见它"在前面，第二段"我听见它"在后面，第三段也在前面，第四段最后连续两个"我听见它"。第一段押韵，第二段前面无韵，但最后的复句押了；第三段押得很好，起句是后面提上去的，显得有变化；第四段前四句完全无韵，但结尾叠句却不但补足而且强化了。又：第一段写实，第二段写虚，第三段写实，第四段写虚；虚实相间，使思想主题显得深远。"松涛声声响应山风"，"群山对我答话"，是现实的回声、自然的回声，河流合奏溪声，大海交汇河流，这是自然界的现象，象征人事，象征时代和群众。雨是从海上蒸发到天空，所以"从天上回来"，在檐前落下，又在"日光下融化"，写循环不息的自然现象；其中用"温暖"，用"点点滴滴"，都有某种含义，"在今年""融化"，也使人深思；融化代替蒸发，押韵又表现不一般，第四段更进一步，美好时光，从"记忆的回廊上滑过"，是象征的写法，这是讲过去了的事；"遥远的梦想"在一千年外呼唤，这是写未来的事。过去和未来都有回声，这是全诗最有特色而且寓意最深的地方。看来，这首诗，是总结诗集的思想内容，用词很形象、新鲜，有回旋余地，让人用自己的经验去补充它。形容词不多："绿色""沉静""温暖""点点滴滴""美好""遥远"，但每个都很准确而且重要，有色彩、音响、感觉以及时间和空间。我想这位作者的艺术修养是很不错的。

2002 年 9 月

（收入《蔡其矫诗歌回廊·诗的双轨》）

《肉搏》一诗的产生

　　《肉搏》一诗所写的是一个真实的事件，发生在抗日战争中敌后根据地晋察冀边区第三军分区。那时我们军队的装备不整齐，甚至有汉阳兵工厂制造的老式步枪，刺刀比较短，而日本人的装备一律是三八式步枪，刺刀比较长。1942 年春天，诗人鲁藜告诉我这个故事，我随即把它写成诗。那时候，我已开始受美国诗人惠特曼《草叶集》的影响，特别喜欢他在南北战争中所写的行军诗，所以有冷峻的"白色的阳光"和长长的句子。当时又正在读法国的英雄史诗《罗兰之歌》，因此又有思古的"青铜的军号"。最后一段，却是地地道道的中国抗战时期固有的浪漫主义。这首诗当时没有发表。至 1953 年，在《解放军文艺》当编辑的老朋友蔺柳杞向我要稿，就给了他，登在当年的《解放军文艺》上，后又收到该刊百期纪念的诗选集中。它是一首短小的故事诗，又带有很浓厚的抒情气氛；并有相当鲜明的个性和情节，有强烈的节奏感；通过个别事件，提升到典型化的高度，反映了抗日战争中的艰苦卓绝和英勇气概，使有亲身经验的人都不免为之垂泪！因此，30 多年来，一再被各地诗歌朗诵者作为朗诵的保留节目；有些考电影学院和戏剧学院的学生，也把它选作考试的朗读表演的诗。广东的诗人易征，还为这首诗编写了通讯式的评介文章，并收入了他的论文集。

2002 年 9 月

（收入《蔡其矫诗歌回廊·诗的双轨》）

吴红霞诗集《在我的四月里》序

18 年前，舒婷为吴红霞的一组诗写的引言《一株开满少女花的玫瑰树》就曾预期："落一地花，长一茬叶，经过许多暑夏寒冬，是否仍能循着特有的香气找到她？"回答是——不负年长诗人的厚望。今天，一册四辑的诗《在我的四月里》，献在读者的面前。"稚嫩多汁的诗句"，"在漫长的旅程里不枯竭而且清澈如初"，"溅出的每一滴诗情都醉倒一片"。果然如此：在这本诗集中，似梦的江南雨，如水的暮春风，吹舞一幅幅女性持续的心事，沉默的歌声穿过黑夜，诗行使她沉睡，幸福使她最后无言。

语言和经验结合，走出许多意象。一切都苍茫，一切都遥远，然而一切又都如此真切、如此敏感。30 岁的历程，20 年的写作，吴红霞以自己的方式，用自己的语言，在生活与诗歌之间找到了一个支点。正如她所说的："四月是一种水的精神／在三月与五月之间／寻找一种轮回的平衡。"这是吴红霞的四月，是穿行在物质与精神中间的四月。

崭新的一代，诗句从来不一目了然！因为生活中有太多的不能说明，也就有太多的遗憾；没有声音的叙述，仿佛天涯不开的花，想采摘的和栽种的总不一致。因此总是在四月，离寒冷不远，距温暖已近。

没有虚构的细节，只有自由的节奏，简约是她的追求。即使和自己交谈，也是充满迟疑的矛盾，因为深知"逐渐接近，又日趋陌生"的本源，所以她从没有冰冷的排斥，即使暖意从漠然中送来，依然是不需彩色的文字，以不弃古传的姿势，让云朵和阳光，一波又一波涌动。

从现实疏离，只愿倾听者感知。晚风无法倾诉的分离，水流从一个地方流向另一个地方，回忆的门敞开，树叶和枯草记得誓言，也让寒流带走痛苦。风可以成群，鸟是叮当的秋景，日子可以是光滑的，想象有触角，村庄有手臂，阳光能蹚水，三月有幽香；她应用代替和拼贴的笔法，让语词陌生化，读来意象纷纭、联想翩跹。这是新一代人的风华，传送着独自的信息，用水的精神在寻求一个能够逾越的生命地域。

2002 年 12 月 1 日，北京

（吴红霞诗集《在我的四月里》由青海人民出版社于 2003年 1 月出版）

诗在质不在量

《唐诗三百首》几百年来影响巨大，能把它读透读熟，就已把精华长记在心，笔下也会自然流出它的神韵。包含宋诗的《千家诗》，比《唐诗三百首》更精彩，限收绝句七律，更容易铭记不忘。这两本都是老少均宜、读者广泛、影响深刻、百年不衰。

惠特曼最初自己排版、自己印刷的《草叶集》只有十几首诗，后来不断再版，每次再版逐渐增加，最后是十版，一生就出这本诗集。艾青最初自己出钱印行《北方》，也是十几首诗，今天证明这些最初的诗是最好的，可以流传下去。

所以我认为现在的困境，是我们自己造成的。当初《诗刊》创刊是小开本、单行排，后来变大开本，双行排，求量不求质。诗的刊物也越来越多，有点像"大跃进"的民歌运动，到处是诗。即使有一两首佳作，也被大量诗淹没，现在不是缺诗，而是泛滥。一般说，量中能产生质，但也有个限度，超过限度，连读诗、选诗都难。所谓"困境"，过去也有，外国也有，但没有如今天谈困境的议论这样不可胜数。

　　而出路，我以为少写为佳，求严求精，有话才说，无话沉默。太热闹绝对非诗。历来诗人都是清贫孤独。诗界也应以清静为尚。喊得太多无补于事。

2003 年 3 月 30 日

《太阳石》前言

墨西哥诗人帕斯，1914 年生，1937 年参加西班牙反法西斯战争，1957 年写代表诗作《太阳石》，1962 年任驻印度大使，1968 年为抗议墨西哥政府镇压学生辞职，1990 年获诺贝尔文学奖。

古代墨西哥阿兹特克人太阳历石碑，1470 年至 1481 年刻凿而成，1790 年出土于墨西哥城中心广场。石碑呈圆形，重达 24 吨，高 3.5 米，其中心为阿兹特克神话中的太阳神，四周为 20 个日符（阿兹特克人创造的历法，每年为 18 个月，每月为 20 日，另有 5 日作独立单元，刚好为 365 日）、纪元符和代表天干地支的符号以及东西南北符号环绕四周。

该诗除为太阳石外，同时也为纪念阿兹特克神话中为人类而自我牺牲后升天化为金星的羽蛇神，全诗 584 行，据作者自注 "第四日奥林（运动）出发，到第四日埃赫特卡尔年（风）为止，中途 584 天，诗行数与之相符"。诗的首六句和尾六句重复，造成如太阳石的圆形循环。全诗不用句点，结尾为冒号，也象征没完没了的构造，并留下空白让读者各自发挥。有几个分号，大约可作段落或部分。

诗的内容：时间、记忆、恋爱、艺术、写作、生与死、存在与虚无、瞬间与永恒；诗中大量运用的意象：太阳、光芒、透明、回廊、镜子、影子、眼睛、石头；诗的技巧：拼贴、象征、反复、通感、蒙太奇与意识流，并融汇历史、典故、现实、超现实、神话、梦幻、人物、事件等瞬间感受和心理独白。

这首诗是民族性与现代诗艺融合的典范，是他的创作高峰，载誉之作，内容深邃，技巧圆熟，语言恢宏出奇制胜，为拉丁美洲现代派诗歌的代表，也是世界现代派诗坛的杰作。

他曾翻译李白和王维的诗，并把《易经》、李煜引用诗中。

他说："诗是不可以解释的，然而并非不可理解。"

（2003 年）

（帕斯著，1987 年出版的温伯格英译本，蔡其矫译，福建畅想文化发展有限公司编，2003 年版）

沙龙朗诵序

　　中国诗歌自开始产生到汉代，都是口头文学。传播靠唱，因此押韵，便于记忆。书写方式靠刻在竹片上，因此简约，不需前置词、连接词等，只需名词、动词，少数形容词，连代名词都不要。蔡伦造纸，他是太监，用宫廷的碎帛造纸，只给贵族用。直到三国，依然是竹片，用绳串起来，因此叫册、篇、卷。魏晋之后南北朝，北朝游牧民族，把诗看成与牛羊都是财产，因此叫首。南朝自晋开始才有竹造的纸，王羲之的《兰亭序》书法惊人。西欧全是游牧民族，写在羊皮上。中国盛产竹，刻在竹片，用竹造纸，竹成为中国特产并居生活中的重要地位，甚至苏东坡说居可以无肉，不可以无竹。唐诗、宋词、元曲的传播依然靠歌唱。明清发展到吟。吟时摇头晃脑。五四时代，音乐家尚在为唐诗宋词谱曲。左联之后，话剧学日本，此后朗诵全用台词声调，发展为表演。其实，诗与音乐、舞蹈、绘画不能分离，应该通用。中国现代诗歌的朗诵，仍然要在传统的基础上创新，不能专靠台词。

　　　　　　　　　　　　　　　2004 年 4 月 25 日，福州

流浪汉的品性

——《精神放逐》序

　　从泉州走出来的文人，大都有浓浓的流浪汉的品性：司马文森、黄永玉、万维生、林汉民……

　　世上最彻底的流浪汉，如高尔基、赫塞、海明威，他们阅尽人生，也深入人心，大智，大明，大仁，大德。

　　上几代的海外华人，儒家的思想浸入灵魂，就已身在万里外，频频回顾家园；如今的家园蒸蒸日上，外面的风景再好，自己的老家也不坏，于是新生了海归派，即使有了新的身份新的利益，也不免才起步又徘徊，其中一部分亦文亦商者，更容易草草收兵，于是有了诗集文集，进入国人的视野。可是，他们真的想回家园就能回来了吗？

　　写作无论什么形式，都带有自传的性质。丰富的实践，是写作的真正基础。他们既然少进即退，外面的生活尚未深入，家园的艰辛也少感染，他们却有一定的财力，容易出成绩。如果把文事看成轻易之举，不能埋头苦干，终是大忌！

　　写作在质不在量，写得再多、再长，如果不能给读者有所帮助，谁又会去读它？

从来给人写序，大都说好话，或者把批评写得委婉约其辞，麻醉了作者，怕也不是正道吧？

话又得说回来。劳作，总会带来进步或收获。不断地写，也总会悟得一点门道。经常在各地刊物发表诗作，也证明他和当下诗坛，距离不远。对诗的专注投入，何尝不是一大优点。

有些诗，妙语横生；有些诗，自嘲连连；亦庄亦谐，绝不枯燥。生就多愁善感，无可如何，相当坦白，从不掩饰。坦白和真实，诗性所寄也。在茶烟中以诗自娱，也是人生一大乐事！很可能，这也是当下诗坛一部侧面像：有的人出去了又想回来，回来了又想出去。写来写去，总离不开自己：自己，自己，从哲学从诗性找到根据，并以此自慰。即使写到爱人，也倾向自恋。

时或疲惫，时或潇洒，灵魂找不到住处，笔就成了居所。

有虚有实，才是人生；单虚就空了！达不到自然，也达不到社会，诗境就窄了！

2004 年 6 月 22 日，北京

（庄伟杰诗集《精神放逐》由中国广播电视出版社 2004 年 8 月出版）

王永志诗集《命定之路》序

　　和王永志交往已经 20 多年，知道他毕业于厦门大学中文系后，调到北京来，是中国新闻社的资深编辑和高级记者，曾随国家领导人访问欧洲，后来又是澳大利亚分社社长、首席记者，现在是中国新闻社的编委、经济部主任，中国报告文学学会会员，中国华侨历史学会会员。写过长篇报告文学集《超级富豪大登陆》、人物传记《多冕之王郭鹤年》、海外散文集《澳洲飞去来》等。

　　他又十分酷爱诗，评诗和编诗都很独到，写诗也有 30 年的历史。他认为："诗歌是心灵的记录，反映作者对人、社会、生活的情绪和态度，它既有公开性，也有隐私性，视诗歌的时空和作者的心境而定。"

　　他的诗都是有感而发才写，每首都有切实的内容，能短则短，极为认真。也试验写图形诗，丰富诗歌形式。他的诗在《星星》等国内报刊发表，也有在中国香港以及新加坡、澳大利亚等境外书刊登载。

　　他笔耕 20 余年，著述百余万，编过《归侨抒情诗选》很受重视，报告文学和新闻作品多次获奖，其中通讯专题和消息两度获国务院新闻办公室颁发的中国国际新闻奖。

这样真情的、严肃的、有多方面才华的诗作者是我所尊敬的！是为序。

2004 年 6 月 23 日

（王永志诗集《命定之路》由国际华文出版社于 2004 年出版）

诗、词、歌、剧的春兰秋菊

——序陈侣白《中国古典诗词吟诵集锦及其他》

　　1954 年认识陈侣白，是我沿海旅行经过福州时，在福建省文联的宿舍里，他从床下拉出一藤箱，把 40 年代上海《诗创造》杂志多次登载的他的诗指出来让我看：具有现代派风格、精美、简洁、情调类似戴望舒又较沉郁些、富有韵律的诗歌。可惜，1955 年政治风霜之后，这种诗声消失了。

　　当年，他到福州近郊深入生活，与朱一震合写了多幕话剧剧本《种橘的人们》和电影文学剧本《闽江橘子红》，前者由中国青年艺术剧院等多家话剧院、团演出，后者由上海电影制片厂拍成故事片放映。在随后到来的"反右"浪潮中他被错打为"右派"，与恋人分开，到建阳、尤溪劳动，偷偷写下不少无望而又于心不甘的爱情诗。后来他被调回省文联，1962 年秋终于与意中人结合了。改革开放后，他把当年偷写的东西整理成组诗《棘丛中的花朵》发表，以其感人的力量获得了福建省优秀文学作品奖。

　　以后他还有写诗，但更多地把精力放在歌词创作上，他把它叫作"歌诗"（即能唱的诗），乐此不疲，多次在全国获奖，成为福建歌词大家，被选举为省音乐文学学会会长，兼《潮音》词刊主编。近年他写了交响大合唱《虎门悲欢》的歌词，经谱曲后在北京、香港演出，影响颇大，真正入了主流。

晚年他大量写作传统诗词，并在全国性诗词大赛中 4 次获奖。论者称他的诗词作品深情绵邈、风致翩翩，时作弦外之音，善学古人而又多有创新。目前他又在省老年大学和省委党校诗社设讲座讲授诗词创作。

他是一个真正的全才，文字方面的高手；时代的原因造成他中断新诗的发展，却又在其他样式中施展才能，无不获得可观的成就。这是因为他有深厚的家学渊源。他的母亲薛念娟是新中国成立前"福州八才女"之一，擅长诗词写作，兼工诗词吟诵和古琴弹奏。受母亲影响，他少年和青年时代记住近千首古典诗词，大都无须背诵而能句句不忘。他从福州各种传统诗词吟诵调中，精心选择了民国时期著名诗词家何振岱（是他母亲的老师）和诗家史镐传下来的优美吟诵调加以整理，自己还改编了一些吟诵调，在各种诗歌集会和作家沙龙上经常作吟诵表演，深受听众欢迎。福建省诗歌朗诵协会聘陈侣白为顾问。该协会和著名媒体《海峡都市报》联合成立省国学经典吟诵艺术团，由陈侣白担任团长。福州 3 家报纸和《广州日报》8 次发表专访陈侣白的通讯、报道，称他的吟诵表演感情深挚、技巧圆熟、旋律优美、节奏自如、格调高雅、极富韵味。

陈侣白年届八十，朋友们怕他精湛的吟诵艺术失传，劝他收弟子。省诗歌朗诵协会为此公开接受愿为陈侣白吟诵传人者的报名，现在报名者已超过百人，甚至有 10 名省外青年从报上得知也要来福州向陈侣白拜师学艺。有识之士呼吁出版陈侣白的吟诵表演专集《中国古典诗词吟诵集锦》（含 VCD 光盘、曲谱、《诗词吟诵十问十答》等），在作曲家兼歌词作家萧冰的全力资助下得以实现。东南广播公司已抢先播出陈侣白的诗词吟诵专题节目，电视台也会跟上。这必使中国传统吟诵艺术发扬光大、长传不息！

（原载于《海内外文学家企业家报》2004 年 12 月 20 日；陈侣白《中国古典诗词吟诵集锦》由福建省文艺音像出版社 2004 年出版）

诗 的 秘 密

晚唐诗人张继，他的诗入《全唐诗》仅 50 余首，唯有《枫桥夜泊》一首，由于屡上选本、课本和受书法家酷爱和宣扬，而历经千年广泛流传，至今不衰。

据说此诗在日本小学课本的译文出色，有如阿拉伯《先知》经过英译而神化，在日本无论老幼都能吟诵，因而在侵华战争中，甚至把寒山寺的钟当作战利品运往日本，不幸在海上遇特大风浪钟沉海底。现在悬挂在寒山寺钟楼上的钟，是中国人民胜利后，日本友好人士募款重铸送还的。

日本人又迷信寒山寺的钟声能赐福，因而在除夕和新年数天中，纷纷乘飞机来寒山寺，形成了一个人数庞大的"国际听钟会"！小小的寒山寺容纳不下，于是苏州人民在寒山寺旁扩建公园和博物馆，在馆的入口庭上铸了比人略大的张继铜像：侧卧，手指在腿旁敲击作数钟声状。苏州诗人朱红说："张继是苏州的宣传部长。"因为隋炀帝开凿长江以北的运河，使南北水路贯通，形成经济政治文化的大动脉，自唐以后产生了两个地上天堂：苏州和杭州。而张继的诗广泛传诵，使旧名"姑苏"的苏州，深入人心。小小寒山寺也因之成为名胜。

　　张继的诗写出之后50年，欧阳修就提出疑问：寺钟夜半敲吗？宋之后，疑问和考证不断，有人说，乌鸦或乌鹊夜啼吗？认为乌啼是地名"乌堤"变名。又有人说，枫树喜旱怕湿，江枫是两座桥（现时尚在）的合名。还有人证明，枫桥原名为"封桥"，当运皇粮的大船队经过时，作为运河瓶颈的寒山寺附近，一封就是数天，过往客船就得在此留宿，此地也就形成为市镇，襄阳人张继因而逗留，写了这首诗。

　　文学作品都有自传性质。诗思都来自亲身经历。它以小见大、以平出奇、似浅入深，经过联想达到无穷。

　　而且这首诗在艺术上也达到出神入化：

　　　　月落乌啼霜满天，江枫渔火对愁眠。

　　　　姑苏城外寒山寺，夜半钟声到客船。

　　第一句写天上、写声音、写气氛。第二句写江面、写色彩、写情绪。第三句自近至远。第四句自远而近，写巨大的空间生动事物。高尔基论文学语言，认为传达色彩和音响最重要。

　　　　　　　　　　　　　　　　2005 年 1 月 25 日，北京

关于楼兰诗

——楼兰诗集《无人之境》序

楼兰诗给各种年龄的人应该是各不相同的：年轻的得到鼓舞，想象进入无人之境；中年的得到指引，享受生之快乐；老年的得到回忆，再现那些美好的时光。

也许感受也各不一样，有人看到了心灵，有人感觉到身体，有人洞开天堂，也会有人坠入苍茫。

因为这些诗，内涵丰厚，表达率真，既有光明，也有黑夜，既有欢乐，也有忧伤。记下过去，也展望明天。

因为诗只有暗示，或有启发，但绝无一目了然。

2005 年 9 月 10 日

（楼兰诗集《无人之境》由北方文艺出版社于 2005 年 11 月出版）

李迎春《生命的高度》序

以诗写史，最大的长处，是可以最短时间内以最快速度把历史事件解释清楚；在这过程中，诗与史这两大端，并驾齐驱，二头皆重，互为第一，而且紧紧结合成为统一体。

回忆长征，首先会想到它的起因，就难回避领导的问题：为什么会让一个不明中国的国情民情的外国人来指挥战争？以及为什么越过雪山草地之后与四方面军会合，又会发生路线分裂？

李迎春这篇《生命的高度》，大体上对这两大重点都有所涉及，这就比其他这一题材的许多诗篇明智一些、勇敢一些，不致沦为空洞歌颂的潮流当中，完成诗史最起码的要求。

其次在结构上除小节序曲和尾声外，按时间具体日期划分为六部分，也顺理成章符合客观事实的最简便方法，条理分明，叙述清楚。

最后，在重要段落后面，能把过去和现在联系起来，不但思绪灵活、简明实在，而且避免枯燥，兴趣不减。

作者生活和工作都在闽西红色土地，能把地区长征成员的若干事迹顺带几笔，也是聪明之举，亲切而且理所当然。

从头到尾，诗句沉重有力，诗的语言风格稳固平实，这是基层作者诚实的声音，为那伟大的历史唱出最朴素的颂歌。

2006 年 3 月 7 日，北京

（李迎春诗集《生命的高度》由文化艺术出版社 2006 年 10 月出版）

李白《横江词》实际和诗思

　　现今安徽和县东南横江浦与马鞍山采石矶相对，这段长江，因受天门山阻碍，由东西流向改为南北流向，故称"横江"。

　　李白《横江词》第五首：

> 横江馆前津吏迎，向余东指海云生。
> 郎今欲渡缘何事，如此风波不可行。

　　今采石镇尚有横江街，即当日横江馆所在地。李白在《横江词》第一首中，即极力描写这里风浪险恶：

> 一风三日吹倒山，白浪高于瓦官阁。

　　瓦官阁即瓦官寺，故址在今南京西南，梁代建，其高24丈。

　　比李白稍晚的诗人钱起（722—780）写的《江行无题》（一说是他孙子钱翊的诗）："浪高如银屋，江风一时发。笔端降李

白，才大语终奇。"指的就是李白这句诗，表示降服他的才大
语奇。

《横江词》第四首尚有：

> 浙江八月何为此，涛似连山喷雪来。

连钱塘江八月大潮也不及横江的浪涛大了！

但是，实际情况是这样吗？

不是的。

在李白之前，公元 589 年，隋文帝命韩擒虎率兵伐陈，由
历阳（今安徽和县）夜渡大江，攻占采石。如果这里风浪确实
那么大，谁敢选它为突破口。

在李白之后，公元 974 年，宋将曹彬带兵十万攻南唐，池
州的书生樊若水献计在此造浮桥，三日而成，使部队过江如履
平地，遂取江南。能短期内造好浮桥，风浪大的渡口也不可能。

李白生时，横江中就已有江心洲，现在这洲中还有地名宫
锦，传说李白跳江捉月，把锦袍脱下，随水流漂到江心洲。凡
有江心洲，对水流都有缓冲作用。

虽然，在古代简单的通渡工具篷船的条件下，只要风大，
都只好停航。

但李白诗，对风浪的描写是极度夸大的："牛渚由来险马
当"（比马当更险恶），"狂风愁杀峭帆人"，"惊波一起三山动"
（"三山"即南京西南江边三座并列的山）。这都不是写客观的自
然。为什么？

《横江词》共六首，是天宝十四年（755），李白由泾县三游

当涂时写的。当时正是"安史之乱"的前夕，暴乱的形势已为李白察觉（在这之前他到过渔阳）。李白诗以夸张的风浪描写，来象征那个时代（连"横江"二字都可能有所指）。诗中充满了忿怒，忧国忧时的愤慨溢于文字上。"如此风波不可行"，后来成为怨世嫉俗者的格言。

这就是艺术比现实更为影响深远的地方。诗歌也永远站在自然之上。

（收入《蔡其矫诗歌回廊·诗的双轨》）

读闻小泾的诗

闽东在 80 年代曾经兴起青年诗歌运动。差不多每县都有铅印的诗歌小报。还成立了地区性的青年诗歌协会，出版颇有影响的《三角帆》诗刊。在这个运动中出现一批颇有才华的青年诗人，闻小泾是其中一个。而最难得的是他十几年来一直坚持业余写作，从不停止。

我最初认识闻小泾时，他正担任赛岐镇党委副书记。他抄了几首新作让我看。我当时感到新鲜：做地方实际工作的他，竟写出具有现代风格的诗，除了改革开放的新时期，是不可能在中国产生这种事物。

现在他辞去党务工作，来做地方报纸的记者，是应该总结以前的写作，为新的升华作准备：回顾过去，展望未来。

这个小集，收的全是短诗。用的是口头语言，不在状物，不重情节，但在每首诗背后，都有一个人生的小小故事。也许写的都是自己的经历，读来真切，不事夸张，意象清新，以朴素简洁动人。

运用暗示、隐喻、象征，把内心表现出来，避免浪漫主义的直铺手法，使诗意含蓄、耐读。但也要有一定限度，不能雾罩全体，一点山头都露不出来。

主张浓缩、跳跃、张力、语言节制到一点都不浪费，是现代诗的一大进步。这就要在句式、布局、结构等方面努力，而不能过于随意和流于散漫。

新鲜，是从思想理念到语言形式的自然流露，不能本末倒置，以怪僻惑人。

闻小泾的诗，在以上的这些原则，都比较接近中和，正如他的为人那样，心地坦荡，忠厚诚挚，思想万千，而又务求实际。

如果展露将来，也许闽东的自然和人的气质，能在他诗中进一步扩大，注重地域和时代特点，使诗心具有更动人的音响和色彩，则闻小泾的诗将会获得更多的反响，这是读者的希望。

女 性 的 海

——伊路诗《海·白花……》

　　一个自艺术学校毕业，从事戏剧舞台的美术设计，业余写诗的女诗人伊路。1983 年开始发表诗作以来，曾在省内获奖，作品被收入作家出版社出版的《女性爱情诗抄》，年近青春边缘，犹保童心，以满腔赤诚勤奋执笔，给人们奉献出一首又一首风格质朴的诗：从离别写男女之爱，从成长写母子之爱，从辛劳写乡村女教师的奉献，还有诗中闪烁许多蓝色绿色，写宁静的大自然，而最有创见的是以自己切身经验写女性。

　　今年秋天，她应邀参加在福建三沙举行的海洋文学研讨会，每当夜色将临，就去坐在防波堤上，久久神往于层层浪花的深情，思索人生的种种不幸和心酸，又经一段酝酿，终于写下这首《海·白花……》。

　　写海的诗，何止千万。伊路的这一首，却不同凡响。她的心思不在状物，也不去抒写一己私情，却囊括宇宙与人生、限制与自由、真诚与虚伪、卑鄙与崇高等等心灵无边的想象，而又贯穿一条轴线，即用女性的心，思索世界，思索海洋。

　　女性近乎儿童。母性与童心相连。伊路在这首诗中，处处以童心观照事物。把阳光幻化作帽徽；把波浪看成为风催开的花束；海的蓝房子住着女孩，四周是花园；爱情短箭刺心拔出变成丁香花；淡蓝水珠会长成小鸟；生命的银网被大风吹破；贝壳是星星打磨的银色小勺舀万顷咸水；天上的云是一汪无颜色的水；人可以把深渊像一枚钉子拔起；幼童心坎长出吊钟花；世界是手中皮球等等，都像母亲对待孩子那样对待大自然。她又用童心来祈求善良：让千万年的渴望在永恒间传递；太阳把色彩任意散放为瞬间的美，溺水者的沉默成一场彩色的雪；浪是白色的花，又击成炫目的雪，欢快地把我散为纯真洁白。这一切都是借文字的魔力，带她进入视觉和情绪的联想，产生意料不到的升华。这一切又是年深月久的思想积淀，一旦面对大海便爆发出的无穷感慨。

能够以这样温柔善良来观照大海，也只有东方女性才具备这种素质。西方古代的地中海，海神是拿三叉戟的战神，那里只有征服、攻占、屠杀和惨败；近代的大西洋，更是贩奴、海盗、争霸权的海战和对亚洲美洲殖民地的血腥掠夺。而东方的太平洋，古代和近代，都是和平的海洋。太平洋西部的中国海，从古以来就是传说中神仙的居所，后来被奉为海神的，是一个18岁的处女林默，人民尊她为妈祖，一心只在海上救难，哪里有死亡的危机，她就出现在哪里。东方的海，是反抗专制统治的仁人义士的避难所（徐福和田横），是对抗官僚管制的民间贸易通途（林凤和郑芝龙），即使明代郑和七次下西洋，率领的也是和平友好的舰队。东西洋的差别，就是这样大。作家写海，不能不看到这个根本的性质。

伊路，自觉或半自觉地用一颗善心来写海，是出于悟性或本性，是从爱心出发（想象力和同情心，乃是爱心的不同表现形式），最后又归于纯洁的愿望：鞭笞丑恶，高揭善良。诗的动人，不在技巧，而在于人格，在于个性，不是词句的精心雕琢所能达到。她也并不说教，她为天性所驱使而自然流露出来的思绪，却能代表人类的新梦想和新探索。她的文字沉着冷静，这是美的秘密，也是一切艺术的基础。她以新的姿态和新的倾诉，绝无重复别人的构思和语言的痕迹，进入真正的诗的境界。

（原载《星星诗刊》1992 年第 4 期）

祝贺与希望

《闽北乡土诗佳作选》的出现，是福建诗歌创作的一支新军正在起步或正在形成的标志，谨致热烈的祝贺。

诗不仅有时间性，也要有空间性。换句话说，不仅有时代的特点，而且要有地域的特点。闽北的历史和现实，有过大诗人柳永和朱熹，自宋代以来文化名人层出不穷，而今以武夷山名胜为首的无数美丽山川，以及闽江中游的许多崭新建设日新月异，理应产生优秀的照耀远近的诗。

诗是所有文学样式中最精悍、最敏捷、最轻便的一种。简短是它独具的手段。如果它流于散漫，就失去它的魅力。它与散文一起都是最适宜为报章所用。但如果它因简短而趋于抽象，也会大大不如散文能为读者所欢迎。

没有矛盾就没有世界。没有矛盾也就没有文学、没有诗歌。在极短的一首诗中，包含着主观与客观、情与景、实与虚、现状与想象。所以诗简短中有复杂，朴素中有繁饰。

闽北诗歌队伍中，比较有名的原有作者，希望更多注重简短和朴素，以谦虚为首要风度来影响一方；新出现处女作的年轻人，请加倍注意避免模仿或变相抄袭，迈出真正的创造性的诗的步伐。

女执业药师的诗

——评于燕青《漫过水面》

任何作品都带有自传性质，小说散文是这样，诗也何尝不是这样：读诗如同读人，因为无论出身、教育、爱好和经历，感情的深层波动，都在人的个性和作品中留下深刻的痕迹。

出生在山东青岛的于燕青，少年随军人父母来福建海边，上学、当执业药师，80年代开始发表诗文，《漫过水面》是新世纪初她出版的一本很有特色的献给读者的"名片"。

书名《漫过水面》寓有一个极富深意的故事：一个学建筑的青年，设计一座水上建筑物形似哨子，当水漫过时会发出悠扬的哨音。而歌德诗中写过："人的灵魂，你多么像水；人的命运，你多么像风。"作者把荡过灵魂水面的天籁之音，或痛苦，或欢乐，付诸文字，便成这些诗。

人生的许多愿望，并不都能一一实现。作者年轻时的抱负，只剩下写作这微弱火光还在商品大潮中摇曳，灵魂之水便在无法排遣的渴望中潮起潮落，发出时高时低的哨声。

诗文集分4辑。她幼年生活在海边，第一辑的情诗，全部以海为背景，她是一个"人面鱼身的女人"，她是一个"会飞的岛"，她的《海的十四行》，开篇就是女人的切身感受："乳白的浪中你的船/穿行海面在我荒芜的体内/我平行的航标灯下/你的螺号让灵魂起锚。"写得既美又含蓄不露。而《轭漫过海面》、《忧伤的鱼群》，所有男性和女性读者，都可以从中深感爱的深沉。《九月的海》《流泪的海鸥》等诗，直诉爱之悲伤。最后以150余行的《爱人岛》全面地深入情诗的哲理、意象、悲情和伤感，"生命的杯因此疯狂四溢/回头我看不见涯岸""比阳光奔放比晚霞忧郁"而喊出："海啊，在岁月的边缘/你只是一滴泪/又怎能承载我一生的爱与恨""不要问我海与梦哪个更深""我只能把诗写成挽歌"。这是一首极其深沉的忧伤的情诗。

　　第二辑是作者最擅长的短诗，依然是爱的倾诉，留有台湾诗人席慕蓉影响的痕迹。"任你走向天涯海角/也走不出我的梦"。"如果我不能/将忧伤的心绪/化作美丽的诗句/我的心口/将会堆起一个/沉重的坟"。有些诗，几近于格言："飘逸的黑风衣/就是那雨前的阴云/覆我黄昏的天空/除了你的伞/没有一处/可避雨的地方"。"高脚杯满盈神话的芳香……没有人可以阻挡/没有人可以抵达/你是我生命中/最浓的一滴"。"本想道一声珍重/让生命化作鲜艳的蔷薇/开满/你必经的路口/偏偏生命的蒺藜疯长/不想刺你却偏偏刺伤你"。她每一首短诗都是泪，每一次的爱都极强烈，以至"思念令我面壁而泣/……斜雨已过雁啼已逝/吹箫人已随秋去/箫声断处/我已遍体鳞伤"。"那只翩跹的火蝴蝶/这就是我/百劫不死的渴望"。因为这些短诗，首首都是心声，我竟禁不住要一一摘引，期望读者的赏析。她已进入中年："金秋给我激情给我信念/让我倾尽一生的精华/成熟为你枝头上的一枚果"。她真真有如那《铜陵风动石》："不要误以为这是沉默/只有风知道你战栗的呼唤！"

第三辑最具有作者的特色，因为于燕青是一个执业药师，热爱本职，使她对中草药极其钟爱。"从那些飘落的洁白花瓣/看到/盘古的巨斧，后羿的箭镞/滴血的渴望"。《百草园》共21首，全部是以中草药名为题的咏物诗，把她的专业知识融进诗中。《辛夷》一首，因辛夷形状似毛笔头，就把它比作李清照，以"冲天的如椽大笔……写尽今生不了情"。《蒲黄》一首，花类中药蒲黄，东方香蒲、水烛香蒲的花雌雄同株，因之感叹："你这花中的鸳鸯/美丽如初/而我只是/天涯路上孤单的行路人！"《益母草》一首，因益母草的果实，有活血调经、清肝明目的功效，引发诗人呼吁："给我你的果/便是给我一双慧眼"以"一根弱草，与上帝抗衡"，"惊风泣雨/唱响诗经几千年"。在《雌雄树》中，联想到唐明皇对杨贵妃的誓言"在地愿为连理枝"，因为它的花萼为淡红色，所以写成"是伤感红颜薄命……花蕊还战栗着/马嵬坡恨别的/寒凉芳香"。在这辑最后一首的《路边荆》，引了惠特曼的诗句："我相信我的一生必须在歌唱中度过"，比较全面地申称："我要唱出我因爱负荆的歌""在万叶丛中/我洁白的歌/一尘不染含苞待放""我的歌闪耀的翅/是所有飞鸟不能抵达的/翱翔天堂灵光的翅""我的爱人……我嫩绿清新的歌/永远属于你"。中草药的名字，无不都是富有诗意的。这才使诗人在这辑《百草园》中，发出感人心肺的慨叹！

（于燕青诗集《漫过水面》由中国文联出版社2001年6月出版）

传统与现代化

在过去一向不太关心现代化的国家，现代化的诗歌是要受指摘的，于今仍是。现在想要现代化了，却未真正开始，只有少数人敢走在大家的前面，也不免要备受歧视。

年轻人的兴趣比较不在于理解一首诗，而在于感受一首诗。感动他的是语言，不涉及理念。语言再创场景、声音、色彩和动作，统摄了绘画、音乐、电影的职能。

诗人从现实生活中取得写作材料，必须用全人类的文化成果来丰富它，诗才得以产生。

这是源于流的关系。生活是源，没有这基础，一切诗都是假的。现正大量存在。有两种类型：生活无能和求名心切。

但是单有基础，不等于有了建筑。这源泉要流入河道，与其他来源的水汇在一起，成为江河，它才是汹涌的、巨大的，美丽而辉煌。

这已经不是涓涓细流，它有了具体的形状，有气魄，有光彩，这才是诗。

这也就是借鉴，借鉴前人，借鉴他人。有这个借鉴和没有这个借鉴，差别很大。

所以诗产生于一时的经验，不可能停留于这一刹那。它用头脑里贮藏的全部知识、全部感情与良心、全部才能、全部艺术手段，去酝酿，去催生，去赋予一定的形式和字句。这就是诗的创作过程，从体验、认识到表现，从眼到手，从无形到有形。

但是文化，并非一个人知识的总和，更重要的，是他辨别人、了解人乃至帮助人的那种能力。许多最有教养的人，都远不及普通的士兵、农民、工人甚至狂人那样有文化。有文化的人乃是那心胸坦率，而不是上起柏拉图，下至卡夫卡、乔埃斯的引经据典的人。

教育受得最多的人，如果这点教育不能阻止他们变成混蛋，甚至反而帮助他们变成得意的混蛋，那他们就是下流坏子。

可惜，坏人虽然互相仇恨，却常常滚在一起，这是他们的力量。好人是分散的，这是他们的弱点。诗歌要把他们联系起来。

年轻的心灵永远是向未来开放的。现在受那些不肯锻炼自己的想象力的人拒绝的诗，自会有更年轻的一代来欣赏和接受。

以革新为主，不拒绝向一切传统继承好的东西，纵的横的都要。传统与现代化并不矛盾，或矛盾仍有统一的途径。

象征主义、超现实主义、现代主义、新古典主义，名词不同，实质都是主张艺术造境之美，非天成境界所能及。甚至认为自然界无美可言，只有资料，经艺术驱遣陶镕，方得佳观。即李贺说的："笔补造化天无功。"

这是功夺造化（润饰自然）与师法造化（摹写自然）的差别，二者是可以相辅相成的。

要懂得外国现代诗歌，也要懂得我们自己古典诗歌中就已存在的那种重感觉、追求美的表现力的诗篇。

感觉和情绪

——关于诗的断想（一）[*]

　　写诗是"身体在思想"。诗叫我们触到、尝到，并且看到、听到世界，它避免抽象的东西，避免一切仅仅属于头脑的思索，凡不从整个希望、记忆和感觉的喷泉喷射出来的，都要避免。

　　要用感觉来探测一切事物之复杂的实际性。

　　如果不完全发挥我们各种感觉的潜在能力，只在表面现象的平面行走，则所有的感觉或意念将全是转借来的，全是第二手的。

　　诗人临到写作之前的情况是空虚、孤独、安静，前后一片空白，只期待鲜明印象活现在他眼前，也许突然，也许缓慢。先前从动态生活中贮积下来的感受和印象也跟着燃烧起来。他自身置于他写作的素材中。

　　诗有一种心灵上的用途。诗是心灵体验的贮藏室，它容纳了新奇、美丽、惊异、欢乐、顿悟，以及恐惧、厌恶、困惑、焦急、痛苦、失望。

---

　　*　副标题为编者所加。

写诗的经验便是追求、幻灭、重新发现、重新阐明。

人类的感觉都是转瞬即逝的，诗便是供应这些感觉的入口和出口。它是经验的催醒等，它能更新人类的精神，靠它人格才得以培养和形成这种能力。

人类之有意识，在一切生物中是独一无二的。探索自己的心，发展这种探索的技术，是诗艺的第一来源。

语言在诗中不仅是心灵，而且它也就是诗的存在本身。

除非诗歌有民众意识，或者至少它有民众的希望，否则，它是干瘪的。

一首诗的开头就像陷入爱情一样。

普通口语的节奏，代替了琐屑的形式和干枯的修辞。

自由诗，除了有节奏外，其他一切都要净化淘汰。

意象派，坚持思想应蕴藏在描写里，而不应当抽象说出来。

任何诗人的思想简化成为散文的陈述时，听起来都是陈旧的。

社会不需要从诗里寻找新哲理。诗人通常都是睿智的人，有权写自己的思想。但是在知性上开荒避地，并非他们的职责。

他以情绪感人。

如果诗人的心智是端正完好的，那么他的诗也将是端正完好的。

诗人是人的侦探，并向人报告他侦察的结果。

诗能增进并改善全人类的心智。

必需有人像哥伦布那样窥心的新领域、新世界。

诗人应该同诗一样真实。

诗人是和他所喜欢的人或事物发生爱情者，也就是说，诗人是个孩童。诗人曾经对什么都发生过爱情的。所有的诗人都有理由自称是"伟大的爱人"。

也许人人如此，诗人只是对此等事知觉更为敏锐而已，他到处坦露一颗心，他常常为人讪笑，因为他不加审慎区别，把感情随便给人。

任何真实的创造都来自苦乐交加的痛苦。

所有的诗人都反映永在变化的世界，各人有各人的方法。

任何诗人，都依赖他所描写的世界来滋养。

树木开花，但枝叶绝不相同。

所有认真的诗人在他们作品中都在经常尝试新发生的事和新的知识。

选材并无限制，唯一限制是要看作者有没有从中有所收获的本领。广大无限的材料场就在他面前，这些材料之所以隐闭，是因为他没有理解。你绝对可以写任何东西，只要你有这种本领。

诗是一种自传性的记录。写一首虚设的诗便是不忠于自己。

思想有血有肉地被带入感觉的领域，而感觉则勇敢地被带入思想的领域。

风景诗必须表现他自己，在艺术里，没有情感便无法达成自然。

关于自由诗

——关于诗的断想（二）[*]

在未谈自由诗的语言之前，先要对自由诗有一概念。什么是自由诗？它有何特点？我打算多念一些好诗。

诗有韵吗？郭沫若的诗有韵⋯⋯

不规整吗？不全然。举例。

自由诗是与格律诗相对。什么是格律诗？押韵，音数一定，声调平仄相间。讲究平仄是唐代才开始。古典诗歌包括诗词歌赋。历史顺序是歌赋诗词。唐诗也分古体诗和近体诗。许多著名诗篇还是属于古体诗。

有人说汉赋是古代的自由诗。有人说"大跃进"的民歌也是自由诗。那么现代格律诗还停留在理论上。

但我们习惯上还是有分别。也许100年的历史还不足以在理论上定下界限。

放下空谈，来看事实。自由诗是怎样产生的？

编民歌中的一点感觉。

---

* 副标题为编者所加。

书写工具和发表方式的进步对于诗歌是否影响？万卷书吗？今天的读物？需要背诵吗？

在奴隶社会和封建社会，诗是个人财产。现在社会主义，诗是人民在斗争中的武器。

自由诗——政治诗。诗人——政治活动家。

自由诗是随着百年来工人运动的兴起和发展而逐渐形成的。

一

我们已开始进入题目，自由诗的语言受报纸的社论和政治讲坛上的演说的影响。

这给自由诗带来强烈的政治色彩。

空气。爱情。

自由诗把诗歌的主题和题材扩展到现代生活中最"平淡的"的主题上来。即使写旧的被人千万遍歌唱过的主题也要给予崭新的内容。它摆脱了陈旧的美学观点和腐朽的老套，传统诗歌的语言、句式、言调变换上面彻底民主化。内容决定形式。新的语言，新的言调。

始知锁向金笼听，不及林间自在啼。（欧阳修）

形式的革新的内容的革新源于生活中新的事物，用总概念来概括，就是共享主义。

二

自由诗最需要朴素和诚恳。因为它要像社论和演说那样直接诉之人心，直接要求行动。因此它必须亲切、诚恳。这是自由诗语言所最不可缺少的。否则就要失之矫饰和做作。它正如高尔基所要求的，它应当像跟一个说了半句就能够会意的朋友说话一样，应当像跟一个不能对之撒谎的朋友一样，像跟一个不要对之发表长篇大论和漂亮词句的朋友说话一样。又好像你在表白爱情或向党委会解析什么问题时，要出自内心，自然而简要，并且热烈地相信你说的每一句话。这是诚实的、朴素的，而又充满信心、充满热烈信念的语言。其中又饱和真挚的态度的激动的关怀。

与其"教"，不如"感"。它敌视牧师的说教。鉴定作品时，如果看出形式上的错误，那么你就去找内容上的错误。

与朴素与诚恳同时存在的是热情。也可以这样说，达到朴素与诚恳是因为有热情，充分地传达情绪，这是自由诗最魅惑人的特质之一。自由诗的作者必须是善于热爱的人。

聂鲁达："有人说，我的才华正在衰退。一切都有可能，但我的道路永远向着光明……在这个世界上，我的位置不是在书籍之间，而是在人们，在男人和妇女当中，是他们教会了我怎样才永远不朽。"

"如果我的责任不是鼓舞人们战斗，不是呼唤他们和我们一同前进，诗歌和用美丽文字写作的才能，对于我，又有什么意义？"

"为了肩负起一个美洲人的艰巨责任，多一朵或者少一朵玫瑰我不在乎。我和美只有一个爱情的契约，我和我的人民都有一个血肉的联盟。"

凡是响彻着我们现代生活的活泼声音的诗，都有一个共同的特点：那就是把我们所处的时代以及它看来似乎平凡的事件，看作是充满使人振奋使人高歌的最伟大的热情的时代和不断获得胜利的斗争，这就是今天具有特征的自由诗的主要情调。

自由诗是我们这个时代的亲生骨肉，它洋溢着我们这个时代的气息。

三

既然自由诗因为感情充沛，有时竟要冲破韵和音节的樊笼，那么它将依靠什么来组织它的诗句？或如托尔斯泰所说的：句子应当有筋肉组织。这种筋肉组织，在自由诗中如何体现？

既然是诗，应有诗的语言中不可缺少的节奏和韵律，这种节奏和韵律在自由诗中究竟怎样？

囚歌。鲁迅诗。笔元山的展望。青年近卫军。关于库茨湟茨克的建设……

重字、叠句、排比……

发展为更复杂的形式，类似交响乐。

诗歌要求统一和协调，但更强调从多样中求统一，从不同中求协调，重要在多样和不同上面。中国古典诗歌理论也看到这一点，在谈到声律，有说："异音相从谓之和，同声相应谓之韵；选和至难，作韵甚易。"

所以有人说，写新诗比写旧诗难。难在哪里？

四

自由诗特别需要有精微细致的感觉。

阿尔及利亚的太阳。赠别。

不能给人的视力增添一点点敏锐，就算不得是诗人。

诗人选择的不是美，而是特征。培根谈美。

这种能看出特征的对事物精微细致的感觉，不仅需要才能，而且要有比才能更重要的东西：文化、知识、经验，以及在这上面造成的个性。

一个人的语言，正如一个人的动作，是能充分表现他的精神和个性的。

自由诗的特征是它描写具体的感受、切身的感受、个性的感受，并用富有感情的语言写出来。

无论是哲理、爱情、政治信念，只要是具体的人的思想感情，带有主观的情感的色彩的，都是感受。

这种个性化的特点，促使自由诗能善于去寻找能够引起读者必要的情绪和必要的心境的节奏、词汇、语句。

少些束缚，就能更多地致力于更深刻的思想、鲜明的形象方面和在语言的凝练、精确、生动和富有表现力方面下功夫。

自由诗还在发展，正在走向民族化。阿拉贡。学习民歌又不承认自己的创作是民歌。

自由诗是否有缺点？

歌德："卓绝的大师所写的一切并非都是卓绝的。"

契诃夫："东西愈是好，它的缺点也愈是显眼，而且也就愈是难于改正这些缺点。"

何塞·马蒂："作家的工作是巩固和扩大人生的道路。"

还有许多新的事物没有被我们诗人发现，或者可能已经发现了，但旧的描写方法妨碍了把这新事物表现得使读者能清楚地感觉到它。

我们要接受文学中一切新的发现、新的特征、新的色调。

要培养良好的审美力。

我们的生活经历是各有不同的。我们所有的人都有思想的共同性，可是每个人却有自己的个性、不同的文风、不同的气质、不同的情感。爱好也各有不同，由此产生形式、风格、体裁的多样性。

在我们这里，不管是谁，一个人就是一个性格。

要学会根据仿佛平淡的题材写出动人的作品，在那些仿佛是枯燥的、最"不英雄的"、最平常的生活和工作中，揭示出人忠实于自己事业的那种热情和美德，这是一条艰苦的但又是崇高的道路。

艺术的大道被荆棘所阻塞，在它面前，除了意志坚强的人以外，一切都见而却步，这也是一件好事。正是这种热烈的灵感所支持的钻研会使艺术免于一种致命的缺点，那就是一般化。

一般化是短视和缺乏才能的诗人的毛病。

内容与形式

——关于诗的断想（三）[*]

对于任何诗人，此类障碍常常出没在他们的路上，这便是：写什么（内容）？用什么形式（怎样写）？

诗的秘诀，即在于使形式与内容变成一体。

诗所处理的就是人生，它使人生更丰满，而且帮助我们找到必须走下去的方向。

诗要伟大，内容必须是重要的。假使诗不是有关某些切身的问题，不管写得怎样好，它只能悦我而永不能吸住我。希腊人早就把诗人分成匠人和悟者。

诗中的知识必须是可感触的，并且最好是可以直接了解的。抽象是诗的死敌。诗从心中产生，从骨肉中产生，而不从对某事的观念出发。

重要的诗，一定会打扰别人的安宁。受批评的诗，也就值得重视。

好的诗人永远不会是好好先生。

---

  * 副标题为编者所加。

重要的诗，读后可能改变我们固定的秩序。温和的诗，则是一片荒地。

我们写作是以事物的真为目标。"美就是真，真就是美。"（济慈）

没有不是内容的形式，也没有不是形式的内容。

诗的形式不可能只有一个。

假若因内容而牺牲形式，其结果是散文。

有些急于名利的年轻人，写些琐碎的事，甚至连技巧圆熟都未顾及，或以轻率的态度处理真正重要的事。更有甚者，他们通常把颇为初步的观念当作很深奥的东西来处理。

幼稚的思想和粗糙的艺术常常同时并存。

这些人显露了一种感性上的粗糙，和气质上的急躁，使他们除了明显的事物以外，其他什么都未触及。

形式产生于需要，产生于作者的热烈信念。

当我们需要证明什么的时候，当你表白爱情或向友人解释什么问题的时候，你一定善于找到在这场合所需要的、最不能改换的字眼。因为你热烈地相信你说的话是必需的，于是，从这种热情，从这种信念，便产生了形式。

形式必须与主题配合。

主题几乎不变地自行招引出正确的调子。

语言是形式的第一重要者。

句子应当有筋肉组织。人体的肌肉是多样的。

必须培养自己善于寻找能引起读者必要的情绪，必要的心境的节奏、语汇、语句。

语言是诗的根本建筑材料。

诗是"始于意格，成于字句"。

一个人的语言，正如一个人的动作，最能充分表现他的精神和个性。

马马虎虎对待语言，就马马虎虎对待思想。

鉴定作品时，如果看出形式上的错误，那你就去找内容上的错误。

诗歌是"言简而意赅"，他的武器不在博而在近。

科学所容的地方，正是诗歌的起点。

与其"教"，不如"感"。

一切语言，甚至最普通的语言，其中都有属于歌的成分。一切热情的语言都会自动自发地变成音乐性的语言。一切深刻事物都是歌。

诗歌欣赏与诗歌创作

——关于诗的断想（四）[*]

　　把生活转变为作品，是一种精神高度集中、耗费不少心力脑力的创作活动。

　　把作品还原为生活，又是另一种需要精神高度集中，也得耗费某种程度的心力脑力，我们可以称之为再创作。

　　作家的创作与读者的再创作，才完成文学功能的全部过程。缺一不可。

　　作家的创作要经一段时间的酝酿、构思、激动，至少几小时，甚至几天、几月、几年、几十年艰辛，甚至痛哭流涕，好像生了一场大病一样，把瞬间的感动结合自己一生的经验、别人的经验（作品的影响）、古人的经验都灌进哪怕只有几行的诗中；那么，读者的再创作，就可以轻而易举吗？

　　也许为了无聊找消遣，可能无须太艰辛地进行再创作，我们称之为看小人书，看闲书，看流行小说。而在课堂上，在研究室里，在工作桌上，我们就叫读作品、读诗。读，就是不出

　　＊　副标题为编者所加。

声的思想，但仍旧是用语言来思想。

真正的诗人，也就是审美力特别充沛的人。他从自然和社会中接受心灵的影响时，产生一种美的快感。这种美的快感，也就是诗人心灵最快乐最善良的瞬间。这个不可多得的瞬间，总是与地或人有关，即使仅仅只是一种心情而已，但也是来自潜意识，来自很久以前即已酝酿，不可预见，但能捕捉，即使过后，在回忆的眷恋和惆怅中仍然有快感。但是他要把这种快感传达给别人（读者），绝对不可以用直指的语言。抽象，是诗的死敌！

读者认真读诗，从诗人那里得到启发，进行再创作，也同时进入一种新的心境，得到美的快感。所以我们也可以把读诗，当作和看绘画、听音乐一样，叫作诗歌欣赏。

欣赏的第一阶段：进入境界。出神入化。入乎其中。想象出一切。生在苏州住在苏州引以为骄傲。

第二阶段：分析。出乎其外。

第三阶段：研究。联系古今。

晚香玉过分的芬芳，使人疲惫。音律过分讲究，使人昏昏欲睡。不如吹过原野的粗犷的风，带着百花的清香，草木的清香、加以那种爽人畅心的活气，使人喜悦而又振奋。句句都好，把好句也淹没了。精雕细刻，只有诗才有此必要。

感性认识的极致就是美（或美丽）。世间万物，以人最美。所以欣赏花，是因为想到人，想到人的青春好像春天的花，想到人的美丽，有如花的色彩和芬芳那样动人。

对人的美丽，又要通过外形上所表现的来观察内容。世界上最高的美，是人的个性。

　　个性不能用观念来代替。必须从与个性关联的自然和人事中显露出来的心灵活动中去表现。也就必须从具体事物出发，去展现个性的心灵状态。

　　任何人任何时候，都存在对美的渴望。在这渴望中，人的心情是平静的，对一切满足。一旦在特别清醒的时候，遇到特别动人的事和物，立刻从平静到不平静，所谓感情起了波澜，成为诗的起因，把诗写出来，又走到新的平静。这个美感的全部过程，不允许任何卑鄙的私心杂念，也无个人打算。所以美的感受，不管是创作和再创作，都是无私快感和赞美的特殊感情。

　　诗产生在心灵最快乐最善良的瞬间。这个瞬间总是与地或人有关，它是自然和社会生活在诗人心中长期的耳闻目染，日积月累，终于在一个对象面前爆发出来的美的快感。即使它只是自己的一时心情，心是来自潜意识，来自很久以前即已不知不觉中酝酿，难以预见，也不可强求，但可以捕捉。它一旦到来，有如无常的风所吹舞的火焰，时明时暗，时盛时衰，所以需及时领会（非常重要的）。但它立刻形成也属罕见。也许它又要走过后的眷恋和惆怅中再度兴起，通过联想再赋予更广阔的景象，更宏伟的思想内容；它与卑鄙的私心杂念决不相容，它必须是典型化了的，必须是绝对明净的，然后才能筑起和读者心灵沟通的桥梁。

　　当它形成为文字的时刻，它要把几年、几十年甚至几百年（前人思索成果）的经验，压缩在几秒、几分的阅读时间内，高度集中是唯一的方法。它既然来自具体对象，就常常要从客观的存在出发，而客观存在都是包罗万象的，所以必须是最严格的选择，只取那最感动自己的开始，并且要具有强烈的感情节奏，而不是散漫直述。节奏就是最短的时间内最有组织的情感形态。

自由诗在向民族化的方向发展[*]

——关于诗的断想（五）

任何传统，都是糟粕与精华并存。糟粕是负担，甚至是很沉重的负担。精华都是营养，可以使我们创出别人所没有的新物。

传统日日都在走向消亡，又走向新生。生死同时并进。

从现代政治所培养的狭窄自私与残忍的空气中解脱出来，忠实地记录这个时代。

每一天都要人在践踏时代注定要产生出来的作品。在各种原则和利害关系的混战中，诗要经得住考验。当信念发生变化的时候，诗只听从自己的良心。

如果能利用过渡时代的摇摆不定，我们在这时代所能取得成果，那一定比稳定的时代大得多。发酵的时代充满各种机会。

时代精神终归比传统的回响更为有力。

还有许多新的事物没有被我们的诗人发现，或者也可能已经发现了，但旧的描写方法妨碍了把这新事物表现得使读者能清楚地感受到它。

---

* 标题为编者所加。

我们要接受我们诗歌中所有一切新的发现、新的特征、新的色调。

诗人不仅需要才能，而且要有比才能更重要的东西：文化、知识、经验。这些品质是由不断的劳动中获得的。

契诃夫说过："东西愈是好，它的缺点也愈是显眼，而且也就愈是难于改正这些缺点。"对年轻诗人要有耐心，善于等待他们自己从经验中纠正缺点。

应当与现代生活步调一致，做一个名副其实的现代人。

做一个新形式和新感情的创造者。

自由诗在向民族化的方向发展。埃利蒂斯既接受法国超现实主义的影响，又继承古希腊史诗的有益传统。要像法国的阿拉贡一样，学习民歌又不承认自己的创作是民歌。复旧和回归是绝不可能的。

自由诗正在把诗歌的主题和题材的范围扩展到现代生活中最平淡的样式中，摆脱那些陈旧的美学观点和腐朽的老一套，同时也使诗歌的语言、句法、音调变换上彻底民主化。

艺术的道路经常被荆棘所阻塞，在它面前，除了意志坚强的人以外，一切都见而却步。这是件好事。正是这种热烈的灵感所支持的钻研会使艺术免于一种致命的缺点，那就是一般化。

一般化，是短视和缺乏才能的诗人的毛病。

诗歌是言简而意赅。他的武器不在博，而在近。他直接诉之人心，它必须亲切、诚恳。他使冷淡的心灵发生热情，使熟悉的变得新鲜而富于意义。

真诚的态度、激动的关怀、信念，这就是诗人的思想性。

诗人都是善于热爱的人，正是由于表达热情和信念的需要，才产生形式。

自由诗更需要朴素和真诚。

洋溢着我们这个时代的气息，自由诗是我们这个时代的亲生骨肉。

高尔基说过，跟读者谈话，应当像跟一个说了半句就能够会意的朋友的谈话一样，不能对他撒谎，也不能对他发表长篇大论和漂亮词句。

朝着做第一流的语言大师的方向努力。

马马虎虎对待语言就是马马虎虎对待思想。

鉴定作品时，如果看出形式上的错误，那么你就去寻找内容上的错误。

发现新的手法和新的形式的诗人，在我们当前具有极其重大的意义。但我们所希望的现代派诗人，首先是在生活中发现新事物的人。

要去培养自己善于寻找能够引起读者必要的情绪、必要的心境的节奏、词汇、语句。只有在语言上下功夫，才能使读者对于诗人所创造的东西引起完整的诗的印象。

诗句是有筋肉组织的，正如人体的肌肉一样它是多种多样的。

在弗洛伊德式的字谜中，有才能的青年时代的放荡，并不是冷冰冰的空虚，颓废的神色和气味同墓地一样。

尽管诗和诗所用的语言有统一性，诗歌中经常有不可翻译的因素……

指出沟通现实与灵魂的道路。

在不同的社会、时代和历史环境中，诗歌经历了漫长而复杂的发展过程，在这个发展过程中。人们创造了许多不同的诗歌形式以适应其时代与内容。

语言是思想的工具，诗的语言又绝不仅仅是工具而已。通过诗的不同发展形式和对现实不同的理解水平，诗人用生动的意象和丰富的有特色又共通的语言来表达生活。

苏东坡说："如行云流水，初无定质，但常行于所当行，常止于不可不止。"又说艺术家"求物之妙"，"能使是物了然于心"，同时又"了然于口与手"。

铸造色泽鲜明的短语，突出事物的特征，运用生动有力的动词，表现事物的动态。

生活在现代，不可避免地要受到现代感觉的影响。

诗必须有非常强大的个性，才能站住脚。

自由在实际上不过是不追随别人一般地选择道路，而只听凭自己的能力指引去选择道路。

对诗的探索，大都要从现实中得来。

诗，有它自己的生命，并跟着日常生活而发生变化。诗，只有通过读者才能存在。

诗需要探索是毫无意义的，问题在于发现。

诗是要揭示诗人发现的东西，而不是揭示诗人正在探索的东西。

诗的诞生有时是自发的和无从预料的。

无变化的三叠句竞相模仿。

浅尝辄止和急功近利。

超越陷于回归。

西来之潮是时代风云落在中国大地的阵雨。

极"左"路线曾经造成文化艺术的断裂，有个时期一片空白，使青年没有传统的包袱，又生活在世俗包围中，官僚主义和行政命令、封建落后的东西，窒息他们的个性，产生孤独感和冷漠感，西方信息就很容易填补上来，观念更新却不能有一个最佳选择。有现代人的长处，也有非完全现代人的弱点。

只有少数，甚至只有个别确实进入新生命，多数的作品不可爱，却激起大批青年的共鸣。

焦虑和茫然，都是在以人的价值观念为核心的。重新思考。思想解放运动进入哲学的层次，却又大都表现模糊和神秘的观念，无力使艺术作品负担思想的重任。

没有民族特点的文学是不可想象的。

自立才是成熟的标志。

产生在世界大战和经济危机带来的骚扰不安中的西方现代主义和后现代主义，它的内涵在某些社会心理方面引起当代中国青年的共鸣，使不同的文化背景之间产生"跨文化"现象成为可能。

诗的本质是明朗而不是晦涩。诗在正常状态中禁绝暧昧，其要求之严格并不亚于科学，背叛准确性就是背叛艺术。

一味地强调浅白写实，跟一味挖掘个人内心世界、玩弄文字魔术一样，都足以将现代诗带进死巷。

用白话翻译古人的感情，也不可取。

乡是狭窄的，土却壮阔无边。

诗既合规律又无规律。风格就是差异。

抽象的思考对诗人特别危险，因为它会否定而且抹杀艺术创作。

一切才能都根植于感性。

没有基础的创新常不能持久，原因在于一般的规律尚未能掌握。

使人的生活变得更有意义，诗才有价值。

由于缺乏内涵，便只会模仿。

现代派使诗歌更丰富更充实，它们的粗糙冰冷是对过去诗歌过分精美、过分柔情的反抗。

诗人艺术家，思想上是民主派，感受上都是贵族式的，他们重视的是质，而不是量。

语言与时代齐头并进。语言在运动，在生活，在更新。它从不停止自己的发展。

译诗中缺乏个人特征的陈词滥调，编辑的不尊重原意的随便涂改，都助长语言的平庸化。

诗并没有发生什么真正推翻一切的革命，而只是一种有秩序的合逻辑的发展。

不能没有大地，也不能没有彩霞。

每个人都得走自己的诗。这是一种寂静的派别斗争。即使同一种颜色，也有千差万别。新旧交替的特殊时期的文学，只能在原路上走一条属于自己开创的路。

西方现代的晦涩终止于 50 年代，只有学院派尚有遗留。

诗歌也如同一切文化一样，是一条源长流远的大河，它从来的地方来，又向将要去的地方去。

诗中有自己的个性，但没有个人的利益。

现代化不可能搬用外国的全部经验。现代化只能在自己的基础上进行。

旋律就是形式

——关于诗的断想（六）*

　　年轻的朋友有没有这样的感觉：一行诗句同样是那几个字，只是稍为调动一下次序，就会比原来的好些？

　　马雅可夫斯基说过：重要的词应放在诗行的最后。因为读诗时，这最后，停顿最久，印象也最深。除了这，还有别的原因吗？

　　都说外国诗多倒装句，但中国旧诗也有倒装句，情况之一是为了平仄对称的缘故。

　　写诗的人应相信，韵在句中，每当找不到合适的韵脚时，只要把句式稍微调动一下，韵脚就有了。

　　可见一行诗的组织，是有一个规律在：这就是起伏、高低、强弱、轻重的适当配合等等。

　　一行诗有规律存在，一首诗就更需要规律了。

　　写诗都有个经验，一旦找到起句，下句就比较好办。这起句，好像是基调，决定了随后的展开方式。

　　＊　副标题为编者所加。

215

前　言[*]

福建多山而又面海，多山：以东南走向的武夷山脉，阻隔北来的寒流，形成亚热带气候；境内太姥山、鹫峰山、戴云山等崇山峻岭的分割，造就各自独特的社会风貌。面海：造船和航海很早就发达，曾是"海上丝绸之路"和郑和下西洋的起点，中世纪以后又纷纷迁到台湾和东南亚，当代的沿海密布着富裕侨乡。

历史上的开发，应从魏、晋、南北朝开始。晋代衣冠南渡，八大姓入闽，从江西的石城入福建的宁化，经沙溪上游九泷十八滩之险，越过戴云山余脉到达福建第四大水晋江（它的起名应是晋衣冠南来才有的），当时大诗人韩偓的诗就刻在九日山，它傍着当时泉州的治所今南安丰州。南唐时一个叛徒被封为晋江王，建王城在今泉州（治所因之南迁数里），环城植刺桐树。不久，河南的黄巢部属王潮率部到泉州，他的弟弟王审知从泉州移福州；河南的官军陈元光带兵到漳浦，后移漳州。中原文

---

* 未能考证是何书的前言。

化自此从泉州扩展到它的南北：漳州和福州。

唐代开始在泉州建船舶司，发展到南宋成为对外贸易大港。阿拉伯和波斯商人群集在今聚宝街，街头立有李贽故居，她的祖母是伊斯兰教波斯人。南宋的财政收入，依赖对外贸易，从杭州到泉州的中途闽北建州因之发达起来。麻沙成了印刷业的名镇。元代以后建行省，即从当时的 8 个州（即后来的统称"八闽"）中的福州和建州各取一字，称为"福建省"。

早在南北朝时期，北方文人来闽做官最早的，当是南齐的江淹，他在浦城 4 年，写了许多好诗文，因之有江淹梦笔的神话，到他回朝做大官，再也写不出，历史上遂有江淹才尽之说。唐代开科取士，福建的闽东和闽南先后考中的不少，名胜也逐渐为外地熟知，李商隐是写武夷山的第一人。到了宋代，在朝做官的很多，蔡襄、李纲等是其中最著名的，还有词家柳永、刘克庄，诗评家严羽（《沧浪诗话》），诗人兼理学家朱熹。这些都可证明，随着经济地位的上升，文化也在这时候空前繁盛。进入明朝，在沿海建立东方最强大的水军，却又是倭寇的外患连绵不绝，武将如戚继光的屡战闽东闽中，以及本土也产生俞大猷这样的将领。说明这时文衰武兴。朝政的腐败使海上贸易也被官方视为海盗行为而力图禁止，郑芝龙也只有到投诚后才被重用。而像郑成功和黄道周这样的儒生，终于也要带兵作战。明末，冯梦龙来寿宁为官 4 年，也是在动乱和起义中度过。到了清初，人民被强迫迁界，沿海成废墟，福建只有降将：洪承畴和施琅。到清末的力图振作，才有马尾的水师学堂和林则徐的抗英。自明至清，福建总在战火中挣扎。辛亥革命后若干年，鲁迅来厦门大学教书，郁达夫来福州做官，以及漳州有了个林语堂。

与经济、政治、文化相联系的自然景观，也时起时落。唐代开始有名的武夷山，到宋代，陆游和辛弃疾，都在武夷当个有名无实的官。明代是道教兴盛的时期，武夷山成为道教的第十六洞天。宫观的建筑隐显在山的各处。清代道教衰落，武夷的旧观日渐破败。民国以来也未见起色。只有人民胜利新中国成立之后，才略有苏醒，进入改革开放，旅游成了热门，终于建市，辟机场，筑铁路，要成为东南明珠。历来居福建名胜第二位的是九鲤湖。徐霞客 3 次入闽，曾从莆田境内登山，自下而上对九级瀑布逐级叙写。那条登山石级路也随着清代道教的衰落而日渐湮没，现在只能从仙游县境自上而下，也只能走到第五级的瀑布，再下已无法到达。50 年代又引部分瀑布水灌田，再也难恢复旧观了。占福建名胜的第三位，是将乐县的玉华洞，也是明代开始著名，历来都是持火把进入，附近农民当解说员，颇富神秘气氛。现在大都向桂林的芦笛岩模仿，也装电灯，人工制造一些世俗趣味，再无特色了！倒是交通便利的地方：厦门、泉州、福州，都有可资游览的小景。再如闽东、闽北、闽西、闽南和三明，还有些山林、寺庙、水域和海岸，值得涉足。旧迹新事，都可略见东南之胜。

序[*]

祖籍安徽的闽南女子，经过半生的坎坷曲折，终于迎来平静的晚年，得以重拾她从前钟爱的写作，来描述地方风物和心底感受，泉州生活多姿多彩，文笔所指，纷至沓来。

忆念清晨深巷卖花声，资助山区孩子苦读，从写作中得来生命的释放，对牵手的深情厚谊，抒写歌吟的思乡鸟和受书香熏陶的古厝人物，在异乡寻根的姑娘以及爱茶说茶等等，篇篇都真情流泻、简洁生动。

文如其人。正如我几十年前给她诗中，那个晚春温柔、初夏光辉的女子，在梦寐以求的钟声中步入新生活。

<small>* 未能考证是何书的序。</small>

⊙ 随笔及其他

前 线 春 天

　　睡梦中突然一声裂帛似的巨响把我震醒。睁开眼睛注意倾听，响声还如远雷向天边滚滚而去。这是炮弹在高空运行。今日又逢单日，前线炮兵又射出惩罚性的炮弹，向金门敌人的军事目标送去。在我想象中，那炮弹长有眼睛，它不偏不倚落向敌人工事上面，悬着一条灰尘的烟柱，久久都不散去。

　　又是一响炮声。这一响比前一响更震人耳鼓，好像是从后院发射，其实它是在很远的山上起程。我们在打零炮战。

　　炮声还没有完全逝去，钟声就响起来。这是生产大队在敲起床钟。扭开手电，表针指向五时一刻。钟声还在继续，它一下一下从容不迫地敲着。每一下都有悠远的余韵，给人的感觉是欢乐、自信与和平。我不禁产生一种可笑的回忆：这岂不像首都剧院演出歌剧开幕时的情景吗？那炮仿佛是剧院在敲那低沉而洪亮的金属发条，预告舞台就快开幕了，让观众快就自己的座位吧……

　　炮声和钟声，揭开前线一天的生活。

　　简单抹了一下脸，我就往村南第二排的作业区走去。这是一个明朗的早晨。往左边看，海面平静，太阳还未升起，天空有羽状的碎片，高处的云片，边缘镶着淡黄颜色，好像透明的花束。近海的水上浮着几只专为取蚝用的木船，船上没有人，这时还未到下海的时间，早潮正在上升。往右边看，通往山坡和田间的无数小路，三三五五走着上地的生产队员，有些已在劳作了。南边的在送肥，北边的在浇菜，山坡上的在锄高粱，田里的在脱秧。许多井架的吊杆已经在动了，那是社员在吊水灌田。最远的高地上，有一人在驾牛翻沙地，一人在点种西瓜。到处都是和平劳动的景色。要不是回头看那仅有一水之隔的金门历历在目，你不会相信这就是前线。再就是那零炮发射和炮弹行空呼呼音响，才使人记起这是在最前沿……

1959 年 4 月 24 日

　　（选自王炳根《少女万岁——诗人蔡其矫》，海峡文艺出版社 2004 年 3 月版）

爱 国 心

——记全国群英大会福建仙游糖厂
先进小组代表归侨邓亚朝

在北京的庄严瑰丽的人民大会堂里，我看见一个青年，坐在二楼左前方的座位上，总是全神贯注地看着主席台和毛主席画像。休息的时候，他还留在原座位上，不时仰望头顶巨大的红星葵花灯和满天繁星似的银灯。我多么想知道他这时想的是什么。一定有美好的感情在他心中汹涌。他的仪表也与众不同，穿着皮夹克，头发梳得很平整，黝黑的肤色和善于表情的眉宇，有热带人的特色。一打听，果然是归国的华侨。我的心感到一阵温热。在这群英雄里面的英雄中，也有归国华侨的优秀代表人物。

经由代表团长的介绍，在会场的大理石回廊上，在高大明亮的雕窗下，我和这位青年对坐在华丽的皮沙发上，作着亲密的谈话。他热情地告诉我，他是怎样回国，又怎样在工作中做出成绩来。他的话朴素诚恳。我想不作多大改动，就用他的原话，把这颗热爱祖国的心描画下来：

"我叫邓亚朝，出生在印尼邦加岛烈港市。我家已是4代侨居印尼了。我读书也是进的教印尼文的学校。我父亲生前是在

222

当地一家先是属荷兰人后归印尼人的通用机器厂当铸工，经济情况还算过得去。1949 年，在我父亲过世以后，我也在这家工厂顶缺当徒工，那时我 17 岁，刚初中毕业。我被分配在木模工段，一年学徒期满转为正式工人。在这家工厂我工作了 6 年，当然遇到不少的艰辛，可是我很喜爱这个工种。制木模，要看图纸，从这里可以学习不少东西。我刻苦耐劳，钻研业务，使自己在技术上达到一定水平。祖国得到解放，我满心高兴，白天做工，晚上到夜校学文化。通过报纸，我知道了祖国解放后的情况：建设成就一日千里，工业日益进步，人民生活日益改善。我更爱我的祖国！

"1955 年，我就下定决心回来。我向母亲说：'我要回祖国，不愿意在这里了。虽然我们几代住在这里，努力做工，可生活永远如此。'母亲当然心里很难过，舍不得让我走。以后我常常把祖国的情形告诉她，才渐渐有了转变。

"临别时，母亲一再嘱咐我：'在家你听我的话，回国你就要听政府的话！'我决心永远遵从母亲这个指示。她真不愧是工人家庭的一位母亲！

"第一次见到祖国我是多么高兴。在深圳桥头，看英国兵又瘦又小，而我们解放军又高大，又雄壮，心中感到骄傲。听到广播在放送'五星红旗迎风飘扬'的歌，一个同伴说：'祖国在唱歌欢迎我们呢！'心里更是感动得说不出话来！到广州，侨委会派人接待，他说的一句话我至今不忘：'你们开始和祖国人民生活在一起了！'这真是替我把心里的话说出来了。接着让我填表写志愿。我那时是想升学，学制图。就有一个工作人员问我的文化程度，我说我从前学的是印尼文。他说这就有困难，祖国学校程度高，怕我赶不上。又问我是否工人，愿不愿意工作。我说工作也可以。等不了几天，通知我到福建。经厦门分配到仙游糖厂。一起去的有归侨35人，其中有不少是集美归侨学校的学生。到仙游糖厂，分配我操作蒸汽机。我原是木模工，现在当机器工，算改了行。但我一心记住母亲的话：服从政府。也就诚心服从统一分配，不说自己是干木模的。

"做了5个月，我所操作的蒸汽机发生事故而停工。工段长和我在一次谈话中知道我是做木模的，就说：'你为什么不早说，现在祖国正需要木模的技术人员。'他就去和工厂领导联系，随后叫我做蒸汽机座和蒸汽泵等各种零件。糖厂那时还没有机器制造这一工种，我是到泉州机器厂去做的。一月零几天完成任务，回糖厂，又立刻调我到福州，我就问：'为什么调我？'领导对我说：'这是件好事情。你是木模工，我们过去不知道，现在知道了，就和省工业厅联系，调你去深造。'我真是高兴极了！

"到省工业厅，立刻叫我到福建机器厂。到厂，就叫我第二天上班，并马上带我去参观。走到机工车间，一看，全是车床，比我在印尼工作的那间工厂又多又好，心里高兴极了。走到木模工段，工段长吕正泰问我行李在哪里？我说在传达室，他就说：'我宿舍有空，你就住下吧，和我住在一起联系工作比较好。'他亲自把我的行李带到二楼，问长问短，关心得无微不至，真像对待亲兄弟一样。上工不到两三天，他就叫我自己去拿图纸，让我愿意做什么就做什么，这是我从未遇到的最高的信任。这些景象，我是永远也不会忘记的。更不要说以后在工作中怎样得到老工人的帮助，使我在技术上提高很快。遇到困难，老工人也细心教导。我说：'你们对我太关心了！'他们都答：'这是党对你的关心。'就在党和同志们的关心和帮助下，我在福建机器厂连续得了两次先进生产者的奖状。

"1958年3月，调我回仙游糖厂。因为这时上级批准该厂制造机器，调我去开辟新工作。5月，各地都在贯彻'大跃进'精神，我厂也在'大跃进'，经上级批准要做一套200吨糖机，调了两个甲级木匠当临时工给我领导。可是图纸还未到，任务很紧急，就去绵田糖厂参观100吨糖机，后来索性把这个机器运到仙游糖厂，先照样画图纸，做了一部分机件，以后图纸到了，日夜突击干。随后，厂又有扩建任务，要装2000吨糖机，大部分机器没来，要自己制造，同时200吨的也要做，后来又加了1500吨糖机的大修任务，3个任务合在一起，任务每月超额完成。我们小组也扩充到8个人。工具不够，自己制造。还节约大量木材。又制造大型机器3种。中共八中全会以后，厂号召大战八九月，我们小组两个月都是半月完成一月的任务。10月份为庆祝国庆，上级号召大战一月，我们小组5天就完成了一月的任务。质量方面能合国家的要求，从未出现任何废品。最后，我们被评为先进小组，仙游人民电影院前面的光荣榜贴上我们小组的照片。今年元旦我结了婚，妻子对我体贴入微。我既在祖国安了家，也打算把母亲接来。

"从我回到祖国来，党和政府对待我比生身父母还要好。党关心我、教育我，替我安排生活，让我有学习机会。我整个新的生命都是党给的。我能参加群英大会，这光荣也是党给的。我回祖国，目的是为社会主义，只有把社会主义建设好，才能回答党对我的培养……"

　　这一席谈话使我感到极大的激动。通过这个人的历史，我看到了千千万万海外华侨和祖国的血肉关系，体会到他们宝贵的爱国主义精神，也感到党对华侨的无限关切和爱护。当他说到"我整个新的生命都是党给的……"他的眼睛有着泪光，显得相当激动，而我也同样受到感染。

　　　　　　　　　　　（原载于中国新闻社供外稿，1959 年）

蒋 步 阶
——访问群英会上一英雄

　　每一个工人阶级英雄人物的事迹，都像是一篇完整的激动人心的史诗；而他们的片言只语，也常常是最漂亮的诗句，这诗句，并不是那些摇笔杆的诗人能够虚构出来的。请看一份记载徐州邮电局长途线务员蒋步阶事迹的资料中这么一句话：

　　"蒋步阶同志知道这些电报和电话，没有一次是发给他的，但是他知道，这些电报电话，都和他有着密切的关系……"

　　这不但是一语道破了个人和所从事的职业的关系的真理，而且也在一句话中表现出先进人物的思想风貌。

　　蒋步阶同志整个事迹，本已打动我的心，看到这句话，更使我极其急切地希望马上能见他的面，听他的谈话。这句话是他说的吗？说出这话的人，必定是思想感情既深邃，又诚恳。他又是怎样的容貌？怎样的性格？

　　我终于如愿以偿了。

　　推门进去，他从座位上站立起来，看到他全神贯注而又仿佛有点疲倦的眼睛，我就知道我是迟到了，而他一定是在约定时间之前就在等候了。我道了歉意，又说明来意。他却用又低又轻的嗓音再三再四地说出这心底话：

"我所做的都很平常、很平常。没有党，哪有今天的我。没有党，我又能做什么！"

一见面就把心摊开来给人看。每一字都是从肺腑里发出来的。这是一个典型的江苏北部土地上贫苦农民的容貌，过去的无数天灾人祸在那上面盖了一层抹不掉的风霜。几道皱纹横在额上，瘦削的脸颊发黑红色，眼神是那样忠厚淳朴。还有一双巨大的手。他的历史也是典型的劳动人民的历史，迫害和侮辱一次又一次地加在他身上。抗战前，他一家9口种20多亩地，日本鬼子修飞机场，霸了他的地，毁了他的家，没办法只得去拣大粪、卖青菜、做零活。国民党来了，又大肆抓壮丁，又逼得他离乡逃亡，在城里亲戚家躲了半年，才托到人在伪电讯局里找到临时工的活。后来，好不容易冒了别人的名字在伪电讯局补了一名长期工……我们的谈话就从这里开始，他又用发自内心的低沉声调感慨地说道：

"没有党，我连自己的姓名也没有呀！"

从资料中，我知道蒋步阶同志创造了7年又11个月没出任何障碍和事故的光辉纪录。当然我想知道，这成绩是在什么基础上产生出来的。不待我发问，他就和盘端出来了。

解放前，有谁肯告诉他去掌握技术呢？新中国成立初期，他当然技术很差，上级叫他试线，他连"试线"是怎么回事都不懂，就去请教老师傅，这人就怪他："连这都不懂，还不如不干！"到了1951年，领导把他从管理段调到徐州学习。那时上级号召实行包线制，看到别人纷纷上台报名并提出保证，他就因为自己技术差，不敢保证，也不敢报名。散会后，站长问他有什么困难，他说了实话。领导耐心向他解释并鼓励他。1951年3月，开始实行包线，一检查自己管段内的线路，毛病很多，技术又没有，真把他急坏了！那时规定线务员每月出勤6天，其余时间都在坐等障碍，他就多出勤，每月12天，比别人多一半，每根杆都爬上去看看，每条线都用手摸摸，就因这样勤恳认真的工作，从这年的9月份起，就再也没有出过障碍和事故，1953年被选为劳动模范。不久，工程师到段里来了解他的工作经验，他就把所做的谈了。工程师又问道："你摸到路线的规律吗？"他只知道看到有毛病就上杆修，可不知道还有什么"规律"！工程师就把东北许兴柱同志按季节的特点操作和逐杆检修相结合的方法告诉他，这才使他恍然大悟：原来春天的风、夏天的雷雨、冬天的冰雪，以及农民的耕作收获，都跟他的工作有关系。他开始明白向别人学习先进经验的重要性。不久，领导上又宣传郭秀云同志的交叉作业法，他又从邮电报上看到苏联线务员先进经验的介绍，进一步把管区分为南三段和北三段，实行循环交叉作业法，并注意预防，密切和农民兄弟的联系。

他摸索出一套经验，仍继续前进。他披星戴月，早出晚归，真正做到了勤修善养。他说：

"线路是死的，人是活的，像爱护自己的身体一样爱护它，就不会出毛病。"

最大的考验终于来了。

1955年12月的一天，先是下雾毛雨，很快就上了冻，到下午，线上结的冰凌，已有手指那么粗。晚上又刮起狂风雪。蒋步阶同志冒着风刀雪浪出去抢修。那时，电线杆都变成冰柱，铁锤敲不掉，脚爬子（铁鞋）的尖齿打下去，也只显出一道道白痕，就顺着这道道白痕爬上电杆，哪管面如刀割，气喘不上来，还是逐杆检查。后来，风更大了，发现几根断杆和倒杆，在那使人站都站不稳的大风雪中，要把断杆接好，把倒杆重竖，那得作多么艰巨的斗争！200多斤的电杆，只能在风稍弱的几秒钟中间，用自己的肩头硬顶上去。衬衣全被汗水浸透，棉袄棉裤被冻得像铁甲一样。（当他说到这里，指着我手上的资料说："那上面写我吃冰雪，那是没有，啃干馍倒是真的……有什么说什么，没有的不能添。"）这样苦战了三天三夜。站长曾劝他休息，他说："线路没修好，我怎能休息!"他终于坚持到最后胜利——没有断一根线！

1956年，蒋步阶同志被评为全国邮电先进工作者，到北京见到了伟大的毛主席，还光荣地和毛主席一起照了相。说到这里，他开朗起来，满脸红光，仿佛年轻了10岁。他意味深长地说道：

"和毛主席照了相，这就永远和毛主席在一起，永远和党结成一体，怎么样也再不能分开了!"

这是发自衷心的誓言！这是饱含无限深情的最光辉最美丽的诗！

1958年"大跃进"，蒋步阶更是干劲冲天。他知道工农业"大跃进"，电讯线路的安全畅通更有无比的重要，常常废寝忘食，不分昼夜地巡视线路。当津浦路复线工程进行中，火药爆破很多，爆破工地挨近线路最近的一段，距离只有4呎到9呎，火药迸起的石片，难免要碰线断线，他就与同志们分兵把守，随断随接。有时放炮已下工，别人回去休息，他还不放心地留守着，预防不测。他看到城乡人民大炼钢铁，火光彻夜欢腾，心中深受感动，常在黑夜里到别人的防护段去巡回。有一个漆黑的夜里，他正在别人的管区摸索前进，猛见火光一闪，爆炸声把电线震得直响，他立即飞跑上去，发现炸断了 3 根电线，马上向铁路电务段借电线来接，等到那段的线务员闻声赶到时，他已经给接通了。

1959 年，他们又实行集体维护新制度。蒋步阶同志积极团结小组同志，发挥集体智慧，平时又处处以自己的实际行动影响别人，有困难的地方他去，有重活他先拦。领导上又提出大搞机线除"三害"，开展"一条龙"大协作竞赛，对线路要求高了，维护工作的困难也多了，最大的困难是原材料缺乏，人手紧张，工作量大。蒋步阶同志团结大家，克服种种困难，想办法节省人力，争取时间，终于做到今年上半年全段 1200 根线杆的检修与加固工作，提前完成，工作量虽然增加了一倍，时限却比上年提前一个月。

最后，他再一次用低沉缓慢的嗓音说出这样的话：

"我们管理的这路线，是从北京出发的，是从毛主席那里出发的。毛主席发出的指示和命令，对于每一个地方、每一个人，都是头等的重要。这些命令和指示，下达晚了一天，任务就有可能不会很好地完成，早一天，就可能提前或超额完成任务。这不像打仗一样吗？我们做得好不好，都有关社会主义建设事业的胜利……"

（原载于《光明日报》，1959 年）

前　沿　人

宏伟壮丽的人民大会堂，一阵一阵的掌声，仿佛 8 月 18 日的海宁潮，来到这里尽情欢呼。这是群英会上数千英雄，在欢迎一个来自前线的代表——福建省南安县大嶝岛邮电支局局长郭诗杏同志走上讲台。

千千万万的人在关心前线。千千万万的人挚爱着来自前线的声音、风貌、豪迈气概和无畏精神。

……炮火的硝烟笼罩着大嶝岛。就像海上时常有的浓雾一般，什么都看不清楚了。炮弹的嘶声和爆炸声，一个接着一个，土地都在震动。这是 1958 年 8 月 24 日，盘踞大小金门的蒋贼军，疯狂地向我前沿所有的岛屿和村庄密集射击。我们的炮队，也朝着预先测定的目标，给予有力的回击。

弯弯曲曲的交通壕，引向一条"地下长街"。这街的一角，有挂着"大嶝邮电支局"牌子的一间地下室。从里面传出紧张的电话铃声和通话的喊声。这里是岛上数千人民的神经中枢，党委经过这架总机，把战斗的命令和指示，传到各个社、各个队、各个战斗岗位。怎样维护这神经中枢的正常状态，是这个小小的邮电支局在战时最中心的任务。这时支局长郭诗杏、线务员林大伟、营业员戴显祖，都汗淋淋地围着这架总机在忙碌。一发现哪一条线被炮弹打断了，立刻指挥民兵去检查、去接通。这些民兵是党委指派协助他们的，都经过接线的训练，到了下午 5 时，所有的线路全被打断了。情况很紧急，可是 3 个人都在想："无论敌人怎样猖狂，我们决不能让他把通信阻断。"在党委指示下，他们留下营业员看家，郭诗杏和林大伟，率领民兵分成两队，立即投入抢修战斗。

他们在交通壕里跑步，在地面上爬行。路上，部队同志告诉他们，前面是敌人打来的瓦斯弹。抬头一看，果然前面是一团浓密的黑烟在移动、在扩散。毫无人性的敌人这一手段，在每个人的心中激起无比的愤怒。这难道能吓住我们吗？不能停止！抢修要紧，继续前进！他们把早已准备好的擦了肥皂的湿手巾蒙上鼻子，绕过毒气弹中心地带，踏着烫脚的弹坑，跨过还在冒烟的土地，锋利的弹片割破他们的脚，鲜血滴在战地上，也无暇去注意，他们一心只想到迅速恢复电信畅通。在沙泥中打滚，在不断的炮弹爆炸的气浪中前进。当所有线路的铃声又欢乐地响起来，他们每个人的脸全被炮烟熏得像锅底一样黑，全身也盖上一层被炮弹所掀起的尘沙，好像是土里钻出来的一样，可是快乐的眼睛和微笑的牙齿比任何时候都更光辉，也更动人。

炮战天天都在进行。有一天，正是大潮，送邮件的船理应乘中午满潮时到达，可是已经过午了，邮件还未运来。这一天，敌人的炮火向岛屿、向大陆海岸打个不停，也许邮件受到了阻碍？这时候，正是祖国工农业"大跃进"，热爱祖国的海防战士是怎样如饥似渴地抢读报刊，一到送信的时间，他们就老早来到阵地的进口等候，这一切，郭诗杏都记在心里。不能让战士一天看不到报纸呀！邮件不来我去拿！但这时潮已经退了，交通船下不了海。他到处接洽奔走，要了一只小平底船。在他奔走中，也许由于心太急，顾不得注意敌人的零炮时常在周围爆炸。忽然，他听到一种类似风吹衣袖的急遽的飒飒声，这是炮弹临顶的信号，他迅速卧倒。说时迟，那时快，炮弹已经爆炸了，3块弹片就在他身边不到两寸的地方切入地面，掀起的泥土盖下来，嘴里吃了不少泥沙。他站起身笑了笑，这条命敌人是要不到的！可是敌人也不甘休，当他的小平底船越过宽阔的海面，快接近大陆海岸时，敌人又疯狂地朝岸上轰击。摇船的是老把式，就让船在海上转圈子，一直到天快黑才靠岸。好不容易把100多斤的邮件运回大嶝，已是深夜11时了，疲惫不堪的郭诗杏又振作起来，一支扁担把96种报刊和无数来自远方的信件挑起来，摸着黑路，从这个阵地到另一个阵地，从这个社到另一个社，在炮火中继续执行他日常的职务。

炮战还是一天天地继续着。海防战士的光辉战绩和英勇事迹震动全国，来自各地的慰问信像雪片似的飞临海岛，郭诗杏分送这些信件时特别高兴。虽然这些信，没有一封是写给他的，但当他看到战士在战壕里争先抢看的情形，他的心总是跳得很紧，眼圈也感到热辣辣，他想：我这工作是多么有意义呀！我所追求的理想就在这里头了！还有谁能比我更幸福呢！有一次，他正拿着一大包信件走向炮阵地。忽然听到一种嘶嘶的声音，经验告诉他，这炮弹一定会落在他附近，还可能是空中爆炸的开花弹，急忙回转过身来，把信件搂抱在怀中，伏身在地瓜田里。果然炮弹在 10 余尺的地方爆炸，弹片像一群小鸟从头上掠过，他站起身拍拍土，拔脚就走，一连串嘶嘶的炮弹又划过头顶，赶忙连跑带跳地向交通壕冲过去。战士一把抱住他拉进洞里。随后又进来一个老乡。这一切，老乡都看在眼里，就半开玩笑地说道：

"老郭，你真是个大傻瓜！这是一个开花弹，你应该把信包顶在头上保护脑袋，为什么抱在怀里？"

郭诗杏立刻回答：

"这些宝贵的信件，给炮弹炸掉，就再也不会有了，我要是炸死了，还有比我更好的邮递员哪！"

1959 年 8 月 23 日夜间，大嶝岛受到 12 级以上的强大台风的袭击。海潮掀起几丈高的巨浪，风把粗枝密叶、巨大而魁梧的榕树也刮倒了。岛上 6 条线路也全部断了。在这时候，抢救线路就是抢救人民的生命财产。在请示了党委后，郭诗杏和线务员林大伟立即投入抢修战斗。外边风猛雨大，一出来就像坐飞机一样被风雨带跑。有时不得不爬着走。涉过无数水深及腹的交通壕，爬过被海潮淹没的盐田，用双手挖土，血和泥混在一起，把一根一根竹竿都插上。为了保护单机不被雨水淋湿，林大伟脱下身上的雨衣把它包裹起来。就这样忍受饥饿和寒冷，浑身湿淋淋，用皮破血流的双手，在烂泥中，在洪水中，在狂风暴雨里把断了的线一条条一段段接了起来。党的八届八中全会的决议传来，全岛投入恢复盐田的战斗，他们又负责建立工地的电话网。没有线，向部队借。鼓起冲天干劲 4 个小时内就把线架好了。

阵阵掌声，使得人民大会堂好像大海一样浪涛滚滚。这是向忠厚淳朴的郭诗杏致敬，也是向大嶝邮电支局的另外两个战士致敬，向英勇的大嶝岛，向前沿人民，向一切忠于职守的各个岗位上的工作者致敬！年轻的营业员戴显祖，你一年365日，日日夜夜坐守在潮湿黑暗的地下室，热情地接待战士和乡亲，无论是三更半夜，无论是天色未明，都是你们的办公时间，你的辛勤服务，也给你们的集体带来荣誉。当你检查电线时，发现电线在一个蓄水池的中间被炮火打断，你立刻脱掉衣服，游到池心，就在水里把断线接好，而那时正是冬天呀！你因此病倒了，但你不肯躺下，依然坚持工作，依然在炮火中东奔西窜，敌人在这岛上落下万吨的炮弹，而你们的线路一直畅通，这是多么值得自豪的英雄事迹！

如雷般的掌声又是在向这时代欢呼！曾经是孤儿的林大伟，你的父亲是被国民党抓壮丁，一去无消息。戴显祖，你的父亲是在南洋被日本鬼子打死。郭诗杏，你的童年和青年时代都在屈辱与苦难中度过，你的父亲一支扁担养活全家十口人，你当木匠学徒，当短工，在旧邮局当跑差，主食是薯干，副食是薯叶，冬天还穿着条烂短裤。是谁给你们带来幸福的今天？是谁培养你们成为人人敬爱的英雄战士？

暴风雨般的掌声一阵比一阵加强，千万双眼睛都在注视着毛主席，注视着亲爱的党！是你，把我们从痛苦的底层举到光明的天堂上。是你领导人民，写下了英雄的战迹。是你，唯有你，使我们敢于立下雄心，要在这个世界上，做出一番扭转乾坤、惊天动地的事业来！

（原载于《中国青年报》，1959年）

刺桐和东山岛

　　小时候就知道故乡泉州又名"桐城"，但不知道它的来由。后来看到《马可·波罗游记》，那书里径直称泉州为"刺桐城"，才晓得城因花树得名。原来距今 1000 多年前，唐代建筑泉州城，就同时种植刺桐树环绕着，历宋元而益盛。可是今天，这曾使泉州增色的树，却已很难找到了。有人说，东门外还有几棵，不过那是几年前了，现在有没有不敢肯定。

　　久久向往着看一看刺桐是什么样子，这次却无意中在东山岛看到了。

　　那一天的下午，东山城关公社的孙同志，带我去参观黄道周的故里。因为顺路，先沿着 72 级台阶上古崦山，去看朱熹的文公祠。台阶的最下面，像把守入口一样，站立着两棵大树。枝干粗壮屈曲，有如海梧桐；因为那时一心想着快点登文公祠看南海，就没有对这两棵树深究。

　　文公祠又名"南溟书院"，是东山岛首屈一指的胜景。它建在山岭。面临大海。人坐在堂前阶下，放眼远望，茫茫无边的波涛有如铺陈脚下。海天澄明，风帆无数，辽阔寂静，莽莽苍苍。又有一线长达数里的弧形沙滩，在日光照耀下，与蓝色的海水相得益彰，其上停歇队队渔舟，高桅倒影，风吹浪痕，实在是很美的渔港。再看近处，礁岩中间，瓦屋四周，这里那里，高高生长着如盖的绿树。人们凡是注意到岛上许多堆积的砂层，注意到有的山丘竟大半埋没在砂里，再看到这岛上最突出的礁岩上，居然有这么些大树，不免有些惊奇。东山，这形状如同南海上一只飞翔的蝴蝶的小岛，它的色彩果然也自与众不同！

从文公祠的左侧下来，绕过风动石，向南走不过百步，就到黄道周的故居。这是一所普通渔人的家屋，低伏在避风的山隈。听说这位文章道德都负盛名的明末学者，父祖均为渔人，看他出生的瓦屋，这种说法是可以相信的。入门升堂，上挂黄道周的画像。黄道周精于书法，也能绘画，说不定这便是他自画像的复制品。看那开朗的容貌，飘然的短须，特别是那衣褶的笔触十分苍劲有力，好像振振欲动，不禁想起他为国牺牲的动人事迹。在危难之秋，年过六十的他，振臂高呼，从者如云；他率兵北上抗清失败被俘，斥骂奸贼，绝食表志；临刑时问他可有话留给家里，他撕下衣襟，咬破指头，写出堂堂 16 个大字："纲常万古，节义千秋，天地知我，家人无忧。"这种胸怀气魄，感动了当时多少有志之士！他是东山岛历史上的重要人物，也是东山岛人民的骄傲……瞻仰了黄道周遗像出来，见门前数亩田园，那田埂上，又耸立一棵看来似海梧桐的树；这棵树也许老了些，叶子不多，枝干粗壮，有如巨大的青白珊瑚，那峥嵘如铁的外表，更引人注目，我不禁问了一句：

"这是海梧桐吗？"

带我参观的孙同志，用不以为意的平常声调说："刺桐。"

这用轻微的声音说出的名字，在我听来却有如雷鸣。我的眼睛霎时睁大：

"啊！这是刺桐？"

"对。你看，那里还很多呢。"

随着他的手指看去，原来我在文公祠台阶上远望的如盖绿树，就在眼前。瞧，从公园直到海滨，挨肩并立，郁郁苍苍，全是这种高大乔木。每一棵都在五六丈以上。其顶端平整如伞，抚在拂云，那上面枝繁节短，一律向上，叶子茂盛，一片青葱。往下看，中间叶子就不多了，全是粗大乔干，并无低枝悬条，曲屈兀突，疏朗潇洒，其势奋迅凌空，苍劲有力。再往下，粗干更加盘屈，光滑如同玉石，淡黄色中发青白光；最下面的主干，粗者达两三人围，有如蟠龙纠缠，遍体劲节。整个看来，它是这样高耸挺拔，青苍俊秀，在坚定的形体当中，又自有一种笑傲风雨、强悍活泼的精神在。

福建沿海岛屿，受台风的袭击频繁，树木很难在那里生长，就是有，也大都是低伏的灌木，并且向东北那方面的枝条总是干枯状态。东山岛最突出的海岬礁岩中，居然能长出这样高大的树，实在是奇异的现象。

这两年来，东山岛也吸收广东电白的经验，大种木麻黄，组成一道道的防风林带。我也去看了，在公路两旁它们长得不错，但在海边沙滩，却被风吹折，活得不好。为什么这么高大的刺桐，却比木麻黄更有顽强的生命力，真是令人惊叹！

有人说了，这是因为刺桐的基础十分雄厚的缘故。你看，它的根茎和主干就如磐石，屹立不动；它的分干和顶枝也是粗壮短节，风吹不摇，整个形体如铁铸一般。

239

　　我以为，还可以想得更远一些。你想，生在这样的环境，每棵树都经过无数次战斗，也许它的外貌，正是从与风暴战斗中得来的。当初，又是谁把它种植在这荒凉的岛上？赏识它、苦心栽培它的人，又该有怎样雄大顽强的精神？

　　这使我想起东山岛的人民，想起土地英勇的儿子。福建的每一个海岛，都有可歌可泣的斗争历史，而东山岛，更是其中杰出的一个。元朝末年，倭寇开始在中国沿海骚扰，东山岛人民起而自卫，组织保安堂，数次设伏歼击侵略者。明嘉靖年间，斗争更为剧烈。他们广泛组织民兵建筑碉堡，研究战术。东山城外的南屿，有一个陈绰，曾摆下"暗鼎阵"，把锅埋在海滩浅沙中，敌人上岸纷纷滑倒，这时伏兵四地，杀得寇尸如山，使倭寇再也不敢在东山轻易上岸。1549 年，葡萄牙海盗入侵，东山人民协同官兵，在黎明薄雾中以哨船伪装渔船诱敌，待日出雾散，葡萄牙舰队已入我伏击圈中。走马溪一战，全歼葡萄牙海盗，生俘百余人。明末，1633 年，荷兰海盗来犯，东山人民与之苦战八昼夜，焚毁了大部敌舰。敌从陆路撤退，东山农民唐加春带领民兵，手执藤牌利刃包围截杀，又生擒数十。隔年，荷兰海盗来图报复，又受到致命打击，全军覆灭，以后再也不敢来了。

　　东山人民在辅助郑成功的事业上，也有极大的贡献和牺牲。1646 年郑成功进驻东山，并以东山为基点进取金门、厦门。1661 年郑成功率部收复台湾，东山五百青年参加了这一壮举。1664 年，清兵攻入东山岛，郑成功的部队在这里举行最后一战，主将点燃火药库，与入城的清兵同归于尽。东山岛不屈的人民，被杀 2200 人。清朝统治者又残酷地实行截界移民，东山全岛一片瓦砾野草。17 年后才复界，幸存于外地的东山人民来归，于

7月24日起灶生火。到今天，东山人民还以这一日作为"火烟节"，来纪念先人的苦难与斗争。

要知东山人民的性格风貌，就应该读这些历史。在历次反侵略斗争中，曾产生多少英雄烈士，在外地抵抗清兵的黄道周，不过是其中记载较详的一个；还有多少无名英雄，只因无文字记载而被湮没。但我想，我岛上的山、岛上的树，不都是英勇先人的化身吗？

现在眼前这些刺桐，就是活生生的例子。据记载，清朝统治者实行惨无人道的截界移民时，曾见人就杀，见房就烧，见树就砍。那么这些刺桐，从何而来？一个老人告诉我：东山岛的刺桐，有300年的历史。细算起来，很可能它就是复界后来归的人民从外地移植而来的了。当时栽这种树，要十分精心照顾，才能在这最艰苦的地方生根，难道这不也是作为一种纪念的树吗？单是刺桐树的形象，就很够作为东山人民性格的写照，何况它又在四五月开了满树的红花，"群芳谱"形容它开花时如火烧空，红霞满天，那就更能表现东山人民的精神了。

写到这里，我又想起另一种事。当我拜访黄道周故居，看见堂前横额上石刻4个大字"苏峰拱秀"，还不清楚它的来历。等瞻完遗像，转身出来，忽然发现巍巍的苏峰，正好嵌在门框中，才恍然大悟。原来那4个字就在说明这一景色。苏峰是东山岛最高峰，下临大海，上作尖形，挺拔矗立，姿影秀丽。据说，东山岛的女孩子都长得很俊秀，就是因为她们天天看到苏峰的缘故。自然环境能对人的性格和容貌起潜移默化作用的说法，也许是可信的。但也可以有另一种看法：是人给予山水树木以特殊的生命，眼前的苏峰，眼前的刺桐，就是一个有力的证明。

东山岛的刺桐，于今是更加壮丽了，因为它进入了一个新的时代，它看见了更年轻更勇敢的人民。1953 年夏天，它看见敌人的军队提心吊胆地踏上海岛，立刻遭到毁灭性的打击；它看见 8 个手无寸铁的孩子，面对面地与入侵者展开了无畏的斗争；也看见了惨败的敌人慌忙失措的撤退，就在它的脚下，就在这突出的礁岩上，丢下大批武器和同伴尸体，争先恐后地狼狈奔逃。它看见战争，也看见和平。就在它的绿荫下，神采飞扬的姑娘们在织网、在打绳；新造的船只就在面前的海边下水；装上马达的渔船照着早晨的阳光列队出海；新栽的防风林带沿着银光的沙滩展开……

一切有生命的事物，就是这样与时代息息相关。

故乡泉州自从明清以来，已经逐渐失去早先的重要地位，因之，那曾使它增色的刺桐也逐渐不引人注意，以至于快要泯灭。但是不要紧，祖国建设正在胜利前进，泉州港的繁荣也是可预期的。到那时候，不但刺桐会再现光辉，而且一定还有许多更可爱的事物，会被英勇智慧的人民一一创造出来。

1961 年 11 月

后记： 古嵝山上文公祠在"文化大革命"中被拆毁。山下那大片刺桐林，也在无政府状态中私占土地乱盖楼房，已砍伐殆尽！

2001 年

（收入《蔡其矫诗歌回廊·南曲》，海峡文艺出版社 2002 年 9 月出版）

东 北 大 风

南中国海船员的劲敌，春天是浓雾，夏天和秋天是台风，在冬天，就是猛烈的东北风了。

最后这个劲敌，如果是顺风，那会使船达到飞一般的速度。古代的中国海船，就乘着这冬季的东北风，如鸟的羽翼一般飞向南洋，然后在第二年的夏季，让温和的西南风送回来。所以这风也叫"季候风"。那时这风是为贸易服务的，所以也叫"贸易风"。

如果海船在冬季要逆风向北，那就十分艰难了。有次在舟山群岛，我从桃花山到沈家门，从南向北，正是东北风强劲时候，那帆船要走很大的"之"字形，一小时的航程要半天多才能完成。我看见船老大流着泪的脸上，刻满着风的深深刀痕，有如纵横交错的深谷，那就是中国海冬天的东北风，在所有的船员和渔民的颜脸，留下苦难的痕迹。

现在虽然已经有强大机械装备的轮船，冬天的东北大风，依然是个不可小看的强敌。

75000 吨油轮"太湖号"，12 月从伊拉克运原油回国，越过新加坡，进入南中国海，就遇见 7 至 9 级的东北大风，连日不停地吹刮。经过西沙群岛的浪花礁，那巨风所卷起的浪涛就像壁立的墙、移动的墙，以惊天动地的巨响在船的右舷崩塌下来，把船体掀上高空，又很快沉入深谷，整个甲板就从海水中钻过。从船台的玻璃窗看出去，眼前只是一片白蒙蒙，什么都消失在飞舞的浪沫中。这时，船身左右摇摆，达 17 至 18 度，时间一久，大多数的船员开始呕吐，昏昏沉沉。即使有强大的机器，也对冬天的东北大风无可奈何，每小时 12 海里的速度，在风和浪的不断撞击下，降到每小时只能挣扎着勉勉强强前进 3 浬。好不容易地渐渐接近祖国大陆。

就在这时，忽然接到海岸电台的通知，在油轮的左后远方，有一艘日本渔船正在呼救。当时的海空，是一片恐怖的呼啸，大风毫未减弱，照旧在逞凶。许多船员的脸色已经青白惨黄。船也似乎筋疲力尽了。救还是不救，这对于中国船员在任何时候任何地方都是不成问题的。照亮在他们心中的国际主义和人道主义的明灯，永远在熠熠发光。船上各部门的负责人立刻开会讨论，船长下命令：回头，再大的危险也要去救日本渔民！

75000 吨的巨轮，在强悍的横风中转身，那倾斜度是会叫人惊心的。船长命令转很大的圆圈，终于回身走在向南的航道上。虽然现在已经顺风，但因为浪大涌大，两个浪峰之间的深谷，宽达 200 米，颠簸一点也没有减弱。飞舞浪花的海上一片白光，视界也非常不清楚，只好慢慢搜索前进，并不利用顺风加快速度。油轮各部门分别开会，讨论一切准备工作，呕吐的也都站在各自的岗位上。这是 12 月 19 日发生的事。

在茫茫的大海上寻找一艘失事的渔船，那跟海底捞针一样地难。海岸电台没有继续报告日本渔船变动的方位，大约是已经中断了与那渔船的无线电联系了。油轮只好向那失事的最初方向前进，并在航行中加强对各方的观察。就这样，"太湖号"与东北大风又整整搏斗了两个昼夜。

21日凌晨，船行在西沙群岛的西部海域，大副在船台上首先发现左前方，有一盏时隐时现的小白灯，很快又为巨浪和黑暗所遮没。船长立即下令：转舵，向左前方兜着大圈。许久之后，又发现那小小的白灯，正在微明中闪亮。又过了许久，渐渐模糊地看出是个小筏，在大风巨浪中时沉时浮。船长断定，那日本渔船已沉没了，渔船的船员已上小筏逃命。船长立即通过无线电向海岸报告新的发现，海岸指示他积极营救。

75000吨的巨轮，如直线向小筏航去，那是很危险的，那不但救不了人，还会伤人。船长下命令调整船位，让小筏置于下风，并慢慢地转着圆圈。船员站在舷边向小筏挥手示意，还用半导体的广播筒向它呼唤。巨轮和小筏慢慢靠近了，这时才看清楚小筏上一共有9个人。可能他们已经在这小筏上漂泊了两天，在与风浪搏斗中已弄得筋疲力尽了，连声音都发不出来了，只微微地举手招呼。等到小筏已经漂到巨轮附近，这时"太湖号"才向海里抛带缆绳的救生圈，它因顺风的缘故飞得很远，落在海面时却又被巨浪滚来滚去，好不容易才被小筏抓牢。可是，在风猛浪高时候，如果缆绳拉得太紧，有把小筏弄翻的危险。所以，每当一个大浪浇头盖脑地扑来，油轮赶紧把缆绳放松，待浪花一过，又赶紧把小筏又拉过来一些。就这样一松一拉、一放一紧，那绳子的两端，就好像系着中日两国人民的心，患难中生死与共的心，任凭再大再凶的风浪都打不断！

终于，小筏里9名日本渔民被救上"太湖号"，有的一上甲板就昏倒，有的把头倚在船窗就哭起来。中国船员把他们一个个扶进舱房，把事先准备好的干净衣服拿出来让他们换，把铺得又松又软的干净被褥掀开让他们躺下，把最好的吃食都用来款待客人，75000吨的巨轮响彻了友谊之歌，风浪好像一下子消失了，救的和被救的都沉浸在欢乐中。

23日，日本政府派来一艘巡视船"伊豆丸"，把9名死里逃生的渔民接运回国。巡视船长有安钦一留下一封感谢信。

我就是在文件夹中读到这封感谢信，请湛江港的工作人员讲述"太湖号"这一英勇的功勋。我的面前又出现舟山那个穷苦的渔民和他的脸上那深刻的风的刀痕，就是这样的人民，教育新的一代，敢于和最大的风浪斗争，去挽救一切海难的幸存者。

（原载于《榕树文学丛刊》1979年第1辑"散文专辑"，福建人民出版社1979年9月版）

大雾啊！大雾……

二月。

这时冬天将去，却又不肯迅速举步，还不时地回过头来。仿佛舍不得和我们告别；这时春天将到，已经几回探首，投来温柔的目光，却又一再迟疑，欲现犹隐，叫人又想念，又着急。

这时候，只要东北风一停，南风兴起，海上就要起雾，迷迷茫茫，几天不歇。

我们在黄海上向南航行，就已接到无线电话通知长江口将有大雾，但看看周围，阳光明亮，水波不兴，也许雾区尚远着哪，开足马力，兼程前进，说不定能赶在大雾到来之前，连夜进入吴淞口，那就谢天谢地了。岂知天时尚早，就在长江口外，船已闯入雾区了！

经验丰富的海员都知道，雾比风浪更加危险。在大雾中航行，是最令人提心吊胆的航行，因为四周什么都看不见，看不见山，看不见水，看不见船，你走在什么航道上，都不能确切知道。

何况，黑夜就要到了，在雾中也看不见灯，在夜里一切都如盲目般漆黑一团，又比灰蒙一大片更加使人感到恐怖。

更何况船即到长江口，那是水浅船多、流道复杂的地方，说不定什么时候，会突然有艘木船从雾中钻出来，一霎时就近在眼前，叫你要回避也来不及了，或者有什么浅滩，一下子就出现在舷边，你想避开，可涌流又偏要让船靠上，真叫人心惊胆战！

好在我们的船长是个可以依靠的经验丰富的船长。他 16 岁上船，勤学苦练，后来又送到航海学校，1960 年就当了船长，18 年来依然是勤谨谦虚、好学不倦。每当船到港，他就主动了解各种情况，研究港口、码头、水域、航道等等各自的特点，从不把时间空过。在海上航行时，他也经常听取同志们的意见，不断总结经验，积累了许多宝贵的航行资料。这时，船一进入雾区，他立刻按照雾中航行的制度备车，减速。值班人员都站好自己各自的岗位上。

当船到达长江口外，从雾的颜色浓灰中有微微的淡黄，可以看出是近黄昏了。平时常见的海鸥早就藏在什么地方不来了。它们总是十分机警地避开一切困难和危险。但是，叫人奇怪的，却有一只蝴蝶，久久地傍着船舷飞舞；它也许被雾迷失方向，从遥远的岸上飞来，可能已经很累了，却还是不肯歇在船上。它闪动有黑色斑点的黄翅，像一滴阳光似的上下起伏，也可能是嫌我们的船减速后走得太慢，它已经超越我们的船头向雾中奋进。当它消失时，我们都担心它会不会被雾珠弄得太湿太重，而突然在某一刻跌落水中。

雾渐渐变得昏暗浓重，船舷下面的水却还能现出古铜色的光辉。看不见星星，看不见远灯，黑暗和雾混为一体，只见桅灯和近处甲板的雾在漂流。船长早已命令打开超短波无线电话，时不时地向话筒报告自己的船位和航向，请过往的其他船只注意。同时也听到其他在雾中的船的呼号，船长根据来自各方的电话，根据潮流和周围船只的动态，分析其中的矛盾，考虑会和哪些船只相遇，会出现什么紧急的情况，分别加紧联系，采取必要的措施。

船长也命令两部雷达交替打开使用。但是木船对雷达反射性能很差，而木船又没有超短波无线电话，一不小心，也会撞上。所以每隔一两分钟，就拉汽笛一次，通知木船回避。新中国成立以前，外国商轮在长江横冲直撞，目中无人。那时我们的民船，为了保护自己，有的敲锣，有的打钟，也免不了蒙受灾难。现在，民船几乎可以放心了，不用敲锣打钟了，所有国家的船只，都以保护他们的安全作为自己的职责。

我们这条货船就这样谨慎小心地缓缓在雾中前进。雾越来越浓，船头的灯仿佛看不见了，驾驶台玻璃窗外一片混浊，舷边的海水也似乎消失了。驾驶室里的人都感到窒息似的不舒服，但也更加小心地操纵各种仪器，更加小心查清周围的情况。这时海岸电台也传来了新的通知，视线已大大不足 1500 米，可以按规定不走了。长江口外的许多船舶也从超短波无线电话传来他们决定抛锚的方位通知。船长把驾驶室内值班人召集起来商量一下，大家根据潮雾的规律和过去的实践经验，觉得雾现在还不是最浓重的时候，它也不是一两天内就能消散，要等就得浪费不少时间，如果有周密的计划，采取切实可行的措施，是能闯过去的。大家只有一种担心：船长在青岛进出港时已连续 3 夜没睡过觉了，今夜还能支持下去吗？船长笑了笑：没关系，还能支持。他原可以抛锚待晴，安安稳稳睡一觉的，但想到多抢一天运输，可以为国家增产一万元，他宁可以自己多担责任。船继续缓缓地进入长江口，雷达和电话也继续侦察和联络。

长江口的船越来越多了。正是由于看不见，那感觉也就更加锐敏了。我们几乎是在密阵中蜿蜒爬行，一不小心就会撞上。瞎子摸路也比我们轻松，因为他还有根棍子可以探路，遇到绝境也可以退回。在水上，你既无法立刻停止，也不能立刻退回，那船的惯性，会使你控制不住，一撞起来就严重啦，连甲板都会挠起来。轮船互撞的事屡见不鲜，甚至在公海上，还会发生，何况雾天多船的长江口呀！

我们不断遇到抛锚停航的船，一会儿出现在左舷，一会儿出现在右舷，有时候距离很近，几乎是擦肩而过，遇到熟人还可以交谈几句，大多数都张着眼，奇怪我们为什么不停下来。我们心里不免为自己的船长引而骄傲。

长江一点风也没有，这晚上非常暖和，但除了瞭头按职责要站在船头甲板上，其他人都不愿意站在露天，因为雾重，会使你全身湿透，穿雨衣也会里外都湿。

半夜过后，雾越加浓重了，连雷达的荧光屏上的影子也变得有些朦胧。吴淞口快到了，那里的信号台的灯光已不起作用了，只有无线电的呼号不会被雾阻挡。这时我们都紧张起来了，因为吴淞口那长长的防波堤一直伸到江中，堤上的灯当然也看不见了，如果船撞上防波堤，那才叫倒霉啦！船长下令开慢车，几乎变成寸步前进了。左右舷也同时出现几个自动出来监视的船员。当瞭头喊了一声"注意"，防波堤就直冲着船的右舷出来，舵手赶紧把舵轮急遽拨动，船就在距堤两米的地方擦过去了，人人都捏上一把汗，好险呀！

　　平安地过了防波堤，却又出现另一紧急情况，也许是遇上防波堤时舵手拨动过猛的缘故，那油轮舵突然失灵了，船就不受控制地直往港口的船群冲去，全船都慌乱了。可是船长早有准备，立刻下命令起动电舵，船又刚好从停泊在港口的船群旁边擦过去了，那危险的瞬间，连其他船上的人都瞠目而视了！

　　我们就这样战胜了大雾的阻挠，抓住了恰当的时机把船驶进黄浦江，靠了码头，卸了货。待在长江抛锚等晴的船舶进港，我们已让出泊位又起航了。

　　虽然全船一夜没睡，提心吊胆，但为实现四化作了一点贡献，内心感到很幸福……

　　（原载于《榕树文学丛刊》1979 年第 1 辑"散文专辑"，福建人民出版社 1979 年 9 月版）

回忆森林和人

　　1955 年 4 月，我和两个青年作者——胡昭和邢军，徒步进入小兴安岭无边无际的森林体验生活。

　　沿着清澈见底的汤旺河，走过长满白桦林的开阔地，惊异于那些树木的窈窕。那时北国寒冬刚过，白桦树抽出嫩叶纷披在洁白的树杆上，是那样新素明快，多么像千百个少女在绿茵白花的地毯上姗姗轻舞。

　　河两岸，低垂的野李子树花枝拂面，那暗绿丛中洁白的花簇特别媚人。我们有时撑着无人的野渡，在幽暗的崖下湍流逆进，有时踏着滑腻的阔木跟跄过河。走过五光十色的混交林，走过高朗爽亮的清水林。然而，一走进遮天盖日的原始森林，却看见树枝上挂着如丝如索似的树挂，在绿幽幽的空气中徐徐浮动。树皮上淌着晶亮的水流，地面全是腐草和积水的泥沼，一脚踏去像弹簧般颤动。盘根错节的树根裸露在外，好似千百条凶蛇扭缠在一起，怪石嶙峋，时而传来一声声凄婉的鸟叫，如泣如诉。原来人迹不到的地方并不可爱，光明和美都是要人的思想和劳动作用然后才产生的。

　　那时我和胡昭都是第一次到大森林的，而邢军却和森林已有老交情了。他给我们讲过许多美丽奇异的森林故事。当我们钻进密林深处，倒木层层，他就告诉我们手持树枝敲打树干，并要高声谈话。懒惰的熊经常躲在倒树后边睡大觉，如不先把他惊走，说不定一跨倒木正好踩在它身上，那就不得了。于是，他又一连串讲了许多关于熊的故事，把那憨厚聪明的动物性格描写得十分可爱。森林和野兽并不是人类的敌人，而是朋友。在森林里不谈野兽几乎是不可能的，我们经常看到还在冒着热气的兽粪，邢军能据此判断刚走过的是什么野兽。谈得最多的是森林之王——东北虎。他收集过俄国猎虎作家拜阔夫的作品，讲虎的故事很吸引人。

　　森林早晨的空气是蓝色的，蓝的像深水池一样。我们总是在早晨留心听有没有人参鸟的叫声。据说人参鸟是由一对兄弟变成的，他们一起在林中寻找人参，先后饿死在荒谷，灵魂变为两只鸟，相互呼唤——可能是因雌雄鸣声不同而引出这样故事。

　　在林中生活了半个月吧，徒步旅行数百里，和许多森林勘查队员及猎人结下友情，使我们深深体会了祖国大森林的富饶和粗犷的美，我们也给森林里的人们带去了鼓舞和欣慰。分手时，我们的心理充满希望的。无论胡昭或邢军，都单纯而且真诚，对党对人民满腔热情，我盼望他们能把这次森林生活提炼为艺术结晶。果然胡昭写出许多讴歌大森林的诗篇，邢军也发表了描写森林斗争的剧本，归根到底还是毛主席那句名言在指导着他们的艺术实践：生活是艺术的源泉。但是，正当我满怀欣喜地期望他们勤奋向上时，他们的名字却忽然从各种报刊上消失了⋯⋯

　　1979 年春天，我又和胡昭一起在南海上旅游，他已不复是当年的英俊，胖乎乎的已近老年人！而邢军，则是直到最近才知道他的消息，在 20 多年人生磨炼中，他们没有丧失对党对祖国的光明信念，平改后立即像青年时代一样满腔热情地投入大森林的怀抱，不辞艰辛，不计报酬，日日夜夜为祖国的美好未来而写作。这恐怕是一代文学青年灵魂中最珍贵的东西了，我感到很大的欣慰和振奋。

　　记得当年离别森林时，曾为勘查队留下两句小诗，现在怀念森林和人，不禁又想起来了就是：

　　伊春的山，不是普通的山，

　　因为这里的人，是可爱的人⋯⋯

1982 年 2 月 7 日于园坂村

（原载于《伊春》1982 年 3 月总第 2 期）

抗日救亡运动中的暨大附中

1935 年夏天，国民党命令上海各大中学高中一年级的学生到苏州集中军训。几千人住在西园对面的破蔽军营中，教官大都是反共围剿被击溃的军人和部分法西斯分子。他们的愚蠢宣传和残暴统治，使当时泉漳中学所有华侨学生十分厌恶，在军训结束后纷纷转入专收华侨学生的暨南附属中学，我也随去了。

那时候，暨大附中也的确保持浓厚的自由空气。学生不上课都无人干涉，运动场到处都有锻炼身体的华侨青年，课余和假日，宿舍洋溢四弦琴的乐声和歌声。

冬天，北平"一二·九"学生救亡运动的消息传来，上海学生预定在 12 月 20 日响应，不料被反动分子的先发制人的手段破坏了。19 日下午 3 时，暨南大学突然响起紧急的钟声，召集学生到礼堂开会，为首的是篡夺学生会主席位置的温裕和，他是附中永远不会毕业的职业学生，CC 派小头目，经常见他带着一条猎犬到处游逛。被他召集起来的不明真相的学生队伍，下午 5 时才出发。走到交通路口，又传来要去发动大夏大学和交通大学的消息。到大夏大学已经天黑了。到交通大学已是深夜。然后又沿原路折回，说是要到遥远的江湾市政府请愿，一路走的全是荒郊，四周黑夜沉沉。鲁迅先生称之为"向空虚示威，向黑夜呼喊"。天亮后队伍才到达江湾，同济大学闻讯赶来，在黑夜中走了一整夜的疲乏队伍已所剩无几了。响应"一二·九"的运动就这样惨败了！

一个星期天的上午，我在校门口遇见同班的暹罗归侨学生刘振东，他说要带我去见一个人。在郊野小河边的一座民房小屋，一个中年的共产党地下工作人员，向我们讲解了国民党内部派别斗争的形势。下一个星期天，45个学生在一座私人花园里成立了"自动救国队"，大部分是大学生，只有4人是附中学生：刘振东、萧师颖、王孙静和我。

此后我们这个团体，经常参加上海各界联合救国会号召下的一系列行动：占领上海北站，冲租界的铁门，纪念"一·二八"沪淞抗战的大游行。记忆最深的是曹家渡暴动。

那是1936年的春节，我们自动救国会40余人分成5个小队到工人集中的曹家渡去作救亡宣传。我的任务是去贴救国会的铅印传单和《生活》杂志的抗战形势图。突然来了大批的便衣侦探，我看见当纠察队的萧师颖，脖上围着一条围巾，被两个便衣勒得满面通红，刘振东冲上去，一拳就把便衣的眼镜打落，解救了萧师颖。但王孙静却被一群警察拥簇走了。被捕的还有好几个暨大学生。我们剩下来的即带领群众……曹家渡警察局，工人群众收缴了门卫的枪，冲进大门，解救了被捕者，抓到了区长，在区法庭公审区长，又把他押送游街。这个区长平时鱼肉人民，一路都有人冲上来殴打，甚至有用砖头砸他的头部。游行到和租界交界的地方，开来了一部工部局的警车，下来了一群英国巡捕，把区长抢走。警车开走，有两个英国巡捕来不及上车，刘振东率领少数人一路追打。这时群众已渐散走，有几个工人劝我们快撤，并一直带我们走小路到大夏大学隐蔽。天快黑才回暨南大学。

1936 年 3 月的一个晚上，刘振东又带萧师颖、王孙静和我，到暨南大学后面的职工宿舍开会，会上决定联合黄埔派和一些中间分子，惩办破坏救亡运动的 CC 派头目温裕和，深夜即开始行动。以刘振东为首的 5 个人，砸破温裕和房门，由于行动缓慢，温裕和开了猎枪，伤了一个人的左肩，失败了。参加这行动的十几个人离开学校，先是向上海社会局的 CC 派头子吴开先控告，以后又由刘振东出面上法庭控告当时的暨南大学校长何炳松（据说也是 CC 派）袒护温裕和。温见势不对离开学校，我们乘机回学校，改选学生会，会上决议驱逐温裕和，分配我的任务是雇一辆面包车，载着温裕和的行李抛在铁道边的水沟里。但到暑假，学生都散了，何炳松贴出布告，开除暨南大学学生 16 名，附中只一名是刘振东。他们当下都转到北平上学。这时上海救国会的七君子也被捕入狱了。

1936 年秋天，救国会已经不能合法存在了，我们改变了组织形式，在大学成立"世界语学会"，在附中成立"文学研究会"，后者总务翁绍英，研究许雄，出版是我，主要是编辑《激流》壁报，还请过大学的文学院长郑振铎举行一次讲座。不久，翁绍英被暗探捕去，关在龙华警备司令部的监牢，我还敢带几本文学书去看望他，这时，我们只能少数几个人在星期日到野外讨论时事，或把《八一宣言》暗地里夹在阅览室的杂志中，或传看载有红军大学招生消息的《红旗》油印小报。

　　1936 年冬天西安事变，暨南大学和附中的 CC 派和黄埔派联合在学校游行示威，我们大多数人只好都隐蔽起来了。只有许雄在编暨大学报，还敢把文学研究会办的《激流》壁报上的一些救亡运动特写通讯转载上去。

1982 年 4 月 20 日，福建

（收入《暨南校史资料选辑》第二辑）

闽 南 春 饼

古书记载，东汉时中原一带，上自王公贵族，下至庶民百姓，在立春时节，都有吃春饼的习俗。那时是用薄饼包上刚长出来的新鲜蔬菜，以庆祝春天的到来。

这种吃法，逐步演变，到现在，有两种方式。在北方，是用薄烙饼，放上豆芽、菠菜、摊鸡蛋、酱牛肉片，包成一卷，任何时候都可以备办。在南方，是用平锅摊出来的薄饼，包以豆芽、肉丝或胡萝卜丝，放在油锅里炸，成为炸春卷，是随便什么时候都可以买到的一种小吃。

闽南地区的春饼，最主要也是最有特色的作料，是一种别的地方所没有的海苔。海苔产在近海静水中，深绿色，长一米左右，捞起晒干后，在冬天市场上出售。再就是海蛎子（也叫蚝）和海螃蟹（梭子蟹），这两种海产到立春时节最为肥美。

专为包春饼用的那种薄饼，也只有福建的中、南部和广东北部才看得到。它是精面粉掺上少许盐水，和成极富有弹性的面团，用五指抓住它不断地挠动，以快动作在烧柴火的平锅上轻按成圆形，即出现一张纸一般的薄饼，春节和清明节才有出售。

立春后的闽南地区，家家户户都摆上春饼席，内容大抵分两大类。第一类是蔬菜，有胡萝卜丝，折去头尾的竹笋，豆腐干丝，切成细条的冬笋和荷兰豆，有时用椰花菜，还有一至两寸的生芫荽（香菜）和青蒜白细条。第二类是荤菜，有猪肉丝、虾仁、海蛎子、鸭蛋，切成条状，海螃蟹肉和膏黄，切成碎块的鱼丸，有条件的还备有剥皮去骨在油温中炸黄的鳊鱼干碎末。在这两大类之外还有两种必不可少的调料，一是晾干去尘的海苔末，经油烤干，拌以炸酥的细米粉条；二是炒熟的花生米，碾成粉状，拌上白糖。把这些荤素按次序堆在摊开的薄饼中间，有吃辣椒习惯的，再在饼边抹上芥末和辣椒酱，然后卷成直径一寸半至两寸，长达半尺至八九寸（两张薄饼相接）的春饼，食量大的最多也只能吃四卷，就已经是挺肚鼓腹了！

我从小就喜欢闽南家乡的春饼，总盼望春天的到来，以便能再饱尝这罕见的佳肴。

（原载于《泉州晚报》1984 年 2 月 24 日）

我和朋友们奔赴延安

　　"七七"卢沟桥事变发生时，我正在福建家乡度暑假，尚不觉得事态严重。"八一三"淞沪抗战的炮声传来，我就坐不住了，想到上海去参加抗战。但那时，福建和上海的交通只靠海运，而且一定得坐外国船。上海正炮火连天，那些外轮停航，所以就再无其他办法。这时，父亲带上大弟，也不告诉一声，悄悄到了香港，然后从那里发来电报，叫我带上祖母、母亲和3个幼小弟妹，全家到印尼。我一个18岁中学毕业生，又是老大，觉得有责任完成这个义务，就在这年秋末回到阔别8年的泗水。

　　父亲又立刻进行下一步骤，每月的月终，都带我到各分店盘点结账。可是我也暗地里进行自己的步骤，联络后来改为施铁的堂弟，托人去办回国的护照。所托的人是父亲的好友吴志满，大革命时代，是国民党的左派，革命失败后从商，一向热心抵制日货和募捐救国。不久，他便给我们办妥了。施铁带我到他开的米行的楼上去道谢，只见一个清瘦的中年人，一点也不像做生意的，倒像个教书匠，对祖国政治局势了解得很清楚，座上侃侃而谈，把一切希望寄托在抗日上。我们大家相约，谁也不能把秘密泄露出去。可施铁已结婚，憋不住告诉了妻子，妻子一声张，他的护照被伯父扣留了。我的秘密无法保住，只好谈判，假称途经新加坡、缅甸，前往昆明的云南大学升学。1938年1月，雨后的下午，在一片不愉快中，独自上了开往新加坡的轮船。半年后，施铁也逃往新加坡，1939年夏，我和他在延安会面了。

船到新加坡，我住到胡文虎办的星期义务学校的穷教员刘文光那里。他是广东人，暨南大学学生救国会的同志，共产党员。经他的手，我在新加坡买到了一本斯诺的《西行漫记》，在新加坡到仰光坐火车到缅甸的中部曼德勒，去找从泉州培元小学起，一直到暨大附中都是同班同学的王孙静。他住在乡下，木板屋的后院大树上跳动着许多松鼠。那时正值旱季，中午的太阳把屋子里的皮箱都烤卷了。他家庭开杂货小铺，生意清淡，跟我一说就合。几天后，他的小箱子放在我的大箱子里，伪称送我到仰光上船，就这样偷偷地走了！

啊！那充满浪漫主义的年纪，天涯如同咫尺。王孙静发信给吉隆坡的女友陈丽莉，叫她到新加坡等我们。她又带上女伴陈日梅。4个人坐在从新加坡到香港的船上，眼看飞鱼在海面穿梭，阳光照透油腻的云，想到不久就要置身战场，感到从来没有过的自由、愉快。于是我们把示威游行时唱过的救亡歌曲，唱了一个又一个，甲板上日夜都有歌声。因为唱歌，认识了同船的几个也要到延安的梅县籍青年男女。不多的交谈后，就满口答应我们，到延安的介绍信包在他们身上（后来果然给我们一封广州八路军办事处写的入陕北公学的介绍信）。

香港上岸后，很快就遇见暨南同学，也很快就遇见暨大附中学生救国会的带头人刘振东。他是我们几个好朋友中的老大哥，一个神秘的人物。据说他父亲是泰国深山里的猎人，上学费用完全靠朋友帮助；在集美中学，他就因带头闹风潮被开除；在"一二·九"救亡运动中，他竟然上法庭控告暨南大学校长、CC分子何炳松，又被开除，上北平去了。想不到也会在香港遇到他。他听说我们要到延安。二话不说，也带上后来改名为圣罗拔的香港女友参加进来了。

到汉口，我们找了交通路一个巷子里的小旅馆住下。6个人租一间小房，3个女的睡床上，3个男的睡地板，自己动手做饭吃。汉口的蚊子出奇的多，睡地板当然没有蚊帐，用衬衣盖脸，只留鼻孔呼吸，第二天早上还是满脸斑点。本来我们可以立刻北上，可是陈丽莉一定要等她的弟弟，这弟弟又是陈日梅的男朋友，不能不等。可这个弟弟是富家子弟，可能是因为女友的缘故要追来，又迟迟未动身。刘振东等得不耐烦，也实在是袋里所剩无几，就带着他的女友圣罗拔持广州开的陕北公学的介绍信先走了。

我也觉得有点孤立了。听说上海逃出来的同学大都在南昌，我又只身去南昌，坐船、坐火车都不买票，与查票员捉迷藏。抗战初的流亡学生都这样干。在南昌近郊，找到了另一个救国会的患难与共的、后来改名为肖枫的同学。他在蒋经国的服务大队教士兵唱歌，正不甘心，也是一说即合。那时暨南流亡学生在南昌八路军办事处有认识的人，又替我们开了由张鼎丞署名，介绍到抗日军政大学的信。

肖枫和我一到汉口，王孙静只好跟我们走了，把两个女的丢下（不久她们也到了延安），又是坐没票的火车，3个人不是睡行李架就是睡椅子下。找到西安七贤庄八路军办事处，坐运货汽车到洛川。从洛川到延安还须步行3日，对不起，只好靠双脚了！

在汉口时，我们就在旧货店买了法国安南（越南）兵的三角形背囊，一人一个，只带条毯子和几件内衣裤，完全是长途行军或流浪汉的架势。途中吃的是一种当地叫"锅盔"的大饼和水，那锅盔半寸多厚，又硬又香。晚上就宿鸡毛店。也不知怎样，竟能走过那些不是公路，也非大道的高原田野，时而下深沟，时而上平地，时而越过无路的荒山坡，逢人便问路，也无人干涉。好在那时是5月，如果再过一两个月，国民党就沿途抓人了。3个人中，两个是运动健将，只有我满脸稚气，在香港谁都不相信我会到延安。3天步行就把我考验住了，第二天洗脚的时候发现脚肿得老粗，第三天就一步一咬牙，背囊由他俩轮流背，我手拿树枝当枴棍了。直到二十里铺，延安就在前面，这才忘记痛苦，一如常人了。

看到延安宝塔，夕阳正将落未落，山头上就传来抗日歌声。这是当时延安生活中的一大特色：歌声日夜不息。黄昏中踏上延安城的街道，觉得充满光辉，好像童话中的景物：那低低的屋檐，板壁的门面，石铺的路，都是从未见过，却又非常亲切。住进招呼所（破旧的民房），吃第一口小米饭，也特别的香。那时候，我们口袋里已经没剩多少零钱了，以为共产党统治的地方一定不用钱，哪里知道，也有饭馆，也有食担，都收边币（用新华书店名义印的小票，幸而很快每人每月发边币6角，可以买玉米糖、花生和红枣）。编队是民主选举队长。第一个晚上，小组讨论《反对自由主义》这篇文章，心里一惊："怎么，自由是坏的吗？"实在是毫无思想准备。那个时候，我以为战争最多两年，把日本鬼子赶跑，就可再上大学，根本料想不到抗日斗争的长期和艰苦。

　　那时候，变化真多呀，没有一个月长住一个地方不变动的！很快，我们4个最要好的朋友分道扬镳了，并且每个人都有各自奇特的命运。肖枫又回上海升大学，并在那里做党的地下工作，太平洋战争爆发后，撤到新四军，全国解放后当过厦门市委书记。王孙静和他的爱人陈丽莉，到武汉国民党卫戍司令部的服务大队工作，长沙大火后撤往重庆，在新华书店工作，不久又回缅甸，全国解放后在侨务部门工作。刘振东入延安日文学校，毕业后到晋察冀军区做敌军工作，在雁门关以北的高山上露宿，得了很严重的关节炎，1942年他在阜平温泉治病时，我们最后会见一次，再无当年校足球队中锋的雄姿，而是又瘦又枯的佝偻人！1943年秋冬，为期3个月的最艰苦的反"扫荡"，组织上把他"坚壁"在高山荒屋中，病重失医，就这样无声无息地死了。我是到第二年春天才听说，到处去打听，谁也不知道他埋在哪里，也许当时就没有棺木，没有坟墓……而我，曾短期在河南确山新四军第四支队做宣教工作。那年夏天，豫西平原大雨连绵，疟疾流行，我也第一次得这样的病，发烧到人事不省。武汉危急，部队要上大别山，把我当作病号送延安再学习。我进入鲁迅艺术学院文学系学习了8个月。1937年7月，延安各大学抽调3000人，组成一支挺进敌后的干部队伍，由罗瑞卿带队。我参加了以成仿吾为首的联合大学，从延安向东进发。

　　由于日军和阎锡山的阻扰，队伍一再改路绕远，从延安到河北的阜平，竟走了3000里，历时3个月。路上最大的问题是吃不饱，定量的粮食不够做干饭，只好吃稀饭，撑着肚子鼓鼓的，可一会儿就饿得四肢无力。走路时，一百个有九十九个都想：胜利后进城市，立刻痛痛快快吃一顿红烧肉。再就是经常有人掉队，好像红军长征那样，每连每排后面都有收容队，如果掉队掉得太远，就有可能被顽固派收拾去。过日军驻守的同蒲路封锁线之前，休息了好一阵，养精蓄锐，做好一切准备。10 月的一天下午 3 时，突然得到命令：急行军。距铁路好几里就跑步。那一天正好是中秋节，明月如昼。3000 人的脚步扬起的灰尘遮天蔽月，声如雷动。女同志都由两个男同学搀着跑，跑不动了就眼泪潸潸落。一路抛下无数的棉被和衣服，黎明上了覆舟山才停步，口渴得连腌菜的黑盐水都喝光了。接着就登上连绵不绝的中条山，从清早一直走到黑夜，一座又一座，好像永远走不完；然后在清冷月色中突然下山，无穷无尽地下，下得腿都软了，几步就一趔趄。在大卵石的山沟里，我把布鞋底都走脱了，赤着脚蹚过滹沱河发源地的无数冰冷水流。那水是从山洞里喷出来的，冷得彻骨。饥饿和寒冷轮流夺去了一些人的生命，到根据地的时候，已经下大雪了，而我们还穿着单衣。身上和头上长满了虱子。女同志的脸都变形了！到阜平才分配好驻地。正打算上课，日军又举行冬季"扫荡"，于是又背上全部家当在雪地行军。到 1940 年春天，才终于安定下来，开始在华北联合大学文艺学院文学系教书。那时我 22 岁。从此走上了教学和写作这条路。

（收入《峥嵘岁月——华侨青年回国参加抗战纪实》，中国文史出版社 1988 年 1 月出版）

何朝宗和他的瓷塑观音

60 年代在泉州开元寺藏经阁，第一次看到何朝宗的瓷塑观音，惊奇于他的艺术的精致，当下想到：这已不是宗教的偶像，而是艺术家心目中的美神！

那是座披坐观音，带着非人间的柔静，却又充满现世的哀愁。那紧贴肌肤的帔衣，褶皱纹线既有装饰意味，又有写实技巧，透露出少女的青青气息和生命的跃动，在敬神的虔诚中加入人间的情思，是宗教艺术和现实生活女性的混合体。尤其是脸部忧思的表情，显露出一种端庄、娴静而凝重，柔媚而单纯，优雅而高贵，丰富的情感蕴涵，足够使人一见倾倒！

对这历史罕见的瓷塑大师，敬仰之外我全心爱他。

这一回我有机会到他家乡德化，首先就热切地要追寻他的踪迹。明清两代，艺术家地位卑下，县志竟未提他一笔。家谱也只写到他先祖由江西入闽在军任职。奉命屯垦德化后所，子孙习文，此外杳然无闻。从民间传说去追索吧，只知道他幼年随父到当年兴盛的各寺院修塑佛像，可能有个时期是到处流浪的艺人。他的故乡后所，当时也有瓷窑，后来他就专业瓷塑。

传说他每有作品，就放在窗台上听过路人评论，不满意就砸碎，留下的都是精品。幸而中国有印章艺术，在他得意的作品后面，深深印铭他的私章，才把他的名字传下来。现在世界各大博物馆，都珍藏他的名作。

本来佛像是抽象的，所以动人必有艺术家的移情作用在内，一定是从感情经历中获得灵感，是心灵深处隐秘的歌；那么这情从何来？模特儿是谁？文献和传说也都渺无消息！

从希腊雕像到印度石刻，再到敦煌彩塑，再到德化观音，这一艺术流程，又经 800 年的炉火，传递何朝宗的创造精神，结合崇山峻岭的文化气质，影响到景德镇，形成为何朝宗的流派，借助本地瓷质洁白如玉，细腻地表现女性的雍容华贵，被誉为东方艺术的明珠。

有形形式式的观音，正如有形形式式的维纳斯。有渡海观音、盘膝观音等 72 种，大多数是不露手的。有人说是何朝宗愤慨于妇女受压抑，所以不露手。又有人说是考虑到远销外洋包装运输不受损，所以不露手。可不可以设想：米罗的维纳斯，正因为她断臂，把欣赏的目光集中到微斜微曲的躯体，才更动人；观音不露手，把注意力吸引到脸部和形体，超脱了客观的有限，给想象以余地，艺术才高人一等？

观音——美丽的女性，象征和平、博爱、慈悲、善良，还隐藏着爱和不自觉的人性观。明代，相当于西欧文艺复兴时期，有人类性升华明显标志。瓷器的光滑清冷，蕴含着追求官能美的倾向，有秀雅、温柔和爱的魔力。突破固有的神性观念，渗进更多的世俗精神，表现女性的神秘和燃烧的生命火焰，把人提高到一个美妙的境界：神性中包含着人性，人性中包含着神

性，神性和人性并存，在观音中达到理想的平衡。何朝宗满怀
理想，也许生活中不能达到，只留下深沉的慨叹和美好的憧憬！

　　诗曰：

　　　　神话里的玉石冰雪

　　　　使心燃烧的形体

　　　　如歌的眼神

　　　　因为认识太多苦难

　　　　所以脚踏翻腾的海

　　　　用天长地久的无边慈悲

　　　　笼盖尘世的梦

1989 年 1 月 7 日

（原载于《散文世界》1989 年 7 月号）

邵武沧浪阁

中国第一个主张纯诗的人，是唐代的司空图。他写了一本《诗品》，集理论、欣赏、批评与 24 篇四言诗中，对后来的诗歌创作产生过颇大的影响，郭沫若就曾说过，他的诗歌理论来自《诗品》。司空图是山西人，晚年隐居中条山。

中国第二个主张纯诗的人，是南宋的严羽。他是福建邵武人，生在动乱离散的宋、元之间，年轻时候从军抵抗蒙古兵，在战场中挥戈浴血，却受当时昏庸政治的迫害，拂袖返归故乡，垂钓礁石上，啸吟烟波里，著书立说在风雨夜。他主要著作《沧浪诗话》，是中国诗论发展史第一个区别诗与非诗的人，提出"妙语""不落言鉴""别材别趣"等独到见解，针对当时流行的江西诗派，他们大都从前人的典籍中袭取题材，陈陈相因，既无个性，又缺乏现实意义；尤其是模仿李商隐诗作的所谓"西昆体"，坠入毫无生气的形式主义泥潭中，把诗的写作单纯作为个人文字游戏和消闲工具。

严羽的《沧浪诗话》，对明、清两代的诗歌理论具有很大的影响。为了纪念他的功绩，后人在邵武的富屯溪边礁石上垒起台阁，并以他的书名为阁名。现在的沧浪阁，耸立在江滨的壮丽的熙春公园中，上接青云，下临清溪，远望苍山，近看城市，是邵武最有特色的风景之一。想念这个千秋大雅的雄手，福建人文的骄傲，虽然生在不幸的年代，未能充分展露他的雄心，但他不依他人的篱壁，笃信自己的认识，真知灼见横天为虹，却又停留在朦胧的岸边，照亮诗坛 700 年，也寂寞了 700 年，仿佛是一颗遥远的星，以微光对永恒的暗夜反叛，至今犹使人念念不忘他的教导：为了诗的纯洁，要经常进行两条路线的斗争：既要反对空洞的说教，也要反对摹仿抄袭的形式主义，于我国今天的诗歌现实，仍有深刻的意义。

（原载于《厦门晚报》1994 年 10 月 20 日）

玲　园　记[*]

　　凌霄紫帽山，鲤南名胜地。外祖母为百龄后长眠山麓，仁爱慈心得其所！

　　黄玲娟1895年中秋月圆时诞生。16岁嫁紫帽园坂蔡氏，19岁守寡，子赴南洋经商，女出阁林家，侍奉长辈贞孝双全，尊亲睦邻，有口皆碑。七旬高龄患中风，昏迷七天七夜又苏醒，人都奇称谓心善德高之报。此后依然精神焕发，乐善好施一如往昔。

　　外祖母视子孙个个是宝，对我更爱护备至。自我赴港，犹念念不忘园坂是我幼时乐园，所以千里迢迢时来探望。去岁中秋百龄大寿，人皆称是德高而寿高。今春只偶感风寒，四月初一便仙逝。出殡日送葬凡八百之众。

　　谨立碑志慈恩永存，愿秀峰紫云长伴外祖母！愿仁爱遍布绿水青山！

外孙女林若梅　立

1995年5月

---

　　* 此文为蔡其矫代撰的碑文。

紫帽山旧梦

　　1977 年，我从流放地永安迁回园坂，泉州城内的一些艺术文学的热心人纷纷来园坂集会，唱歌、跳舞、高谈阔论。其中有一个地区外贸冷冻厂的技术员吴明达，很欣赏园坂的地理形势。80 年代他成为该厂的厂长，深感官办事业的不尽人意，决然出厂办独资，首先就想到园坂是建厂的好地方，带了华东著名的气功师来考察。一进入园坂的石板斜坡路，气功师就感觉到这里有强大的气场，建议在该处建厂。只是紫帽山农场副书记，要以土地入股搞合营，吴明达不愿受制于人，改到泉州南路入口的华洲设厂，那里有个最大的水产交易市场。但他依然幻想将来事业有成，再来园坂北路进村的坡地办个气功学校，这使我开始注意园坂的自然气象的优势。

　　古人必定已有这种感觉，所以这一带的地名都冠以"紫"字：紫帽山、紫湖、紫坂（即园坂）。紫气东来是习俗的吉祥语，紫气即是瑞气。所以道家、佛家、游仙家、地舆家，都先后在这里修行立景，营造名人墓地。

　　童年我在这里住过，记忆中的家乡与现在大不相同。老屋后面叫"后壁沟"，遍地青苔和羊齿草，龙眼树林遮天蔽日，有一棵巨大无比远看如坐狮的大榕树（大炼钢铁被砍作炼钢烧柴，众人跪求也不放过），上面居住花蛇。旁边还有些小池，是乡人挂死猫的幽僻之处。老屋左前方是一条长流溪水，大雨时常漫过护厝砖庭。村北最高处的猫公石，上面长着一棵榕树（后来不见了）如苍鹰展翼，村南常作集市场的尾透也有一棵大榕树（被日本飞机炸掉）。村北边还有一片荔枝林，北望龙首岭南坡又大种桃树、杨梅、番石榴，真是个绿树掩映的世外桃源。

少年时候我又有两年的寒暑假在这里度过。春节时曾随车鼓队上紫帽山，一路敲打，一路欢叫！登山前的小憩，即在现时的紫湖水库和紫帽中学之间，从前叫"寮内"，纯一色是巨大的荔枝林，浓荫下不见天日，那里的溪水没照过阳光冷冽无比，据说该村居民因此都脸黄肌瘦（其实是由于贫苦）。再上去，就有瀑布，有深池。半山腰的金粟洞四周，古木参天，下有茶园。山顶的凌霄塔，南望就是泉州湾。在古时，寺庙都是人民文化娱乐的场所，所以戏曲中的恋爱故事，大都在这种地方发生。金粟洞最初是道教，后来演变成佛堂，必定也是乡中青少年萌爱定情的地方，因为大自然和人心，有一条看不见的灵犀小线相流通，在自然美景面前，人首先想到的必是爱。登山车鼓队的助兴对象，就是那些髻环鲜花的拜佛妇女。

可是到了"文革"期中，我又几次带领泉州的文学青年登紫帽山，虽然也时有欢歌，却大多数是伤心沉默：路边的幼松全染虫灾，新叶都被吃光，虽也时见山杜鹃和金樱子点缀山坡岩石，可是没有巨树浓荫，日晒雨淋都无处寻找遮蔽。"文革"后，调来一个双阳农场的归侨当紫帽山农场的第三把手，他在半坡大种剑麻，可他一走，不是挖去就是枯死。有谁肯来关心紫帽山？有一年夏天，我带舒婷一路无风景地直上"文革"被毁掉的凌霄塔旁，张开花伞挡住骄阳，打开三用机，尝够了荒凉与寂寞！

回头再来说说园坂最佳风景仙洞桥。从前源自紫帽山东脉龙首岭的最末端大纹和二纹的山溪，流过洞桥下的大片岩石，是村中少妇少女最喜爱的地方，她们在那里浣衣笑语喧天，使过路人都不免要驻脚稍停。后来，也不问问是否合理，到处兴修水库蓄洪，仙洞桥也筑起堤坝断流，少年时代与好友苏贮、蔡其繁在那里下游玩水的深溪消失了，仙洞桥被作为堤坝基础，浣衣在死水边，哪有流水的韵味！先祖蔡赓臣教导下的先父蔡钟泗热心公益，在堤坝上遍植夹竹桃，到现在只剩一棵在相思树丛内勉强生存下来，因不见阳光也很少开花。"文革"期中曾在县文化馆任职的曾阅流落江湖，到永安看我，托他找了二三十株刺桐树和攀枝花种在水库①北岸，也都被缺柴的少年拔去当柴烧了。

仙洞桥在历史上所以享有盛名，是因为当时南安县的土糖，背运到泉州港出口，要途经龙首岭的石板路，下山过园坂仙洞桥，所谓交通要路，必有歇脚的好风景。开辟公路后，这山路就少了人迹，石板路也中断许多段了。但到三四十年代，地下革命活动避开公路，重用旧路，越过笋江，宿后寮宫，再走园坂仙洞桥翻龙首岭入南安和安溪，这正是司马文森的小说《风

---

① 水库在"大跃进"中建成后没有几年，那些引水灌溉的沟渠已被废弃或拆毁，水库被人承包养鱼，已形同虚设。

雨桐江》所写地下活动的路线。我初中同班同学司马文森（曾任我国驻印尼大使文化参赞和驻法国文化参赞，"文革"中被斗身亡），1934年他在园坂小学教了半年书，兼做地下工作，小说中的学校和蔡家村，正是以这为背景。那年寒假我带他到上海专业创作，接他教席的是现在泉州慈善界名人伍泽旭，也是我同班同学，据说那时的校役乡人苏贮，也参加地下活动，可惜他在抗战时就早逝了！

紫帽镇退休下来的我乡人蔡联泽，计划恢复仙洞桥，把水库的堤坝往上游移，留一泄洪口造成瀑布，泻向恢复的仙洞桥下，可惜这要经上级批准，目前还难做到。我先自用工资节余两万余元，在水库下修筑两个水池，上池架石板桥作洗衣场，下池从福州购来各色睡莲，形成新的风景。我香港的弟妹也寄来两万多元赞助，广种梅花、桂花、刺桐、木棉、杜鹃、柳树、碧桃、樱桃、美洲杉、洋紫荆等，并修路架桥，造亭设景。

晚年余力，为实现旧梦再生，配合全国大趋势，当非新梦吧？

1998—2001 年

（收入《蔡其矫诗歌回廊·南曲》，海峡文艺出版社 2002 年9 月版）

我 的 童 年

　　童年决定了人一生的气质、爱好、心灵发展方向以及艺术观赏的穿透力。

　　我的乡土是多么寂寞：带忧伤的红砖屋，寄生着花蛇的如盖的大榕树，龙眼林中遍地的青苔蕨草以及静静飞舞的金龟子。我童年的玩具就是老屋后面的潮湿的泥沙和昆虫，带着两支有节的长须的天牛，有小黑圆点的灿烂的花姑娘，还有，叫声响亮的蝉。亲自抚养我的老祖母，爱花如命，她培育的兰花和蔷薇，年年都花开如云似锦，把不大的天井点缀得生意融融。我的小姑姑背着我在花前和庭外，把大自然的情趣灌输到我心的深处。几个堂姐和邻居小女，在夏夜星空下的宽大藤床或坐或卧，讲一些使我想入非非的月娘和神祇对人类生活的干预。这时，蝙蝠从墙缝飞出飞入，农家烧肥土的烟味缭绕不绝，似乎还听到露水滴落阶前的轻响。

　　6岁进书塾启蒙，朗读《三字经》时摇头晃脑，那种对音韵的感染不知不觉中浸入灵魂，不明意义只单对声响也能觉得兴味无穷，接着是念《千家诗》，更是让我入迷一样的时时暗诵，诵时有轻有重，虽然我到现在还分辨不清平仄，可是内心的听觉已懂得顺不顺口。书塾的第二年就作对子：天对地，日对月。中国教育的传统做法是从诗开始，而诗的基本手法是对比。这从世界观的培养来说，是很有道理的。世界是由矛盾对立组成的，没有矛盾就没有世界；没有黑暗不见光明，而没有光明也看不出黑暗。那时候对诗的思想内容是无知的，但对语言形式已经先入为主了。这是旧式教育并不是毫不可取的地方：记忆的力量是无穷的，习惯成自然，认识的过程是感觉先于理解。

8 岁那年，北伐军进入闽南。那时候人们并不知道革命与反革命，只知道南兵北兵，一样地骚扰人们的和平生活。为了逃避战乱，我随全家迁往印度尼西亚泗水，第一次经受半个月的海的颠簸，大人们都晕船呕吐，唯独我行动自如，也是因为无知而不受别人的影响。我只对电灯、烟囱、甲板、码头感觉兴趣。百看不厌的尤其是白浪、飞鱼、航标和旗帜这些我从未见过的新事物。到了目的地上岸，那连绵不断的路灯（点煤气）和马车得得的蹄声，至今还在我眼前和耳边闪烁响动。

荷兰殖民地的生活并不使我快乐。每天黑夜未尽我就要坐半小时火车到市中心上学，读文言文之外还要读英语，写文言作文外还要演习算术，哪有我读千家诗的劲头！上体育课是打"八段锦"（拳术），孔子诞辰要列队吹箫游行，整整 3 年就在这种半旧半新、非中非西的学业中郁郁不欢，外加土著学生的欺侮和对白种人的自感不如，在童心中渗进了惊恐和怨恨，以及不愿在这些陌生势力面前屈服的自尊心的伤痛。

我早逝的祖父是未能中举的秀才。受他影响，我父亲 16 岁就能写一手漂亮的毛笔字，能做相当不错的律诗。他看到我学期考试不是第二名就是第三名（第一名总是一个女学生叫白琼花的获得），不想让我继承他卖一分钱一杯咖啡的小店，11岁那年，叫我独自一人渡海回祖国来，在英国牧师主办的教会学校开始我孤立无助、满身疥疮的寄宿生活。政治风浪一个接一个地向我袭来：济南三卅惨案，"九一八"事变，"一·二八"淞沪抗战，把我卷入中国少年必然身受的无数痛苦，结束我半是快乐半是忧伤的童年。现在回想起来，童年印象最深的除了老祖母、小姑姑、堂姐们外，就是高小国文教师许志杰先生。他在"一·二八"抗战时上课，让我们背诵他自作声泪俱下的绝句，只记得两句是"试向黄埔江上望，满江烽火尽敌舸"。他晚年听说我也写诗，向人表示他感到骄傲。待我知道后想至看望他，他已经故去了！

　　　　　　　　　　1999年4月11日，福州凤凰池

（收入《蔡其矫诗歌回廊·南曲》，海峡文艺出版社2002年9月出版）

诗歌的幻美之旅

——蔡其矫访谈录

时间：2000 年 12 月 28 日上午 9：00

地点：北京人民美术出版社蔡其矫寓所

磨砺生命的幻美诗旅

记者阎延文（以下简为△）：半个多世纪以来，您的诗歌之旅形成现代诗史的一部传奇、一道彩虹。诗歌的神秘和美丽在您笔下似乎特别光彩，是什么力量促使您走上诗歌道路的？

蔡其矫（以下简为■）：我从未想过自己要做诗人，是客观环境把我推上了诗坛。我出生在福建。自幼在印尼长大，中学时代到上海求学，很快投入到学生运动中。1935 年"一二·九"运动后不久，上海学生立即作出响应，发起了著名的"一二·二〇"运动。我当时在专收华侨的暨南大学附中读书。华侨有爱国传统，非常痛恨日本，我积极参加这次抗日救亡活动，不久又随学生队到当时上海工人聚居区曹家渡发动群众。救亡活动遭到 CC 派特务学生破坏，他们在恐怖的空气中到处打人、抓人。暨南学生就在 1936 年 1 月成立了自动救国会，其后又改称"学生救国会"。我是活跃分子，占领火车站，到南京请愿，事事都冲在前头，要求国民党政府打日本。"七君子事件"后，为保存力量，学生组织改称"文学研究会"，我负责搞墙报。就从那时起，我对文学产生了兴趣。

　　△：这种兴趣是否激发了您最初的诗歌创作呢？

　　■：还没有，因为不久以后抗日战争就爆发了。"七七"事变时，我刚好中学毕业，一心只想打日本。在迎接时代风暴前，我回到福建会见了从印尼返回的全家亲人，心中也有告别的意思。此时回上海的路已经不通，我只得安顿全家老小回到印尼，几个月后再从印尼取得中国护照。1938 年 1 月经新加坡、仰光、香港、汉口、南昌，集合最要好的一批救亡朋友，同年 5 月历尽艰难到达延安。当时归国抗日的华侨非常多，在延安就有很多华侨青年。到七八月间，延安成立海外工作团，因为我是华侨，很快被选中了。当时的任务，主要是到海外进行抗日宣传和募捐。我们离开延安，1938 年 8 月到达汉口八路军办事处。由于任务发生变化，海外工作团被解散。组织分配我搞秘密工作，我不愿意，总想真刀真枪和日本鬼子干。于是被分到河南确山，加入新四军第四支队。武汉失守后，局势发生变化，我又从新四军被派回延安。所以，我是两进延安。

　　△：那时您认为自己未来的生命轨迹应该是怎样的呢？想到过要做诗人吗？

　　■：（笑）当时根本没想过做诗人，只想早点打败日本，然后再去求学。我走上诗坛，完全是由于时代促发和环境因素。

281

第二次回到延安后，我考进鲁艺文学系。1939 年春节下乡写了不少散文，并在群众文学团体路社负责研究部。毕业后，我留校当了鲁艺教务处干部。1939 年 7 月，延安被国民党严重封锁，一批干部学生深入敌后，进行艰辛的三千里大行军，历经 3 个月到达晋察冀边区。出发时我们鲁艺干部同学有一百多人，到目的地时却只剩了一半。刚到驻地，部队就受到日军突袭。我们冒着大雪在深山行军，条件艰险已极。我这人是乐天派，在行军间隙还写了散文《过曼山》。1940 年 1 月，我进入华北联大当文学系教员，主讲"作家与作品研究课"。当时解放区的文学课很开放，大量讲授外国优秀作家的作品。为了完成教学任务，我开始系统研究外国文学尤其是诗歌作品，逐步走进了西方诗歌的殿堂。40 年代初期，最早的诗歌影响来自普希金和雨果。在战斗和教学的间隙，我写下纪事诗《百团大战》《狼牙山》和风俗诗《白马》。那个时代戎马倥偬，驻地经常转移，这些诗都没能留下存稿。1941 年，我读到延安转来的何其芳诗作《泥水匠的故事》，深受感染。这一年是艰苦倍尝的反扫荡，我带领华北联大文艺学院的病号队到山沟里流转，在敌机和枪炮的轰鸣中写了诗歌《过年》《乡土》和《哀葬》。这年冬天，晋察冀边区文协举办文艺评奖，征集书写民族气节的作品。我把《乡土》和《哀葬》寄去，结果竟分别获得了鲁迅奖的诗歌第一名和第二名。从此，我开始对诗歌情有独钟。1942 年，从苏联归来的沙可夫同志是华北联大文艺学院院长，我从他那里借到苏联外文出版社出版的英文版惠特曼《草叶集》，一下子找到了适合自己的诗歌形式。不久同乡诗人鲁藜到学校来讲战斗故事，我觉得其中一个真实的故事特别动人，就根据故事写下第一首惠特曼体的自由诗《肉搏》。这首诗最初发表于油印刊物《诗建设》，新中国成立后的1953年才在《解放军文艺》发表，成为我印证诗风转折的代表作品。1943年，我被下放到涞源县当通讯干事，在秋季反扫荡中几次经历了死亡威胁，藏在山坡小庙座下的《草叶集》也不翼而飞。就是在这样的环境下，我写了通讯特写《李成山》和《走马驿》。抗战胜利后，华北联大搬到张家口，我重执教鞭，又担任了文学系教员。1948年，我因外文基础好，奉调到位于平山的中共中央社会部工作。三大战役后担任一室一科军政组长，翻译外文报纸，编写接受大城市的资料。新中国成立初，我到中央人民政府情报总署任东南亚科长，为出国大使编写东南亚各国情况。那几年以全部精力和情感迎接新中国的诞生，诗歌创作相对沉寂下来。进入和平时期，我加倍向往诗歌之神的光临。1952年秋，我主动要求到丁玲主持的中央文学研究所（后来改称"作家协会文学讲习所"），1956年当了教研室主任。这是我专心进行教学、翻译、读书和诗歌创作的黄金时期，诗歌风格与诗体探索都取得了长足进展。我开始仍钟情于惠特曼，自己翻译了有关惠特曼的诗作教材，并由诗友公木介绍，到东北师大和东北人大作了惠特曼的讲座。1953年冬，我到海军东海舰队的舟山基地和厦门基地体验生活并写作，创作了《风和水兵》等系列海洋诗。1956年，作家出版社出版了我的第一部诗集《回声集》。这一年我的诗歌创作进入巅峰状态，足迹从厦门、雷州半岛到西沙群岛，先后写下了《西沙群岛之歌》《大海》和《海峡长堤》等诗篇。其中前两首被香港大学采刈社编辑的《中国新诗1918—1969年》选入，《海峡长堤》则入选了福建省的中学课本。也就是在这个时期，我从惠特曼走向了聂鲁达，并仿照绝句和律诗的结构，写作《玄武湖上的春天》《莺歌海月夜》等富有古典诗词传统的新诗；另一方面，我首次开始关注福建故乡的民风民俗，创作了《榕树》《南曲》等诗歌。当时我最大的心愿是完整书写中国的"四海"——渤海、黄海、东海、南海，专门出一本海洋诗集。到1957年，我甚至连采访黄海、渤海舰队的介绍信都开好了。然而，"反右派"斗争却在此时开始。我无端被牵连进"丁陈反党集团"，文学讲习所也被取消了。海洋诗没有写完，只是由上海新文艺出版社出了一本描写东海和南海的《涛声集》，也算是特殊时代的独特纪念吧。

△：在创作受到阻滞的时候，您是如何面对的呢？

■：（笑）我这个人注重个性，相信写诗的人不能说假话，在大会小会上都不表态。这样的态度当然不会有好结果。我被下放到专管长江水利的武汉长江规划办公室。同时被下放的作家还有严辰、周立波等。开始情况还比较好，我挂职当政治部宣传部部长，扛着行李乘小火轮溯汉水到襄阳地区考察水利建设。那时心里非常简单，就是觉得新诗应向民歌学习。我连续写了《农村水利建设山歌》《襄阳歌》等十几首民歌体诗歌，分别发表在《人民文学》《人民日报》等报刊，对民歌体热衷已极。我沿长江考察，领略着自然山川的孕育。然而1958年夏天刚回到北京，立即受命参加公木批判会。公木被错定为"右派"，我也成了公木庇护下的"漏网右派"，被撤销党内外一切职务。我不愿违心地生活，主动要求回老家，到福建文联当了专业作家。就是在最艰难的岁月，我的诗歌依然在飞翔。1958年作家出版社出版了我的第三本诗集《回声续集》。

蔚蓝色的海洋性格雕塑了我的诗歌

△：您的诗歌创作展示了强劲的生命力，而且没有任何断层。在60多年的创作中，您也像同时代诗人一样经历了很多磨难，诗歌对于您既是精神游历，更是生命的磨砺。那么，是什么力量使您始终不放弃诗歌追求？

■：也许是阿拉伯人的血统和蔚蓝色的海风海浪，雕塑了我独特的性格。我出生在福建晋江园坂，曾祖父是泉州聚宝横街的航海商人，拥有13条帆船，每年穿梭于中国的南方和北方。也许，我的血液中流动着他那航海家探险、开阔的激质。曾祖父培养最小的儿子，也就是我的祖父读书进学。祖父后来考中秀才，成为当地的知识分子，这使我家庭的文化积淀相当丰厚。我的父亲16岁时卖了两亩地作路费，渡海到南洋谋生。那时他已能写一笔漂亮的毛笔字，会写平仄合辙的旧体律诗。父亲落足在印度尼西亚的苏拉玛雅河畔，华人称之为"泗水"。这里聚居着很多华侨，中华语言和文化氛围极为浓厚。父亲和叔叔开了兄弟公司，物质生活很宽裕，但身处异乡，心中总有游子的漂泊孤独感。因此，他们对我的汉文化教育非常重视。我读的小学是华人自己开办的，教汉语、读中国古文，到高中作文课还写文言文。华侨对祖国文化有特殊的眷恋，浓郁的诗情也传达着浓烈的乡情。正是这种教育，使我最初亲合了中国古典诗词传统。印度尼西亚的华侨到处办华文学校，出版华文报纸，还有孔庙和关帝庙，海外华文创作确实与中国诗歌传统是同根同源的。

△：如果说躁烈的海风和浓厚的华夏文化氛围造就了您的诗歌河床，那么是什么因素使您选择了自然山水美学观，并且在半个多世纪的创作中始终保持了对山水自然的赞美呢？

■：我与同代人不同的是，我从海外归来，带来了一些外国的东西，也就是异域文化质素。其次，我是南洋华侨，而华侨最突出的特点就是善于艰苦奋斗，以乐观达观的态度对待生活。因此，虽然我也被劳改过、批斗过，关过"牛棚"受过审查，但我从来不放弃追求。即使在最灰暗的年代，我也能从苦难中寻找诗意。因为生长在海滨，我的气质中有海洋的开阔感，血统里也有异域因素。很多人不知道，我的祖母就是波斯人后代。当时泉州姓丁、姓郭的都是阿拉伯人后裔，著名诗人郭风也是回族。泉州南城都是外来商人聚居的地方，血统复杂，我的祖父祖母都是那里的人。我的父亲是卷发，6个兄弟中有5个是卷发，我的头发也是带卷的。（笑）初中我读的是教会学校，我夫人也信仰基督教。这种异域色彩造就了我的文化氛围和气质，海洋的蓝色文化成为我生命的基色。50年代，我曾读到苏联的爱国主义作家巴乌斯托夫斯基的一本书《金蔷薇》。这是探讨创作方法的著作，巴乌斯托夫斯基从创作实践入手，不讲理论而谈具体的写作技巧。他提出：作家不应宣扬痛苦，而应该歌唱快乐。这种观点对我影响较大。现在世界各国也都有这种看法，比如苏格兰的一位诗人哈代因为宣扬宿命论和悲观主义，就未能得到诺贝尔文学奖。因此，我的诗歌即使在苦难折磨中，也竭力寻找美好光明的节奏。

中西合璧的诗学与美学

△：正如刚才所说，您的创作河流中总洋溢着明亮的异域诗歌气质，这似乎成了您诗歌创作的一种生命质素，也成了读者进入《肉搏》《波浪》等诗歌的基本仪式。中西合璧成为解读您作品时一种非常奇妙的现象，您能谈谈对外国诗歌的理解和体悟吗？

■：我受外国诗人影响确实很大，但这也像交诗友一样，随着时间的推移，不断有新的内容。革命战争时期我主要受惠特曼的影响，因为惠特曼经历过美国南北战争，有许多描写战争、追念自由和光明的作品。我的《肉搏》一诗，明显受了惠特曼的影响，被研究者看作我的前期代表作。诗中的主人公，是我从听来的故事中想象出来的典型。新中国成立后进入和平时代，我就倾向了聂鲁达。聂鲁达也受过惠特曼的影响，称惠特曼为"我的兄长"。我翻译聂鲁达的诗歌，他对自由、和平与生命哲理的思考，使我看到一个崭新的世界。可以说，是客观环境的变化，使我从惠特曼走向了聂鲁达。到70年代，我在灰暗的时代氛围中接近了希腊的埃利蒂斯，他的《英雄挽歌》等作品曾荣获诺贝尔文学奖。埃利蒂斯主张恢复希腊史诗传统，其诗歌体现了对多种人类情感，包括土地、生命和自然的追念；而我在当时的文化荒漠中也正思考着中国古典诗歌传统的继承问题。共同的心声，使我对埃利蒂斯有了一种深深的亲切感，开始翻译他的作品。这些翻译诗歌传到当时北京的一群朦胧诗人手中，杨炼、江河都曾受到很深的影响。最近，我正在翻译墨西哥诗人帕斯的作品，他的《太阳石》对墨西哥古老的太阳崇拜意识和民族美学情结有非常精彩的复现，这种寻觅文化之根、树立本民族诗歌形象的价值取向，又与我进入90年代以来的创作路子很切近。因此，我是不断受到外国诗人的影响，但不做他们的复写和翻版，而是随着自己的诗歌探索，选择最切合个人感悟的外国诗风。

　　△：您的诗歌体验着外国诗歌和中国古典诗词的双重滋润，仿佛永不枯竭的流泉，是什么因素使您在东西方传统之间，选择了中西合璧的诗学美学观？

　　■：我那个时代对中国古典文化教育非常重视，这种因子几乎是熔铸在血液中，成为我生命的一种基质。我从50年代开始翻译古典诗词，还将司空图的《诗品》翻译成现代格律诗。几十年下来，已经积累了厚厚的两大本古诗翻译作品。我希望能有机会出版一本自己的译诗集，前面是中国诗，后面是外国诗。因为它展示了现代诗从古诗河床流出的轨迹。我阅读广泛，接触面较多，而中国古诗中有极为强悍的山水诗传统和道家精神。李白、王维都是山水诗的高手，天人合一的思想在中国古文化中非常重要。这一点，是西方诗人不可理解的文明精华。西方讲究征服自然、改造自然，结果留下了很多弊病；而东方文化的天人合一思想，正是医治这些弊病的途径。我坚信，中国古典文化是中国诗人永恒的瑰宝。近来我翻译墨西哥诗人帕斯的作品，发现他对中国古典诗词，尤其是王维和李后主的诗词都有所涉猎，这似乎也表现了当代世界诗歌的一种潮流。最近旅游出版社出版了一本《中国历代旅游文学》，李白、苏轼等人的作品都涵盖其中。山水自然成为中国诗词的一脉传统，这是外国诗没有的。

　　五四以来，中国古典诗词曾经形成某种断层，诗人们复归东方文化传统的热情被阻滞了。这是新诗需要弥补的东西。由于历史因素，新诗有很多机会失掉了。现在国家发展已走上正轨，新诗也应抓住机遇，真正树立民族文化根基。我相信，民族诗学是永远充满魅力的。

诗人是情感的结晶体

　　△：诗歌在您笔下似乎具有某种魔力，总包孕着充沛健朗的情感。您在自己的诗歌旅程中，珍存了哪些诗友的情谊？

　　■：我这个人重友情，老年青年诗歌朋友都很多。新中国成立前主要是华北联大的老朋友们。比如沙可夫同志，是华北联大的文艺学院院长。30 年代他从苏联回来，带回英文的惠特曼《草叶集》，因为我的英文程度不错就借来阅读，对我的诗歌风格影响很大。何其芳是我在一段时期内深受其影响的诗人，他的《夜歌》是我最初走上诗坛时非常心仪的作品。可惜的是，我和他没有建立朋友的来往。在私人交谊方面，我的诗友中第一个要数艾青。1945 年抗战胜利后，华北联大搬到张家口，艾青来到联大担任文艺学院副院长。我当时是文学系教员，两家合住一幢日本式的洋楼。日本式的房子是中间分开，一家一半。我们那时就开始了邻居的交往。后来艾青被打成"右派"，先到北大荒，后到新疆，饱经苦难，一只眼睛几乎失明。再见面时已是 1974 年，他到北京来医治眼睛，我去看他，后来又时常来往。由于两人都是饱经忧患，境遇相似，共同的心弦使我们来往密切，在患难中增进了友谊。旅美华人女作家、主持爱荷华大学华人笔会联谊中心的聂华苓，就是通过我找到了艾青。从70年代后期开始，我和舒婷等后来被称为"朦胧诗人"的年轻诗人群交往较多，他们是"文革"后较早清醒并有独立思考的一些年轻诗人，我们的交流促进了彼此诗风的变革。舒婷最初的诗歌很难发表，我把《致橡树》拿给艾青看，后由邵燕祥，在《诗刊》发表了。还有一次，她把《祖国啊，我亲爱的祖国》投到《花城》杂志，结果被退稿了。她写信把诗寄给我，我发现是极佳的作品，于是又给了邵燕祥，再次在《诗刊》发表了舒婷的作品。现在，舒婷早已成为我们福建走出的享誉当代诗坛的女诗人。90年代以后，我和牛汉、邵燕祥交往最多。几个老友之间经常电话联系。互赠作品，热烈谈论诗歌、文学和生活。几十年来不断生长的诗歌友谊，使我的创作永远包孕在温厚的情感中。

△：在长达半个多世纪的创作中，您认为什么是诗歌的灵魂？

■：我过去曾经说过，现在仍然要说，诗歌的灵魂是爱与美。我们福建有个传记作者叫王炳根，已经写了《冰心传》和《郭风传》，现在正在写《蔡其矫传》。他认为我的诗歌有两个支撑点，一是旅游，二是爱情。当然，爱情的内涵是很广泛的，爱祖国，爱山水，爱花木，爱朋友，爱亲属，而友情、情爱自然更是题中应有之意。人的感情是丰富而繁杂的，从生到死都要有感情生活，这是人性的自然。我觉得，自己心灵中对美的追求，对情感生活的礼赞，到如今还蓬勃地生长着。我主张不要压制对美和情的感受，写诗的人尤其如此。西方人比较自由，而东方人对情感回避较多。在这点上，我倾向于西方。虽然已经年过八十，我却从未感到自己衰老，被感情滋润的心灵是不会枯竭的。

△：很多作家都有最佳创作时态，您的最佳时态是什么时候呢？您相信诗歌灵感的存在吗？

■：我的诗大多诞生在凌晨。半夜醒来，三四点钟开始思考，好的句子就像溪水那样流淌出来。这种感觉是稍纵即逝的，当时要马上记下来，不然就会忘记。写诗如此，读书也是如此，也许这就是灵感吧。因为每天在思考诗歌，灵感才会袭来。我创作《船家女儿》时，正在海军体验生活。早上看到船家的女孩子划船，对她的形貌印象很深刻。中午睡午觉时突然灵感袭来，想到要写这个题材，结果一气呵成，几乎没有任何修改。还有诗歌《无风的中午》，写作时我正在南海渡过琼州海峡。天气非常闷热，远处忽然有两艘海军快艇破浪而来，我的灵感一下子被激活了，很快写出了这首作品。在诗歌创作中，灵感袭来、一字不改的现象确实存在，但有时也要修改数次，比如《波浪》一诗。那时我正在中央文学讲习所工作。后来上课时谈到"讲细节"，就曾以自己的创作为例。细节对诗歌非常重要。《波浪》一诗，开始是6句一节，但感觉不对，找不到诗的最佳形式，第二次进行修改重写，还是不行。第三遍修改，我从民歌中受到启发，采用民歌的"回旋体"，终于找到了诗的旋律，也就是找到了诗歌表达的方式，才最终成功。我从创作中感到，旋律是诗歌的形式生命，而灵感是长期思考和情感冲动双重作用的结果。没有勤奋的创作，没有对诗歌和生命的真诚朝拜，灵感是不会从天而降的。

△：作为诗龄长达半个多世纪的前辈诗人，您本身就是一部诗史。那么，您如何评价 90 年代的诗歌现状？

■：当前的诗歌困境是不争的事实。改革开放之初百废待兴，文艺改革也是摸石过河。结果商品经济突然冲击而来，西方文化大量涌入，诗人们没有思想准备，一度沉沦甚至丧失了读者。现在，国家的商品经济已经走上正轨，我相信文艺很快也会改观。这就像高潮前会有跌宕，波峰前会有浪谷一样，前面的路肯定有希望。现在，诗歌就是面临着高潮来临前的艰难时期。下世纪必将是诗歌的高潮，我对此充满信心。

（原载于《诗刊》2001 年第 3 期）

纪 念 母 亲

　　我的母亲陈宽治 1900 年生于福建省晋江旧铺村贫农家，为独生女。16 岁出嫁，18 岁生下了我，据说没有请收生婆，而是在寝室砖地上自己收生。1926 年因避军阀战乱，全家迁居印尼，她生性朴素，勤俭持家，1942 年日军侵占印尼时，她把平日得到的金币首饰放在瓦罐里埋在地下，成为后来重新发家的基础。全国解放后，1952 年全家回国，住北京东城竹竿巷，她为全家纺织，亲自下厨，最让我感动的是她经过战乱和屡次迁徙，犹保存我在 1937 年的照片和一条麻织白裤，从印尼经漫长时空带来北京，这条白裤至今在重要场合我才穿，以纪念她的爱心至情！

　　8 岁以前我在出生地以果农为主的乡村，其中两年入书塾，因年幼对母亲记忆不多，只知道她任劳任怨、沉默寡言。8 岁以后迁居印尼，我又黎明即乘小火车或公共汽车到市中心入华文学校念小学，放学回家时照顾弟妹，星期日拖地板外，也很少与母亲相处，11 岁我离家回国求学。1937 年 3 月，父母携带幼小弟妹到上海我在上高中的学校探望我，旋即回福建老家，7 月我毕业考试后立即回福建团聚，到家的第四天即爆发卢沟桥事变，接着又是"八一三"淞沪抗战，升学不成在家乡小学教英语和图画，不到两个月，又让我带全家老小回印尼。在印尼只住3个月，即乘轮回国辗转赴延安，此后12年音讯全断绝。

全家住北京时，我在中央文学讲习所教书，已成家并有4个子女。开始我只能在星期日回去看望她，后来父亲把住所后院的平屋拆掉，建座南洋式的洋房，我才搬去与父母同住，母亲对我的子女极为照顾。可我又时常下乡，又是"反右"，又是下放。50年代和60年代一切劫难我都身受，1969年"文革"初期火热阶段，我在福州得知母亲病危，时在工宣队和军宣队尚未进机关，我所在的省作家协会分为3派：造反派、保皇派、中间派。中间派非正式解放我，让我参加他们的新文艺公社的游行队伍，我即向他们请假，因为我被当作资产阶级权威进了"牛棚"。中间派给我些介绍信到军管会请假，军管会口头上同意，我才回北京与母亲相处不多几日，机关的两个头头，使用公款到北京，带派出所警员，指我为"逃犯"需押送回闽，也不让我与母亲告别即匆匆上路，火车上倒相安无事。一到福州下车，既有办公室主任某某（已故），"文革"初期还与我联名写大字报，后来投靠保皇派，为表示他的革命，带个照相机气势汹汹一路给我拍照，表明我是重要"逃犯"。到了机关，又让我住进一间潮湿的小间，事实上是监禁。到工宣队进机关，才调我进"学习班"。不久，我的母亲在北京去世！

"文革"后期，父亲把母亲部分骨灰，托人带回家乡，在村后母亲年轻时洗衣的山涧、后来建成水库的下方石窟崖上，向大队买了一小块地筑坟，并亲自写了墓碑。每年清明节，我都回乡扫墓。改革开放以后，工资有所提高，每月有些存余。
2000 年开始，我把坟略作修饰，墓侧筑纪念亭，石窟筑提案，
一边填土成小块平地，一边形成小池，池分 3 层，上池作村中
妇女的洗衣池，中池种睡莲，下池种碗莲，周围广种木棉、刺
桐、凤凰木、洋紫荆、碧桃、八月桂、白玉兰等，逐渐成为风
景地，外乡常有人来参观，家乡被评为精神文化建设模范。去
年市里拨款十万，镇里拨款五万，拟扩大为公园。今年我又从
山东青州和辽宁大连，订购樱花、梅花、樱桃、香花槐苗木 100
株充实它。生养未能回报，仅此表示愧意！

2003 年 4 月 24 日

纪念陈企霞诞生 90 周年

我在认识陈企霞之前，就已经在延安《解放日报》上读过他写的小说。那是 1945 年，苏联红军打下了日寇占领的张家口，我们晋察冀部队很快跟后进驻。他的小说写的是知识分子参加抗日战争的心路历程，我看的两三篇，都非常精彩。后来的历次政治运动中他再受到挫折，我曾经非常惋惜：要不是李又然介绍他协助丁玲去编《解放日报》副刊，不离开创作改行当编辑、当文学系主任，也许他会是一个很不错的小说家，也就不会是众人怨恨"棍子"和文学"权威"了！

"八一五"日本宣布投降，延安立即组成以舒群为团长的东北文化工作团和以艾青为团长的华北文化工作团，陈企霞参加在艾青工作团。他们达到张家口，停办 3 年的华北联合大学也就因之得以恢复。我在 1946 年 4 月，离开晋察冀画报社，回到联大中文系教书，那里陈企霞是文学系主任，教员中还有萧殷、严辰等。傅作义奔袭张家口，华北联大迁到河北束鹿（现在辛集市）。我们的合作很愉快，每月发下的津贴两元钱，陈企霞主张都拿出来，一起到集市买鸭子回到李家庄会餐。那里的学生大都是从北平、保定、石家庄来的 20 岁左右的青年，个个朝气蓬勃，政治热情高涨。而陈企霞凭他的编辑经验，讲的"写作实习"也非常精彩，在学生中威望极高，再加以领导有方，很受部分积极分子的崇拜。

1939 年春天，延安鲁迅艺术学院成立了一个群众性的文学团体：路社。公众推举天蓝负责编辑，我负责研究。1947 年夏天，我把路社带到束鹿李家庄的墙报上。1940 年延安盛行惠特曼《草叶集》，曾出版过铅印的文学杂志《草叶》，这刊物传到晋察冀，我也把《路》换成《草叶》，只出一期，陈企霞觉得不合适，建议改为《文学新兵》，他的政治化就非常明显了！这也酿成胜利后在《文艺报》上，一再发表严厉的评论文章，扼制"小资产阶级"文人，却又未能"奉旨"批判俞平伯，两面受敌，被短期放到梅山水库。那时我到东海舰队旅行写诗，他电话约我一起去四明山，因为抗战前他曾通过上海苏联领事馆的关系，到四明山辖区活动过。这电话被阮章竞听到，立刻来找我，差一点就被"牵进"到"丁陈反党集团"。

1957 年夏"反右"开始，在中国作家协会党委扩大会上，天津方纪来揭发"严重"问题，全场震动，陈企霞彻底垮了！被定为"右派"送河北柏各庄农场劳动。家属（妻、子女）也被下放到福建，分配在闽江水电局托儿所。20 世纪 60 年代我到福建南平闽江水电局文教处挂职，得以看顾。60 年代初，陈企霞被允许到南平探望家属，顺便到福州看我。那时他有意到福建工作。后来杭州大学要了他，陈企霞浙江人，当然到杭州合适。"十年浩劫"中，因为他在延安《解放日报》副刊当编辑，发表了丁玲的《三八节有感》，被指有暗指第一夫人之嫌。据说在"文革"中，江青说："杭州有个陈企霞，你们要整他！"当然，揪发挨打免不了。"四人帮"倒台后，我从福建回京探亲途中，常在杭州逗留，到他狭窄的住处看望他全家。1978年，邓小平为"右派"脱帽，陈企霞被调回北京，并被委任为《民族文学》杂志主编，被当权者冷落排斥不在话下，所谓主编名存实亡，陈企霞郁郁寡欢，以至于终世！

中外古今证明，文学艺术一旦化为政治，无不以失败告终。陈企霞自30年代与叶紫一同在左联统率下，抗日战争到延安青委，转到延安《解放日报》，而后晋察冀华北联合大学，胜利后北京全国文联，一路走来无不反映历史的必然，虽是阅读广泛，知识渊博能力出众，也最终成为时代的祭献！

2003年7月8日北京

（收入《企霞百年》，宁波出版社2014年版）

悼　范　方

我认识范方最初在《热风》编辑部，那时他崇敬惠特曼，自然与我亲近，可"文革"之风一起，就都不知身在何方！

"四人帮"一倒，才在三明遇见范方。那时候三明是全国诗歌界一块宝地，有刘登翰、周美文和范方，全国爱诗青年都引颈仰望。

之后，我又深深为范方忧虑：向台湾诗人学步，会不会走入歧路？再后来，又发现范方径由台湾诗风引入唐宋大家而回归，并对我大有启发。

范文的诗方，其实就是半个世纪以来，中国当代汉诗的走向。但中国诗人的命运，也在范方身上看到缩影：生活中总有不识时俊，偏听阿谀奉承之徒，而使耿直孤行如范方者遭到冷落。

20 世纪 90 年代，尚有资助作家一途，舒婷建议有关部门吸纳困厄一方的范方，却以范方体弱多病而遭到拒绝。从人道主义来看，这无异使范方落入更大困境！范方的命运，中国诗歌的命运，如此这般，怎不令人饮泣在心！

2005 年 6 月 29 日，福州

（收入《还魂草——范方诗存》，海潮摄影艺术出版社 2005年 10 月版）

福建移民简史和旅游地理

　　春秋战国时代，越为楚灭亡，越民族南迁号称"百越"，入福建、广东、广西和越南。在福建为闽越。刘邦和项羽争天下，闽越王助刘邦有功，被封在闽北建王城。后来大约势力大了，汉武帝派兵镇压，把他们迁往淮河以北。

　　魏晋时代，北方民族入侵，晋衣冠南渡，中原汉民族有陈、林等八大姓来到福建。当时来到泉州的最著名文人有韩偓，在南安（从前泉州设此）的九日山留有他的石刻题诗。

　　唐末，黄巢的流寇从广东、江西入福建，在闽浙交界的仙霞岭修路建寨。黄巢入长安失败后，他的一支部队由王潮率领自豫东长途跋涉来泉州，然后到福州，由他的弟弟王审知称闽王，建都城在西湖东岸，收集各地美女充室王宫，所以郁达夫称道福州女人漂亮。起义的农民部队不带家眷，与原住民通婚，形成后来与中原语言略有不同的福州话。随后跟踪追击的官兵来自豫北，由江西入福建，到闽南的漳浦，后入漳州，统帅部队剿灭当地畲族的是陈元光，后人称他为"开漳王"。官兵带家眷，基本保持中原的语音，并带来当时中州的音乐，后来称为

"南音"，以及与弋阳戏有关系的梨园戏。但闽南的两种风俗：春节跳火堆和埋葬几年又拾骨入陶瓮，据考证并非汉族的传统，而是当地原住民的习俗。

各地原住民一般称"古闽人"，并没有留下任何记载。武夷山的船棺也许是夏代古闽人的遗迹；华安仙字岩的原始象形文字，也许是殷代古闽人的遗留；畲族也是从长江流域苗族的一支迁入福建的。

福建的少数民族除畲族外，尚有分散的回族。闽南和莆田丁姓和郭姓，又是唐、宋在泉州的阿拉伯、波斯的后裔，形象卷发、深目、钩鼻。此外尚有疍民，据说是元代失败后蒙古族被汉人赶到水上，不准在陆地居住。也有少数满人。

历史上汉族有 5 次大移民，其中有整个庄园整个氏族自中原长途跋涉来福建，保持原有的语言和风俗传统文化石是说客家，自江西入福建的宁化，看到一片平原的树林如碧玉般的石壁，即停留下来，它的后代又从这里迁入广东、台湾和东南亚，总数约六千万，出过许多伟人物：洪秀全和他的大部分将领，孙中山、宋庆龄、郭沫若，新加坡总理李光耀。他们承认宁化石壁为客家的祖地。

从广东的饶平进入福建的诏安，这是两省居民有频繁交往的地区，然后向北到双山，有常山华侨农场，是 50 年代为收容印尼、缅甸、马来亚排华曾建立的收容难侨的地方，富有南洋的气息。从这里向东南到东山岛，有马銮海浴场、旧城关的关帝庙、黄道周故居和黄道周读书处的塔屿，有"文化大革命"被毁的纪念朱熹的文公祠废墟，有风动石，有三星级的华福酒店，从窗口可以观赏山海的风景。这里出产龙虾、膏蟳、鱿鱼、石斑。

从东山向北经漳浦到漳州近郊有木棉庵，是《牡丹亭》李慧娘鬼魂向之索命的南宋大奸臣贾似道的葬身地，在贬放途中被护送官郑虎推入粪坑淹死的地方，游人大都愿意一睹为快。

漳州是乌叶荔枝和天宝香蕉的产地，附有龙海紫泥产蟳，是林语堂的家乡，种植有唯一多茎的水仙花的圆山，有陶铸当短期和尚的南山寺，有风清月朗的云洞岩，有种植橙子和多种珍贵水果的四维农场。

从漳州向西到龙岩、上杭、长汀、连城。经过南靖有亚热带雨林。龙岩出产沉缸酒。上杭有古田会议会址和才溪的血泪楼。长汀瞿秋白的纪念碑。连城有福建十大风景之一的冠豸山。闽西最大原始森林梅花山，最近发现华南虎。

从漳州向东到厦门，正在建设为特区。有湖滨开发区，集美陈嘉庚墓园，厦门大学和南普陀，胡里山炮台，鼓浪屿日光岩和郑成功水操台，入港处升旗山旁的郑成功岩石雕像，还有格式特殊的植物园。鼓浪屿旧时代是万国租借地，由外国人支持的工部局管理行政，岛上不许有车辆，在各国领事馆群集处名"观海别墅"，现称"观海园"，傍着菽庄花园，港仔后海浴场是被称为"海上花园"的鼓浪屿最精华的地带。港后路有阿罗哈花园餐厅和花园别墅。鼓浪屿房屋大都是南洋华侨筑建的，样式各殊，都种花种树种果。全岛钢琴最盛时100多架，现有音乐厅，轮渡码头也筑成钢琴状，人称"琴岛"。

厦门向北经同安、马巷、水头、官桥到泉州，马可·波罗游记称为"刺桐城"。是唐、宋的对外通商口岸，为中世纪世界第二大港，当时阿拉伯和波斯商人集中在聚宝街，街头有李卓吾故居。涂山街有石造的清真寺（现剩寺尚完整）。东门外有穆罕默德两个徒弟的圣墓，有宏伟的开元寺，有风景幽美的清源山，其中有弘一法师的墓地。东门外有海外交通史馆、刺桐大饭店，傍着尚在建设的东湖。距城 7 公里有华侨大学，不远处就是宋蔡端主持建造的洛阳桥。再向东为崇武半岛，有明代建造的崇武城墙，其下有风景优美的海滩和半月湾。

泉州的南面为晋江市和石狮市，都是著名的侨乡，是闽南的精华所在，有安海的五里桥，衙口的夜生活度假海滩。向北经过惠安、仙游到莆田，其东面有湄洲岛的妈祖庙，东方水域大都有妈祖庙，台湾尤其多，这里是她的故乡。信仰她的船民认为可救海难。

莆田向西为仙游，有九鲤湖瀑布，传说汉淮南王的 8 个方士避难隐居此地，连同他们的翻译被土人目为九仙，在这乘鲤鱼升天，共有九级瀑布，历史上为仅次于武夷山的福建名胜。

向北到福清有石竹山，传说求梦最灵，下为东张水库。

福州历来为省会。有三山两塔。有西湖和新建的左海公园。老牌餐馆聚春园，可以吃到佛跳墙和西施舌（海鲜）。郊外有鼓山、西禅寺、金山寺。有四星级的西湖大酒店。城内有林则徐纪念馆。

福州向东北为闽东，有福鼎的太姥山，霞浦的三沙港，宁德南漈公园有陆游塑像，城北有戚继光塑像。向北有支提山。

福州向西经南平向北为武夷山，后福建十大风景之首。原是道家的第十二洞天，最早题诗为李商隐，陆游和辛弃疾都曾在这里留下游踪。最著名的是乘竹排游九曲，次为登天游望丹山碧水。有柳永的故乡五夫里，有纪念朱熹的紫阳书院。风景区之西为自然保护区，三港有内容丰富的武夷山自然博物馆新建筑，挂墩为鸟类天堂和昆虫王国，经潼木关登华东最高峰黄冈山，晴朗时可看到胡耀邦倡导的江西共青城。武夷山已建市，将有机场和铁道。

武夷向西为邵武市，有宋李纲纪念祠，有严羽的沧浪亭。

邵武向西南有泰宁的金溪湖和将乐的玉华洞。向南有三明的栲树林和求谶很灵的瑞云洞，永安的桃源洞、宁化的天鹅洞和客家宾馆都是值得一看的景点。

各市各县都有旅游可供咨询。

九鲤湖瀑布

明代伟大的旅行家，优秀的散文家，又是很有创见的地理学家徐霞客，曾数次入闽，对九鲤湖并有专文详细记述。在他的《游九鲤湖日记》中，有这样总结性的几句话：

"若水之或悬或渟，或翼飞叠注，即匡庐三叠，雁荡龙湫，各以一长擅胜，未若此山微体皆具也。"

这是他比较早期的作品。在这时期，徐霞客的着眼点，还主要在于寻幽探胜方面，但他对九鲤湖瀑布的这一评价，为唐宋以来许多诗文所未曾道及，确是很有见地。

福建全省，山高岭峻，溪陡流急。群峰之间，常是"一夜暴雨，三日飞泉"。外省罕见的瀑布，在福建却视若寻常，几乎随处都是。因此，水力资源，无穷无尽。在这中间，九鲤湖又占有一个独特地位。它是全省落差最大的瀑布。在陡立的狭谷里，在略成"V"形的十里多水程间，竟集中了9个瀑布，志书中称为"九漈"。从湖上第一漈——雷轰漈算起，到最后一漈——将军漈为止，落差大到432米，这不仅在福建为首屈一指，恐怕在全国也无与伦比。它的头顶和脚下，也独特得很。

九鲤湖上游是平坦开阔的麦斜盆地，有满山遍野的野花。九鲤湖下游是土壤肥沃的莒溪盆地，村庄鳞次栉比……九鲤湖真是得天独厚，可是在旧时代却被弃置于蛮荒中，它的财富无人懂得，即使是它的绝美景致，也是很少人能够赏识。在旧时代，它所以远近驰名，大都由于迷信。也许是地位太奇特的缘故吧，从前的人总给它涂上神秘的色彩。

闽商的重要地位

　　中国学术界和文艺界，对晋商和徽商的研究和反映，已为大众所熟知。晋商和徽商的作用，主要在国内钱庄、票号以及茶丝药材的贸易，活动在西北和长江中下游。而对鲁商和闽商，至今尚未引起足够的重视。商业是文明的先锋。世界文明第一时期是地中海文明，第二时期是大西洋文明，现在第三时期将是太平洋文明。这都是海洋文明。中国海洋文明秦汉在山东，唐宋以后在福建。闽南在南宋以至元明，对外贸易非常活跃，以郑成功家族为例，从贸易发展到政治实力，使西方殖民在东方的台湾唯一地献投降书。郑成功晚年曾计划进攻菲律宾，可惜他 39 岁逝世中断。贸易总是国力的基础。

沙县的新风景

　　2月1日，春节前三天，动工一年多的七仙洞，正式向游人开放了。

　　距县城19公里的富口七仙洞，是个拥有地下河的隧道迷宫式的溶洞，全长2公里，可分为上、中、下三洞，高的地方难见洞顶，有可乘竹筏的300米暗河。保存完好的石钟乳、石笋、石帘、石幔，气象万千，彩色缤纷。

　　千里古城沙县，民俗风情和风味小吃，素有独特的名声。为了迎接1992年中国旅游观光年，县委和县府，配备人员组成旅游业开发领导小组，邀请南京大学包浩生教授等专家，考察并制定了重点开发一洞一山一水的规划。洞，就是七仙洞，作为开发的龙头，而以淘金山和十里平流作为两翼，组成相连接的沙阳风景区，以旅游来提高地方知名度，促进经济的发展。

　　七仙洞既已开放，淘金山的工程也在紧张进行中。淘金山俗称"小华山"，因为那里有座华山殿，在城西2公里处。自宋以来，历代的名宦乡贤、骚人墨客，留下不少题咏石刻，并有明末邓茂七起义军寨营遗址。那里尚存大片次生林，有十年的铁树群，有巨大的梅花六角丹的古藤，还有三叠岩和海拔是 460 公尺的天池常年不涸。

至于十里平流，更是景观宏大，将来可以成为风景文化区。奔腾的沙溪，到了沙县城下，忽然平静如镜，这是二十八曲的下游礁石升高的缘故。登上沙县对岸的凤凰山自然保护区向下看，沿岸的楼房倒影在平流中异常清晰，比真实的原物美丽十倍。将来沿岸恢复城墙，街道和建筑有计划地改造，层次分明地成为新型的理想城市，再点缀以树木、河滨公园的布置，那将吸引千万的游客来这里逍遥享受新的美景。"十里平流"一词，原见北宋名臣李纲的诗中。城里有李纲谪居的兴国寺，以及宝严寺、城隍庙、吕祖庙、宋谏议大夫陈了斋祠堂、理学家罗从彦祠堂等。十里平流的转弯处，又有城东两公里的二十八曲各胜。

二十八曲，原是全国少见的民办风景区，3 年前，主办人邀我前往参观，曾写下一首诗：

从七仙洞，淘金山，经十里平流，到二十八曲，沿途有洞，有山，有水，有寺，但成了新时代的新风景，将招来八方来客旅游观光经商投资，古老的县城将变成新型的都市。

由书画之乡诏安想起

诏安宾馆前方，有一座富丽堂皇的四层建筑，如果是在大城市，一定能吸引如云游客，这是耗资数十万的沈耀初美术馆。

沈耀初，诏安人，1948 年旅台，42 年精心画事，被誉为以张大千为首的台湾十大美术家之一。两岸民间联系初通，思乡之情殷切，携多年积蓄和书画精品回籍，兴建这座由名家设计、中西合璧、占地 2800 平方米的园林式美术馆，光照福建南大门。

县委宣传部女部长，送我一本《诏安历代书画选》，香港印刷，精美大方，收入 65 位名家作品，包括国画、油画、版画、漆画，隶、楷、行、草等，洋洋大观，华丽清新，发展明代以来的诏安画派的雄风，确立书画之乡的盛名千年不衰，给来访者的仰慕之情以极大的满足。

在人民公园旁边，走进一间店铺不大的书画店，琳琅满目，应有尽有。据说这样的书画店县城有好几家。难怪诏安的书画家比比皆是，源远流长；从这里出去的书画名家分布全国以及东南亚。甚至还产生盲人画家沈冰山，誉满京城。

　　诏安在明代属广东的潮州府治，清代改属福建的漳州府。现在的漳州，物产丰富，有称为"水果之乡""花卉之乡"。街上有别处罕见的现榨果汁，近郊花店联片。每个菜市都有鲜花出售，可以媲美广州。但是文化方面的建设，似乎还未受人注意。有谁能知道漳州最著名的文人林语堂的故居在哪里？有几个专家研究过他的全部作品？如果谁有心要纪念这位今年是他诞生的 100 周年，筹措筹资金并不难，他拥有众多中外读者，他的桃李遍亚洲。

　　还有故去的杨骚和尚存的林林。还有戏剧家、音乐家等等。漳州也应该是"文化之乡""艺术之乡"。

逆着汉江的流水

　　小火轮离开汉口码头是入夜，航过汉阳桥的时候万家灯火闪烁在两岸。这是 1957 年 12 月 26 日，我带一小皮箱一席棉被独自参观襄阳地区群众水利建设运动。

　　楼房，旷野，鼓舞人心的广播，地方志，神话和传说，星空下寂寞的水流，每隔一两小时就要停靠并接送货物旅客的荒滩野渡，甲板上可以平躺的无背长椅，头顶和旁舷有帆布抵挡冬夜的风，噗噗机声是最好的催眠曲。

　　这里，神女解珮的水滨，樵夫遇见知音的沙洲，众多神秘的云梦泽；这里，曾是南北交通大动脉，为了供养西安、洛阳的皇室和贵族，无数运粮船由纤夫逆流拉向北方，"湖广熟，天下足"嘛；这里，汉代末年曹操、孙权、刘备争天下征讨杀伐的战场，流落失散的人民沿江哀哭；这里，李白出川后第一个落脚点，因为丰富的物产和文化的精华都在附近；这里，后来的几百年间，战乱，洪水，贫穷和废墟，长期被遗弃，被冷落，等待再生。

　　小火轮逆水而上，速度极慢，又停靠太多，从汉口到襄阳

竟走了 5 天！经过的县境有汉阳、汉川、沔阳、天门、潜江、
钟祥、宜城。甲板上，男男女女熙熙攘攘，半夜醒来，身边竟
躺着农村妇女，隔着棉被可以听见她的呼吸，天亮又不见了。
途中旅客换了一批又一批，只有我始终在着。

　　一路天气变幻无常。有时丽日当天，江边点缀着照耀水面
的洗衣姑娘，手上的银镯应和着上下挥动的捶衣木棒叮当作响。
有时大风咆哮，两岸灭踪，洲上飞沙一片白烟，所有桅樯都隐
蔽岸旁，只有小火轮一寸一寸地逆流移动，还有水文工人的测
流舢板在横越风涛。有时大雾弥漫，一切景色全变：

> 两岸的丛林成空中的草地；
>
> 堤上的牛车在天半运行；
>
> 向上游去的货船
>
> 只从浓雾中传来沉重的橹声，
>
> 看得见的
>
> 是千年来征服汉江的纤夫
>
> 赤裸着双腿倾身向前
>
> 在冬天的寒水冷滩上喘息……
>
> 艰难上升的早晨的红日，
>
> 不忍心看这痛苦的跋涉，
>
> 用雾巾遮住颜脸
>
> 向江上洒下斑斑红泪。

　　船上写的这首《雾中汉水》作为《汉江四首》之一发表在
1958 年 2 月的《长江文艺》上。4 月在《文艺报》上就有袁水

拍的批评短文，借口读者反映说，把劳动写得这样灰色，是与"大跃进"唱反调。也许因这议论才引起国外注意，美籍华裔作家聂华苓在《三十年后》那本书中提到它，认为"征服汉江的纤夫所代表的精神面貌就是中国的民族性"！其实我写时，既未想到"大跃进"，也未想到民族性，我只是面对真实，表现一时的情绪，因为我希望改变这现实。

小火轮到达襄阳正好是 1958 年元旦，我持着介绍信在地委书记那里吃了一顿饺子，就去襄阳城里城外走一遭。这座历史上的名城，现在仿佛是农村小镇。城外曾是古代闻名的大堤早已湮灭，汉江已改道绕远滩，而许多古诗歌吟的岘山，也已奄奄无草木！坠泪的羊祜碑，枯柳的习家池，在一片打破歌中黯淡无光：山前山后正在修筑水库，运土的人群密密麻麻，群众的水利建设热火朝天。

回想溯江而上的途中，常看见岸边田野走着数里长的队伍，"手拿扁担腰插斧，带锅带菜带米粮"。原来是"山地农民修渠忙"，"集镇不见卖柴人"，城市居民组织起来自己上山砍柴烧了。于是我一口气写了 10 首《农村水利建设山歌》，登在 1958 年 5 月《人民文学》上，并冠有序歌：

> ……
>
> 看好水流才行船，看清草地才放牛，
> 如今农村大跃进，不唱山歌唱什么？
> 山高路远有人走，乱丝无头有人抽，
> 歌句不顺用心改，无风无雨云不收。
>
> ……

> 不打鼓，不敲锣，不怕走调人笑倒，
>
> 今天且把山歌唱，明天再写新诗歌。

　　《文艺报》的诗评家立刻反应，褒中有贬，因为我还要"再写新诗歌"，就为他不容了！我被那阵风吹得"改了创作写众调"，当时不明白，失去了创作个性，艺术和诗歌也都难以生存！

　　好在我是双枪并举。我又从襄阳向北走，去看当时那地区群众水利的最大工程官山河水库工地。写了一首颂歌发在《中国青年报》：

> ……
>
> 一万人正在绝壁上站立，
>
> 一万双手正在开凿长渠
>
> 那黄色的围裙
>
> 已系在每座山腰。
>
> ……
>
> 水库的基础已清除好，
>
> 头上是冬雨在飘落，
>
> 脚下是冷水和泥泞，
>
> 四周是歌声和篝火。
>
> 今天的农民，
>
> 信仰双手的力量，
>
> 要使清水流过天空，
>
> 要在云彩上面播种。

那时多么天真！人类用了 5000 年的时间发展农业，又用了
400 年时间发展大工业，现在世界进入电脑信息时代，我们却要
依靠农业建设社会主义！"大跃进"注定未能操胜券。

我又一手提着皮箱和一手把装在袋中的棉被扛在肩上越过
均县向北，走到当时还在测量和设计阶段的丹江口：

　　　　冬天咆哮的风像快刀，
　　　　在不长树木的山上乱劈。

　　　　地形队员抱着标杆测尺飞跑，
　　　　呼出的水气在眉毛上凝结。

　　　　绘图板上的手冻得拿不住笔，
　　　　伸向枯枝搭成的篝火烤一会。

　　　　十根指头全都又红又肿
　　　　最美的希望燃烧在他们眼里：

　　　　再过几年，这里将出现空前奇迹！
　　　　……

　　　　那些匆忙中建筑的宿舍，
　　　　分布在从前少人迹的山间。

用脚踏出来的众多小路，
蛛网一样连接山上河边。

茅屋内弥漫湿柴的浓烟
篱笆上晒着冻结的衣衫。

……

伟大的建设在艰苦中开始，
工人阶级的青春在闪闪发光！

在这首诗的开头我还附有引言——摘自谈话：

"就在这夹江的两山之中，不久将兴建大坝，使部分汉水流向淮河黄河，灌溉华中华北，于天津入海。"

浪漫主义受到现实的嘲笑！后来我编诗集都把这类诗剔除。起自农村的那股强劲"东风"也吹入建设队伍，丹江口土法上马，伟大的工程师的梦未能全部实现……

⊙ 讲稿与讲义

惠特曼的诗

　　惠特曼《草叶集》的第一版是在 1855 年出版，至今差不多整整 100 年。在这近百年的前半期，骂他的人比称赞他的人多。当时最典型的攻击就是说："他把一桶污水带到客厅里来。"这也反映了批评者的心情，把文学当作一所客厅。而最恶毒的漫骂是："惠特曼之不懂得诗，正如猪之不懂得数学。"其实是批评者之不懂得诗，正如猪之不懂得数学。还有的骂法是："这本书的作者，必须被当作在畜生水准以下，而被踢出上流社会！""他一定是从疯人院逃出来的家伙，在可怜的精神错乱中胡言乱语。""他的诗是一大堆夸耀粗暴和无意义的垃圾。""除了无花果外，什么杂草都发现了。"像这种批评，在当时是占绝大部分。而且不仅在理论上对惠特曼加以诬蔑，还在行动上给他以很大打击：曾有人上法庭控告他；有人向政府提议他的作品不许邮寄；最后的一个打击是他本在内政部里做书记，后来他的长官发现他是《草叶集》的作者，认为他是过激分子而把他辞掉。所以他写这些诗，是经过很多打击和苦难的。而称赞他的人又怎样称赞呢？有人说："他是人类历史上最崇高的人物。"把他比之于苏格拉底、孔子等哲学、道德最高的人。这评价有些太高了。批评得比较中肯的是美国的诗人兼批评家爱默生。他说："我在你的诗中发现了美国人所能贡献的思想和智慧，在你伟大的一生开始时，我向你致敬！"

在近100年的后半期，骂他的人还是有，但已不像从前那样公开了，他们换了一种方式，就是在少许称赞之后，做多量的歪曲。譬如有人认为他的诗是"原形动物"，就是说是最下等的有生命的东西，说它是"原形质状态中的文学"。这种理论再进一步引申下去，就说他的诗是"诗的溶液"，说他已达到最精华最原形的东西。这样得出结论就是他的诗只是溶液，而没有固定性，所以它不是诗，而惠特曼也不够做一诗人。在诗歌中抱正统观念的人的这种批评是典型的，就是不承认他的诗，也不承认他是诗人。

但在后期称赞他的人是比较多了，首先在英国，以后是在法国。法国的自由诗，是从惠特曼传授下来的，惠特曼的诗虽然首先在英国被接受，但影响比较大的还是在法国。可是法国并没接受他的好的部分，如法国的一致主义、印象主义、未来主义等，这些反现实的流派都把他推崇得很高，甚至未来派把惠特曼当作他们未来派的第一个诗人。在俄国据说屠格涅夫和托尔斯泰曾企图翻译他的诗，后来象征派诗人巴尔蒙特也翻译过他的诗，都没有成功，最后是著名的翻译家朱可夫斯基成功了。1905年以"开拓者"为题目出版了这本书，受到了正统派的攻击。1911年沙皇法庭曾下令销毁《草叶集》。所以说在俄国翻译惠特曼的诗也是经过了斗争的。据说马雅可夫斯基也曾听到《草叶集》的朗诵，对他很有启发。到了 1918 年革命胜利以后曾上演过惠特曼的诗剧。以上的材料是从前一个白俄作家在英国出版的星期六评论上写的材料，这些材料仅供参考。下面有些比较可靠材料，在 1942 年《中苏文化》有一篇文章说惠特曼的诗在苏联人民中间是受欢迎的，工人集会中常常朗诵他的诗。他的《开拓者》一诗曾被作为"五一节"诗的诗传单。到 1942 年还在街头朗诵他的诗。一般地说，他和杰克·伦敦是在苏联最受欢迎的美国作家。在日本有专门研究他的团体。在美国继承他的，按照他的传统发展的有林德赛和桑特堡（工人出身），还有休士。在南美洲和西班牙那里惠特曼的诗的影响也是非常大的，如西班牙名诗人加尔西亚·洛尔加的一本诗集，书名就叫《献给惠特曼的诗》；聂鲁达他在《伐木者，醒来吧!》其中有两段提起惠特曼，他说：

> 华尔特·惠特曼啊，昂起你的草叶似的胡子的头来吧！
>
> 来和我一起眺望，从这树林里，
>
> 从这芳香的山岭上，
>
> 你看到些什么，华尔特·惠特曼？
>
> 我的智慧的兄长……

他称惠特曼为他的智慧的兄长，接着他说：

> ……把你的声音给我，
>
> 把你埋在土中的胸怀里的力量给我，
>
> 把你的深入地底像树根一样庄严的容貌给我，

让我来歌唱这些新的建设！

爱伦堡曾说：聂鲁达是受了惠特曼和马雅可夫斯基的影响的。当前的世界各国进步诗歌中，惠特曼的影响很不易估计，不过我们可以从他的诗歌中，看出这种作用、这种思想，是有他的相当宽长的影响的。

在中国，他诗中的乐观主义、反抗精神，对民主的赞扬和对叛逆的歌唱，以及他奔放自由的风格，颇为战斗的中国诗人所喜爱。

在郭沫若 50 寿辰时，周扬同志在《解放周刊》中说：郭沫若的最早期的诗是受惠特曼的影响，而且他的"泛神论"观点也是受了惠特曼的影响的。五四时代影响最大的诗歌就是《女神》，它出版在 1921 年。其中最好的诗，是在五四运动刚起来的 1919 年到 1920 年左右在日本写的。这些诗是他最早的诗歌，也是最雄伟的诗歌，如：《笔立山头展望》《晨安》《立在地球上放号》《匪徒颂》《地球我的母亲》。根据田汉在一篇惠特曼百年祭的文章中的说法，郭沫若曾译过惠特曼的诗，郭在诗中也曾屡次提到惠特曼，在《晨安》中提到，他说：晨安！华盛顿的墓呀！林肯的墓呀！惠特曼的墓呀！啊啊！太平洋一样的惠特曼呀！而他的《匪徒颂》一首诗，实际也就是对革命家的歌颂，他歌颂了艺术家罗丹，又歌颂了惠特曼，他说：反抗王道堂皇的诗风，饕餮粗笨的惠特曼呀！……惠特曼虽然在中国没直接和广大读者接触，但经过这些作家诗人的介绍，人们也受了一些间接的影响。

我已说过，惠特曼的影响是颇不易估计的。原因在于他的两重性：一方面他被认为先知、开拓者，为叛逆、为热情的人道主义者，为民主诗人，他又是诗歌形式的解放者，他曾引导诗到一个更广阔的领域，为今日无产阶级的诗歌，留下了许多宝贵的东西，这是他好的进步的方面；但同时，在另一方面，他又有极大的局限性，这表现在他的唯心哲学，他对丑恶的一视同仁，他在诗歌中主观的说教和他的过于武断的预言以及他政治理论方面的落后。而这些落后的东西又和当时理论的不发达和时代的限制有关系。正是由于他这落后的方面，并且这方面又是相当的明显，常常为热爱惠特曼的人所不懂，有些人曾经热爱过一阵，过后就不大容易保持下来。但正确的态度应该是：既看到他的进步性，又看到他的局限性；看出他的局限性，正是为的正确地估价他的长处，并吸收它的精华。他对腐朽势力的攻击，他为新世界的战斗，给我们以无穷的教训和鼓舞。

下面让我对他的几篇诗作一点尝试性的分析：

《给一个受挫折的欧洲革命家》和《欧洲》是他最初的诗，可能是他29岁到30岁中间写的，这也是他最好的诗。

他在散文《走过的道路的回顾》中，自己剖白这时期的雄心说："经过了青年时代个人的不断的野心和努力去同别人争取事业上、政治上、文学上等等通常的酬报之后，产生了一个雄心，要创造一种适合于那个时代的诗歌。"

《给一个受挫折的欧洲革命家》最初的标题是：《为亚洲、非洲、欧洲、美洲、澳洲、古巴以及海上群岛的自由而歌的诗》。题目非常长。从这里我想到马雅可夫斯基的关于这一件事情，也是长题目，差不多有四五十个字，这可能是因为诗人的创举往往过于极端。这首诗是散文化的，但是节奏感很强，这是由于内容、由于充沛的感情而来的。诗中对反封建的革命斗争有着极热烈的同情，对封建势力有着极端的仇视。诗一开始就开门见山，他说："还要勇敢，我的兄弟我的姊妹!"第二段他立即号召："反叛! 再反叛! 反叛!"这些诗每一句都打动人心。他自称为"反叛者"的诗人，他说："这些不仅是忠义之歌，而且也是反叛之歌，因为我是全世界每一个不怕死的反叛者的发了誓的诗人。"他把自己的身份和立场表现得很明确。这首诗是他给欧洲革命失败以后流亡者写的。他在另一篇诗《法兰西》中歌颂了革命的法国，他欢呼 1848 年革命，他对革命的流产表示同情。

他关于自由的观念的叙述是非常深刻的，一般说过去的诗人如拜伦等，写"自由"一向是以大海、英雄的事业作为象征来表现，但惠特曼则是采取更普通的，在革命中更常见更现实的事务来歌颂，因此看起来也更亲切，更具体也更形象。他说自由并不能消失，他是会永久存在的："当自由要走出一块地方，它不是第一个走，也不是第二个或第三个走，它是等其余的人都走了之后——他是最末后的一个。"他把自由人格化了，本来很抽象，但他这样一形容就很生动。他说："当那里的人们对英雄烈士不再记忆，当所有的生命和所有的男人和女人的灵魂从地球任何一块大地上灭亡，只有在这个时候，自由或自由的观念，才会在那块土地上灭亡，而邪道才进入完全的统制。"他对自由的信念，是很坚强的，但他的目的性并不是很明确，他说："我不知道你们争取什么，我不知道我自己争取什么，也不知道任何东西争取什么。"这也可以说是他诗中美中不足的地方。

　　他的语言是新鲜的，如"正义偃息了——最坚强的喉咙噤声了，为他们自己的鲜血所咽住"。这种新鲜是由于思想的新鲜，以及题材的新鲜而来的，而题材的新鲜则尤其重要。他的语言不但新鲜而且有力量，他写的虽然是散文诗，但节奏感很强，跳跃很多，读他的诗要用自己的新的东西去补充。

　　他抛弃了韵脚、音步，而只留下节奏和内在的韵律，所以他的诗是长短不齐并且十分精练。因为他只需要人接受他的思想和在感情上引起共鸣，对诗句的记忆与否并不重要，只有从精神去接受是他所要求的。

　　另一篇诗《欧洲》，最初的题目是《欧洲已死的青年的诗》，题目下括弧中有"美国第七十二年和七十三年"。推算起来即1848年和1849年。这两年中，欧洲各国爆发了很多革命起义：在1848年2月和6月法国发生革命起义；2月布拉格发生暴动；3月德国发生暴动；10月维也纳发生暴动，匈牙利发生暴动，意大利也爆发了革命。这些革命都以失败告终，惠特曼在这首诗里歌颂他们。有一点值得注意：《共产党宣言》是1848年发表的，第一句就是"一个幽灵在欧洲徘徊着——共产主义的幽灵"。这是一种西欧的方式，常常把恐怖的有力量的东西、看不见的东西都叫作"幽灵"。这句话实际就是说共产主义思想在欧洲泛滥。惠特曼很可能看到这篇文章，至少也知道，而这个意象，就是他的诗的中心。如：

　　　　突然，它从发霉的昏昏沉沉的墓地、奴隶们的墓地，

　　　　像闪电一样它一跃而出，连自己都觉得有些惊奇，

　　　　它的双脚踏在灰烬和瓦砾之上——它的双手抓紧帝王

的咽喉。

隔了几段，他又写道：

> 可是，在这一切阴霾的后面，偷偷地走来了——看哪，
> 　一个影子，
> 像黑夜一样模糊，头部颜脸和形体全部裹在猩红的长
> 　袍中，
> 他的脸孔和眼睛没有人能够看到，
> 从他那长袍外面只看到这个——那红色长袍，为一只
> 　手臂举起，
> 露出一个弯弯的手指，高高地指向高处，好像蛇的头。

这也是把革命形象化了，但这种形象他不是当作共产主义
的幽灵，而是把它当作欧洲反抗封建帝王的人民大众的反抗精
神的，他对封建领主和帝王的仇视是非常强烈的。如：

> 而你们，被供养来污辱人民的，你们这些骗子，注意！
> 不管有着多少的痛苦，阴谋，贪欲，
> 不管用种种卑鄙的方式进行公开的抢劫，利用穷人的
> 　诚实剥削他们的工资，
> 不管从皇室的嘴上发出无数诺言，而又撕毁了，而且
> 　在毁坏中讥笑，
> 终于，在他们的权威下，不管这一切，举起报复的铁
> 　拳，或贵重的头颅滚落；

人民蔑视帝王的凶暴。

从他对封建帝王的直接讲话中，看出了他的饱满的情绪。当时的人民深受封建政治势力的压迫，如圈地运动，使很多人流离失所，所以人民对帝王和封建领主是非常仇视的。惠特曼的祖先是从英国搬来的，所以他对欧洲封建势力的仇视很深，直到今天还能感动我们，如：

这时候，尸体躺在新造的坟墓里——年轻人血淋淋的尸体；

绞架的绳子沉重的挂着，王子们的枪弹飞舞，掌握权威的动物高声大笑，

而这一切的事物都结了果实——而这些果实都很好。

那些年轻人的尸体，

那些挂在绞架上的殉难者——他们的心为灰色的弹丸所贯穿，

他们看起来好像冰冷而且凝止，其实却活在别的地方，带着未被屠杀的生机。

他们活在别的年轻人身上，呵，帝王呀！

他们活在兄弟们身上，它要准备反抗你们！

他们被死所净化——他们已经受教训而被提高。

没有一座为自由而被杀害者的坟墓，不生出自由的种

子，循环不息地生出种子，

风又把它带到远处重行播散，而雨和雪来滋润它们。

没有一个脱离肉体的灵魂，会被暴君的武器所消灭，

但它却会在大地上潜行、密语着，商量着、警戒着。

　　他感到为自由而死的坟墓永远要生出自由的种子，这种想法虽然有些抽象，但还是很深刻的，不过到最后也有些唯心的神秘的色彩。如：

这房子关着吗？主人不在吗？

可是，也要准备好呀——别等得不耐烦；

他马上就要回来——他的报信人马上就要来到。

　　他的诗语言很洗练，有很多各自独立的词句，如："呵，希望与信仰……"但这些词句却很有力地表现出对封建帝王的仇视。他的诗写得很好，但在这两首诗中却有一个共同点，就是语言不够清楚，有点神秘和虚无缥缈的倾向，但又令人有种庄严的感觉和深刻的感动。我们读他的诗，要从他的创作思想来看，他的创作原则不是说明或显示任何主题与思想，而是引导读者到这个主题思想的氛围当中，像你的想象在那里自由地飞翔，至于结论，你自己去找。

　　他的诗的特点之一，是对情绪描写得深刻入微，思想不明确的缺点，因此得以补救，所以他的作品是模糊但又动人。他的观察和感觉是比较敏锐的，同时他的诗多着重于想象方面。正因为这一点，他的诗是很不好翻译的，它不仅意义上含糊，

跳跃过多，而且句法、文法都在所不顾，不容易找出它的规律。惠特曼在中国知名很久，甚至在五四时代就已知名，但翻译他的诗却很晚而且很少，大概是这个原因。

阅读他的诗也不像读别的诗那么容易，有人把它比作未开辟的林莽，那里有粗野的风光和新鲜的空气，但道路十分难行，只有喜欢吃苦的年轻人，才会认识它的好处，对于想望享受的人则一点好处也得不到；那里也有甘美的泉水，但你要带自己的杯子，这就是说你要有准备有基础才行，不是为了消遣的，一定要带有目的，以自己的经验去补充它，要想轻松地理解它是不可能的。当然真正的阅读都如此，不过读它的时候这点就更不可缺了。

这两首诗都是描写革命主题的诗，一些资产阶级评论家评论他的时候都没有提到。苏联 M・密尔斯基在论惠特曼的文章中例举一些著名的好诗，也没把这两首包括在内，这是不对的。这两首诗是他所有的诗歌中最好、最积极的诗。

《我坐着眺望》，这首诗，是企图反映现实的矛盾的，这是他在流浪各地后所看到的人民苦难的一个总结和归纳，不过他最后也仅只沉默而已。在这里他最多只看到等级的对立，而没看到阶级的矛盾。譬如他说："我观察傲慢的人们，在劳动者穷人、黑人、和此类人们之上投射侮蔑与轻视。"他看不出本质的东西，他不能提高一步把阶级矛盾的本质提出。他这首诗是有力量的，他虽然也很愤怒，但他只是"看着听着，而我沉默"。他只能揭发现实，但他不明白应该怎样去解决。

我们再看看他关于内战的题材，这也是他优秀作品的一部分。马克思说："美国内战，是两种制度的斗争，即奴隶制与自由劳动制的斗争。”美国脱离英国独立以后南方保持着奴隶生产制。南方奴隶制的保存，阻碍了美国经济的发展。当时资产阶级也反对奴隶制，因为奴隶制的南方几乎不需要工业品，既不需要农业技术，生活用品也几乎不需要，那里不是商品的市场，这是和资产阶级的利益有矛盾的。

人民反对奴隶制是非常激烈的。在 1859 年贫农约翰·白朗发动了奴隶起义，起义失败了。约翰·白朗带伤被俘，在临死前他说：“我约翰·白朗现在完全相信，只有鲜血才能洗清这罪恶深重的国家的滔天罪恶。”他死后又连续发生了几次黑人起义。

马克思对这事件估计很高，他说：“据我看来，现在全世界最大事件，其一是约翰·白朗死后的美洲废除奴隶制的运动，其二是俄国的废除农奴制的运动。”

到了 1854 年共和党成立。它从资产阶级和农民的利益出发，要求开放西部土地以便自由移往，主张国家无报偿地把土地分给农民。在 1860 年因提出这种政纲的进步性，得到了广大人民群众的拥护，林肯当选为总统，奴隶主争取政权失败了，于是南部武装叛变，宣布独立。这样两方面，就爆发了战争。战争开始后，林肯政府力图与南方妥协，他们只求联邦的统一，而不宣布黑人解放。在 1861 年底，北方已有 60 万军队，农民大量涌入军队，为自己的利益和理想作战。因此这个战争还带有进步性。当时马克思就曾写论文，来赞助人民的正义性。

《1861 年》这首诗是南北美战争的第一年。作者把年代拟人化了，诗的中心人物是工人农民。这个年代的气氛也可以从诗中感到。这首诗描写的范围是很宽广的，作者在这里是很具体地反映了这个时代。

我们再来看《爱西乌皮亚向旗帜致敬》，这是一首格律诗，是他同情黑人的代表著作。

《黎明的旗帜之歌》这诗比较通俗，并且有明显的政治倾向，其中大部分在讲国家统一的这个概念。这首诗是在林肯被刺以后写的，是在资产阶级妥协反动以后写的，他的不满情绪可以隐约看到。他歌颂的"旗帜"不是代表和平的果实，而是仍旧指向战争，它好像在叙说旗帜所代表的，是在一切物质之上的自由，统一或者别的什么抽象的概念，但也没有说清楚。我们不管他的企图是什么，他对祖国国旗的歌颂，却是还少有人能够超过他。

他在《走过道路的回顾》那篇散文中，论述到他在战场上的感受，是《草叶集》所以产生的最大原因。他又说战争所激起的感情，不仅是他自己的，也存在别人心里，即在人民的心里。因此他才能写出本土的和热情的诗歌。

这首诗的优点首先是它的语言的明确的口语化，如：

> 呵，一支新的歌，一支自由自在的歌，
> 飘荡着，飘荡着，飘荡着，飘荡着，以声音，以更清
> 　楚一些的声音。
> 以风的声音和鼓的声音，
> 以旗帜的声音、小孩的声音、海的声音、父亲的声音，
> 低低地在大地上和高高地在天空中，
> 在父亲和孩子站立的大地上，
> 在他们的眼睛所视着的天空中，

那里黎明的旗帜在飘荡着。

气魄很雄壮。他在"孩子"和"父亲"对话的两段诗中，表明两种性格、两种观点：一种是孩子的纯洁的、天真的对祖国旗帜的看法；另一种是父亲的看法，认为祖国的旗帜并不高贵，高贵的是金钱。

这首诗读起来是比较流畅的，他用叠句的方式，用孩子、父亲对话的方式，夹杂着旗帜和诗人的歌唱。这种写法也是很新鲜的。他的描写范围也是比较广阔的，大海、太阳、风、大地、大地上的一切、轮船、战争、军队、黑夜和黎明等等，都写到了，气魄很雄大。

最后那段尾声，包含着不易了解的暗示和预言。惠特曼就是因为有这些东西，有人说他是预言家。他说：

> 当别的人依然在忙碌，或伶俐地交谈着，永远在教人
> 　节约、节约；
> 呵你高高的在那里！呵长流！在那里你摆动着好像一
> 　条蛇，那么古怪地发出咝咝声。
> 从广袤之中升起——只为一个信念——仍然为它猛烈
> 　地战斗，
> 冒着流血牺牲的危险——你是我所爱的！

这里模模糊糊的显示一些什么东西，接着说：

> 你是那般可爱！呵旗帜，你拿着从黑夜带来的星群来
> 　指导白昼！

不被尊重的、千万只眼睛的目标，在一切之上和要求
着一切的。

他好像是在显示什么，但也不彻底，当然这也是为当时所
不允许的。作为预言家的惠特曼常常是错误的，内战以后，美
国政治迅速堕落，美国从此再不是进步的地方，他的民主的乐
观主义，只成为架空的幻想而已。但在内战中，这种架空的乐
观主义，还是进步的。不是对将来，而是对那时来讲。人们还
未充分认识阶级的对立，但是这个时期非常短促，而且还包含
了危机。惠特曼的幻想是破灭了，当然不能实现的。

我们再看看他悼念林肯的两首诗。

林肯是一个贫穷的农民、伐木者（聂鲁达的诗《伐木者醒
来》即以他为美国民族的代表）、筏夫、店员，他为人公正，后
被选为邮政局长、律师、议员，1860 年竞选总统时被选为总统。
这时的林肯政府被认为是除了雅可宾专政以外，资本主义社会
中最好的民主政府了。当时马克思领导的第一国际曾打电报祝
贺它，并拥护林肯和奴隶制度做斗争。但在南方投降后 5 天，
他即被暗杀了。这样美国又开始反动，美国的民主从此就结
束了。

对林肯的估价也是很不容易做的。到了 1925 年论述林肯的
书已登记的就有 2500 多本，其中包括两种态度。美国共产党在
1938 年通过的党章导言称之为"革命的林肯"。至今在人民传说
仍把他当作一个英雄人物。

惠特曼之对林肯，很容易使人想起马雅可夫斯基之对列宁。
他曾和林肯见过一次面，是在军营中。惠特曼从人道主义出发

到伤兵医院去当作看护，伤兵都称他为白发良善的诗人。林肯称赞他："这才是真正的人哪！"据说当他听到林肯死讯，立刻晕倒。他的感情是很真挚的，如《我的船长》一诗，最被普遍传诵，常见于英语读本中。这首诗也是格律诗，押韵脚。作者在这里用航程影射战争的经历；人民的欢呼影射着对胜利的欢呼，而且每一节后面无论在形式上、感情情绪上都是一个对比，写出对他死的悲泣，交织起来成为简短然而丰富的哀悼诗。

《当最后的紫丁香在庭院里开放》一诗是最悲伤而又是最庄严的挽歌。作者用紫丁香、巨星、杉松，3 种象征来表现林肯的人格。而中间又穿插了画眉的歌唱，写出他对死者的哀悼。

在第六段："当行进中的棺木经过大街和小巷，当他经过白天和黑夜，此时有遮暗大地的云影，有……有……有……"这样把哀伤的画面全写出来了。

在第八段："呵，航行在空中的西方的星！现在我已明白，你必定暗示的究竟是什么。当一个月前我们散步的时候，当……当……当……"这些写出了他的哀伤的情绪，都是感动人的。

第十一段、十二段、十四段都是用景色来歌颂死者的伟大。

在第十八段中是描绘战争的场面：我看见了无数的军队，我看见，如同在无声的梦里，千百万战争的旗帜，我看见他们穿过炮火的烟雾，并为流弹所射穿……这些是描写林肯领导的战争，写出林肯的伟大。

作者描写林肯是把他作为民主的代表，因为他的歌不仅献给林肯一个人，而是给一切战争中的死者。

他理解林肯，当作他一生中"在他国土上的最美丽最智慧的灵魂"。

在后边他写了死的颂歌，关于死，他的观念是很奇怪的，在他看来死亡也是愉快的，他写道：

> 赞美这无限的宇宙，
> 赞美生命和快乐，赞美一切新奇的事物和智识，
> 赞美爱，称心的爱——但赞美吧！赞美吧！赞美吧！
> 赞美冷冰冰的死的纠缠的两臂。

他说既然死是必然到来，他就愉快地接受。"没有一个人唱着全心全意欢迎的赞歌来歌颂你吗？那么我为你唱这支歌，——我赞美你高于一切。"

死的颂歌是歌的形式，带有格律的迹象，也并不全是格律诗。

《开拓者！呵，开拓者！》一诗发表于1865年，即内战结束的一年。经过内战，农民为自己赢得了在资产阶级统治的国家中，所能见到的最民主的农业制度。西部的移民以更大的规模进行着。

《开拓者》的主人公是被剥削的无产阶级，是失业工人、失掉土地的农民、破产的农民和被压迫的欧洲移民汇合而成的开发大军，他们向苦难的西部前进。这首诗的主题，是歌颂人类征服自然的伟大气魄。

这首诗有新生民族的青春气象。惠特曼把整个民族作为他描写的对象，他不是写某一个人，而是描写整个民族的精神气魄，因此作者的气魄是非常之大的。他从民族的范围研究人类的精神。

这首诗和我们的诗歌很接近。苏联曾以此诗作为"五一"节的传单。这一点是可以给我们一些启发的。我们举以下几段看看：

　　一切过去的我们丢在后边；

　　我们出发到一个更新的、更伟大的世界，不同的世界，

　　我们占有的那个世界是新鲜的壮健的，是劳动的进步
　　　的世界，

　　我们砍伐原始的森林，

　　我们截堵那阻挠我们的河流，并且钻入矿穴的深处；

　　我们测量广大的地面，我们掀起未开垦的地土，

　　不是为甜蜜的欢乐；

　　不是为坐褥和拖鞋，不是为安静和潜修，

　　不是安全与餍足的财富，那温驯的享受不是我们的，

　　那些大吃大喝的食客在宴饮吗？

　　那些肥胖的贪睡者在睡眠吗？他们已闩门并且下锁吗？

　　我们依然是坚硬的食物和铺在地上的毯子，

　　黑夜已经降临了吗？

　　刚才的道路是否如此困倦，我们已失去锐气停止下来，

　　　在我们的路上打盹吗？

　　然而我应允你们有瞬息的时间，在你们的路上休息

解困，

等到号角的声音响起，

遥远的，遥远的传来黎明的呼唤——听！多么洪亮而
　　清楚呀，

我听见它在吹；

快！到军队的前头！——快！跳到你的位置！

开拓者！呵，开拓者！

　　这表现了年轻民族的上升的伟大精神。当然他主要是歌颂
人民，但由于他是非阶级论者，看不到阶级对立，所以他同样
歌颂业主。如他说："纷纭的各种各样的生命的壮丽的行列，一
切形状和外貌，一切正在工作中的工人，一切在海上的人和陆
上的人，一切的业主同他的苦力。"他的局限性也表现在这里。
但是他歌颂苦难人民歌颂人民歌颂工人，这点是应该肯定的。
他这首诗的确反映了他的时代和国土的最主要精神，他引以为
傲的，是他充分摄取时代的精神，把它化为诗歌有生命的呼吸
投向未来。他认为第一流的文学，并不是凭它自己的光辉而闪
耀，它总是从环境中产生出来，而且是在不断发展的，就像月
亮一样，它总是这一时代精神的反映。

　　他认为以前的诗歌，适合于其他的时代和地域，它都歌颂
与时代和地域有关的事物。他不过是忠实地、坦白地在他诗中
发掘一种与这时代和这地域同为一体的人格，这人格存在于人
民大众身上。他的确抛弃了因袭的主题，而致力于表现已经存
在的那个时代正在成熟的个性。他说过，他要像希腊诗人一样，

以天生高贵的品质与英雄气概，赋予他的人物，赋予人民大众。

这首诗和《爱西乌皮亚向旗帜致敬》《呵，船长！我的船长！》等同样走近了有韵律有音步的诗，每段都是有一定的句数，最后重复一次。由于感情的性质和发展规律，他采用这种形式，以我看来是企图使人反复咏叹，不断重复他所要传达的印象和感情。

关于"友爱"或"同志爱"也是他重要主题之一。他关于这种爱的歌颂，也是从民族观念出发的。他说："来，我要使大陆不可分离；我要创造太阳还未曾照临过的最光辉的民族；我要创造神圣的为人热爱的国土。"他这个雄心、气魄是非常大的，要让他的诗歌帮助他创造一个伟大的国家，而这是要经过千千万万有着充分发展和能包容一切的个人之后才能成功。他把友爱和男子气概结合起来，而他的"友爱"和"同志爱"的主张，是他民主思想的表现。他曾说："为你，呵，民主，我以这些为你服务，我的爱人！为你！为你！我颤声唱出这些歌，以同志的爱、以同志的高耸入云的爱。"

这种友爱，不是个人的，而是社会的；不是对于独特的某一个人，而是对一般平常所接触的普通人。这种歌颂，表现了他的社会理想。

这种友爱，又带有浓厚的基督教观点，而不是经过斗争的有强烈阶级意义的友爱。

这种友爱，他不光歌颂，而且实行。他的青年时期在纽约写作，赞助教育，同情劳工，促进一切民主改革。内战发生，参加救护事业，到处讲演主张废除奴隶制。这些行动，大都是从这种博爱的人道主义出发。他的诗因为有这种思想，没有一点点其他诗人常见的厌世思想。他的诗充满快乐，充满生命的欢呼。他以那时代所可能有的最大程度赞美人类。诗中的那种旺盛的乐观主义精神是很动人的。

但是，在他诗中所表现的友爱观念，带有资产阶级民主观念的抽象性，使人感到空洞不实，一旦他把这种思想赋予自然界，那就显得更强烈、更富丽堂皇了。

在《露西安那我看见一株活泼的橡树生长着》就是显明的例子。这首诗写得非常好，把这株橡树写得很活泼。但在这里又表现了一个矛盾，就是说他这样像男子一样雄壮，但他又为什么是孤零零的呢？他一方面歌颂它；但一方面又有疑问，自己又不能如此。这可以看到他的真实性和他的世界观。这首诗也是非常动人的。

《大路之歌》通常被认为是最好的含有他的特性的纯正的诗，但有些地方是很神秘而不可理解的。"大路"又曾被称为是"公路""道路"，这是歌颂一种抽象的关于前进的光荣或概念。

他在这首诗中，主要肯定自然以及和自然密切结合的一切，他歌颂自然及和自然有关系的人格，人的自然、真诚、坦白，以及在自然中所有这些最真实的东西，他用了很多段落充满热情地去歌颂这些；另外他又十分强烈地否定不自然的虚伪的人的社会。如他说：

　　去呀！不管你是谁！到前面去！
　　你再不能在屋子里贪睡怠惰，虽然你建筑那房子，或
　　　那房子是为你而建筑的。
　　走呀！从黑暗的禁锢中出来！

抗议是无用的——我知道一切，我要揭露它。

我看见了，从你这个同别人一样坏的人身上，
从人们的欢笑跳舞、宴会、晚餐，
衣服和装饰的底下，洗净修整的颜面底下，
我看见一种隐藏的无言的厌恶和绝望。

没有一个大夫、一个妻子、一个朋友肯听信忏悔，
另外的一个人身，每个人的双重性，正在隐秘而潜藏
　　地前进，
通过城市的街道，无形且无声，在客厅里殷勤而有礼，
　　在火车上，在汽船上，在公共集会中，
在男人和女人的家里、在桌子上、在寝室中、在无论
　　何处，
在盛装时，面带笑容，外貌正直，胸中是死，骨肉是
　　灭亡，
在绒衣和手套下面，在丝带和绸花下面，
用习俗保持着美丽的外衣，不说本身的一个字，
谈论别的一切事物，但永不说到自己。

就是说，永久不说真实的东西，永远是欺骗。对社会上这
些习俗，他是极端蔑视的。他说："灵魂的流露是幸福的。"他
歌颂人与人的真实的关系。我认为他这首诗中最生动的一段是：

我想英雄的事业都是在露天底下产生的，而所有伟大

的诗篇也都这样，

现在即使有一千个完美的男人出现，那不会使我诧异；

现在即使有一千个美貌的女人出现，那也不会使我
　　惊奇。

现在我已看清那优秀人物形成的秘密，

那是在露天之下产生，并和大地一同食息。

这里一个伟大人物的事业有了场所。

　　裴多菲在《皇宫与茅屋》中说："一切伟大事业都是从茅屋
中来的。"而我们今天也认为一切事业都是从伟大人民中产生
的。诗歌也是这样。在这里作者带我们走出发霉的晦暗的图书
馆，和一切阴湿的室内，到了粗野的阳光灿烂的崭新的大气中。
他认为这样的地方也是理想世界的所在。

　　但他这首诗又是神秘色彩很浓的诗，有好些地方模模糊糊，
不好理解。在这里他的"泛神论"哲学又极度发挥，唯物倾向
和神秘主义的倾向互相交织在一起：一方面把日常生活和事物
都当作有生命的崇高现实来歌颂；另一方面他并不能看见现实
的本质的革命的发展，他的信心不是有充分物质基础，而大部
分是唯心的，到处都谈灵魂，只有灵魂才能保证一切、解决一
切。这样认识的结果，人只要等待自然自发力量的发展就得了，
这种世界观是错误的、反动的。

　　但是他的"泛神论"也有民主的部分，这是由于肯定一切
自然现象，也肯定人的价值，这是他的诗歌的主调：歌颂人，
不管这人怎样。这种思想与真正的宗教对立，虽然它仍带有宗

教倾向。

在恩格斯给左尔格（德国共产主义者，1852 年移居美国，以后为第一国际领袖）的信中说："由于历史的原因，美国人在理论问题上是落后的，他们虽没有从欧洲带去中世纪制度，但却带去大量中世纪的传统观念，宗教迷信、唯神论等等各种各样的愚昧……"

由此可见惠特曼的这种倾向，在当时并非特殊。虽然这样，这首诗也有它的精华之所在，他所捕捉的题材，是前人所绝对梦想不到的。

他的诗虽然有矛盾，但他的朴素仍然是动人的。他的坚定信心虽然缺乏基础，但他强调现实比过去伟大，将来还要壮丽。因此诗中充满生命与力量。聂鲁达说："把你埋在土中的胸怀的力量给我。"正是由于他充分地认识了这种信心的价值。

《大斧之歌》的主题，是歌颂劳动，和从劳动中产生的民主观念。他是把大斧作为美国民主的象征来歌颂的。他说：

> 作为武器、堂皇、赤裸、青苍！
> 头得自母亲大地的内脏！
> 金属的骨，木质的身，只有一片嘴唇，一支臂膀！
> 青蓝的锋刃赤热的火焰中锻成，木柄是从一粒种子播
> 　　种后生长！
> 躺在草中，靠在草上，
> 依傍着草，又为草所依傍。

这段是押韵的，模拟斧子砍伐的节奏和音响，不但有音节，

而且有明显的韵脚。即使在其他段落中，也都有充沛的力量的诗的节奏感，这里不过是自然得来并加以修饰而已，仍保存它的粗野。

"草"在他是当作最平凡的事物，象征着普通的人格，他不歌颂花。"草"在《草叶集》中有特殊意义，他写草是歌颂普通人民的。

接着他用列举的方法，欢迎各种土地。这种罗列为达到一个统一的观念，他常用这种方法，达到宽大壮阔的效果。

第三段又是用列举的方法，表面看来互不相关，但这绝不是现象罗列，而是每一事物都有它的象征意义，都有它的典型意义。这是用一些名词和定义所组成从美国的建成到象征着建立美国民主的巨大工程，其中经过诗人的详细描写，讲出美洲的开发经过。写得很细致广泛，后来又联系到古代的掠夺和战争。我想这样的联系是有关系的，因为要认识现在一定要和过去联系起来。如马雅可夫斯基在列宁那首长诗中，为了写列宁，他也回复到列宁以前的一二百年去写。为了写清现在，是可以把过去和将来联系起来的。作者在诗中借用无数的譬喻，来说明民主是在生长中。

第四段末尾和第五段的关于伟大城市的概念，我认为是最精彩最动人的。他说："伟大的城市是那有着伟大的男人和女人的城市；即使它只是几间破陋的草房，它仍然是全世界最伟大的城市。"这话说得很好。北京伟大就是因为在北京有伟大的人物。一个国家之所以伟大，因为他有最先进的人物在那里。作者对伟大这个概念说得很深刻。他所理想的伟大城市，就是他幻想的民主国土。所以他说最伟大的城市不是什么、不是……不是……而是……是……他对民主国土的幻想是真诚的。同时他又在很多诗篇中歌颂男女平等。

第六段是第五段的补充。

第七段讲到大斧运用的历史。

第八段他讲到大斧不仅用在建设上，近代它已变为刽子手的工具了。

第九段又回到他所喜爱的列举事务的方法，从草棚到船都是大斧造成的。这些事物的名称，向来是被认为不是诗意的，这是他的大胆革新之一。他把别人所不取的东西，放在他的诗中，这也是他的诗的特点之一。在描写现代生活时，他不怕把最普通的、最平庸的事物放进去，甚至有时也连带他的污秽的一面。他以为伟大的东西就是寻常的东西，寻常的东西就是伟大的东西。这种思想是他民主思想的一种发展。我们不能单从形式上着眼。

这首诗十分强调韵律，后面几节用同一起句。

大斧的使用者和大斧的产生，甚至什么木头做什么用都写了，这也是因为他当过木匠十分熟悉，写来才不使人生厌。

诗里歌颂的对象和动作，构成一幅生动的图画——他认为的美国民主的图画。

第十段是描写家庭的形象，还有各种罪恶的形象，最后几句用寥寥几笔，写出极能表达社会现象的事物。

第十一段描写妇女的形象。是对妇女平等地位和女性的歌颂，是与他歌颂人的价值不可分开的。

第十二段是"以主要的形象——民主的形象"结束。整首诗充满手工业时代民主的观念，可又是十分天真的，无论什么人都不可能重复他的方法。

他这样充满信心肯定资产阶级的民主，是与拜伦等一系列的诗人完全相反的。这将怎样解释呢？因为拜伦、雨果、海涅等诗人所处的时代，是资产阶级过了他的顶点走向下坡路的时代；而惠特曼所处的时代却是美国资产阶级正在走向顶点的时代。在世界各主要资本主义国家中最年轻的一个国家里，当时人们还仍旧相信资产阶级的理想和人类的理想是合一的。这时，广大劳动人民，有着广大的土地和发展前途，充满着自信和乐观，甚至工人和农民的界限还不清楚，更不能认识了阶级的对立。惠特曼生在这个时代，才有可能如他诗中那样，过分夸大了他所处时代和国土的绝对乐观，认为它才能产生前所未有的伟大诗歌，这种诗歌他认为具有民主大众的绝对信仰和平等观念。他的天真可以说是时代病。他在诗中始终强调和帮助建立美国的个性，他要歌唱"人的自己里面的伟大和骄傲"。这也是太天真了！他的民主观念是"美国式"的，有极大的地方局限性。

19世纪70年代以后，他已看出美国距离他的理想很远，可是他没有抛弃信心，仍幻想通过艺术和宗教去达到他的理想，而不是从政治斗争去达到。这也是当时的小资产阶级的普通倾向，甚至影响到工人阶级队伍中。美国的工人运动，也长期地处在一种农业社会主义和乌托邦幻想的道路。

当然他的幻想破灭了。他不仅生前失败，甚至他死后在美国也不承认他。他说："我不曾获得我自己时代的赞许，退而对于将来抱着亲切的梦想……这要在百年以后才能充分解答。"他把《草叶集》看作为"对新世界的后代的名片"也许有些道理。

最后谈谈他的诗歌形式问题。

在一般人看来惠特曼的主要贡献在于形式，称之为自由诗的鼻祖。确实惠特曼在历史上，是一切人都及不上的伟大的真正的独创者。另一个就是马雅可夫斯基。当然他们两人在不同时代不同地方，并以不同程度而有所区别。

他在诗的形式上的革新，是从内容的革新直接产生的。他把最广大意义的现实引进诗中，他歌唱最普通的事物。在诗歌的发展史上，他的确大大地推进了一步。

他认为过去已产生过很好的诗歌，大体上是不能再越过的了，这些好的诗歌为过去所需要，却不一定为现在所需要。因此，他对诗歌的理论和见解，要给予一番彻底的调整，他拿他的实践来证明他的理论。

但他并不蔑视过去的诗歌，他从那里吸取营养，在接受遗产上，他着重于人类最年轻的诗歌：如新旧约、希腊戏剧和史诗、莎士比亚以及其他民族史诗等。因之，他的诗也是那时最年轻的诗，他的声音是粗野的，他把对于大自然、对于土地、对于自己的祖国和人民的爱，坦白地毫无拘束地表达出来。因此他的诗是永远清新的。

他的诗的风格，是对于矫揉造作的坚决否定。质朴是他的特点，赤裸和坦白是他的守则。他是一个深于观察而又富于感觉的人，他逐一记录他的感觉，只留心真实，绝不装扮和粉饰。

当然他的风格也包含他的粗野和它的不成文理的直率，大概草创的人，总是过于极端的。

密尔斯基的批评，有对的也有不对的。在我看来，贵族出身的密尔斯基也是一个格律诗的主张者，在论文第四节第一段完全看出来了，因而他的说法很勉强，前后矛盾很多。承认部分的内容，不承认形式。我想，他也一定不会同意马雅可夫斯基。

密尔斯基所指摘他的形式的理由，照我看来，并没有打中要害。我们可以做别的解释。我以为，惠特曼的诗还是缺乏生活的完整的形象，对于美国社会生活，他并没有真正深入的具体的全面的理解，这和他没有直接参加政治斗争有关。他的大部分诗失之于抽象的说教，好诗中也有抽象的不可理解的部分。他对社会矛盾揭露得非常不够，这当然也是因为他在思想上有很大的局限性所造成。在这方面我们从马雅可夫斯基的诗中可以学得更多，甚至在这一点上雨果也比他强。

然而我们从历史的观点来看，每一个阶级或民族出现在世界舞台上总带来自己的诗歌，这种最初的诗歌，在艺术完整的程度上虽然不够，但因为它常是从"新生活"出发，而有着新的内容，所以依然是不朽的。反之，那些接近死亡期的阶级的诗歌，没有活泼的内容，即使他形式怎样完美，它总是没有生命的。

研究惠特曼在诗歌上的创造性，常常使我们想起马雅可夫斯基来。惠特曼攻击封建主义，马雅可夫斯基攻击资本主义。

惠特曼歌颂美国的民主，马雅可夫斯基歌颂全世界无产阶级革命和苏维埃的胜利。规模和目的是不同的，创造精神却有共同的地方。这也就是惠特曼值得我们学习之处，至少他在诗歌上是开辟了一个新的时代。资产阶级不可能有完全健康的诗歌，但在形式上自由诗还是从他开始的。

自由诗可以在更广泛的基础上描写现实，我认为自由诗一定可以与民歌并存，它和格律诗同样可以发挥最大的可能性，发挥不同的个性为共同的理想奋斗，为共同的伟大目的服务。

我们研究惠特曼学习他的现实主义和创造精神，学习他的技巧，学习他的表现手法。惠特曼是值得我们去发掘的，他至少也可以为我们向马雅可夫斯基学习时作为一面借镜。

1954 年 7 月 13 日

《被开垦的处女地》的人物和技巧分析

一、人物

《被开垦的处女地》所描写的是社会主义建设中消灭富农实行农村集体化的最初阶段。这是继十月革命之后的另一次惊天动地的伟大变革。事件本身是已经很动人的了。但作者并没有只满足于写这动人的事件，作者把他的全部才华放在描写在这变革中的农村干部和农民群众的生活变化和心理变化上面，这是在广阔的背境上来描写新人如何产生的图画。

在研究《被开垦的处女地》的人物时，我们首先感到的一点，是它和《静静的顿河》有很大的不同，它叙述的不是一个人或几个人的命运，而是一大批人的社会生活的图画，这是由新的生活所决定的。在新的社会中，个人和集体的关系更多更广泛，因之自然产生一种趋势，在一个作品中要出现大批的人物，这大批人物与主人公一起构成了一群新生活的建设者。这种在广大的生活背景上描写一大批的人物的作品，在古典文学也有过类似的例子，如托尔斯泰的作品《战争与和平》和《安娜·卡列尼娜》。

　　但是有了大批的人物，在本身上并不是目的，因为在艺术作品中，人物形象已作为思想的代表而出现的。每个人物都必须富有思想的意义，因此作家在现实中选取和概括人物是根据作品的目的来取舍，所选取和概括的人物必须有它主要的存在的理由，这个存在的理由主要的在于它能表现某一定的思想。举一个例：作品中区委介绍格内米雅其村党支部有三个党员，可是作品中只写两个，第三个就完全消失了，因为作者已经概括了当时农村党员主要特点和偏向集中表现在两个人物的身上，第三个就不必要了，但是能成为一个支部至少得有三个党员，作者只写两个不写第三个也应该有一个交代，所以拉古尔洛夫向达维多夫介绍时说：这第三个有事外出了。再举一个例：作品中有一处写到村中有共青团的组织，笛摩克就是曾被共青团开除出来的；作品也写到村中有妇女大会和托儿所的组织。而这些，作品中一概不描写，我想，作者这样处理是有原因的：它们和作品的目的并不相干，它们是无须乎在作品中占有地位，它们没有存在的理由。这条原则：每个人物必需赋予思想的意义，对于作品中共出现一面的人物也不例外，例如作品中在会上发言的一些中农，他的发言就是代表中农思想的一面；它的存在理由仅仅只有这一点点，它也无须乎占得更多的地位，但是这里还得说明一点：思想和形象的结合，不是从作者的头脑中产生的，这思想和这形象是同时在周围的现实中产生的，从生活到思想的过程中，形象也在逐渐明确，无生活根据的概念化的人物，无论再有多大的本领也不能使它像一个活活的人物那样使读者相信。

　　《被开垦的处女地》中最值得我们注意的人物自然是达维多

夫。这一个党的领导者的形象。从作品中可以看出来，作者是用了很大的力量来描写党的领导者的各种主要特征，这人物一出场，就表现他具有坚定的立场，他从区委书记的交代政策的长篇大论中立刻抓住要点，认识区委书记右倾，到格内米雅其村的第一个动作，就是他亲自去照顾马、和农民亲昵地开玩笑，很突出地表现了党的领导者的群众观点；领导者和群众的正确关系，这是一节富有性格特征的细节描写。到村后第二天召开的贫农和活动分子的会议上，当罗比西金演说时，他就称赞了罗比西金。在会上看到有人被富农蒙蔽，制止拉古尔洛夫赶他，在笔记中写道：需要感化他。在念富农名单念到铁推克时，大家沉默，拉古尔拉夫介绍，连拉古尔洛夫也在犹疑：应不应清算他，达维多夫说出斩钉截铁似的话："他当过游击队员，那他应当得到一切荣誉，但是他现在变成了富农，变成了仇敌，扑灭他！还有什么好说的？"这么连续的几个动作，已给我们留下了深刻的印象，以后诃普洛夫被暗杀，他很锐敏地感到是富农杀死的。对农民屠杀牲畜，他也敏锐地断定是富农捣的蛋。一听说雅可夫以前是富农，他立刻在调查。对敌人他有很高的警惕性，在分胜利果实的第十八章中，他命令雅可夫给乌莎可夫女人领小孩衣服的那段细节描写，又表现他的崇高的阶级同情心。在他读了讨论集体家计的小册子之后，明白家禽公有的错误，他立即进行检讨并说服纠正。在会上表决参加集体农庄时，后排有人威胁要再使他流第二次血，他的动作是立刻跳起来，站了一会，嘶声地叫道："敌人！我要活到看你这种人通通埋掉，但如果必要，为了党，为了工人阶级的事业，我可以献出我的每一洋血……所有的血，一直到最后一滴。"大家印象最深刻的，是抢粮食种子场面中他坚决不交出钥匙而忍受女人的辱打，事后在大会上又宽恕打他的人，这最能充分表现出他的坚强的党性，以后在田野耕作中亲自起着带着的模范作用，也是最充分地表现了党的领导者的优良工作作风。可以一一举出来的还很多很多。作者是用了很多的力量在描写一个可以作为读者表率的优秀的党的领导者形象。

但是，作者的目的仅止在此吗？我以为，不仅如此！如果只单纯把达维多夫看作为只是党的领导者的形象，则许多问题将不能得到令人信服的解答。譬如：他既有很高的阶级警惕性，为什么没有看穿雅可夫的破坏行为呢？又如：他既然非常坚定，为什么会受罗加里亚的迷惑，甚至和她谈恋爱呢？我以为，作者对达维多夫的描写，不仅当作党的领导者的典型形象来描写，而且也当作一个那时代的工人阶级的典型形象来描写的。作者在写展开作为党领导者典型的各种特征同时，也展开作为那时还未十分成熟的工人阶级典型的各种特征，例如在一开始他和区委书记就有分歧，可是由于激动和兴奋，只抓住最初涌到脑里的反驳理由，和平时一样，最能说服人的理由是事后才想起来的，他后悔争论结束得太快。又想起来他带来的许多修理拖拉机的工具，批判自己的想法太天真，这些内心的刻画是十分真实的，这一方面的性格特征随着事件的展开作者也不断地给予揭露，譬如为雅可夫所谈的新的耕作方法所吸引，向他借了不少的农业杂志用心阅读；对自己的生活很不注意，衬衫都发臭了，却在想给集体农庄建筑一个浴室。所以没有看出雅可夫的破坏行为。是他相信雅可夫的工作积极性和他的表现和言辞。他对于农村的阶级关系的复杂情况是缺乏认识缺乏体验。更重要的是我们在他的性格中也看得出那时代的工人的一种随随便便的作风，不在乎的态度，他很有风趣，爱开玩笑，我们要记住他又是当过水兵的。在抢粮种子那个场面中。他被女人殴打，还在逗笑，使女人们更恨他，打得更厉害。我以为他受罗加里亚的迷惑，并和她恋爱，是他性格的这一方面的重要表现。他和罗加里亚的关系是充满矛盾的，他一方面也看出罗加里亚是一个没有脑筋的女人，是好生事惹非的女人；也想到工作威信和名誉问题，懂得"只要喝一个哥比的酒，人家议论起来，就抵上一百个政治的卢布"。可是还是不由自主地和她走到月老底下的水边拥抱了，从情节的发展上来看，这结果是合乎人情的。作者在前面就已经充分展开了人物的心灵，当他接到列宁格勒工厂寄来的包裹就自己这样说了："我，好像一个孤儿，没有老婆，没有任何亲人……"他一生中还未得到任何女人的抚爱，而他的心是最能爱人体贴人的，如留下巧克力要给小孩子吃。对小孩对妇女的亲近同情，表现他心灵的丰富和广阔，人的心灵越丰富，爱情在他身上留下的痕迹也越深刻、越鲜明。所以绝大多数的文学作品，总不放过恋爱的情节，因为这是能够表明人物优点和缺点最集中最主要的地方，也是描写人物心灵最有用的最动人的地方。恩格斯说过："最崇高、最高尚和最个别的痛苦就是爱情的痛苦。"苏联不少文学理论文章，也谈到写人物不仅要写他的社会生活，还要写他的私生活，作家要研究新社会人的个性，寻出为记录其中显出的人类感情的新的特点。我认为这个恋爱情节，和这作品思想是融合的。这个情节像其他的情节一样，都是帮助作品的思想更好地表达出来，因为这作品是写新人怎样产生，是写一些有矛盾有弱点的人物，而不是写已经固定下来的十全十美的理想人物，这样的写法，是按照人物的内在的逻辑发展来写的，如果写达维多夫居然能抵抗罗加里亚的进攻，也许是不可信的。但在这第一部中，也确实使我们觉得作者把罗加里亚写得太坏了，在作品中除了反面人物外，对基本群众都不是写得这样坏的，所以很多读者对作者这样处理这人物表示不满，但我们不知道在第二部中作者将如何发展她，所以还不能判定这是否一定是作者的缺点。我又认为在第一部中，赋有最高品质的人物还不是达维多夫，如像宣传长康德拉脱柯，20 年工龄的老工人，伏洛希罗夫的战友，内战中的英雄，就是一个比达维多夫品质更高的人物。作品中也有一些表现，如在燕麦问题上达维多夫的自我批判，如康德拉脱柯很迅速地对工作做出正确的决定，看问题看得很尖锐很正确。少数几笔使我们感到这形象的可爱，又如区委会的民兵队长，虽然只在一件事上闪过，也使我们觉得他是一个久经考验的领导者。在对达维多夫这人物的分析上，我们可以肯定两点：一是反映生活真相和创造正面典型并不矛盾。作者是在描写发展中的真实，是把真实放在矛盾中来描写，仍然不会妨害我们把达维多夫看作为工作中的表率，作者用全部力量刻画这人物优秀的品质，并不因为这错失的恋爱而有所损失。但要问是否有帮助呢？这要看将来的结果才能肯定，《钢铁怎样炼成的》一书，保尔·柯察金初恋上犯了错误，可是后来克服这种错误，不是把他的人格力量表现得更高吗？第二，我们可以肯定的，在描写党的领导者形象时，应该有着他自己的个性。但是这种个性不是附加的，而是应该从他的出身、经历即人物的生活中自然形成的。"收获"中的县委书记被批评为没有生命，因为这人物在作品中好像生来就是做党务工作，既不能看出他由出身和经历所带来的个性的特点，也看不出他合乎生活规律的感情。达维多夫，作者一方面赋给他以党领导者典型的一切特征，又赋给他以那时代的工人的个性特征。这一方法我想会给我们在创造党的领导者形象问题上以一些重要的启示的。

我们再来看看拉古尔洛夫这个人物。他一上场是从肖像描写开始的（第十六面）。值得注意的是骑兵式的腿，张开的鼻孔，混浊的眼睛。作者强调一个老骑兵的外部肖像。而他开始说话就表现粗暴；在介绍共耕社后说："要大家都加入集体农庄，这是一个好主意……是哥隆克都是一些蠢货，我告诉你，他们应该被压服。"接着在会上表决清除富农而有一个不举手是因为他同情富农，他好像踏在鞍镫上一样站了起来，用颤动的声音命令道："立刻滚开会场！"这"踏在鞍镫上""命令"，这一动作把他写得多么恰合。他在追铁推克和牛那一段，充分写出他的军事斗争的经验和他的机警勇敢。他是指挥过一个骑兵营的。他对于参加过白军的雅可夫始终是十分警惕的。他不相信那些参加反对苏维埃活动的哥萨克可以改造，要拒绝那些参加过白军的哥萨克进入集体农庄。这一切都十分恰切地表现曾当过军人的农村干部的特征。在残酷的军事斗争的生活中，锻炼出他对于阶级敌人的极端仇恨。现在农村要转入经济建设了，可是他战时的心理还没有消失，他自己认为战争又开始了。当村中大规模屠杀牲畜时，他要提议通过一条决议枪决屠杀怀孕母牛的人，达维多夫批评他，他说："我们已经像在内战时期一样，到了阵地战的时候了。"（一六二页）军事斗争是阶级斗争的最尖锐的斗争形式，可是它究竟是真刀真枪直来直去的，到了和平时候阶级竞争就要采取别的方式，特别是在农村中，敌人正在用更巧妙的方式挣扎着。拉古尔洛夫以他军人的简单化不认识这一点，他的粗暴和简单使敌人有机可乘。这一切都是我们容易理解的，可是他的"世界革命"怎样来的呢？作者在这人物身上十分强调这一点合理不合理？我以为作者是有意识地使他笔下人物不仅代表一种作风而且代表着一种思想。作者所注意的是怎样使人物多面而复杂，使人物所代表的思想丰富而且生动，以便在更大更深的程度上教育读者。我想，在达维多夫身上是这样，在拉古尔洛夫的身上也是这样。我们不大知道当时苏联的情况，但知道世界革命的幻想是存在的，所以斯大林要写文章说明在一国内可以胜利地建设社会主义。作者可以把当时的社会的思想偏向交给一个人物来表现，问题是这个人物有这个思想合理不合理，当达维多夫批评拉古尔洛夫是"左翼托洛斯基分子时"，但辩解道："我没有托洛茨基那一套文绉绉的玩意……我并不像死啃书本的软骨头一样和党结合"，这说得不错，可是我们从他的出身和经历来看，他出身于比较富裕的中农家庭，能够认识私有财产的罪恶，这恐怕要有点文化才能，他后来成为下级军官在世界大战中，能够认识战争也是为着私有财产，也得有相当的文化知识，我认为他有那种最先觉悟的革命分子的自学的知识分子的一些特征，我们还可以在作品中看出对这人物的其他指点，如达维多夫批评他"好像在梦中生活"，如他把女人看成为羊的尾巴，用处是遮羞，因此为了世界革命最好不亲近女人，想订一条法律禁止年轻人结婚，还有他的国际婚姻的幻想，他学英文（四个月才认识四个字）为的将来帮助英国工人革命等等想法，作者总是十分强调他生活无力，脱离实际。甚至女人和别人发生关系都可容忍。正因为这种实际生活的十分无力，罗加里亚是不能和他生活下去的。他的这种不切实际的幻想，也给工作带来了损害，如他极力宣传女人把家禽归入集体农庄时，大谈孵卵器，使得以后尼姑放谣言有了根据，引起一场风波。在"五一节"大谈世界革命。他的工作方法不是强迫革命就是抽象的宣传，这两种作风在他身上是有机的结合。然而作者无情地嘲笑这个人物的时候，仍然给予了高度的同情和赞扬他对革命的忠心耿耿。在他接受达维多夫的批评后，叫人把家禽发还农民时，一个决定不参加集体家计的哥萨克恶毒地讽刺（二〇〇页），他喊道："人类的最美丽的花，都为社会主义牺牲了，你是什么人，敢开它的玩笑，你这狗屎？"在区委会把他开除党籍后，回来途中他想要"作一个非党的革命者，和反革命毒虫斗争"。但是有人要问，为什么斯大林的文章《胜利冲昏头脑》发表后，他不能接受呢？这正是作者思想深刻的地方。执行政策发生偏差不是那么容易发生的，它有它的思想根源，这作者已充分写到了，而政策的偏差也不是一篇文章就能纠正得了，他还要花费很多的代价才能完全觉悟。现实正是如此，一篇政策文件只能解决一部分问题，不能解决一切，否则，工作太容易做了，只搬搬政策是不行的，它还要许多艰苦的斗争。作者创造这个人物，我以为有两点是值得我们思考的：第一，为了强调人物所代表的思想意识，可以在合理的基础上把时代的某种思想由这个人物来表现，使这形象的教育意义更广更大；第二，写正面人物可以有批判的部分，如达维多夫，写批判性很强的人物也可以有优秀的品质，如拉古尔洛夫，不必要凡是写正确的就什么都正确，也不必要写错误的就什么都错误。不过这里要郑重声明一点：写作方法并不是什么一成不变的东西，作者为着达到这个目的他采取这样的写法，为达到别的目的他又可以采取别的方法；要主要的，作者还要根据现实生活中产生新的特点来革新他的人物创造方法，譬如现在提出的可以写没有缺点的理想人物，也可以像果戈理、谢德林那样写完全否定的人物，这是现实发展的结果，作家需要根据现实生活来革新创造人物的技巧。

拉兹米推洛夫没有多作分析的必要。作者用集中的方法来写他；整整用了篇幅很大的一章（第五章）描写这人物的性格。读这第五章，很容易联想起《静静的顿河》中的人物和故事，甚至在笔调和风格上都很类似。这章中说，拉兹米兹洛夫曾在顿河粮食征收队工作过。这段人物传记很像是取之于真实。

作品中另一个最重要的人物是梅谭尼可夫。他第一次出现是在第九章。这第一次出场就是一篇很实际的演讲，而且是看着小本子念的。这第一次出场就把他的主要特征展示出来了。接着第十章就开展对这人物的大段的心理描写，揭露他的本质：农民的两重性。这段描写是达到了哲学概括的高度，这时候他所考虑的问题仍然是非常实际的问题（九十七面），他在政治上和父一辈完全不同，他信仰共产党，他参加红军保卫苏维埃政权，他到莫斯科参加过全俄苏维埃大会，可是他在舍弃私有财产的时候还感到非常痛苦，关于这一点已有许多文章详细分析过了，我不准备重复它。作者写他的私有心理非常强，甚至在他耕种中被公认为突击队员以后，其他的积极分子都入党，支书问他为什么不提，他承认自己还留恋着私有财产，良心不允许他入党。这一点是深刻的，说明克服私有心理是一个艰苦的长期的斗争过程，不像一些作者写一些有落后心理的人物，经过讲一次道理说服后就完全没有问题了那样浅薄。私有心理是要经过较长期的集体生活才能克服掉的。这一点所以表现得深刻又在于是梅谭尼可夫自怀承认的，这是它的本质的优秀的一面。他诚实、认真、尽责、重视实际等等性格特征，是他紧紧地跟着共产党的一种因素。作品自始至终强调他的这个性格特征。他对农事的研究甚至超过雅可夫，如他主张有计划地耕作，反对雅可夫的无计划，将来代替雅可夫任农庄经理的必定是他。

作品中老头西奚卡，是使我们感到特别亲切的一个人物。在开始的时候，他那种爱吹牛摸底的本性使人感到可笑，也感到这种吹牛措施是出于好心。作者总是在斗争最紧张的场面中插进西奚卡一段滑稽的行动或言论，使这个场面更生动活泼，我以为作者这种表现方法是寓有深意的（其中包含着多少同情的眼泪）。我以为作者是把农民一生所受的苦难，都集中表现在这人物身上，他是受压迫受摧残的农民的化身。他即使有自私、胆怯等等缺点，可是善良的心却是突出的；他的吹牛是天真的吹牛，他的摸底也仍然是不会装假。到作品的后半段，由于新生活的开始降临，他也已经有了人的自觉。当他任马车夫时，他会大摇大摆了。话也少起来了。他爱集体农庄的马，晚上睡在马厩里，老婆怀疑他，又引出一个笑话来。但是在他灵魂中，旧的创伤还未忘却，当斗争最紧张时，他又会逃避危险藏在草堆里。听到别人入党他也想入，目的仅是为求职务，作者通过这形象告诉我们一个真理，那些受压迫受摧残最厉害以至于丧失自尊自信的人，还是要经过相当时期后，人类的自尊心才能够完全醒觉。

　　和西奚卡完全相反的一个人物是代米德。西奚卡最饶舌，代米德却永远沉默。他也有他的自私（没收富农财产时所表现的），也有他的软弱（别人离开集体农庄，他也跟着），他的遭遇跟西奚卡一样是充满苦难，可是产生了和西奚卡完全不同的个性。作者是把他作为西奚卡的对比人物，不过这种对比是补助性的对比。

　　作品中对反面人的描写也是值得我们注意的。他们并不一般化。雅可夫的描写，在第三章中整章用长篇大论的对话的方式来揭露他富农的灵魂，这些对话的语言是最富有个性的特征的。在第十四章中，又用大段文字来分析他的历史，不过这里不是用对话而是用作者的叙述来表现，叙述中还是用许多形象的生动的语句。这两章已经把他的本质深深地揭露了。但是由于他热衷农业科学，热衷于农庄的事务，他也不自觉地做一些违反本性的工作，对农庄有些帮助，而且因为做这些工作感到愉快。作者为什么用这样的方法来写这个反面人物呢？我想大概用意至少有两点，一是使我们认识这样的敌人更可怕，它是更不易发觉而破坏性也更大；二是表现集体农庄事业的伟大性，连敌人管理的人也不自觉地受它的吸引，我想主要的还在前者。对于白军军官波罗夫则夫，也写得不一般化。他平时不是写就是读，为失败痛哭，这是把破坏当作事业来干的反面人物，其残忍无人性到可怕的程度。另一白军军官廖切夫斯基，生活除了烟酒就是女人，这是绝望中挣扎的反革命的形象。无论这些反面人物多么不同，但他们对革命的仇恨都是疯狂性的，他们的绝望心理也是相同的。这样来表现反面人物的注定要失败（不管他们多么聪明、多么顽强）是更高地颂扬革命胜利的必然性，这也是作者特别深刻的地方。

二、情节

当一本书的意思在作家的脑子里想定了之后，当他可以清楚地揣摩出他的人物以及他们所经历的事件之后，一个新的问题产生了，即如何去安排这些事件，如何把所收集来的材料编成一个整体，如何通过情节把各式各样的人的性质和特点表现出，这就是说，如何编排情节。

现实生活中的事件的进程原样不动地搬到作品中来，是极其稀少的。因为对于作家最重要的，并不是现实生活的全部进程，而是它的若干片段，这些片段又根据作品的目的，用各种不同的次序，甚至可以颠倒原来的次序来开展，这种编排情节的例子，可以引《被开垦的处女地》关于驱逐富农的场面来说明。驱逐富农是在暗杀事件第二天的集体农庄农民的全体大会上决定的，但没有当下就写这件事，而是隔了一章（即写拉古尔洛夫大谈女人像羊的尾巴和世界革命理论那一章）在写罗加里亚的时候才用回叙的方法把驱逐富农的事件写出来，而且只是极简单的几笔，只写那些和罗加里亚有关系的，紧接着又写罗加里亚和铁摩菲的关系，原来是铁摩菲用厚颜无耻的谄媚笼络了她的心的。罗加里亚和铁摩菲的关系早就提起过，可是只有到这时候才集中在一起来描写。我们再引一个例子：达维多夫在原野里和小孩那段对话和因之引起他的回忆和对未来的希望，是夹在西奚卡卖马和西奚卡一生苦难的叙述中（即三十一章），作者这样安排目的是在表明过去人们童年的苦难在这一代的孩子们身上是不会再发生的了。从这两个例子中我们可以看到，情节的安排是根据两个原则进行的：第一，情节是为了更集中地表现思想，是利用情节来把作品的思想更突出更清楚地表现出来；第二，情节是为了更突出地表现人物，是利用情节来更充分更明晰表现人物。

为了最有效地达到目的，除了安排情节的次序外，还要给他们以适当的比例，决定哪些是主要的，哪些是次要的，在主要的地方你要用力来描写，在次要的地方你可以简略地叙述，托尔斯泰把它叫作配合"一般化"和"细节化"的技术。关于这一点我们可以举第九章（七十九面）为例。这一章有一个非常紧张的场面：安德烈说不干了，激动，达维多夫谈出自己的一段悲惨的童年，又耐心说服他，拉古尔洛夫发痛病。在这一个场面中，三个人物的性能的。最初是达维多夫的解析安定了人心，是一个停顿，以后因雅可夫的造谣又兴起骚动。到剥安德烈衣服时候作者又插入笛摩克的大段人物插话，这是又一次停顿，以后接着写安德烈被关，妇女包围达维多夫，被打；吊锁打坏，人都去抢麦子，写寂静，写西奚卡胆怯躲在草堆的笑话又是一个停顿。三十四章整个写拉古尔洛夫在区委会被开除党籍后的心境，场面来一个很大的转换。我们在托尔斯泰的《安娜·卡列尼娜》中也看到这种情形，即在两个紧张的赛马场面中间插进一场完全相反的场面。三十五章因拉古尔洛夫的出现又以新的局势紧张起来了，这时，拉古尔洛夫是主动的进攻的，最能表现他的性格。到救兵出现又是一大停顿。情绪的顶点是在会上，但还不是最顶点。参加会的人空前多，达维多夫演说后群众的声音，这是最激动人心的部分，这时不但充分表现达维多夫的性格，也充分表现拉古尔洛夫的性格。三十六章先写乌莎可夫和罗比西金，然后是达维多夫决定亲自上地里去。

这里有一段风景描写，可见凡景也要在重要的地方用它，这是胜利的气氛，最欢乐的调子，写雨点，写雷声。又插进一段西奥卡的笑话，但已不同以前，而且更可爱，写他的热心服务，连那个被偷的人也感动了。梅谭尼可夫出现，作品中重要的人物必须在这里起很大作用。这个场面写达维多夫的耕作成绩的影响和梅谭尼可夫的超过一切人成为公认的突击队员。我把三十六章算为最高潮，因为这是克服私有心理的一个最重要的胜利，是作品的主题所在。但是作者在处理这个高潮时并没有达到完全的成功，正如他自己说的是因为他在写这一节的时候情绪不够热烈的缘故，但是那个耕作的场面依然是写得最好的。

《被开垦的处女地》第一部的情节大体上可分为三大段。第一大段是第一章到第十三章，这是集体农庄建立的阶段，以取名为结束。第二大段是从十四章到二十五章，这是农场成立后敌人的破坏和干部工作作风的错误引起严重的困难和斗争的阶段。第三大段，二十六章到四十章，是斯大林文章发表后的巨大影响，干部和群众克服各种困难，集体农庄运动胜利的阶段。很恰巧这三大段都是用写景来开始，而且很有次序，三段写景正好是写一月、二月和三月。

三、写景

在《被开垦的处女地》中，写景负担着很大的任务。作品的思想不仅体现在被描写的事件上和人物的形象上，而且也表现在对大自然的描写上。在一个真正的艺术作品里面，写景并不是偶然的、附加的，它同样地表明着作品的思想内容。同时作家是为着写人来写景的，它有时是联系着人物的行动通常是与关于行动的地点和时间的叙写联系着。它有时是关于人物心理的反映，在这时候，写景紧紧地联系着主人翁的思想感情。除了与人物的行动和心理联系外，自然风景所唤起的气氛与人物的形象及某种行动的呼应，也是十分重要的；这种自然风景的气氛和人物形象及其行动的气氛，可以是平行的，也可以是对比的。

　　我们先看看《被开垦的处女地》开头的写景。有篇文章认为这段写景起着两种作用，一是象征作用：对于白天和黑夜的描写，正是概括了贯穿作品的那个主要思想，表现两种对立原则是斗争——照耀光明的白天和漫漫黑暗的深夜，白日象征苏维埃阵营，黑夜象征反革命阵营；二是在描写黑夜的部分，是用惊恐的紧张的调子组成的（夜像一只灰色的狼，静静地从东方出来），接着就描写神秘的骑者，也像狼一样地"贪婪的吸着寒冷的空气"。我以为关于白天和黑夜的象征作用不大合理，但夜"像一只灰色的狼"的描写，是造成一种气氛，是与神秘的骑者出现的气氛互相呼应的。这样的描写，给人一种类似预惑的东西，接着我们知道出现的是敌人，于是造成一张紧张的情节的开始。作者是有意识地造成一种适合于情节的气氛，并引起读者情绪很快地紧张起来，这是作者的技巧。这段写景是写正月，从中午到黄昏和黑夜到来，我以为在这里我们应该注意作者使用语言的技巧。作者总是用非常复杂分歧的漂亮句子来写景的。文法构造很复杂，一句中含有许多附属的句子。托尔斯泰劝人读民间故事，学习简单明了的句子，可是他也劝人读那帮特别癖爱辞藻的作家的作品，《战争与和平》《安娜·卡列尼娜》就是用复杂的漂亮的辞藻很多的作品。契诃夫有极简洁词句的作品，也有复杂词句的作品，如《草原》。《被开垦的处女地》开篇这一段，句子复杂，词的变化多，如气味的描写，一连串用了许多同义语，避免重复，这在诗中特别要注意。接着写色彩和形象，刻画着景色的特征。它不但使你看到、听到，还闻到气味，感觉到它的生命。

我们再看第十四章开头，写的是二月。这段写景是与情节的发展相关联着的。先写寒冷的早晨的景物，总是抓取那最细征的使人感到新鲜的事物，转而写严寒中的动物，最后又是狼，你所感到的，都是寒冷的描写，无论大地和大地上的一切生物，都为寒冷所封锁所压迫，可是也看到一切生命都在寒冷中挣扎，生命本身有着温暖。这样的情调和气氛，为十四章后所要展开的关于私有心理的克服上有着呼应。再看二十六章，这是三月的描写：温暖潮湿的南风、融雪、化水、大地和河流都得到解放，生命勃发的描写与后面情节是一致的：斯大林文章发表后，敌人失败了，集体农庄在上升。可是写景不是无计划的，不是随便附加的，它与作品的思想内容紧密地配合着。

上面所举的是写景和情节气氛及作品内容相配合的例子，再举和人物结合的例子。第十九章，写夜和寂静，我以为这是用写景作为抒情的穿插。这种抒情穿插是作者摒弃叙述的线索，而径直表达作者思想感情和作品中人物的思想感情成为一体的一种诗的写法。这个抒情穿插，说明苏维埃政权要领导人民走上新的生活，"反抗的红旗号召斗争"，但是格内米雅基远在困难中挣扎，人们还在黑暗中生活，不能摆脱私有心理的束缚，只有天亮时莫斯科吹来的风，这里才开始生活的声音。这是作者在这里要作理论的发挥，但他不要抽象的理论形式，而借活的艺术形象来表达，于是写到梅谭尼可夫也仿佛看到莫斯科的灯火，接着开始了大篇的心理描写。这段写景文字，用的是比的方法：莫斯科是这样充满着光，充满着声音，充满着动作，而雅内米雅其是这样黑暗、寒冷、寂静，形成强烈的对比。所写的事物都是富有诗意的，最能引起读者共鸣。这种传达心情的本领乃是艺术的顶有魔力的部分。

我们再看三十四章。这是写坟山。写了坟山的四季，引到历史的叙述和民谣。这是用写景来更鲜明地烘托出拉古尔洛夫在受不应有的处分后的心境，但当写到拉古尔洛夫决定不自杀，要作一个非党工作者和反革命斗争时，景色完全变了：于是到处充满生命，老母狼逃走了，野雁在配偶，生命在繁殖，草在生长，鸟类和动物到了交尾期。这样，作者通过景色的描写把拉古尔洛夫的内心世界的美和诗意全都表现出来了。这是和人物心理完全结合的一段写景。这时写景成了形象描写的重要手段。

除了这五大段写景，还有一些较分散较简略的写景，如作间隔用的写景：区委书记看达维多夫证明书时所写的。有作比拟用的写景：八个哥萨克骑马去了……"那一天，在村庄上空，在田野上空在草原上空在大地上空，一群群野鸭和野雁，没有声音匆匆避过"。作为人物心情的背衬来写景：安德烈和他的情妇分开的那晚上的景色描写；雅可夫在雇佣切夫斯基的谈话后到打击场时的风的描写。

1954 年

在《诗刊》1980年青春诗会的讲话

分析诗很难。

一首诗怎么来分析事情，首先要弄清它的来龙去脉，谁能说出呢？谁知道什么琐细的印象，贮存了几年，在碰到某一新印象而浮现时会不会产生一种形象、一种意念或一首诗？连诗人自己也说不清楚他某一首的来源，也不能说出他是怎样设法改进他的作品。

太多的细流（其中一部分只不过是声、色、音方面的细微差异），注入任何一首诗中，谁也不可能精确地分析出个究竟。想象力有自己的法则，也有它不肯显示的个性，这一点对读诗的人很重要。他必须理解它，但并不是一切他都分析得了的。

欣赏诗，就是一种美感的再创造。

所以欣赏不免有主观成分，不可能完全正确，只供参考。

1980 年

《被开垦的处女地》对比技巧的运用

对比，是一切艺术最基本的表现手法。这在绘画中最为明显，它须有明暗的对比、色彩的对比、线条的对比，构图中远近上下左右的对比等等。因为绘画是反映世界客观的存在，而世界上一切的存在都有对比，有对比才有存在，没有暗就没有光，没有光也就没有暗。在属于抽象艺术的音乐中，它也是旋律和调式中重要的组织方法，看五线谱就很清楚了：上一句由低到高，下一句就由高到低；作曲中讲究和声和对位；交响乐中的分章，如果第一章是慢板，第二章必是快板，第三章则又恢复慢板或变为中板，依此类推，总是互相对比的。在诗歌中，对比的手法更是运用得频繁而普遍。诗歌的结构，最基本的形式是两段体。三段体也是从两段体变化来的（外国的十四行又是三段体的复杂化）。所以诗歌的一切结构都是在两段体的基础上发展起来的。中国的词分上下两半阕，就是最典型的两段体。这上下两阕，既有呼应，又有对比，通常是上半写景，下半写情。诗的绝句，形式虽是一段体，仔细分析，也常可以为两部分：基本上大部分前两句写景，后两句写情，互相起对比作用，如《千家诗》的第一首：

> 云淡风轻近午天，傍花随柳过前村。
> 时人不识余心乐，将谓偷闲学少年！

　　上写景，下写情，有上面两句才能引出下面两句。就在写景的这两句中也有对比，第一句写上方，写天空，写静态；第二句写下方，写地面，写动态；第三句是否定句，第四句是感叹句，互为对比。又如经常为书法家写在条幅上的唐代诗人张继的《枫桥夜泊》：

> 月落乌啼霜满天，江枫渔火对愁眠。
> 姑苏城外寒山寺，夜半钟声到客船。

　　这首诗比较特殊，第一句写天上，写音响，写感觉；第二句写江面，写色彩，写心情；第三句由远到近，这首诗的诗意极朦胧，但它的绘画美和音乐美以及整个的情调都非常动人，张继就因为这首诗才为人所记得。再引一首王翰的《凉州曲》：

> 葡萄美酒夜光杯，欲饮琵琶马上催。
> 醉卧沙场君莫笑，古来征战几人回？

　　第一句是近镜头特写，有色彩；第二句把镜头拉向远处，有音响；第三句是否定句，第四句是问句。在笔法和句法上互为对比。诗歌最怕直陈句，并要有所变化。为什么讲对比要多引诗，因为诗在有数的字句中要表现丰富的内容，必须精心用对比来集中，诗中对比手法用得非常频繁和普遍。但是，古代的骈体文、汉赋，大量用对比。是对比技巧的原始形式，是落后的手法，在遗产中它不是精华，而是糟粕，可惜我们60年代前后的诗假大空，对偶排比的句子特别多，正是把糟粕当精华吸收过来了，大谈比兴，大用排比对偶是诗歌发展的开始，但到现代还用这种手法，就会走向形式主义。

对比，是艺术技巧的基本手法，这是任何作者都曾心领神会过的，但是它究竟有多少宽度，能应用在多大的范围，都还需要我们在今天新情况下进一步探讨。让我们来分析研究《被开垦的处女地》是怎样广泛而灵活地在各个方面运用对比的技巧的。

一、人物出场的对比

《被开垦的处女地》以写景开章：一月底的樱桃园，着重写气味；暮色中晚风送来霜艾蓬的淡淡苦味，写小说要经常注意音响、色彩及气味，使人感到如入其境。于是用悄然出现的灰毛狼来形容夜色，在草原上拖长的朦胧的阴影。这是有象征性的气氛描写。然后才出现夜晚骑马的神秘人物上尉，让反面人物先出场，着重写动作，在惊恐的气氛中写他的警惕，"听见说话声喧喧勒住了马"，"慌忙把肩上的哥萨克式驼绒风帽拉到头上蒙住面孔"。进了村，找到人，富农洛济支"慌忙向下张望了一下，脸色发白"，上尉的吩咐都是命令式的："把马牵马房去。"进了屋，"低下狼一样的前额向屋子里扫了一眼"，吃了饭又是命令式的："现在咱们来谈谈。"这个开篇埋下了整个小说的矛盾冲突的总线索。

接下去一章，才是正面主要人物达维多夫出场。从区委书记的眼里和问话、对话来写达维多夫。这章与前面相反，是写白天。倒叙。也就是上尉到达村里的同一天。在雪橇上冻僵、打瞌睡，一派安稳平静的气象。以捕鼠的火红色的狐狸与前面的灰毛狼对衬。到村苏维埃与哥萨克对答、开玩笑，亲自给马解套索，拿烟卷请大家吸。达维多夫以平等的态度对人，与前一章的上尉相对比，使读者深刻的第一印象：两种力量的两种不同的品质。

二、主要人物的对比

接着人物出场之后就要开展对人物的介绍。作者又是首先介绍反面人物洛济支。这种把敌我双方交叉叙述，是最适于运用对比技巧的结构形式。洛济支不是主要人物，而是中介人物，是敌对两方都不可缺少的，在作品的结构中，这种中介人物起联结的作用。在每次重大斗争中都要出现。这种人物在莎士比亚的作品中的作用最明显。洛济支是个两面性的人物。富农既是农民（他参加劳动）又是剥削者。他和富裕中农的差别只在于剥削的多寡。他从白军中回来时只剩一所空房子。他白天黑夜地干活，又渐渐发达起来。他善于经营，得过奖励，土地增加，也雇短工。从本性说，他反对新政权，因为这妨碍他的发展，所以他接纳白军上尉，加入反对苏维埃的同盟，甘心受上尉指挥。但又因为他能干，受村苏维埃主席和达维多夫的倚重。他自身就有天然的对立的成分，这是任何一种艺术作品中经常要使用的联结矛盾双方的中介人物。与他相对比的人物有两个，一个共耕社主席阿卡西卡，他是个非劳动的乡村贫民。作者在谈到他的商人气质之后接着才介绍洛济支。这在创作中叫"转笔"或者"联结笔",这样写才能转到下一个人物。先写阿西卡的无能,再写洛济支的才干。另一个和他对比的人物是典型中农梅谭尼可夫,在以后的情节中他们两个常是对立的。

下面谈几个主要人物。

区委书记向达维多夫介绍时说:格内米雅其村支部有三个党员(三个党员才能成立支部)。到了村里,拉古尔洛夫介绍说:那第三个党员出门去了。其后这个党员始终没有出现。现实中存在的不一定也要在作品中存在。作者不是如实地表现生活,而是要经过概括,达到典型的高度。甚至可以说,真正的小说家追求的不是人物性格,而是典型。典型的塑造,有多种方法,其中最经常运用的方法就是对比。以《红楼梦》为例,没有宝钗就见不出黛玉的真情;没有袭人,也见不出晴雯的纯洁。一切人物,都是在互相对比中得到鉴别。领导格内米雅村集体化运动的三个干部:达维多夫、拉古尔洛夫、拉兹米推洛夫,都是在对比中展开人物的身世、性格和气质。在贫农会议后,从介绍铁椎克的迷恋私有财产,引出拉古尔洛夫的童年和战争年代的生活,写出他极端仇视私有观念的根源以及他的精神境界,为他的以后的过激行动立下思想基础。在没收富农之后,拉兹米推洛夫说不干了,达维多夫讲他童年的苦难,为他以后的趋向温情和人道观念作了预示。在对哥萨克抢种子的斗争中,拉兹米推洛夫的沉着、拉古尔洛夫的英勇,都有极鲜明的对比。甚至在对待干部参加劳动、对待女人等等问题上,三个人也有鲜明的对比。在每个主要问题上,作者都是这样去写的,就不一一列举了。

中农梅谭尼可夫也是主要人物。在集体化运动中,中农的态度是个核心问题。中农本身就有对立的两个方面：私有观念和拥护革命。没收富农之后的会议上，作品开始写中农，有几个层次：反对的，观望的，然后才出现梅谭尼可夫的坚决，最后才是对立两方面的综合描写。接着第六章，就专写中农的典型心理，是作品的重心之一。深刻地揭露中农矛盾的两方面，也是对比的运用。层次也是一种对比。

三、次要人物的对比

作品中舒卡尔老头，是读者感到特别亲切的人物。作者把农民一生所受的苦难，都集中表现在这个人物身上，概括了贫农的苦难。他心地善良，可又爱吹牛、爱撒谎。任何会议上，他都要饶舌一番，引人发笑。这个人物不断地在严肃的会议或其他场合中起到调节气氛的作用。与他相对的人物是金口代米德，遭遇与舒卡尔一样苦难重重，可又产生了和舒卡尔完全相反的个性。最有趣的是用饶舌的舒卡尔的口，来介绍代米德的生平：那是在一次扩大生产会议上讨论每公顷土地准备多少种子，达维多夫问代米德有何意见，舒卡尔替他解释，既写代米德，又同时写舒卡尔，最富有滑稽的气氛。最后代米德投到白军中去，这表现了贫农的不同的性格、气质及道路。

罗加里亚和华丽亚，也是对比性的人物，虽然他们两人没有任何纠葛，华丽亚到第二部才出现，但他们先后在达维多夫身上所引起的反响，都是截然不同的相对立的哥萨克妇女典型。由罗加里亚的放纵、享乐、轻浮，更显出华丽亚的诚挚、纯洁、深沉。有了这两方面的对立，才能全部揭露出达维多夫的感情的真实情况。

敌对方面的上尉和中尉，上尉对反动事业忠心耿耿，而中尉则很浪荡，他是带着绝望的情绪进行斗争，也有极鲜明的对比。

四、场景和情节的对比

现实生活中的事件的进程，原样不动地搬到作品中来，是极其稀少的。作者总是根据作品中表现人物的需要，改变现实生活的次序或甚至于颠倒次序来开展场景和组织情节，并经常起到对比的作用。例如村里普遍宰牲口，拉兹米推洛夫紧急来报告，达维多夫正在看书，大谈他对书如何着迷。一个是非常紧张，一个是非常松懈，这是在一非常紧张的情况下的明显的对比，形成强烈的节奏感。即使决定开群众大会不准杀牲口，达维多夫还得意地拉出列宁格勒他的伙伴寄来的邮包，里面有饼干和香烟，他非常高兴，通过这样的细节来表现达维多夫的软心肠，达维多夫的情绪甚至也影响了拉兹米推洛夫。接着达维多夫顺路到拉古尔洛夫家里，拉古尔洛夫命令妻子路希卡出去，作品又立即用插话回叙路希卡离别情人的伤心情景（她的情人是富农，被驱逐），这是两种不同感情的对比，也是情节的组织。小说又接着写"头天晚上"达维多夫和拉古尔洛夫的谈话，拉古尔洛夫大谈女人像羊尾巴，并大发世界革命和婚姻关系的怪论，这也是回叙，起对比作用，以此表现拉古尔洛夫在生活中是无能的、痛苦的，但他又充满着幻想，极"左"的人往往是幻想的人。然后小说又回到现实，拉古尔洛夫主张枪毙滥杀牲口的人。达维多夫批评他的"左"。这一系列的对比的手法，有助于突出表现人物的思想气质，场面的描写和情节，都要服从人物的精神面貌的刻画需要。

在决定家禽集中以后，第十九章关于梅谭尼可夫的那段有名的心理描写：开头是用抒情诗的笔调来写莫斯科的光明和格内米雅其村的黑暗，用写景的对比来烘托人物的内心活动。接着又用全世界劳动者的眼泪和母亲告诫他不要哭泣相对比，用父亲的命运和自己的命运对比。相信共产党和私有心理对比。这样层层加深思想和形象的刻画，极大地加强了这一章心理描写的艺术力量。拉古尔洛夫因为交种子问题打班尼克，同时关了三个庄员，但是三个庄员都反悔，而班尼克却去告他，这也是一种对比。见出工作的复杂性，中间又穿插了拉古尔洛夫做梦，梦见已死的战友出现在节日的队伍中，把拉古尔洛夫的粗暴行为的思想基础突现出来，因为他有自己的理想，所以他恨一些不听他话的人，对他的描写不是简单化的。接下去一章就是极富有教育意义的共青团员内丁洛夫动员群众的工作方法，教育了旁观的拉古尔洛夫，与拉古尔洛夫打班尼克，形成了极强烈的对比，这种反复对比手法的情节组织可以使形象深刻化。

五、笔调的对比

舒卡尔老头从作品的开头到结尾，凡是重要场面都要出来表演，他的滑稽性议论和动作，为严肃的斗争渗入许多活泼轻松的因素，这是最明显的笔调对比，也是一个很巧妙的方法。在没收富农时，他爱出风头，大摇大摆，以至于引来富农的恶狗撕碎他的皮大衣；在全村滥杀牲口时，他吃肉过多，以至于离不开野地，在雨中蹲着，最后请巫婆来拔火罐，闹出大笑话。支部吸收新党员，他也要参加，为的是求职务，使这一场面不枯燥无味。达维多夫死了以后，他的精神变化很大，也聪明起来，他又被当作抒情笔调的章节中的重要陪衬人物，而且是非常深沉的非常有感情的人物，在悲哀的场合他总是出现，这些写法都是笔调。

第二部写到达维多夫陷进路希卡的暧昧关系之后，用整整一章写拉古尔洛夫深夜读英文，清晨听鸡叫，并且把他不中听的小公鸡买来杀了，用的是幽默笔调，以拉古尔洛夫感情上的痛苦来和达维多夫感情生活中的痛苦对比，是很深刻的。

局部的笔调对比也经常使用。如洛济支带头杀了 14 头牲口，达维多夫去拜访他，一方面写洛济支极度恐惧，一方面写达维多夫的安娴平静（来向洛求教），这是很富有戏剧性的。作者在这里不断地变换笔调，洛济支由恐惧转为极度快乐，大吹大擂，前后完全判若两人，这是强烈的对比，同时作者也不忘记写上尉贴耳在门上偷听，咬牙切齿，则又是另一种笔调。

六、细节的对比

作者用整整一章（第五章）来写拉兹米推洛夫的历史和爱情。例如：八个齐萨克重返前线，马蹄扬起春天的轻尘，接着写：那天，草原上空，一群野鸭和雁，默默地由南向北飞过。这两个人事和自然界的细节，起对照烘托的作用，这种笔法都是不同程度的对比。

没收富农后，拉兹米推洛夫说不干了，引起达维多夫激动地说出自己的悲惨的童年，拉古尔洛夫痛苦得发了癫痫病。这一场面有极生动的细节对比：拉兹米推洛夫背转身哭，达维多夫用微弱的声音沉重地呼吸，久久捡不起一支香烟，拉古尔洛夫大喊"畜生"后倒了下去，还抓摸剑鞘和剑柄。这都是能深刻表现人类复杂感情的细节。托尔斯泰说过，作品要一般化和细节化，在重要的地方要细节化。在不重要的地方要一般化，互相配合，没有细节就没有艺术，细节的对比能加强细节的内在意义和所表现的人物的精神状态。

分富农财物的场面，有三个精彩的特写：罗比西金穿马裤和靴子到街上去炫耀；乌莎可夫的妻子穿上细羊毛的裙子忽然变得漂亮起来，达维多夫决定挑些衣服给他们的孩子，乌莎可夫掉泪了；舒卡尔高兴地抚摸着领到的新皮大衣等等，都是不同性格的不同表现的细节，富有对比性。

还有人物心情和客观自然界的对比，比如洛济支和波兰中尉谈话后心神不定，接着描写打谷场的风四面八方乱飚，麦秸堆老鼠乱窜，这种用人物来影射人物内心是一种常用的顺比手法。还有相悖的对比手法，比如第二部写洛济支要饿死他的母亲，母亲听到儿子的脚步声，回想起儿子从小到大的脚步声，以及与她相依为命的感情，与儿子谋杀她的行为形成了极为强烈的善与恶的对比，而这种善良正是在行凶的恶显现时产生，更为感人，把读者的情绪推向高潮。

七、用插话作对比

舒卡尔的童年故事：接生婆说他将来会当将军，受洗时被喝醉的牧师放在开水中烫伤，咬鱼钩却被钓上嘴唇，被公牛撞断了肋骨等等，总之，苦难重重。这一大段插话是在达维多夫坐车到地里去，路上遇见小孩，想到孩子们幸福的未来，告诉舒卡尔他将来可以开汽车后引出来的，以此来对比过去的苦难和未来的幸福。

舒卡尔当了马车夫，夸口他经手的马比女人的头发还要多，又引出了他向茨冈人买马受骗的大笑话，这是描写人物生活变化的一种对比。

达维多夫被路希卡抛弃，坐车下地去逃避痛苦。赶车的阿尔尚诺夫讲起他父亲和他自己的故事，一个仇杀的故事，起源于男女关系，以此来警告达维多夫。这是写人物在重大关头思想感情变化的插话，可以独立存在。

八、高潮中的对比

高潮是作品中最重要的地方，高潮的组织是作品成功与否的重要标志。

第一部的高潮，包括了整整四章。高潮常常被当作重要的场面来处理，作者在这里要进行详细的描写。这个高潮是两种势力的冲突达到极度紧张的时候出现的。对比的手法被细致地运用。

三十三章关于种子的问题被挑动起来后，作者充分描写娘儿们的愤怒和达维多夫的沉着应付，这个强烈的对比象征着两种力量在对立时的不同心境。一方面是情况不明，另一方面则是心中有数，本身就很强烈。达维多夫备受虐打，而舒卡尔却逃跑到草堆躲起来，受到山羊的践踏，这又是另一种对比：觉悟程度的不同表现出来的行动也大异。闹事的群众也有两种情况：私有观念作怪和纯粹好斗的性格（为诨名叫"满头烟"的人）。在背后推波助澜和盲目的群众也有对比：洛济支和班尼克，风流寡妇和信神的老大娘。拉兹米推洛夫的不得当地开玩笑和达维多夫有意地拖延时间也是对比。在这一段，作者一方面写吵闹，一方面也写寂静。写大起，也写大落，节奏有如波浪，不是一直紧张到底，那将是失败的写法。

继三十三章之后，三十四章整个突然来个大对比：写哥萨克古坟的荒凉寂静，拉古尔洛夫因有被开除党籍的可能而想自杀，甚至幻想出达维多夫在他墓前的演说。但当他一想到班尼克一定在一边笑，便立刻改变主意。这时的环境也跟着改变了，之前，自然景色是死寂、衰败、萎靡不振，连草原鹫和红色老狐狸都凝然不动；在这之后，他决定不自杀了，眼睛明亮地望着周围世界，草原一片滋生繁殖的景象，青草蓬勃生长，禽兽动情交配，他想到土地，想到应该赶快耕种，于是跑步进村。这一章是用完全不同的笔调写的，看起来与高潮无关，其实是个大落、大离开，是高潮的重要部分。

三十五章又回头接着写抢种子的大场面。这种是把高潮分成两半劈开的写法，中间插入完全相反的场面：大起、大落，又再更高地大起。许多名著都有这种手法，如《安娜·卡列尼娜》把赛马分两章写，一章是从伏龙斯基角度体验的赛马，一章是从安娜的角度看赛马，中间插入一章安娜去赛马场前看孩子，因为这是她决定自己命运的关键时刻，这种关键时刻必须用大笔墨来写。《红楼梦》也有这种布局：宝玉结婚先用黛玉的耳朵听到（鼓乐），中间经过一些枝节，然后用宝钗的眼睛看这场悲剧。这些都是高潮中应该掌握的节奏感，有大落，大起才有力量。

回过头来再看三十五章，拉古尔洛夫的出现，局势又紧张起来。他一到，就采取进攻姿态，两步跳上台，一拳打掉门槛上的小伙子，"砰"一声关上门，背靠着门上，抽出手枪，扣上扳机，声言七颗子弹要毙七个混蛋。有人暗地扔铁轴和石头，他朝天开一枪。前面的人逃跑，有人把他们稳住，有人又使用诡计，说分种子是达维多夫答应的，这时正好达维多夫到场，满身是伤，说明问题。拉古尔洛夫向为首闹事的开了两枪，人群又散开了，这时 30 个骑马的庄员赶到，哥萨克一下子全跑光，广场空了。接着写晚上的大会，空前的拥挤，说明人们后悔了，达维多夫宽宏大量。大家很受感动，第二天 50 个人重新加入集体农庄，抢去的种子基本还清，全体投入耕地劳动。

但这时高潮并未过去，三十六章就是高潮中的高潮，因为只有投入生产才是克服私有心理的关键。但是作者并没有把这章写好，肖洛霍夫承认他写这章时情绪不够热烈。但是耕作的场面还是写得不错的。

这一章也有几个层次：首先是先开除阿坦曼溪可夫，其次和古任可夫换牛，然后听从梅谭尼可夫的教导，劳动一天，堵住古任可夫的嘴，落后分子安基普也转变，赶了上来，梅谭尼可夫直到天黑才回，耕得最多，最后总结。这几个层次就是几个对比：最落后的，比较落后，落后变先进的，先进的，起骨干带头作用的干部。这一场面，大对比中包含了许多小对比，把高潮组织了起来。

高潮过后，仍然不断运用对比。不下雨，古班小麦出不来，信徒们要求雨，达维多夫和拉古尔洛夫对他们的态度是不同的，这在继续对比。最后被清算错的迦耶夫回来，达维多夫吸收他进农庄，拉古尔洛夫大为反对；抢种子时达维多夫是怀疑洛济支的，但为他的狡辩所动摇，后来看他干劲十足，又死心塌地地相信他，拉古尔洛夫为此大为不满，又发表关于世界革命的空谈（这在当时是一种受批判的思想，即所谓在一个国家里面不可能建成社会主义）。这都是对比手法。

第二部是 20 年后定稿的。写法不完全一样，它的高潮之前，有许多伏笔：达维多夫从小学生的手雷发展到搜出机枪；秘密工作者的来访和被杀；达维多夫平静的订婚，拉古尔洛夫匆促的结婚，都是象征性的对比，以喜事对照后来的悲剧。特别是在达维多夫被杀死的那一个白天，作者整整用了一章来写它，一连几件有象征性、有暗示性的，以及有揭露性的互不相关的事：预示要刮风的晚霞，老牧人突然在牧场死去，达维多夫为难产妇拦马车（这里潜藏着生与死的对比），小伙子来请达维多夫赴婚宴，黄昏时皇军参谋总部上校（边区农业局的农艺师）来洛济支家发布暴动的命令，最后又是舒卡尔的山羊掉井里淹死等等，都是孤立的，表面上并无联系地堆在一起，却也造成某种预感、某种气氛，为高潮作准备。于是在全书最后一章的前半部写了高潮。与第一部有所不同，没有精雕细刻，没有很多场面，节奏快，如瀑布一般一泻到底，只写战斗布置和动作，以及达维多夫临死的情景，就此结束了高潮。但高潮之后的尾声却写得十分动人，主要描写舒卡尔突然衰颓不堪、中风，非常伤感；写华丽亚的谒墓；写上尉的落网和暴动的全面失败；写路希卡的下落。这一切都靠穿插，靠情绪的渲染，靠气氛，来造成感人的艺术力量，虽然没有对比。可见组织材料的方法也是多种多样的，绝不可能墨守成规。对于名著的技巧我们可以学习，但要注意活学。

1981 年 12 月 8 日

读书与写作

——在福建省青年小说作者读书会上的讲话

读书难不难？

书有文、理、工。除作品外，所有的书，文学理论、地理、哲学、原子论等等，要是没有专业知识，是很难读很难懂的，文学作品就不一样，大家都能读、都能懂。特别是读小说、散文更容易。读诗和剧本，由于读者爱好、气质不同，还有一点限制。小说、散文就大家都可以读，因为它们直接反映生活，而生活人人都有。这样，就产生一个毛病，觉得看小说很容易，小孩子都会看。我 11 岁看《三国》，13 岁看《红楼梦》，有什么难？这就产生一种现象，有些人书看得很多，并没有吸收到东西。这样的人，后来也成了作者，他把写作也看得很容易，但他一辈子写不出好东西来。有这样的人，在乡下住了几年，写了几十万字风景素描。用几十万字写风景，叫人惊叹。可是，我不理解，怎么能用几十万字来写风景呢？把读书和写作都看成很容易，始终对文学是个门外汉，是个"浅尝主义者"，没有深入，连最起码的东西也写不好。

读书是一种劳动，而且是一种高度集中的精神劳动。读书有时候也起休息作用，这是劳动的变换。根本的是劳动，与写作一样辛苦。不能把读书劳动看轻了，也不要被吓倒。对读书，我看是难，也不难，或者说要知难而进。真正理解一本书不容易，需要苦攻。跟任何劳动、学问一样。你掌握它，都要花费血汗。

读书要身入其境，这是第一步。读书是头脑在思想，在放电影，小说所描写的音响、色彩、气味、感觉，你全身都感到了。如果不是身入其境，又怎么读法？那就是跳着读，或一目十行，一天可以看一大部，只知道结局是怎样就行了。这样，没有全身在思想、在运动，只是部分在思想，是好奇心在起作用，很累，很疲乏，而毫无所得。写作的人不能这样。

这第一步是不可缺少的。进入的深和浅，决定你这个人的艺术才能如何，或者说你的气质是不是与艺术有缘。人的气质各有不同，有的人适于做文学艺术工作，有的人适于做科学技术工作。有文学艺术气质的人，看书精神状态如迷如醉，在生活中很容易激动。艾青就容易动感情。有一次，我们到上海少年宫看小演员演出，其中一个七八岁小女孩，领唱时很严肃认真，大家都感动，而艾青眼泪就卜卜卜掉下来了。据说海涅到巴黎罗浮宫博物馆，在达·芬奇的名画《蒙娜丽莎》面前，呆呆地坐了两个钟头。为什么？他进入那艺术境界里去了。又据说歌德到意大利古文化城市佛罗伦萨旅行时，在一张名画面前，他痛哭了。为什么？他进入艺术境界去了。所以对文学艺术作品进入深浅，跟这个人的文学气质、文化修养、生活经验都有关系。我相信有天赋，即一个人的气质、血液、神经的组织是有差别的。但这并没有高低之分，只是说人的体质不一样。这是唯物论，不是唯心论。各有所长，各有所短。

你在书本上能进入多少，你在生活中也能进入多少，你在写作上也能进入多少，这是成正比例的。你在书本上不能激动，你在生活上、在写作上也不能激动，那么，你怎么能激动别人呢？所以，读书是写作的开始。

那么，我们进入了，我们动心了，我们幻想了，在放电影了，我们感觉到一切，感觉到人物、自然，感觉到痛苦、欢乐。在这感觉中，我们是在再创造，是把文字再变成生活。这再创造中，已加进了你自己的体验。所以一篇作品发表了，就成了社会的，不是作者自己的。它要许多人加以补充、创造、发展。高尔基、茅盾、巴金都谈到过，在他们读作品时，会想到他们认识的人、他们的生活。这就是联系。进入是个关键，联系又是个关键。没有这种联系，再创造就不深、不活，没有切身之感。这联系常常是写作的开始，常常由于某篇作品的启发，你想写某个人、某件事。进入到作品里了，你有这个联系和没有这个联系，差得很多。没有这联系，你看了就过去了；有这个联系，你就有创作的冲动，他能这样写，我为什么不能这样写呀？所以读书与写作很难分开。

联系得深和联系得浅，也是一个人艺术才华的表现。艺术能力是什么？茅盾的解说是敏感、想象、组织、概括。这四种能力中，敏感和想象非常重要，这是创作过程的前个阶段。组织与概括是写作过程中的能力。敏感就是进入。想象也不是空想，没有的东西你就不能想象。你见过、经历过，或听过，有了这生活，才能结合作品发挥想象。书是生活的教科书，它能纠正我们在生活中的错误。书本使我们更聪明、更成熟、更完美。读书是在提高，这提高就是联系你已有的经验、经历，来权衡得失，使你产生新的思想，使你更成熟，对世界、对人类有更深理解。读书是为了指导我们生活，而生活是写作的基础，所以读书是为了写作。

离开中间这个联系，从读书直接到写作行不行呢？我看不行。有些作品浅，就浅在这里。他没有经过联系，没有经过总结经验、消化，直接从别人的作品到自己的作品。这样的人太多太多了。我认识一个青年，他爱写诗。他买了很多诗集、杂志，很用功，开夜车看，然后他估计编辑需要什么东西，就把有关的诗拿来，综合一下，把别人的东西都综合进来，当然要比别人高明一点，一投稿，准中。我告诉他，不能这样写。他不相信，因为他能发表，能参加学习班，以为我是偏激。但过了十年八年，他后悔来不及了，他已经成了习惯，没有办法从生活中吸收，这是一种。那么，作家中有没有这样的呢？有，而且相当有名，历史上有这样的人，就是书斋作家，一辈子就在书斋，博览群书，他也能写出一些作品，也成名，也是历史上重要作家。但他是在书斋里创作。现代也有这样的人，他写抒发对故乡感情的诗时，搬出一套《唐诗绝句万首》，这里摘两句，那里摘两句，也能把诗写得很漂亮。而且形式也固定了，凡是属于旅游的，都是五段，每段两行；要是关于政治的，就来两段八行。所以写作也是形形色色的，也有这样的人，从作品到作品。

还有更奇妙的，就是连作品都不要，只是实践、实践再实践，拼命写，成了习惯。他认定一个方向，要写民族化、群众化的，七字句为基本的。他也买书，但买是为摆着，并不去看它。努力是很努力，天天都辛苦，一年可以出几本诗集。他也旅行，怎么旅行？到一个地方，住进高级旅馆，找一部小汽车，拜访一位名人，名人请他吃一顿饭，到澡堂洗一洗，到有风景的地方，把雨衣一铺躺着，因为他诗里不需要自然。这就把读书与生活都略去了，一直写作、写作、写作。总是停留在那一个程度上。人在世界上无奇不有。我想，你们当中也要提防提防。显然，实践并不能解决一切，不学习，不研究，光是实践、拼命写，这不是解决问题的办法。实践很要紧。实践能取得经验，可是经验不和别人的实践结合起来，这个经验是狭窄的。我们通过书本，把全人类的文化成果都掌握过来。一个人的经验是非常可怜的。

　　什么叫诗？我想，诗就是个人的一段人生体会或者是一时的感触，加上全人类文化成果，等于诗。全人类文化成果就从书本来，你得的多，你的诗就高些；你得的少，诗就浅，这是规律。但你要是没有人生经验，或者没有感触，你来写诗看看，那不行的。也有这样的青年，他并没有恋爱经验，现在也不在恋爱，居然也在写爱情诗。写作变成万能的了，我爱怎么制造都可以，只要受到一点点启发。这样容易，还要作家干什么？有些事做不好，就因为不认真。不从基础出发，不认真生活，没有真正懂得文学是什么，急于发表，为图虚名，就来奋斗，日夜用功，来抄，来写，这也是很值得同情的。但应该严肃告诉他，你能得逞一时，但不能永远胜利，你将来要后悔的。所以读书与写作要经过生活这一关，我们在读书时已经联系了，在写作中更加是依靠生活。生活是源，别人的作品是流。读书与生活的关系就是流和源的关系。没有流，虽然你写的东西是从生活里来的，但是不高、不深刻，必须把前人美好的东西吸收过来，加进你的作品里去，你的作品才是好的。过去我们单方面强调生活，你要创作，下去！再没有第二句话了。那时"左"得厉害，结果下去了，能写出东西来吗？也不能。读书不光为着写作技巧，还提高你的观察能力、生活能力、表现能力，提高你对生活的认识深度。

读书有没有方法呢？任何工作都有个方法，方法对了，事半功倍；方法不对，浪费很多精力，所得有限。读书不能不讲究方法。方法是什么？就是要集中，有意识地集中。书这么多，你集中到哪里？我想，有些书，你看目录就行了，有我所需要的，我就看那一段、那一章，其他的你根本不管它。有些书中要看前言后记，中我的意就看，不中我的意我根本就不看，管它什么名著不名著。有些书你就看开头，开头不吸引你，你就不要再看下去，哪怕是伟大名著。一般地说，离开现在时间比较久的书，都是教授、评论家去看的，作家只是看看缩写本或评论文章就行了，因为它距离我们太远了，你没有可能借鉴。比如《诗经》，诗是从《诗经》开始的，你把它拿来看看，毫无所得。当然，对我没有用的不等于就是不好的。我们要实事求是。等到你看到很中意、很喜欢的，那你就抓住不放。读书要大量扬弃，没有大量的扬弃，你就没有集中的接受。碰到你喜欢的书，你就要抓住不放，把它看破、看烂。杜甫说："读书破万卷，下笔如有神。"司马迁也说："读万卷书，行万里路。"这"万"字，是指相当多，不是一万。从前的卷，是很多、很薄的，一本书可以有好几十卷。对每个人起作用的书，不会是一万，也不会是一千，大概只有十本。也不是从头到尾都是这十

本，会有变化，但一定要把这大约十本看烂。搞文学的人，这
十本也不一定都是文学，搞小说的不一定都看小说，写诗的
也不一定都看诗，可以是历史、地理，甚至一本生物学。比如
聂鲁达，对他影响最大的是一本地理书，是写他祖国沿海的地
理。读书因人而异，要自己去找，别人没有办法替你介绍的，
你只有在博览群书中找到最符合你心意的，反复读，反复啃。
这叫"案头书"，或叫"床头书""袋中书"，口袋里放着，随时
随地拿出来翻。这种书，你每看一次都有一次发现，因为它对
你的一切，你的生活、思想、感情、经验都非常符合。有这样
儿本书，你对文学才是真正有了血肉联系，没有这样几本书，
你跟文学不过还是初交而已。

现在谈谈写作。今天我借巴乌斯托夫斯基的问题《金蔷薇》
讲讲故事。这本书是讲写作问题的，他用小说形式来写，特别
生动。为什么叫《金蔷薇》？是一个故事。讲一个清道夫为了一
个女孩子能得到幸福，经过几年辛苦积累，为她做了一个金蔷
薇，但这女孩子已去美国，清道夫也死去了，最后金蔷薇卖到
一个作家手里。作家说了这么几句话，这几句话就是创作的规
律。意思是说，创作是一个愿望，为着他人的幸福，为着一个
他曾经邂逅过一面的女孩子，不可能产生爱情，但他喜欢她。
为着她的幸福，他从垃圾灰尘中一点一滴地积累下来，终于打
成一个能够祝福别人的代表物、象征物，但是这个象征物终于
不能送到应该收的那个人手里，也就是说，作品终于不能够达
到。作家的作品就是这样命运。他是怎样下决心，艰苦地一点
一滴地积累，又不能最后达到目的。创作过程也像这样。我们
每个人的创作，都有个愿望，这愿望是为某一个人服务。虽然

我们说是为人民服务，还不如说是为人服务。为某一个人服务，就是为人民服务。有这样一个目的，然后辛辛苦苦地写她，为了使她幸福，使她过得快乐一点，但不一定能够实现。文学就是这样的东西。这是《金蔷薇》的第一篇。

还有一篇《夜行驿车》。这是说作家想象力问题的。一天晚上，安徒生从威尼斯到维罗纳，在驿车上遇到要求搭车的三个乡村姑娘。车夫因为她们出的价钱太低，不让她们上车。安徒生就说，由他来添足。车夫讽刺他是"外国王子"，摆阔。安徒生对女孩子们说：我不是王子，我是一个预言家。这时他觉得脸上发热，创作灵感来了，在暗夜中推测三个姑娘的命运，竟然给他说中了。这是作家想象的力量。安徒生在生活中遇到一些人，要给他们以安慰、鼓励和劝告，为他们指出前途，童话就这样产生了。你要为人服务，你要给人带来什么样的东西——作家正是为了这个目的才写作。这样的作品才有力量。

再讲一个故事：《一篮枞果》。它是在《金蔷薇》之外，讲生活和创作的关系。这篇故事写一个挪威的音乐家。挪威出木材，那里海岸线很曲折，大森林很多。夏天，他到了海边森林里休养。一天早晨，他散步时遇见一个女孩，手里挎着一篮枞果。在交谈中，音乐家觉得这女孩非常可爱，想送她礼物，但身边什么也没带。他想，不要紧，过十年我一定送给她像样的礼物。就这样给她预约了。作家有时也有某种"预约"。十年之后，果然送了一个礼物：交响乐曲。不过是一面之缘，却产生了一种愿望，要为她写点东西，作品就这样产生了。创作常常是为了具体对象，为了具体人，这个故事很有象征意义。我们的创作也要这样。看到这个人很不幸，或者这个人现在很软弱，需要写一篇东西影响他。有了具体对象，创作就是力量。否则，泛泛而作，没有激动，缺乏应有的力量。艺术家是随时随地为人服务的，甚至为特定的某个人写作，来帮助他、影响他。

还有一个故事，也是巴乌斯托夫斯基的作品，叫《宝藏》，写一个苏联儿童文学作家盖达尔。作品写"我"30年代与盖达尔一同到森林里去创作旅行。他们步行，背着行囊，带了食品，拿着拐杖，在俄罗斯中部森林里游逛。那可真正是深入群众，吃苦耐劳。那时，内战刚结束，森林破坏非常厉害。他们来到一个森林看守人的房子，碰见一对兄妹，妹妹六七岁，哥哥十一二岁，晚上烧起篝火，盖达尔给他们讲故事，实际是即兴创作。他说，从前，很远很远的地方，埋着一块石头，上面刻着神秘的字，谁要能够千辛万苦找到这石头，谁就能找到幸福。这两个孩子受到感动，当即表示，我们一定要找到那块石头。过了十年，第二次世界大战结束了，作者又到森林里去，这时，盖达尔已经牺牲了。作者到森林一看，工厂盖起来，学校办起来，森林恢复了，还种了不少新树。学校的教员就是两兄妹中的妹妹。她说，我们当时听了盖达尔讲的故事，很感动，下定了决心，我去读师范，哥哥学林业，以后当了这个区的区委书记，管林业。这个故事告诉我们，作家在生活当中进行创作，而且在实际生活起了作用。作家的生活和写作是一致的，人格是一致的，他是为人的生活而写作的。

童话作家也好，音乐家也好，清道夫也好，这些故事所描写的人物，出发点都是对人的关心，希望人能战胜苦难，得到欢乐。因为在生活中苦难太多了。由于这种愿望，他才拿起了笔。作家为什么要写东西？说到底，他无非希望人生活得更好一些，希望这些人的灵魂更好一些，新的性格更早出现。他不是为着某个编辑、某种潮流而写作的。由于有这些良好的愿望，因此，他是快乐的。当然，有的时候他也有悲伤，也有痛苦，但绝对不是个人的。创作欲望的出现，也是从对人的关心而来的。这就是你在现实当中产生了一种新的体验，这体验给你带来最快乐、最善良的那一瞬间，你想要创作了。你创作了作品，你表达了思想，你对人做出了贡献，这时，你是最善良的。创作往往是在感到欢乐的时候才进行。即使有痛苦，也是在克服了痛苦之后，才进行创作。当然，这种欢乐不完全是个人的。如果出于私欲，为着要报复，为着要攻击某一个人，或者为了发表，为了多挣一些稿费，那是不可能写出好作品的。归根结底，创作也是一种为人，怎么样生活，怎么样为人，怎么样跟人发生关系，都反映到、影响到创作上来，

当我们从事创作时，还要有信心，要感觉到，我这样做是对的。真正的作家都是这样，我们也要这样：充满自信。如果作家成了别人意志的奴隶，就不可能在形象和语言两方面有所创造。那么，信心是哪里来的呢？信心产生于总结别人的经验，也总结自己的经验，把个人的命运同国家的命运、民族的命运、人民的命运结合起来。这种信心甚至使人感受到有点"狂气"。在创作道路上，有点"狂气"，会多一些坚定性。不要今天听了这个话，就往这边倒，明天听了那个话，就往那边倒。有信心不容易。我们的时代里封建意识太浓了，给人的思想束缚太多了，我们要是不从这个束缚下解放出来，我们的信心就是不巩固的。这个束缚也包括某些陈旧理论的束缚。理论是实践的总结，又能反转过来指导实践，但它有时却凝固化，走向教条。

理论也要随着实践的发展而发展。特别在新旧交替很激烈的时期，从根本上说，还是要靠实践来检验理论，发展理论，解决创作中的一系列问题。现阶段的新旧交替，有些像五四时代，那时新文学和旧文学交替。为什么现在争论这么多，斗争这么激烈，也就是这个时代的反映。因此，从事创作的人要坚定，唯一要遵循的是生活，忠于生活的真实，生活的真实就是人民的现状、人民的呼声。这就要求我们面对现实，努力摆脱旧的束缚，获得创作自由。创作要有自由，自由和美是不可分的，没有自由就没有美，美就是艺术。历史上那些思想最解放的作家，也是最自由的，因此，才有许多新的艺术创造，产生一批不朽之作。

　　如何处理读书、生活和创作三者关系，我也谈一点看法。要带着问题读书。很多作品不是一看就懂的。肤浅的东西一目了然，你不愿意多看。读书，也不要只靠完整的时间来读，比如星期天啦，节假日啦，那靠不住，读书应该随时随地。一有空隙就看书。醒来时读当然是最好的。读书的方法很多。一种是念，背诵好的段落；一种是抄，摘要。我就抄了不少诗。还有一种就是改造。任何东西都要有所扬弃、有所吸收，毫无扬弃，那不叫吸收，照抄而已。囫囵吞枣，无论对于古典文学，对于西方现代派文学，都是不行的。读的书籍中，有的是工具书，随时随地都有用。有的是案头书，百读不厌。我很喜欢巴乌斯托夫斯基的小说，也很喜欢泰戈尔的《游思集》、惠特曼的《草叶集》、普希金的诗，经常带在身边。一出门我的行李很多，大部分是书。这里插一句，我劝你们学点外文，作家不懂外文不行，靠人家翻译不可靠。读书和创作都要高度集中。读书时对某一个道理有所领悟，这一瞬间要赶紧捕捉住，记在本子上，不然，过一会儿就忘了。在精力集中的时候，一般是一天最多读两万字，一天最多写三千字，不少作家都有这样的切身经验。至于观察生活，一定要很细致，善于从普通的事物中领悟出不平常的哲理。好的文学作品都是给人以思想上、感情上的提高。还是做人第一、写作第二。做人做得对了，写作才能写得好。写作的修养，说到底，还是为人的修养，深刻不深刻就从这里看出来了。现在不少作品还是在编故事，很不深刻，往往与作家的为人修养有关。创作也要注意方式，含蓄一些，婉转一些，潜移默化，使人能够接受。不要把艺术看作空口呐喊。这里有个角度问题。说真话与哗众取宠有区别。创作时应当与人为善，不能无所顾忌。表现得既充分又合适，这就是技巧。在反对过去的错误时，要想到将来。极端的意见不一定对。文学犹如战争，保护自己才能消灭敌人。我常常觉得，创作是一件很不容易的事情，从认识到写作都是十分艰苦的。艺术是从艰难中找到出路的。相当一部分人认为文学是"捷径"，名利双收。其实，这里有什么"捷径"可走呢？要把它看成艰难的事业、崇高的事业，改造自己，提高自己，从而获得欢乐、获得幸福。

1981 年

（收入《蔡其矫诗歌回廊·诗的双轨》）

诗的韵法、句法、章法及其他

——在太原诗歌座谈会上的讲话

韵，是诗歌音乐性最明显的标志，也是它和散文区别的显著特征之一。诗是从劳动中产生的，为了减轻劳动的疲劳，劳动者在劳动时有节奏地呐喊，这就是最早的诗。鲁迅先生所说的"杭唷—杭唷派"可能就是诗歌的开山祖。另外，诗是伴随音乐舞蹈产生的。劳动者在休息时以模拟劳动的动作进行娱乐，这就产生了舞蹈；舞蹈时又模拟自然界的声音加以有节奏地配合，这就产生了音乐和歌唱；歌唱时自然要有表达思想感情的语言——唱词，这便产生了诗。因此诗歌的节奏感和音乐美是"与生俱来"的特有属性。诗歌的节奏感和音乐美主要表现于它所使用的语言具有韵律，而韵律首先表现于韵脚。韵脚的作用，除了使语言和谐，具有节奏感，也是为了帮助读者记忆。诗，最早是听觉的艺术，是口头文学，因而特别需要韵脚，以便于听者记忆，从而互相传诵、广泛流传。印刷术发明以后，散文逐渐取代了诗歌跃居于文学的统治地位，而诗也由听觉的艺术变成了视觉和想象的艺术。韵脚的形式也随着诗的这一飞跃和表现内容的逐渐复杂而发生了变化：由一韵到底而不断转韵，宋词中转韵的有时多到四韵；由偶句押韵而出现"抱韵"（一四押韵，二三押韵）、"交叉韵"（一三押韵，二四押韵）；现代由于受西方诗歌的影响又有了"中韵"（各句中间相应的某字押韵）、"头韵"（各句中开头一字押韵）等等。现代生活是日益复杂了，我们的内心世界也远远失去了19世纪人的单纯，因而在用韵方面，那种一韵到底或中间换韵的方式，已经大大不能满足现实的需要。为了能更自由、更酣畅地表达思想感情，为了不"以韵害意"，我们应当采取多种押韵形式；应当多用"疏韵""遥韵"，少用"密韵""近韵"；应当着重诗的内在韵律，而不着重于韵脚。韵法是永远需要讲究的，它能够帮助诗人锤炼思想、精粹语言，增加语言的音乐美，否则将使诗如脱羁的野马驰入散文化的歧途。不着重于脚韵，并不等于不重视对每句诗最后一个字（或词）的推敲。特别是现代诗，由于有了分行，每句诗的最后一个字（或词）是一个自然的停顿，它在读者记忆的屏幕上比其他字词停留较久。一首诗的最后的一节、最后的一行、最后一字当然更是如此。因而对每句诗的"最后"，每首诗的"最后"要倍下功夫。对于新闻，重要的东西在前面；对于诗歌，关键的部分在后头！另外在用韵时，要注意感情高昂的多用开口韵。传统戏曲中青衣幽怨悲伤的唱词多用i、u韵，黑头、须生雄壮洪亮的唱词多用o、a韵，就是这个道理。韵律是从人类语言的自然音调中概括、提炼出来的，语言有高低起伏，韵律就有抑扬顿挫。诗歌的音乐美实质是人类语言节奏感的升华。在诗歌中自觉运用韵律就是要把语言的音韵、平仄，即音节的长短、抑扬、高低、轻重合乎规律地和谐地配置起来，给人以美感，使诗人的思想感情、作品的内容主题得到完满的表现！总之，韵法的基本原则以灵活为佳，以刻板为忌，力求语言的和谐，以达到音响美、音乐美。

诗和散文不仅以韵为界限，而且在句子的结构上也有很大的分野。诗的语言是高度精练的。比如李白的《送友人》：

青山横北郭，白水绕东城。

此地一为别，孤蓬万里征。

浮云游子意，落日故人情。

挥手自兹去，萧萧班马鸣。

在第一二句中，"横"与"绕"的后面省略了介词"在"和"于"。第三四句开头各省略了"你""我"和"他"这些代词。第五句在"浮云"后省略了"像""你这位"，第六句在"落日"后省略了"如""我这个"等两组副动词和代词……这里把散文中必不可少的一些虚词和实词通通删掉了，只留下了意象（表达情感的画面）和感情。浮云——游子意；落日——故人情。犹如电影的蒙太奇镜头似的，先把镜头对准冉冉远逝的浮云，然后转向即将远行的朋友；再把镜头扭向奄奄落山的红日，复把它又对准依依不舍地送行的自己……这样，由于意象和情感间连接词的省略，反而能给读者以宽广的想象余地。而且由于代词"你""我"的省略，取消了读者和作者之间的界线，读此诗就仿佛自己进入了诗人所描写的境界：我即送别之人，被送行的就是我的朋友。同时由于它没有具体的时间和空间的限制，使诗的意境也跨越了时间和空间，千百年来直到今天，读者都可以把自己的思想情感化入它的字里行间。杜甫的《春望》亦是如此："国破山河在，城春草木深。感时花溅泪，恨别鸟惊心。烽火连三月，家书抵万金。白头搔更短，浑欲不胜簪。"

这中间也省略了"虽然""但是""由于""因为"和"我"等连词和代词，不仅使语言高度凝练，而且使读者和作者在情感上交融为一体，跨越了时空界限，增加了驰骋想象的艺术魅力。这都是由于诗人深通诗歌句法的真谛，从而运用它使作品臻于进一步的完美。五四以来，我国新诗受西欧19世纪浪漫主义诗歌的影响很大，在句法上有时特别强调代词、副词、助词、介词的运用，借此尽量把奔放的感情表达到最清楚的程度。自19世纪下半叶到20世纪以来，世界诗坛在句法上又出现了日益精练的趋向，词与词、句与句之间跳跃性的增大就是其中一突出的标志。在内容上也不要求说得很清楚，一首诗往往只留下一个意象或一种意境，而且尽量把作者的感情与读者的感情融为一体。作者提供给读者的只是一个画面，这画面中包含着一种可以意会感应的思想或感情有时是含蓄的，有时是朦胧的。在这一点上，倒很像我国古典诗歌特殊句式所产生的特殊效果。

章法指的是诗的结构、布局和剪裁。一首抒情诗，不管它多长、多么简单、多么复杂它总是分为两段。即使是一首绝句只四行，也大都是两段法的压缩，前半写景，后半写情。程颢的《春日偶成》："云淡风轻近午天，傍花随柳过前川。时人不识余心乐，将谓偷闲学少年。"前两句写景，后两句抒情。词，一般是上下阕：上阕写景，下阕抒情。陈子昂的《登幽州台歌》："前不见古人，后不见来者，念天地之悠悠，独怆然而涕下。"乍看起来好像不容易分，但仔细琢磨前两句偏重说道理，后两句偏重抒感慨，还是可以一分为二的。外国的十四行诗大体也是如此。有的分为三段，但第一二段"起""承"，仍可视为一段，第三段"转"可为另一段。有的分为四段，不过是把前一段中的"起""承"，后一段中的"转""合"各分为一段罢了。再复杂的可依次类推，关键不外一起一转。转就是对比。艺术来源于对比，没有对比就没有艺术。绘画的光与影、明与暗，音乐的高与低、快与慢，建筑的对称与变化，一切艺术的基本手段都不外对比。两段法实际上也就是应用艺术的基本手法：对比。对比在手法上有正比、反比、暗比等，在结构上的对比原则包括对衬、对照、照应、烘托等等。比如张继的《枫桥夜泊》："月落乌啼霜满天，江枫渔火对愁眠。姑苏城外寒山寺，夜半钟声到客船。"前一句写的是天空、气氛、音响，后一句写的是江面、色彩、情绪。第三句由近到远，第四句由远到近，虽是陈述句的上下节却留有极大的意象空间。王翰的《凉州词》第一句"葡萄美酒夜光杯"是写近景、特写、写色彩，第二句"欲饮琵琶马上催"写远景、气氛、音响，第三句"醉卧沙场君莫笑"是否定句，第四句"古来征战几人回"是问句。三四句也有句法对比作用。"无边落木萧萧下，不尽长江滚滚来"，前一句写上、写远，后一句写下、写近；"朝辞白帝彩云间，千里江陵一日还"，前一句写上、写高，后一句写下、写低……可见对比方法就是艺术的基本方法。懂得了这一基本方法，对于诗的构思是很有好处的。再以我的一首短诗《竹林里》为例。

泼水在空中凝固

翠绿快滴下露珠

看那光芒颤动在末梢

又像喷泉又像雾

飘落无形的雨

灌注心灵的湖

希望就在这一刻复活

自那失望的坟墓

　　　　　——《竹林里》，1980 年

　　第一句写由下而上看，看状态；第二句由上而下看，写感觉；第三、四句写远看，写总体。前段写景，后段写情。第五句写实，第六句写虚，第七第八也是对比：希望和失望辩证关系，点出主题。抒情诗就是：感觉加情绪。感觉（主要是对自然）要注重描写色彩、音响、气味以及刚、柔、冷、暖，或声音中感到味道，色彩中感到寒热等通感。情绪就是诗人自己对描写对象所抱的态度和感情，这感情要和时代联系起来，要能引起群众的共鸣才是典型的。诗是感情的典型化，散文是生活感受的典型化，小说是人物性格的典型化，戏剧是矛盾冲突的典型化。诗人在诗中所表现的感情典型化与否，是一首诗成功与失败的关键，而这关键的关键是诗人的情感是否与时代的脉搏、人民的心声相通！

　　有同志提出让我谈谈福建青年女诗人舒婷的诗。就世界范围而言，诗歌的发展经历了古典的——浪漫的——现代的这几个阶段。古典诗歌是比较理智的，浪漫的诗歌是热情奔放的，现代的诗歌包括象征派、意象派、新古典主义派、现代派等。这些流派的共同特点是含蓄的、朦胧的，以表现瞬间的印象和情绪为主，不以表现明确的思想或主题为目的。我国五四以来的诗，在五四时代以郭沫若为代表，主要是受美国惠特曼和印度泰戈尔的影响；30 年代以艾青为代表，主要受比利时凡尔哈仑和法国波特莱尔等人的影响；五六十年代，我国诗人主要受 19 世纪西欧浪漫主义诗人拜伦、雪莱、海涅和俄罗斯现实主义诗人普希金、莱蒙托夫与社会主义现实主义诗人马雅可夫斯基的影响。粉碎"四人帮"后诗坛上出现了一批青年诗人，舒婷就是其中一个。从艺术流派上，他们受苏联现代派诗人叶甫图申科等人的影响较深。舒婷的诗在思想上和艺术上都有这种时代的烙印和流派影响的痕迹。她曾经插队三年，下到了社会的底层，对生活的艰辛有着强烈的感受。她的诗所以在年轻人中有那样广泛的影响，同她敢于大胆描写个性解放、描写爱情分不开。她所描写的爱情很广泛，不仅包括男女之间的情爱，也包括对朋友、对母亲、对大自然、对理想、对祖国、对生活的爱，而这一切的爱都发自她的内心，用真挚的语言表达出来，加之表现手法的新颖别致，因而很能得到青年读者的共鸣。舒婷最早接触的诗集是何其芳的《预言》，艾青 30 年代的诗对她也很有影响。现在她又很倾心于我国的古典诗词和民歌，如果她能将现代外国诗歌的一些表现手法和传统的手法结合起来，无疑将会出现一个更大的进步。现代的艺术手法与传统并不是相悖的，西班牙的洛尔伽和近年得了诺贝尔奖奖金的希腊诗人埃利蒂斯，他们都能把现代派艺术手法和西班牙民歌、希腊史诗水乳交融地结合起来，取得了创造性的艺术成就。

　　诗人要写出一首好诗，必须有一时的真切的感受，同时还要有全人类的文化成果。只有一时的感受是肤浅的、表面的，只有人类的文化成果是抽象的、概念的，必须把二者统一起来，才能产生形象深刻的诗篇。诗，无疑是诗人个人真情实感的产物，但这种真情实感必须与整体联系起来才有意义。在这个意义上说，真正的诗人是无我的，换句话说，只有无我的诗人，才能写出真正的诗篇。

1983 年

（收入《蔡其矫诗歌回廊·诗的双轨》）

不被窒息就是幸运

——在蔡其矫作品讨论会开幕式上的发言

这几年来，各地纷纷出版诗刊诗报，全国不下十几二十种吧？福建既无诗刊，也无诗报。即使《福建文学》和《海峡》上的诗歌，也不能引人注目。可是，诗歌在福建却曾经占有优势。舒婷的诗、孙绍振的诗歌评论，谁能够忽视？事实上有成绩的，也不仅仅一个、两个、三个、四个，而必然是一群。我们应该怎样来组织力量，整顿我们的人马？刘登翰出了个绝妙主意，不步人后尘而别开生面。运用社会力量召开这个讨论会。我们还有以范方为首的各地、市县的优秀诗作者，都在各自的岗位上努力奋斗。这一切就是我们福建诗歌当前的现实。

我并不重要。我自认是一块跳板、一层台阶，踏着它是为跃向对岸或走向高处。我的历史任务是过渡，我的地位是在传统和创新的中途。研究我，是为回顾和前瞻，检阅来路的曲折、缺欠和不足，准备向更高的质量和层次进军。希望在于年轻的一代，他们将使我感到炫目、骄傲和羞惭！他们将从我们失败的经验中获得更光辉的前程！

所有的诗人艺术家，无不历尽坎坷、屡经寂寞，不被窒息而死就是最大的幸运了！生命即使是伟大而勇敢，也难以到达成功！没有谁能够保护我们，只有靠自己的力量支持到最后一息。历史上一再证明，壮志不能完全发挥，价值也未被完全认识，失败的例子太多太多！即使成功了，也都有寂寞之感，并都在尽力掩饰这种孤独感，否则，他会对人类失掉信心，以至无法生存下去。所以诗人自杀屡见不鲜。深沉的、透入心底的孤寂，是诗人异于常人必须付出的代价。因此，他们也极其需要得到共鸣和反响。我非常感谢同事和同行来讨论我的诗，这是我孤寂中辉煌的盛会！我想，这不仅对我，对所有年长和年轻的诗人，也是一种鼓舞，证明人间的温情多于无情、希望多于失望。诗人都是天生的浪漫派和纯情派。愿我们从这次会上，取得对事业、对未来更高扬的信心、更光明的憧憬！

1986 年 5 月 5 日

（收入《蔡其矫诗歌回廊·诗的双轨》）

我 的 诗 观

——蔡其矫诗歌朗诵会自序

艺术是人生的浓缩、意象的描绘。

诗不告诉人走哪条路，而只是唤起他心底的渴求。

无所明指的象征性可以长存，复制品却不能。因为生动的现实永远不可能复制，而只能再创造。

能持久的作品，大都不是刻意经营的，反倒是瞬间的灵感，稍纵即逝的幻象。因为艺术的动人不在技巧，而在于人格，在于个性，不是词句的精心雕琢所能达到。

我相信，作家的影响不取决于他某种特殊能力、技巧、智力或格调，而取决于他本性的优劣以及是否能充分地、生动地表现自己特殊的风格。讨论诗歌应如何如何，这是一项错误。诗人没有什么"必须"，他只听从自己的本能，服从自己的天性。但是，从另一方面讲，诗人与一切真正的艺术家一样，对人类的未来都具有影响力。他代表人类的新梦想和新探索，能体会这一点，并表现在他作品中，他的影响就会更大，虽然也许不是立刻能见效。

我总认为：作品印成铅字，只是创作过程的一半，另一半要由读者去完成。作品发表之后，就不完全属于自己了。常可发现读者对我作品的解释是我从未想到过的，但却是极为正确、极为合理。因为作品遇到一位聪明的读者，便产生了新的生命。作者的风格与境界与读者的人格与联想产生了一种化合作用，从而融为一体了。

只要人类存在一天，就不会停止互相诉说自己的经验，及记下部分经验的影响；也必定会有某些人的经验，象征或表现了万古不移的宇宙律，这就是艺术作品所以存在的理由。

有人问普希金"什么叫诗"，他回答：十句之中删去八句，剩下的两句便是诗。现代派最典型的论点是：艺术是有意味的形式，达到有意味形式的手段是简化。自然中有千万种色彩，艺术家把它归纳为20种色调。写作的基本方法就是浓缩。

浓缩是通过文字进行的。文字也不是死工具，而是创造的力量，虽不比作者理智，却比作者更具威力。写诗时，文字本身具有的魔力、音响、音韵以及视觉的、情绪的联想，会深深影响作者，诱使他脱离原来很清晰的目标，带往一个与本意完全不同的方向。这是正常的创作状态，会产生意料不到的升华。甚至，也不需要追求佳句、警句，它也是自然流露出来，特别是阅历丰富的人，用字遣句必是优美的；而语言文字能力差的人，乃是由于他本身修养不够，无法获得深入的、真实的经验。

除了在冥冥中与一切生命力相配合以外，文学并不应受某些目标所驱使。作品的说教性愈浓，便愈不是好文学。这是花费了大半辈子时间，才终于明白的一个真理。

今日的世界，只有诗人艺术家能够真正地生活，自由自在，不受干扰。这是创作者完成他们的使命所不可缺少的。

生命在于贡献，生命也在于享受。

生命既不给我们快乐，也不给我们忧伤。时时感到生命和成长，以自己的力量按照内心的规范建立起生活。一切并非生命的础石，无足轻重的活动与步骤，艺术家都尽力避免。享受生活情趣的能力，与创作所必需的记忆力，二者相辅相成。享受生活情趣如同榨尽甘蔗的每一滴甜汁，记忆则不但保持已经享受过的甜美，同时又将它炼成更精纯的形式。艺术家有权利夸大自己作品的重要性，因为他把自己存在的全部内容，完全从生活转移到作品中。

人都是按照喜好来生活，而不是按照理智来生活，凡是喜好的，都是正确的。我研究小说，欣赏散文，但只愿意写诗。写一首坏诗，比读一首好诗，获得的快乐更大。我的快乐是梦境的快乐，所拥有的快乐别人都看不见。爱即是快乐，懂得爱的人才懂得快乐。

爱是一切艺术之源。毛主席在延安文艺座谈会上批评李又然的一切从爱出发，也只说不仅从爱出发，并非全盘否定。一切艺术始于爱。历史上一再证明，爱的力量和献身的渴望产生天才。一切艺术的价值与境界决定于艺术家爱心的强弱。想象力与同情心，乃是爱心的不同表现形式。正因为每一件伟大的艺术品都源于爱心，欣赏艺术品的最佳态度也是爱心。

崇高的悟性与爱心，对一切现实的肯定，在深渊之际的觉醒，这是美的秘密与一切艺术的本质。

美都是瞬间到来，瞬间消逝。在美面前，既感到快乐，也感到悲哀。它是多么娇嫩，又多么难存！只有在年岁逐渐增长之后，我才觉察美的难能可贵。沉浸在美与艺术的快感中忘却世上的痛苦，即使这欢乐只是昙花一现，但从美的奇迹中升起的染满哀愁的震撼力量却是历久不衰。沉着冷静是美的秘密与一切艺术的基础。巴乌斯托夫斯基在《金蔷薇》中说，作家都是通过痛苦，宣扬欢乐，颂扬生命的庄严。经过眼泪与痛苦的挣扎，将光明与欢乐带到世上，这就是诗人的任务。

一切才能都根植于感性，根植于躯体与感官。诗人的素质，包括强韧的情绪、爱的能力、洋溢的热情、自我奉献以及在感觉世界中汲取新经验的能力。感觉，比世界上一切事端都重要千百倍。

但是，单凭感觉就可以写诗，则纯属妄想。写诗讲究格式、语言、韵律以及推敲，这些都不是单凭感觉就够的，还需用心思考，并经常注意研究传统的诗律和格式。

传统是神圣而神秘的东西，它无所不包，唯有一项除外：那就是人类不计一切地追求创新。

传统与创新是相对而言，只有在传统上才有可能创新，完全离开传统，哪来创新。没有基础的创新不能持久，原因在于一般的规律尚未能掌握。

艺术永远给我们以新的面容、新的语言、新的姿态与新的倾诉，它厌倦重复别人说过的话。

但为了表现创新而牺牲可读性及清晰的风格，也不能算是艺术。因为，作家的成功，不取决于思想与梦想的力量，而取决于通过文字的窄径表达读者的心声，没有可读性和清晰的风格，心声又如何能表达？

1986 年

《这里的黎明静悄悄……》分析

（节选）

当艺术家描述过去的时候，吸引他们的绝非过去的细微末节，而是时代的风雪，人民的伟大事业和英雄业绩。

重视人物的内心世界、感受、情感和思想活动。他们的意志、坚定的目标、高尚的道德和觉悟集中表现出人民的优秀品质。

这些作品的情节只局限于某些灵体事件，但其意义，如同主人公的行动、思想和感情一样，并不局限于某个时期。

作家既像史学家、思想家，又像诗人，因为他遵循美的法则，遵循人类幸福的崇高概念的法则进行创作，肯定善是自己的理想和生活目的。

写过去的题材，即小说中的虚构，只是一种形式上的回顾过去，但作品的全部思想艺术结构，作品的整个体系都是向前看的。

形象应该有历史的痕迹。

每个主人公都多有风貌。

卫国战争是苏联人民的英雄历史的组成部分。当代文学有许多艺术探索的线索，都交织在卫国战争题材的作品中。

勃列日涅夫在苏共 25 次代表大会报告中谈道："战争参加者与长篇小说、中篇小说、电影、戏剧的主人公一道，仿佛又一次沿着前线道路上热的雪行进，一次又一次地对自己的战友——生者与死者的精神力量表示敬意。年轻的一代通过艺术作品奇妙的感染力仿佛同他们的父辈一起，或者同那些在静悄悄的黎明时刻为祖国的自由捐躯而成为不朽英雄的几位十分年轻的姑娘们一起去建树功勋。"

批判了个人迷信使作家能够从新的高度去观察苏联人民在同德国侵略者战争中所建立的功勋。推动作家更深入地去提示卫国战争的事件，并对人在战争中的表现进行评价。

"……这里的一切——每个词，每一句话，每个形象，每个情节都别具一格。一切都以朴素而又丰富多彩的美、宏伟的内容而拨动人们的心弦。一切都在运动之中，笼罩着一种气氛，充满色彩，光芒四射，贯穿着人民性格的迷信魅力，包含着对人、对祖国的炽烈的爱。"

不能允许任何人、任何时候，再在大地上制造这种地狱。

小说中尖锐地提出了道德问题（忠诚的问题、对义务的理解问题、每一个人的价值问题）。力求在刻画主人公性格时，要根据他们在充满尖锐矛盾的事件面前如何理解自己的义务和个人的责任。

作品情节简单、人物不变，却充满悲剧气氛，提示苏联人民所建树的功勋的人道主义意义。

作品富有抒情色彩，它的风格充满浪漫主义的激情，而给人的总印象却是史诗般的强烈。

　　这是通过综合运用各种不同的艺术手法所达到的成就。这些手法，从抒情的对话、自白，到文献纪实的作战报告，形式多种多样。但是所有手法都汇集到一点——提示人们建立的功勋。

　　抒情的叙述形式占主要地位。这就使作者能够自由地运用多种手法，并且赋予这部小说以明朗的风格特征。

　　华西里耶夫从日常生活的画面开始故事的叙述（某小车站上高射机枪班的生活），引出每个女主人公的过去，把一般的日常生活的情景，和崇高的、英勇无畏的精神交织起来，以严峻的、毫不留情的真实性、描绘出战争的悲惨性质。

　　这样，加强了作品的艺术感染力。为什么呢？这不仅因为作者崇高的道德感情和他内心对女主人公们的赞美之情洋溢在小说中，构成小说的基调（就像在一首英雄的交响乐中构成抒情的浪漫主义基调一样），而且因为（这，也许就是这部中篇小说全部优点的"高度点"吧）华西里耶夫善于把主观认识和客观真实融为一体，善于发现特点，善于以严峻的、真实具体的描写事实来表现投入战争的整整一代苏维埃人有代表性的特点，崇高和美好的品格。他的主人公们都是为和平生活而生的。然而她们是奥斯特洛夫斯基的保尔·柯察金的后继者，是法捷耶夫《青年近卫军》中乌丽雅娜·戈罗莫娃和柳芝·谢芙卓娃的同龄人。责任感是她们生就的天性。她们和武装到牙齿、受过专人训练的法西斯匪徒进行你死我活的战斗。

　　小说中描写的整个事件，处处令人感觉到就像活人肌体的动脉中流动着的血一样灼热、紧迫。一切都由于战争而白热化了（尤其表现在准尉华斯珂夫、丽达·奥夏宁娜和冉尼娅·康梅丽柯娃的思想感情；丽达的丈夫在战争的第二天就牺牲了，而冉妮亚的亲人们都是当着她的面被法西斯匪徒枪杀的)。种种不同手法用来达到一个主要目的——提示作为苏维埃人的内在本质的英雄主义精神。

华斯珂夫准尉指挥五位女主人在沃比湖上的战斗，描写得极为真实，充满种种戏剧性的波折。富有同情心的年轻女大学生索妮亚·古尔维奇无语地牺牲了，在孤儿院长大的嘉丽娅·契特维尔达克，瘦弱而好幻想，看见武装的法西斯匪徒就恐惧不已，她的死是必死无疑的。丽达·奥爱宁娜经历过战火的严峻锻炼，在残酷的战斗中镇定自若，她身负致命重伤，最后自杀而死（她不愿成为华斯珂夫准尉的累赘)。无所畏惧的，最漂亮、最有魅力的冉妮娅·康梅丽珂娃死得英勇无畏，她在火线上朝着德国人射击直到最后一息。被华斯珂夫准尉派遣通过泥沼地回去报信的李莎·勃利奇金娜的死，这些人的死，犹如得悉亲人牺牲的悲惨消息，在读者心里激志无限痛楚。

小说的悲剧气氛是表现英雄气概的一种形式。这一点决定小说风格的基调（崇高的、浪漫主义的基调)。

作者成功地把苏联士兵和德国空降部队的战斗，描写成社会主义和法西斯主义两个世界的决战。由于运用抒情的概括形式，英雄主义幻想和严峻的现实主义的结合，具体的、非虚构的事实获得了巨大的意义。女性的、少女的心灵美的世界，善良的世界同野兽的、动物的本性，同邪恶和杀人的世界发生了冲突。善良、心灵美的人类永恒本性胜利了。

（本讲稿为 20 世纪 80 年代初，给中国作协讲习所作的结题讲座的讲稿，节选的为绪论部分）

在桂林诗歌讲座谈诗歌创作

编者和作者历来都是生死与共的患难之交，很多编者同时又是作者，很多作者同时又是编者，作者和编者有时候和一个人一样。今天很高兴和大家见面，讲讲创作和编辑的关系，我们可以如兄弟一样在一起进行探讨。

抗战以前，茅盾先生曾经写过一本小册子叫作《创作的准备》，其中一句话我觉得很重要。他说：固然有眼高手低的人，但是绝对没有手高眼低的人。眼高手低可能是一种比较正常的现象，看的书很多但实践不够，所以写不出好的作品来，但是不重视不断的创作实践想写出好的作品来是绝对不可能的。因为眼（指看的书）要到脑再到手，创作当中如果没有比较高层次的东西来指导你影响你，你再天天写，水平也只是那个样子。所以说读书和写作可以基本上是成正比例的，读的书越多，写的作品水平可能就比较高一点，读书的多少和写作水平的高低是成正比例的关系。

那么书到底该读多少呢？

过去北京办了一个文学讲习所，我曾在里边工作。第一期的学生是从各个省调来的作家，当时对这些学员规定：一天至少看 3 万字作品，而且开了一个书单，许多世界名著、现代和古代的都要看。18、19 世纪的一些作家，大部分条件比较好，都有自己的私人图书馆；到 20 世纪的很多作家，特别是一些外国作家都是在大学里面讲课，或在大学里面学习与工作，因为每所大学都有一个藏书很多的图书馆。所以说想成为一个作家或编辑（前面讲过编辑往往也是作家，在某些方面甚至还要去指导作家），其掌握的书本知识应该是很广泛的。

以上是说读书的数量。

对选择不同体裁的作家，是不是写小说的就读小说，写诗的就读诗呢？那也不是。智利诗人聂鲁达（诺贝尔奖奖金获得者）说过：促使他写诗的最初动力主要是读到一本地理书，名叫《祖国的海岸》，讲智利的海岸，因为智利的地域是一个靠海的狭长条，海岸线非常长。这本书写得十分生动，激发了他歌颂祖国的强烈欲望。另一个是苏联女作家英培尔，她说对她写作最有帮助的是一本哲学书。因此仅限于看自己所从事的创作门类方面的书是不行的，而要尽可能地广泛阅读文学的各种样式，自然历史、地理、生物，各门学科都要接触，涉猎各个文化领域。

要成为编辑和作家，除了本身的工作之外，一项很重要的事情就是读书。但是工作那么忙，又要读那么多书，怎么安排时间呢？这就要我们讲究一点读书的方法。

读书要分轻重缓急。有些书看看目录，有些书看看前言、后记，有些书快读，留下总体印象。譬如舒婷规定自己一天看一本书，基本上是快读，一目十行，大体上了解书的主题思想。

还有一种书，需要不断地重复地读，就是英培尔说的案头的，或者床头的，或者口袋里的"十本书"。你要把最心爱的"十本书"反复地读熟、读烂，读到随便点出某一句话就能知道是在哪一本书里的哪一页上，要读到这种程度。这种阅读并不仅要求读的次数多，更要求你每读一次都要有新的一层发现。但这样的书就像我们生活当中找爱人或找情人一样，是不容易找到的，并且每一个寻找的目的也不一样，不能靠指导老师来选定，要自己去找。当然，这与你的经历、喜好、机会都有关系。另外，人的欣赏口味也在变化，这几年你爱这几本书，过几年你又会换成另外的书。

但是这种书是必须要的，用它们来指导你的生活，指导你的思想，指导你的实践。编辑也好，创作也好，需要有起决定性因素的一两本书，这样的"十本书"我觉得在中国的作家里可以举出不少的例子。战争时期一些作家很多东西都可以丢掉，连被子都可以丢掉，但是他心爱的书却不肯丢掉，比如像周立波，他说，无论什么情况下都不能够离开《安娜·卡列尼娜》。

中国很多作家都受《红楼梦》的影响，包括巴金、茅盾、张天翼，你仔细去分析一下，很多写小说的都受《红楼梦》的影响。人家读《红楼梦》那是反复地读。毛主席虽然不是搞文艺的，也反复读过《红楼梦》。据说列宁看《安娜·卡列尼娜》看了7遍。好书要反复读。列宁从《安娜·卡列尼娜》里去了解贵族，毛主席从《红楼梦》里了解中国的封建社会，这就是要反复读很多次。我们搞写作的人如果没有这样的让你迷的书，是摸不到"门"的，更不要说上大堂了。"门"就是让你喜欢它、研究它，从而让你知道文学到底是怎么一回事。正像画家一样。一位很有名的美国画家写了一本书，他研究了历史上所有的画家，许多有名望的和有重大影响的并不是学院里出来的，而是到一个博物馆在某个名师的手下素描、临摹、复制，从中了解技巧的运用，熟悉各种笔法和颜色的秘密。我们写作也是这样，总要有一两本书，特别是最要紧的在某一个主题里的唯一的书往往是独一无二的，所有的光线都照射在上面，非常强烈；这样独一无二的效果才能使你真正进入到书里去，有了这样的一本书，才能使你对文学开始了解。

许多只是接触到皮毛或仅仅达到启蒙效果的书，大部分都缺乏这种独一无二的魅力，法国的艺术家纪德在关于文学的影响方面曾论证说：艺术上的欣赏必须是独一无二的。因此找这本书就像找爱人一样，最好的写作老师实际上是作品而不是别的。

搞创作必要的时候也要讲究一些形式。很多诗人往往在作品里表达自己的主张，到写的时候就不一定这样。无形中当然也受别人的影响，有时比较顺利，但有一些诗写起来却常常反复，不能定型，感到十分痛苦，下面我举个例子。

经过"大跃进"，经过三年困难，我有很多体会，到1962年"三自一包"开始，文艺界重新提"双百"方针。首先是《杂文报》，有人提到魏征对唐太宗谏言，警告唐太宗。生活在复杂的环境中，我感到领导和人民的关系，这个问题很严重，因此想写一首诗。写诗要找一个对应物，不能把内容直接写出来，否则就不成为诗了。找什么对应物呢？我就找到"波浪"这么一个形象。

小时候我读到一本书，是外国一个传说：古代一位罗马王，他派舰队出去征服别的国家。舰队即将获胜归来，他到沙滩上接见他的舰队，侍卫就把这个仪式安排在沙滩上。这时海潮正涨，这个王命令海潮停止前进，海潮当然不会从命，还是继续上涨直到把他赶跑。从这个故事里我选择了代表争取自由的人民的形象"波浪"作为诗中的对应物。

开始我采用自由诗的形式来写，但是我感到效果不行，后来改成 6 行一段也没有力量。当时我正在编民歌，最后就采用了近似福建江湖艺人的唱词这么一种形式，原词是写"韭菜……头发"如何如何，是爱情题材，我把它变了一下，将前边的呼应改到了后边。

我深深体会到人民的重要，所以用这种方式来表达，当时也不敢发表，这首诗是 1962 年写成的，直到 1978 年才发表。第一次发表被删掉了一段，后来我觉得前后不连贯，把它添上又重新发表了一次。

为了找到合适的旋律，我尝试了 3 次才成功，就像找爱人一样，是很不容易的。

编者作者对于古今中外的各方面知识都要懂；像一条大河，除了主要的知识来源之外，还要有许多支流来补充，创作时才能自如。我觉得这些东西，你说它是基础也好，你说它是思想也好，你说它是生活也好，你说它是艺术也好，都是互为依存的。语言对于编者与作者的确太重要了。我写作时手边就要放一本字典，有时候写诗还要讲韵，所以还要放一本《十三辙》。

另外，还有一个最经常的工作就是我们写作的人要准备一个本子，看到、听到新鲜的词汇就要马上记下来，所以"文化大革命"一查，把我 20 多个小笔记本都抄去了。根据这些小本子里面的反对个人崇拜的词句，后来把我定为"现行反革命"。但是这些内容我又没有散发，没有写出去，不成为事实，所以一两年之后又为我平反，只是把我赶到乡下去劳动。我很感谢他们对我的处理，如果没有这七八年的劳动，也许我对下层不会这样理解，事情就是这样，有时候受到一点强迫也好。

"大跃进"3年，1958年到1960年，我写了大量的民歌体诗，但是没有一篇成功的，我一篇都不收进集子。我觉得有3年时间摸索了民歌也有好处，懂得了民歌不能那样学习，那样是没有出息的，模仿不是创作，经过了3年时间才懂得这个道理，以后写诗就靠自己独立的见解。

我也想努力反映改革，但是没有写出什么来。最近几年，从1980年、1981年开始，我也写了少量的政治诗，手法都比较隐蔽。我和"朦胧派"诗人都是好朋友，有时我也和他们在一起，但是对于他们的某些地方我也不赞成。尤其是1980年以后，我大部分是写风景诗，但我感到即使是风景诗也离不开政治，因为这个社会就是这样的，中国社会或者说东方社会都不能离开政治。

不论是对菲律宾还是印度和其他很多地方，中国人的思想都有很大影响，他们都认为毛主席的东西很好，这是与西方有所不同的。西方在物质上很发达，但精神上也要学习东方的哲学，也许将来世界上要"东西合流"，那就世界大同了。

我们中国作家，你仔细分析一下，他都有他的渊源，都是从哪几本书、哪几个作家那里来的呢？像鲁迅这样的大师，他在外国留学时对文学是非常喜欢的，而且从这时开始翻译外国作品。你们如有可能也学一点外文然后进行翻译。很多作家都是从翻译开始他的文字工作。如果把一种语言变成另一种语言，就能够知道语言的一些秘密。我看到这样一种现象：为什么像巴金、茅盾、老舍、张天翼等一大批作家，特别是鲁迅、周作人、林语堂，都是先搞翻译然后搞文学，或者是搞文学同时也搞翻译？

我的水平很有限，也就是一个高中毕业生，但原来在教会学校念书也懂得一点英文，开始也是用英文翻译惠特曼，然后翻译聂鲁达的诗，逐渐从中懂得了一些语言、思想和结构上的秘密。50 年代，我还把唐诗宋词翻译成现代语言，把我喜欢的篇章都译成白话诗，出版过一本名叫《司空图〈诗品〉今译》。1979 年，"四人帮"倒台后几年，第四次作家代表大会召开时，我和朋友闲谈提到在"牛棚"里翻译了一些诗作，田间就把这个情况告诉了出版社，索走了我的稿子，印一万册并且一个月之内就卖完了。这本书我现在只剩了一本，想找也找不到了。

学习的一个重要方法也是很好的方法就是翻译，把"古"变"今"，把"外"变"中"，从而慢慢摸索作者是怎样组织和表达的。在这个过程中，我体会到我们许多人理解问题常常"机械化"，学民歌就是唱民歌，学古典诗词照样写古典诗词。新诗运动从五四以来受到过两次大冲击。第一次是毛主席诗词的发表，第二次 1958 年"大跃进"时期的民歌。所以新诗的生命流失，境地艰难，旧的传统势力还很大。当然，民歌虽然有不足，但它也有它的长处，为什么我们对民歌的学习没有取得应有的成绩呢？我认为就是缺乏现代精神。外国也有民歌呀，西班牙的洛尔加写的就是民歌，但他们是用超现实的手法来学习民歌的，把超现实的手法与民歌结合起来它就有了新的生命。

埃利蒂斯把希腊的古典史诗介入超现实的手法，创作出《英雄挽歌》，多漂亮啊！这部作品足以代表了他们的那个时代。所以必须要两者结合，单方面的模仿和照搬是不行的。语言和思想是在不断发展的，形式虽然有一定的规律和生命，但是内容和思想语言的发展逼着形式要作若干的改变。法国的艾吕雅是一位超现实主义作家，也是一位共产党员，他的《艾莉莎的眼睛》既是写他的老婆，又是写他的祖国。诗人把个人的爱情和对祖国的爱结合起来，有了这两种思想和境界的有机结合，你的作品才会获得力量。

矛盾的对立无所不在，对比手法的表现也无所不在，任何作品都要有这种对立的东西，才能显出来光明和黑暗同时存在；没有光明就没有黑暗，一切艺术的表现都是如此。民歌的旋律也是多种多样的，并非所有的都是 4 句或 7 句的形式，民歌也有排比、对称。有的看上去都是 4 句，但其中还有差别，前两句和后两句又有所不同。外国的民歌由于语言新，表现方式选择得好，就使这种古老的文学样式获得了新的生命。苏联一位很有名的诗人，他的作品我们国家翻译得很少，他用六弦琴（也就是吉他）一边弹一边唱，是用民歌的形式来演唱诗。他的诗政治性很强，在民众当中的威望很高，到处请他去弹唱，用民歌去抒发政治激情，其主题就是争取民主和自由。

学习古典民歌的体会我大致上就谈这些，下面着重谈谈朦胧诗。

朦胧诗的运动我是参加的。朦胧诗就叫"今天派"，《今天》的第一期就有鄙人的诗，我的化名叫"乔加"，第一篇是我的作品，第二篇是舒婷的，第三篇是芒克的，第四篇才是北岛的。

第二期以后我就没有给他们稿子了，因为咱们太老了，但我知道朦胧诗的来源。

　　咱们就谈舒婷吧，因为大家对她比较关心，也比较容易理解。舒婷只读了初中二年级就被赶下乡，她父亲是一个没有公布的"右派"，就是"内划右派"，银行里的职员，基督教的家庭。起初舒婷在乡下劳动只是形式上的，并没有真正劳动，那么这些青年在一起怎么样过日子呢？有一个学生带了一本何其芳的诗集《预言》，大家就传抄学习，当时那些上山下乡的青年人有不少都在写诗。

　　舒婷开始是写散文，当纺纱女工、炉前工，后来又当灯泡女工，一天 8 小时工作，中午两小时别人睡觉她就看书。她开始写诗是 1973 到 1974 年，最早 3 篇诗都是何其芳的风格，比如《致大海》《珠贝——大海的眼泪》，还有一篇写给一位朋友的，有没有发表我不太清楚，但前两篇大家是知道的，收选在诗集《双桅船》里面。

　　中国对何其芳的诗研究不够，他的语言绝不比艾青的差。艾青是在法国受了比利时诗人的影响，何其芳则是唐宋诗词的影响，所以何其芳的作品具有我们民族的传统特点，而且里面又有一些西方的东西。中国诗歌界对两本诗估价不够、评论不够、学习不够，一本是上面所说的《预言》，另一本是鲁迅的《野草》，这也算散文诗吧，他也受了西方的影响，里面既有现代派的手法，又有传统的东西。鲁迅的《野草》恐怕外来的成分更多些。舒婷开始就是受了何其芳的影响，后来又认识了我一位香港的朋友，这位朋友常常抄诗给我。新中国成立初期，香港有不少刊物翻译苏联和东欧的诗，我把这些作品拿给舒婷看，所以她又受了苏联和西班牙现代诗的影响。

1977 年，舒婷去北京见到其他一些写朦胧诗的今天派诗人，与他们有了来往并受到一些影响，但她还是中国传统的成分比较多。她的先祖有两个翰林，祖父是个秀才，父亲虽然是搞银行的，但对文学也很爱好。一些研究家诗评家说舒婷的诗是格律诗，当然这种格律是她创造的，比如说她的一首诗分三段，那么这三段大体一样，分两段这两段又大体一样，用对比和变化的手法来写。所以说朦胧诗虽然是外国来的，但也只是一些苏联、东欧、西班牙的东西，真正的西方东西不多，英美的不多。

北岛"文化大革命"时是一个高中一年级的学生，后来在建筑公司当拌洋灰的工人。最初促使他拿起笔来写作，是他的妹妹在湖北孝感上山下乡时，为救一位农民落水的孩子而不幸死去。这个农民的孩子得救了，可是北岛的妹妹却死了。第一首诗就是纪念他的妹妹，题目是《红房子之歌》，因为棺材是红色的，采用的是民谣体。后来他接触到一本苏联拉脱维亚诗人，获得过 1962 年列宁文化奖金的作品，书名叫作《人》。

当时我们反对修正主义，有一个内部参考印了 20 多本"黄皮小书"，里面有 3 本诗，其中一本就是《人》。这本书从头脑、心脏、眼睛、耳朵、嘴、四肢，直到把人体各部分都作了描写，最后是写共产党人，是一本歌颂社会主义的人道主义的作品，他们的思想基础就是这种社会主义的人道主义。当然后来朦胧派发展到今天变得复杂化了，开始他们和一些工人和学生主动结合起来，后来又经过分裂，并吸收了一些新的成员，像杨炼、江河等。江河也是一个工人，是做药丸外面蜡层的；杨炼的文化比较高，他在广播剧团的创作组，懂得一些英文，他们两人的关系非常好。江河受《荒原》作者的影响很深，杨炼就向江河学习，后来江河又从杨炼那里得到启示。他们几个人的风格都各有差异，思想水平也都不一样，说朦胧派受了西方的影响是不确切的，应该说他们主要是受了苏联和东欧的影响，以及中国传统诗的影响。

外国人也有学中国人的。大家都知道，有很多人学中国的意象，学中国唐诗宋词的风格来写东西的也有现代派。所以东西方艺术上是没有严格的分别的。但是西方现代派所表现的思想，我们目前好像还没有达到，还没有走到这一步；当然也有一部分作品是可以与其共鸣的，不过我们的失落感受太多了。经历过"文化大革命"，青年人感到迷惘，感到心灵上的空虚，这样一来外来的影响就非常淡了。

那么朦胧诗是怎样产生的呢？我觉得有3个原因。第一是政治上的原因，当时他不能不用朦胧的说法，秘密地来写，你抓不住他，这是政治上的需要；第二是因为朦胧派大部分都写爱情诗，爱情诗是不能不朦胧的，是不能讲得太清楚的；第三是对过去那种假大空的直白的反感，追求艺术上的含蓄。这3个原因主要是头一个。他是有巨大的痛苦才来写这种诗的，如果你没有痛苦要去模仿是达不到那种水平的。有痛苦，写出来才有力量，你没有痛苦写那种形式就没有力量。人和事物都有真假两种。朦胧派里面诗也有真假，遵命而作就不会是真的。过去有应题和应酬的诗，大部分都没有什么好诗。

写诗一定要有内心的痛苦，作家就是把痛苦变成欢乐，没有痛苦，欢乐也是假的，我们不能因为有假的而否定真的。现代派也有真和假的，正像艺术家也有真假一样，决不能以假的来反真的，各有千秋，各有各的需要。这个问题就说到这里为止。

朦胧派也好，现代派也好，其实舒婷她是浪漫派，是浪漫派诗人，不是现代派诗人。中国现代派的命运也很不好。

中国的爱情诗大部分表现在民歌里面，大概有两种。一种是城镇，另一种是农村的。这两种比较来说，农村的爱情民歌更纯净一些，城镇的很难说是不好，但市民的民歌就不敢收进集子里去，不说内容怎么样，形式上好像比农村民歌发展了一些，就像词对诗来说形式上发展了一些，小令又比词精练了一些。中国古典的唐诗、宋词、元曲的小令都很丰富，贺敬之的桂林山水歌和郭小川的很多诗，实际上是学汉赋，大量的排比，加说唱体三三四的格式。

民歌主要表现爱情主题，因为中国封建制度太厉害了，所以古典诗词中爱情的东西太少，大量靠民歌来表现，口头流传。不用刻书出版，没有办法干涉。中国的爱情诗传统如能在民歌的基础上延续下去，一定会有丰硕的成果；但是要记住不能模仿，一定要结合现代的手法、现代的感情和语言把它接受过来。

中国是一个诗国，具有丰富的遗产，轻易地抛弃传统是划不来的。完全学现代派，只能是学到一点皮毛，因为外国现代派诗人也是从他们本国的传统中脱胎而来。聂鲁达就是继承发展了惠特曼的传统，埃利蒂斯又有希腊史诗的传统，都有他的渊源。我们的渊源放弃了太可惜，虽然我们当中的某些人已经洋化了，房子、用品、衣着都不是原来的，但我们的血液还是原来的，感情、艺术、爱好还离不开民族的遗传，唐诗宋词谁都能背几首，可见这种遗传已经溶进我们的血液当中了。

现代派将来究竟怎样，要让历史来说，大概能与传统结合得多一些就更能站得住，结合得少的当然功劳还是有的，但比较容易被人忘记。这是因为民族的特点没有办法避开。

我就说到这里，不要再浪费大家的时间了。

1991 年

（收入《蔡其矫诗歌回廊·诗的双轨》）

论　细　节

一

在谈论现实主义这个问题时，理论家常常引用恩格斯的名言：典型环境中的典型人物，当作现实主义的定义来看，却不常引用这句名言前还有半句话：除了细节的真实之外。

恩格斯的全话如下："据我看来，现实主义的意思是，除细节和真实外，还要真实地再现典型环境中的典型人物。"

典型环境中的典型人物，固然是现实主义文学的大原则，而细节的真实，则是一切艺术的大原则。可以这样说：没有细节，就没有艺术。现实主义的文学，小说和诗歌，也离开不了细节的真实性的要求。

那么，细节是什么？细节是描绘人物、事件、社会、自然的最小组成单位。是作品中的细小环节，其特征虽是细微的，但又是具体的。它来源于现实中的具象，运用它来为作品的主题和形象服务，而以增强感染力为目的。

对时空的崭新见解，影响到诗的设想。时间改变，诗也改

变。但并不是新的都好、旧的都坏。有进步也有衰退。其中有
一个持续不变的原则，对细节越来越重视、越来越讲究。

举埃利蒂斯、聂鲁达为例。

细节和情节常常浑淆不清，因为它们有时是同一体。性质
和作用也一样。情节是揭示性格的手段，情节也就是行动中的
人物，一个大的情节常常是由许多细节组成。它们都来自现实
生活，却又都只选择那有生动性的、对主题有意义的、对特定
目的有作用的，而拾弃其他的，并且改变它们在现实生活中的
顺序，按人物和主题的需要而打乱和变动程序。用图来解释：

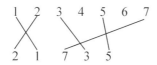

4 和 6 拾弃了，而 2 和 7 提到先列。

举崔护《题都城南庄》和李白《秋浦歌第十七首》为例。

不能把现实中所有的情节、细节都用在作品中，这是很清
楚的。而改变次序，则须深入考察。举高潮中情节的安排最清
楚。《安娜·卡列尼娜》中赛马，按生活中的顺序是：安娜看赛
马前先去看自己的小孩，然后到赛马场，看到伏伦斯苍赛马失
败，自己不禁失态，几乎是同时的。而在作品中的顺序则是：
前一章伏伦斯苍赛马失败，中间一章安娜去看小孩，后一章安
娜在看赛马时失态。即在两大高潮中夹着一个大跌宕，为了使
后面的高潮更有力，这就为特定目的而安排情节。

在《被开垦的处女地》抢粮高潮中，也有同样的安排。按
生活的顺序是：拉古尔洛夫因打人被叫到区委会受处分回来途
中，村里哥萨克煽动妇女押达维多夫到处找仓库钥匙，拉古尔

洛夫赶到鸣枪镇压。在作品中都是妇女押解和殴打达维多夫和后来被镇压的两大篇章中间，夹着一章拉古尔洛夫在哥萨克坟墓群中的大段心理描写，也是同样为特定目的而作的情节安排。

这是两个成功的例子，但也可以举失败例子来加强印象影响。如电视剧《红楼梦》，改变了原作林黛玉死和贾宝玉结婚同时进行，让林先死，宝玉奉姐命与宝钗结婚，大大削弱了主题思想和撼人力量。

现代小说也有不重情节而讲究细节的，如新感觉派川端康成的小说。

美国大诗人弗罗斯特有一篇文章：《论情节诗》，载三联书店出版的社科院文研所编的外国文艺理论丛书之一的《英美作家论文学》。最近看到花城出版社出版的杨匡汉主编的《西方现代诗论》也载同篇另译，把题目译成《诗的运动》。情节的英文为 action，常解为动作，可引申为动作过程，而再引申为运动（motion）似乎太远了。弗罗斯特《论情节诗》的原意，是在反对玩弄抽象，主张在声调铿锵之外，必须借助于上下文有诗的蕴涵才成，用内容来丰富旋律，这才是有话要说的真正艺术。法国大诗人艾吕雅也有类似的文章《论情景诗》，同载在花城出版社的《西方现代诗论》。他引用歌德谈话录的大段文字，也是为反对空中楼阁的诗。歌德认为：现实生活提供写诗的动机，即提供诗的情景，又提供诗的材料。他称自己全部的诗都是情景诗。艾吕雅同意歌德的意见，认为任何一首诗都是情景诗。朱光潜在翻译《歌德谈话录》时，根据德文译为应景即兴的诗，与我们中国古典诗歌的说法近似。也许情节诗和情景诗的传说，内在精神是一致的，都是主张细节的真实性，细节来自现实生活，又为主题内容服务。

我们已经在理论的圈子里转得太久了，现在该回到实际来。为了说明的方便，以自己的创作实践作例子比较清楚，不得不向大家献丑了！

竹林里

泼水在空中凝固

翠绿快滴下露珠

看那光芒颤动在末梢

又像喷泉又像雾

飘落无形的雨

灌注心灵的湖

希望就在这一刻复活

自那失望的坟墓

1980 年 1 月，我和几个摄影家、作曲家、剧作家同游武夷山自然保护区大竹岚，那里真是万竹之山，走在竹林里看不见太阳和天空，只觉一阵阵的凉爽让人兴奋。仰视大竹自地向天上升，四面张开，当时得了一句，立刻写在笔记本上："泼水在空中凝固。"

本来，任何印象都可以储存在记忆中，不必着意去强记。但是，既然最强烈的印象，已经特别延长成为语言，看见了而且说出了，那就要记在随身带的本子上，作为语言素材积累起来。我把这种本子叫"语言仓库"，是从马雅可夫斯基的《怎样写诗》一文中得到启发而准备的。我们是用语言来思想的，直观的悟到当然也是用语言表现出来。一首诗只须有一句这样从直接观察而独创出来的句子便是最好的，其余的都可以向旁人学到。当我体会到这种经验时，虽然记下来，并未想到写诗。大约经过半年之后，它才发展成为一首诗。

既然有第一句，那么第二句就容易了。这是一个描绘自然界植物的细节的起句，接下去当然要把这细节最后完成。我们中国古典诗词有一个很好的传统，写景的第一句如果是天空，第二句必然是地上，如《千家诗》第一首："云淡风轻近午天，傍花随柳过前村。"又如唐诗七绝最有名的《枫桥夜泊》："月落乌啼霜满天，江枫渔火对愁眠。"上句写天上写音响写凋零的气氛，下句写江面写色彩写船上愁闷的人。蘅塘退士（孙沫，无锡人）编的《唐诗三百首》中就有这种提示的旁注，如杜甫的《登高》："风急天高猿啸哀，渚清沙白鸟飞回。无边落木萧萧下，不尽长江滚滚来。万里悲秋常作客，百年多病独登台。艰难苦恨繁霜鬓，潦倒新停浊酒杯。"旁注也是对。我既然有第一句，泼水在天空凝固是自下而上，第二句应该是自上而下：碧绿快滴下露珠。本来落笔是用露水，这水与第一句的泼水重复，也是学习古典诗词的避重字的规则换为珠。一首短诗中，最好不用重字、重词。古典诗甚至还有避题的。自下而上和自上而下都是近看，第三句应该远看，光芒颤动在末梢，是林外阳光照在远处，最后一句又像喷泉又像雾是景物的总结，完成了画面的立体性。

以上4句都是写景。风景必须联系到意念，有了意念就生出感情，有了感情才能成诗。所以我们中国古典诗词有情景互生并相融之说。不能无限制把景物一直写下去，4句已足够了，立刻要转到诗的主体。第二段第一句飘落无形的雨是承，灌溉心灵的湖是转。这一切都是感觉。正如叶芝说的，写诗是身体在思想，感觉至上。临创作之前本来是一片空白，不知道第一句要引向何方。待到鲜明印象通过文字复活在眼前，先前从日常动态生活中贮积下来的感觉和意念，跟着就燃烧了起来，好像陷入爱情一样，被某种很有力量的东西吸引住了，但一时还不晓得它的意义。所以语言在诗中不仅仅是工具，而且它也是诗的存在本身，它具有创造的力量，它会是引导你萌生一串视觉的、触感的、情绪的甚至信念的联想，将我们带往新的方向，甚至与我们最初的本意并不符合，原先没料到的诗句突然出现，连自己都感到惊奇："希望就在这一刻复活，自那失望的坟墓。"艾略特说："诗人在写他自己的时候，就是在写他的时代。"从竹林的兴奋感开始，竟然会落在概括时代的明智上结束，仿佛诗人只是产生诗的媒介，是主题来找诗人，不是诗人去找主题。

科学与艺术的工作方法不同。科学通过逻辑规律的系统，诗人却不注意系统性，他也不追求记住什么，而是漫不经心地，任意把某个东西从时间和空间的序列中抽出来，移到另一个序列中，从感觉跳到信念，似乎无规律可言。规律是第二性的，它要过后回顾时才能发现。可以说是十分意外的发现，它在规律范围内运用材料有极大的自由，并且是千变万化的。一切生活中得来的素材都很动荡，只有主题能使我们稳定下来，内容一旦与主题结合，便成诗的情节，从一开始诗句就具有朝这方向前进的可能，竹子代表东方，静态向动态变化。希望从绝望（失望的坟墓）生出。从最初出现的萌芽到最后的面对现实，有一个看不见的链条衔接，也是写过以后才可以解释。所以我们不但应该相信记忆可以随时唤醒而任我摆布，也应该相信一切语言，甚至最普通的语言，都有属于歌的成分。一切深刻的事物都有歌，一切热情的语言都会自动自发地变成音乐性的语言。是语言引导我向前，并且意识到最好的还在后面。所有的诗人都反映永远变化的世界，各人有各人的方法。我和大部分诗人一样，只想写恰当的诗，而不是重要的诗。重要不重要，只有时间来判断。

第一段写景，第二段写情，这也是中国古典诗歌的格式。从起句，到转承，到结尾，所有细节都纳入结构中来。上下、远近、对比、对衬、烘托、和应，都属结构。情节不但和细节同一体，也同结构同一体。细节、情节、结构，同时是内容，同时又是形式。没有不是内容的形式，也没有不是形式的内容。如果太重视内容而牺牲形式，其结果必是散文化。太重视形式而忽略内容，则必落入抽象。诗，是诗人创造的并不存在的世界（或可称为"第二世界"），可是他用的材料，无不都取自现实生活，这才保证诗不成为空中楼阁。

细节和结构同主题的关系，还要深入考察。严格说，写作并无一定章法，只有某些总的原则。对别人作品的理解和欣赏，可以作自己创作的参考，并比较容易接近成功之路。再举拙作：

祈　求

我祈求炎夏有风，冬日少雨；

我祈求花开有红有紫；

我祈求爱情不受讥笑；

跌倒有人扶持；

我祈求同情心——

当人悲伤

至少给予安慰

而不是冷眼竖眉；

我祈求知识有如泉源

每一天都涌流不息，

而不是这也禁止，那也禁止；

我祈求歌声发自各人胸中

没有谁要制造模式

为所有的音调规定高低；

我祈求

总有一天，再没有人

像我作这样的祈求。

　　这是"文革"后期的 1975 年夏天，我下放在农村劳动，看到青年人谈恋爱也受干涉，萌发写作动机，但提起笔来，一切不平的生活现象都逼临眼前，而无法控制自己了！所以包罗万象，从气候、自然，到人事、文化和艺术，最后隐含政治。

　　我在《生活的歌》诗集的序言中已经阐明，我这首诗受莱蒙托夫《感谢》的影响，是指结构的方式，而内容和主题则是中国的。从最平常的气候入手，来作反语。风和雨有什么可祈求的？花的颜色天然存在，又有什么可祈求的？红得发紫，本是同类，应写红和白，但不近韵。因形式牺牲一点内容无大妨害。再进入人事：爱情、跌倒、悲伤，已是近事，更为激动不止。一种新的感受产生了，其他更重要的就自然而然涌现，原先未意料到的生活素材越来越清楚地来到笔下：知识受统制，

"封资修"打倒；样板戏 8 个，其他都非正声。这些一出现，就自然形成一条线直达结尾，把前面所有的反语一下子推翻！

可见细节的选择和安排，是不由自主的，它有客观规律存在着，使你不得不沿着那条路发展。同时也可以看到，诗的思维方式与散文略有不同，散文重分析，诗歌重综合。此外，一首短诗落在纸上只消瞬间，却耗费漫长时间的经验积累，至少有"文革"8 年的沉淀，还有，学习组织一首诗的那些久远岁月。

一切艺术都有其多样性。诗的形式不可能只有一个。没有变化就没有艺术。任何内容都不可能重复，甚至结构和情节也不可能完全重复，重复了必定失败。细节也永远需要独创性。

一首诗的来源很难说清楚。那些琐碎的感受贮存多久，碰到一个新的感受才一一浮现出来，而产生一种意念、一种自我的世界，或一首诗。太多的细流注入一首诗甚至也有记忆中的书上诗句。再引一首"十年浩劫"最后一年（1976 年）的拙作：

诗

海潮，永恒的呼唤。

星辰，永恒的沉默。

呐喊和无声

都不由人选择。

不为真实写诗很容易。

谎言只为掩饰空虚。

光荣的花瓣

并不就是真理。

> 探索人心已成为诗的生命
>
> 也许曾经找到了又失落。
>
> 青烟和灰烬，
>
> 都是火的兄弟。

"青烟和灰烬，都是火的兄弟"，源自泰戈尔的诗句。它引我发出感慨：也许我是青烟，不成熟；也许我成了灰烬，已经燃烧过了。许多诗人都写过这个题目，发表他们对自己的诗的不同见解。我是在多难的时代多难的地方，不得不时而呐喊，时而完全沉默，我并不自由。由这个细节，诗开始萌动，一定有一种感情、一种体验，其中有一个世界、一个自我，各种记忆和感觉就像喷泉一样都喷射出来了：不写谎言，不接受光荣花瓣，真实和真理在哪里，也许找到又丢失了！没有那近十年的经历，这短诗也就不可能产生。

诗的产生，有时顺利，有时极为困难。1962 年我写《波浪》，就经过 3 次更改。第一次是不分段完全自由，不成。第二次改每段 6 行，也太散。第三次是受一首爱情民歌的启发，改用一种重复呼吁的旋律，终于成功了：

波　浪

> 永无止息地运动，
>
> 应是大自然有形的呼吸，
>
> 一切都因你而生动；
>
> 波浪啊！

没有你，天空和大海多么单调，
没有你，海上的道路就可怕得寂寞；
你是航海者最亲密的伙伴，
波浪啊！

你抚爱船只，照耀白帆，
飞溅的水花是你露出雪白的牙齿
微笑着，伴随船上的水手，
走遍天涯海角。

今天，我以欢乐的心回忆
当你镜子般发着柔光，
让天空的彩霞舞衣飘动，
那时你的呼吸比玫瑰还要温柔迷人。

可是，为什么，当风暴来到，
你的心是多么不平静，
你掀起严峻的山峰
却比风暴还要凶猛？

是因为你厌恶灾难吗？
是因为你憎恨强权吗？
我英勇的、自由的心啊
谁敢在你上面建立他的统治？

我也不能忍受强暴的呼喝？

更不能服从邪道的压制，

我多么羡慕你的性子

波浪啊

对水藻是细语，

对巨风是抗争，

生活正应像你这样充满音响

波——浪——啊！

　　经过"反右"运动，经过"大跃进"，再经过三年困难，已经痛感领导和群众的关系十分紧张。1961年夏天再提"双百"方针，许多杂文陆续出现，其中有一篇谈到魏征向唐太宗警告：水可以载舟，也可以覆舟。这个意象突然引我想起少年时读过一篇外国童话：罗马一个皇帝到海边迎接凯旋的舰队，侍卫把宝座放在沙滩上，这时正在涨潮，波浪一层一层涌来，狂妄的他竟然向波浪下命令，不许它前进。结果如何当然可以想见，波浪涌上来，溅湿了龙袍，他只好掉头逃跑。波浪从此便被影射为争自由的人民。诗不能说教，却须启发。意念找到了对应物，抽象化为具体形象，自己也被这意象吸引住了，诗就有了生命，一次两次不顺也可以修改，但又不能强使获得生命，还必须找到相应的旋律。诗是音乐性的思想，找到了相应的旋律，所有细节就自然而然地组织起来了，诗的音乐性和绘画性也联结起来了。可见所谓自由诗，也不是真正的自由，也有它应有的训练。写作是以事物的真实为目标，任何真实的创造都来自苦乐交加的痛苦，没有什么会自由而至，连自由本身也不会如此。所以能最后找到相应的旋律，也是由内容和主题决定的：有话要说，内容会来自动丰富旋律，主题也几乎会自行引出正确的调子。一切艺术品必定有其神秘。诗的神秘，在于使形式和内容变成一体，学习和勤劳能达到此境界。

上面引用的 4 首，都是硬性的诗。生活在这国土，政治是生活中头等大事，要想逃避也逃避不了。让我最后引一首柔性的爱情诗吧：

距　离

在现实和梦想之间，

你是红叶焚烧的山峦

是黄昏中交集的悲欢；

你是树影，是晚风

是归来路上的黑暗。

在现实和梦想之间

你是信守诺言的鸿雁

是路上不预期的遇见；

你是欢笑，是光亮

是烟花怒放的夜晚。

在现实和梦想之间

你是晶莹皎洁的雕像

是幸福照临的深沉睡眠，

你是芬芳，是花朵

是慷慨无私的大自然。

在现实和梦想之间

你是来去无踪的怨嗔

是阴雨天气的苦苦思念；

你是冷月，是远星

是神秘莫测的深渊。

　　这是由许多细节交错组成的一首情节诗。第一段是写 1980 年最后一天的实际景况。它一出现就有了基调，形成旋律。在这前后的一切偶发的孤立的事件，也就在这旋律中构成一个连续的情节。感觉都是转瞬即逝，但记忆可使它复苏。要相信个人记忆力的丰富。由生活中产生记忆，它发生在感觉最强烈的时刻，又会在无定的空间和时间再行出现。这时有一种感情统率着，许多琐碎的细节也会组成连串起来的内心世界，现实生活中的形象也就结为一体，成为结构比较完整的诗。细节、情节、结构，都同时为内容和主题做了很好的服务。大约是因为有一个不很严格的格律，帮助生活中的素材归类成形，并自然产生相应的音韵。形式与内容同步协调，形成给内容以取舍的渠道，内容同时又来充实旋律和音调。所以，写诗用格律，也有组织细节的很大便利。

1989 年 10 月 20 日，鲁迅文学院

（收入《蔡其矫诗歌回廊·诗的双轨》）

二

细节存在于客观的现实生活中，不可能由作者主观去构想或刻意去制造。只要你是真正地生活过，那些客观存在的生活细节都会自动储存在你的记忆中，到某个时候，在某一种思想或感情的激发下，就像电脑受某一信号的诱发一样，你所需要的细节立刻被唤醒，被一一出现在你的笔下。

闽北建瓯县，有一个地方叫"万木林"，旅游地图都标上它，是著名的风景名胜。传说是明朝一个大官告老还乡，值逢大饥荒年月，他出于人道，立下一个救济办法，凡是饥民到他村后山陵种一棵松树，即发给一斗粮。因此形成了一片纵横十余里的人造林来。福建因气候的缘故，松树的生长敌不过生命力非常旺盛的杂木，当第一代松树老去以后，第二代自然生小松树就被杂木淹盖掉了，这不同于东北的松树，没有杂木，都是清水林。所以现在的建瓯万木林，已经很少有松树，而是杂木森森。1960年夏天，我去参观。它距城几十公里，到的时候正逢大雨，当地干部都说不能进林，我却执意去看，说雨中看林更有意思。撑上雨伞，换上雨靴，就登上去了。哪知道没进去多少路，在一棵巨藤前面想拿出照相机都拿不出来，暴风雨太猛烈了，前去的路更不好走，只好退回来，还在斜坡上跌了一跤。这次林中风雨的经历太深刻了，在脑中一直驱不散。那年冬天在北京音乐堂看圣诞音乐会，与《人民文学》新从大学毕业分配来的诗歌组成员隔座，他口头向我约稿。我给他4首，总题《人和自然》，借着自然来写人事，《暴风雨中万木林》即其中之一：

暴风雨中万木林

风水林的松柏老去

转换为阔叶杂木森森

几十里的古藤巨树

野果高悬

落叶铺陈

为什么此刻一片混沌

大地沉默

风雨雷鸣？

冲击岩石的大浪

冬天南迁候鸟的叫嚷

宗教狂信者的呼喊

战阵的喧声

山灵在愤怒中飞奔

苍天为一曲哀歌哭泣

忘我的魂魄

怎能认清不理解的痛苦

为那百鸟在林的华年

在说与不说之间

裸露的孤独

无法宣泄的激情

都如夜色一样浓酽

千缕的情思淋漓
已错过春天的花枝
举笔时流泪
为了无缘再会

生活经验在先，这是创造的素材，一旦与思想感情结合，便成为题材。题材是客观存在的事物，主题（思想感情）却是主观的东西。主题即作家对现实生活的某个事件的态度，又是时代的产物，归根结底，也不是作家和诗人所能任意制造的。所以，瑞士的德文作家黑塞说：作家不要寻找，而要发现。寻找的东西即客观尚不存在的东西，而发现则是客观已经有了，只要你去把它发现出来。

我在前面引的《诗》中写过，呐喊和无声都不由自己选择。该发声的时候发声，该沉默的时候沉默。如果该沉默的时候发声，你错了，这增加不必要的噪音。如果该发言的时候沉默，你更加错了，你辜负了读者的期望。所以，不是诗人去寻找主题，而是主题：时代的声音借着诗人的嗓子喊出来。所以，来自现实，又非原来的现实。

因为喊出来的是诗，就必须具有诗的结构形式。诗歌的结构形式，最主要的是两段体。三段体或多段体，又都是从两段体生发出来的、变化出来的。因为诗歌所要表现的世界，都是有两个互相对立而又统一的事物组成的：光明和黑暗、正面力量和反面力量、客观和主观、现实和想象、过去和未来等等，都是任何作品都必具有内容，失去一方就没有另一方，单独的一方是不可能成诗的。所以一首诗最少是两句，也即是两段。惠特曼有一行的诗，分析起来是两句写成一行。绝句四行分析起来也是两段。而每段中又大都是偶句，只有俳是例外。

细节就在这对立统一的规律中被组织起来，是不由自主地自然形成，是由作品所要达到的目的，决定细节的取舍、先后、繁简，而在创造进行中自然找到各自的合适的地位。

1989 年 10 月，北京举行全国市花展览，福建去六个市，泉州刺桐，漳州水仙，而最引我感兴趣的是南平百合。没有实物用照片展览，怎么会有黄色的百合？问展览者，说在南平茫荡山的宝珠村引进了许多国外异种。第二年即 1990 年 6 月我特地去看，印象极为深刻。圣经上说：夏娃被逐出乐园，从她的泪滴地上长出百合花，证明她纯洁无罪。我就用这奇异的种类繁多的百合花来祭奠死者：

百合园

有众树保持湿润

有高坡挡住风霜

五光十色的百合花

从未见过的霓虹

如偃卧的霓虹

在翠微

上下骚动

天国的光晕

纯情的月光

　　宝石溅出红白火花

　　阳光的残片为风摇震

　　稠密雨点洒在鲜丽亮唇

　　饮尽大地的芬芳

　　从未见过的美

　　有什么蓦然的忧思

　　在心头涌现热泪

　　无怨的女魂

　　为爱情的深沉俯身

　　心境天使般明净

　　无形笑声山鸣谷应

　　打扮八月黯淡的时辰

　　读者可以把它看成为普通写花的诗，但作者绝不可以单单为花落笔，它必须升华，必须与人、与人事甚至与时代重大事件结合起来，它才有力量，才能感人，才能在聪明读者的心声中引起呼应。现实生活中的细节，经内心世界的提高和改造，已经不是原来的自然现象，而成为另一个自然，更高级的自然，成为一种文化现象的第三自然，进入精神的境界了。

　　　　　　　　　　1992 年 4 月 9 日，福建文学院进修班

因景生情，因情生景

——《缤纷时节》诗歌作品座谈会上的发言

　　自然界有污染，比如工业废水、油轮泄漏等等，这是工业现代化的负面。我们诗坛也有污染，现代派的负面，一些不知所云的东西。三四十年代的学生是学古典文化，到了"文革"又让古典的东西退休了，很多外国的作品翻译的文字很差，很多文学的理论也很烂，可以说这是一种污染，当然这种污染只是文学发展过程的一个负面，可以作为镜子，也不能说全都不对。那这个施经纬有个特点很奇怪，这个年轻人对旧诗词知道的不少。他若没有这个基础，接触外面的东西就得缴械投降，那就不三不四。包括我们现在看全国歌手大奖赛，连美声唱法都要有民族性。看施经纬写的诗，我觉得喜欢的是他有这个旧诗词的底子。

　　他还有他的个性。他第一首写浪子，瑞士有一个叫黑塞，他是德国人，因反对战争入了瑞士籍，作品曾获得了诺贝尔奖，他专门写流浪，他认为艺术家、画家、诗人、音乐家都要有这个性格，这只是说施经纬有这个好处，他又是浪子性格，大概文学家、艺术家也要有这个气质，李白、柳永是最典型的。

今天我们开这个会，不要都是赞扬，主要应指出他的不足，因为他毕竟年轻，开始写诗生活也有限，对诗歌的了解也有限。

任何作品都是客观和主观的关系，诗当然是不例外，主观是在客观的基础上，离开客观的东西，诗就淡薄了、不实在了，或说不客观的基础上，离开客观的东西，诗就淡薄了、不实在了，或说不稳定了。现实不是诗，完全想也不是诗，一定要主观、客观、现实、想象相结合才是诗。现实也好，客观也好，在诗中主要是大自然，人是在自然界活动，任何活动都有个景物的问题。我们古典作品中写景抒情，因景生情，因情生景，景和情要结合起来，虽然你写诗的方向对了，内容也健康，大家也喜欢，也不是那些受污染的东西，但还是比较单一，几乎所有的诗都没有景物描写。

诗的语言要有音响，要有色彩，音响和色彩大部分来自客观事物，说风景也好，大自然的也好，那么你所有的活动，对大自然却没有描写，那么你这个人物就不丰满，你这个感情的基础就不深入。音响也没有，语言的丰富就在于色彩和音响。甚至香味、感觉等等，主观开放不够，这是第一点。

主观单纯，客观没有，那表现手法只是叙述没有描写。任何旧诗头一句就是描写："月落乌啼霜满天"，因为描写就是表现气氛，表现情调，烘托了感情，才会出来丰富你的感情，所以表现手法单纯叙述不行，单纯描写也不行，单纯描写只有自然景物，单纯叙述容易流于枯燥，应该严格地要求自己。

那么要如何避免这些毛病呢？主要是要深入艺术，不要听从那些乱七八糟的理论，主要的教员是作品，读别人的作品，读大师的作品，读世界第一流的作品。要求的目标不要一般化，要超出别人，诗也要有个性。我觉得很多人一生写诗，文学的大门都始终摸不着，就是要有一个世界级的大师带路，画家特别是这样，所有的画家都是在大师的脚下学习，当然你要广泛地读取当中的精华，要强迫自己每天读一本书，慢慢地你就能够找到适合你性格、属于你喜欢的大家，他才能够带你进入文学的大门。希望你多读好作品，写出更好的诗出来。